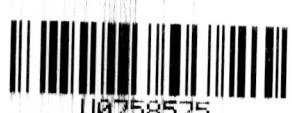

百年百部
短篇正典

5

张学昕　主编

北方联合出版传媒(集团)股份有限公司
春风文艺出版社
·沈　阳·

图书在版编目（CIP）数据

百年百部短篇正典. 5 / 张学昕主编. —沈阳：春风文艺出版社，2021.4

ISBN 978-7-5313-5880-0

Ⅰ. ①百… Ⅱ. ①张… Ⅲ. ①短篇小说—作品集—中国—现代 ②短篇小说—作品集—中国—当代 Ⅳ. ①I246.7

中国版本图书馆CIP数据核字（2020）第203290号

北方联合出版传媒（集团）股份有限公司

春风文艺出版社出版发行

http://www.chunfengwenyi.com

沈阳市和平区十一纬路25号　邮编：110003

辽宁新华印务有限公司印刷

责任编辑：姚宏越　　责任校对：于文慧

封面设计：杨光玉　　幅面尺寸：142mm × 210mm

字　　数：323千字　　印　　张：13

版　　次：2021年4月第1版　　印　　次：2021年4月第1次

书　　号：ISBN 978-7-5313-5880-0

定　　价：55.00元

目 录

contents

炖马靴

迟子建

故事发生在1938年还是1939年，父亲记得并不很清楚，他说年份不重要，重要的是时令。寒冬腊月，祭灶的日子，西北风呜呜叫，他们抗联部队的一个支队（父亲至死对他部队的番号保密），二十多号人，清晨从四道岭小黑山的密营出发，踏雪而行，晚饭时分，袭击了位于中苏边界的一个日军守备队。

父亲说他们事先侦察了，这个守备队在山脚下，距离一个小镇四五里路，驻扎着三十来人，有一栋长方形板房，两个矩形仓库，还有一对大狼狗。板房是营房；两座仓库呢，为弹药库和粮库。这两座库，是他们的主攻目标。

那时关东军在中国东北，一方面针对苏联，在边境一带秘密修筑防御工事；另一方面针对抗日武装，进行“围剿”。为切断老百姓与抗日队伍的联系，他们大规模实施归屯并户，建立“集团部落”，大片农田荒芜，无数村落夷为废墟。父亲说自此之后，队伍的给养成了问题，缺粮少衣，陷入被动。

四道岭在哪里？我在地图上找不到。父亲说除了四道岭，还有头道岭、二道岭、三道岭和五道岭。这些岭呈刀锋状，山上林木茂盛，山下溪流纵横，地形复杂，易守难攻，适宜做密营。父亲说他们最初的营地在头道岭的大黑山，那里狼多，当地人也叫它野狼岭。深夜时群狼齐嗥，狼眼鬼火似的在树丛闪烁，地窨子的女战士恐惧这“夜歌夜火”，就往男战士住的这一侧跑。父亲也不避讳，说他们因此喜欢狼嗥。

狼通常群居，但也有离群索居的。父亲说头道岭就有这样一条母狼，它双眼瞎。不知是天生瞎眼，还是后天瞎的——比如被猎人打瞎、疾病或是同类相残所致。大家分析，它在狼群里受排斥，才被驱逐出来。一条瞎眼的狼，就是一把卷刃的剑，锋芒不再。虽说它的嗅觉依然灵敏，但它朝着掠食目标飞奔的时候，由于深陷永无尽头的黑暗，往往会撞到树上，或是跌入谷底。猎物到不了嘴，反受皮肉之苦。但狼是聪明的，父亲说这条瞎眼狼自打发现支队的行踪后，就一直凭声音和嗅觉尾随他们，求得生存。

父亲是火头军，他可怜瞎眼狼，做了几个鼠夹子，将拍死的老鼠扔给它。战友们都说，狼是吃人不吐骨头的野兽，喂不熟的，可父亲还是不忍看它挨饿，尤其到了漫漫长冬，白雪像巨大的裹尸布一样覆盖了山林，它几乎找不到吃的，连哀叫的力气都没了，像一团飘浮的阴云，蔫巴巴地尾随着队伍，父亲总会想方设法给它口吃的。它得了食物后会叫几声，像小孩子没吃饱奶时的吭唧声，带着些许的满足，又些许的抗议。

大地回春了，瞎眼狼的日子就好过多了。春夏秋三季，它可以用鼻子觅到果腹之物，而那些东西其他狼基本是不碰的，譬如浆果、蘑菇、青苔或是昆虫。它食肉的机会有没有呢？那得看它的运气了。病死的鹰，半腐烂的兔子，对它来说就是美味。一旦发现，它就迅疾赶去。可这样的食物，也是乌鸦的珍馐。常常是它大快朵颐时，乌鸦纷纷落下，与其争食。瞎眼狼反正看不见，奋勇吃它的。父亲说他们不止一次撞见它与乌鸦同食腐肉的情景。看着它被漆黑的乌鸦给挤在一角，像条瘪了的布袋，实在是心疼。

有时不是瞎眼狼先发现的腐肉，而是乌鸦，它也能跟着蹭点荤腥。乌鸦一鼓噪，它就循声而去。所以瞎眼狼最爱的声音，该是乌鸦的叫声吧。乌鸦啃不动的骨头，对它来说就是心仪的阳光，它会把它们拖进山洞，作为存粮，以备不时之需。它瘦弱不堪，但牙齿锋利，骨头于它，恰如糖果。

瞎眼狼像个讨债鬼，跟着支队，渐渐地成了编外一员。

这条狼有年正月，突然消失了！看不见它了，大家还担心，它是不是被老虎或狗熊给吃了？父亲说瞎眼狼失踪三个月后，他和战友为前方的大部队运粮，在二道岭遇见它。它居然大了肚子，怀了崽了！它拖着沉重的身子，穿越新绿点点的灌木丛，往头道岭走。它的爪子在林地上留下的印痕明显比过去深了，而它的毛色也比过去光鲜了！闻到它熟知的队伍的气味，它还停下来，转过头，低低叫了几声，有点羞怯，又有点骄傲似的。

它是在哪里俘获了一条公狼的心呢？父亲说他们猜测，公狼与它发过情后，恐怕也是后悔的，否则不会在它怀着孕的时候，让它孤独地在山岭间穿行。

那次运粮，父亲他们中途遭到日伪军伏击，死伤过半。原来是队伍里一个姓梁的通信员做了叛徒。他们不得不放弃头道岭的密营，重整旗鼓，在四道岭的小黑山再建营地。这样，头道岭的瞎狼就在他们视野消失了。两三年不见它，大家还念叨，它生了几崽？养活得了小狼吗？因为一直没见它来找他们，父亲认定，瞎眼狼生的小狼，个个都是好眼睛，它的生活有了灯，不需要他们了。但父亲还会在队伍偶尔开荤时，将吃剩的骨头扔在附近的山洞。瞎眼狼喜欢山洞，也能对付骨头，万一他们转移了，而它走投无路，寻到那儿的话，总不会饿着。

为了那次行动，父亲说他们做了周密计划。选择过小年的日子，是因为侦察员带来消息说，日本兵到了冬天的晚上，为打发长夜，喜欢三五结对，去镇上喝酒。小镇有家烧锅，酒好，下酒菜地道，且店主人的老婆俊俏，待人周全，烧锅便成了这个守备队士兵的温柔乡。每逢中国的传统节日，端午、中秋和小年，烧锅一派花园气象，菜品多姿多彩，香气勃勃，撩人胃肠。每逢此时，守备队的人有一半会开小差，防卫空虚，易于突袭。

小年那天飘着雪花，从四道岭到目标点，大约八十里路，要穿越几道山谷和数条冰河。父亲他们驾着滑雪板，清晨就出发了。呼呼叫的北风，让雪花成了薄命人，未等落下，在半空就被风撕裂了。雪粉飞扬，常眯了人的眼睛。父亲说他们不讨厌这样的眯眼，因为雪花纤尘不染，就像老天送来的润眼膏，无比清凉。

他们在午后三点接近了日军守备队，埋伏在山后，把滑雪板卸下，藏在一条沟塘里，预备着突袭成功后，再穿上撤离。父亲说每个战士都是滑雪高手，在冬季，滑雪板就是他们的战马。

腊月的太阳冻得够呛，午后四点不到，就缩着脖子退出天朝，想必急着烤火去了。太阳落山后，遗下一片滴血的晚霞，好像西边天负了伤。父亲说天黑透了，侦察员带来消息，三辆摩托车驶离守备队，带走了十一个日本兵，看来他们是去镇上的烧锅了。父亲说支队长没有犹豫，下达了进攻令。

趁着夜色，队伍匍匐向前，靠近目标。守备队四周是铁丝电网，两扇宽大的铁门紧闭，门侧的岗楼是空的，没有岗哨。营房灯火通明，照亮了院子。那生硬的铁丝电网，因为有了光的照拂，在院子投下无数爪形的印痕，像一幅工笔的松枝图。两条大狼狗嗅到异常，汪汪叫起来。身手敏捷的神枪手小张握着手枪，埋伏在岗楼，单等日本兵开门察看时击毙他，打开进攻的通道。岗楼对面，隔着一条雪道，是一摞半人高的柴垛，一个机枪手和五个持步枪的战士，作为冲锋的主力，以此为掩体，准备突击。其他人员，分布在左右两翼，对守备队形成三面夹击。

两条狼狗越叫越凶，营房的门终于嘎吱一声响，有人出来了。狗迎了主子，引至铁门，更凄厉地叫起来，用爪子嚓嚓挠门报警。那个日本兵没有想到外面重兵埋伏，打开铁门，他刚一露头，小张便举起手枪。子弹飞过，他应声倒地！两条狼狗狂吠着，像两朵暴风雨中滚动的浓云，一前一后冲出，一个奔向岗楼，一个奔向柴垛。奔向岗楼的，被小张击毙了；奔向柴垛的，被步枪手撂倒了。不同的是前一条狼狗吃了一颗枪子，后一条吞了两颗。守备队的日本兵听到枪声，携枪而出反击。院子的光亮，让他们成为鲜明的靶子，在交战中处于劣势。支队伤亡极小地冲进守备队，可以说是旗开得胜。

然而谁也没有料到，那三辆刚离开不久的摩托车回来了！

十一个荷枪实弹的日本兵回来了！

父亲说抗战胜利后，他路过那个小镇，才知道那天日本兵为什么突然回返。原来镇上的几个农民，看不惯开烧锅的夫妇做日本人的生意，知道小年的这天他们又要来喝酒，自制了燃烧弹，投向烧锅，让烈火吞噬了它！

他们在返回途中，已经听到了守备队传来的枪声。

父亲说他们受到了前后夹击，优势立刻转为劣势。

当队伍冲向弹药库和粮库的时候，没想到这两座库，居然还有碉堡的功能，这是他们事先没有侦察到的。虽说守备队门前的岗哨形同虚设，但粮库和弹药库，哨兵一直在岗。这两座仓库架设的机枪，让暴露在空场的战士陷入绝境，父亲说大部分战友牺牲在那里，包括支队长，以及两名救护伤员的女战士。

最终从虎口脱险的，只有五个人，一个副支队长，三名战士（两男一女），加上父亲这个火头军。当然，父亲说他是后来才知道的，因为逃出的五个人，分了三个方向。

他们事先也制订了撤退计划，一般来说，为牵制敌人，保存实力，撤退时会分两个方向。火光中父亲不辨东西，所以他开辟了一个撤退的第三方向。

他们没有全军覆没，得益于绰号磨牙王的战士。这个人爱磨牙到什么程度呢？不仅睡觉磨，行军磨，吃饭也磨。挨着他睡的战士，梦中被他扰醒，常将臭袜子塞他嘴里。他咬着袜子，吭吭哧哧的，磨不出声了，但醒来后塞袜子的战士就惨了，袜子湿漉漉的不说，对着太阳一照，还亮光点点（到处是窟窿眼），好像他用牙齿，在袜子上播撒了繁星。

父亲说交战处于被动时，靠近粮库的副支队长下达了撤退令，父亲眼见着身负重伤的磨牙王，咬着牙，趁乱爬向弹药库，在冻土上爬出一条墨似的血痕，用自制的手雷引爆了弹药库。剧烈的爆炸令大地震颤，冲天的火光像一条条金红的鲤鱼，跃向夜空，守备队周围的铁丝网被撕裂了，日本兵赶紧转向粮库防御。

父亲就从弹药库北侧逃了出来。从此以后，与磨牙相似的声音，比如吱扭的扁担声、喑哑的拉锯声，甚至是老鼠啃东西的声音，都被他视为美音。

父亲逃得并不顺利，一个日本兵不屈不挠地追捕他，两个人之间的周旋和战斗，也就进行了大半夜。

初始父亲并未察觉身后有人，他戴着狗皮护耳，呼哧带喘的，加上踏雪发出的咯吱声，根本听不到背后的动静。由于撤离方向有误，预先藏在守备队山后沟塘的滑雪板，对父亲来说是梦里的彩虹，遥不可及，他在雪中跋涉了一个多小时，才走了七八里路。但父亲觉得这距离足够安全了，他停下来，打算歇歇脚，给身体补充点能量。

父亲说作为火头军，无论行军还是打仗，他总是背着一口铁锅。那铁锅跟菜墩那般大，与他的背一样宽，所以他背着它的时候，一点也不突兀，就像他身体的一部分，当然这使他看上去像个罗锅。除了铁锅，他棉袄外还斜挎着干粮袋，里面装着二斤左右的炒米。此外他棉军服的里子，靠近胸口的地方，还缝了两个布袋，一个装盐，一个盛火柴。火柴和盐，是部队陷入被动时的救生索。

父亲停下的一刻头晕眼花，也许是先前战友的死刺激着他，他忽然恶心起来。当他垂头呕吐的时候，后背的锅猛地一震，冲击力让他险些栽倒，接着右前方树丛闪出一团白炽的火花，好像彗星划过，父亲马上意识到这是子弹擦着锅的右角飞过，后有敌手追击！父亲本能地卧倒，拔出枪来，匍匐到一处雪坎，以此为掩体。

父亲讲起这个人时，总以“敌手”相称，那么我也随他这么叫吧。

雪已停了，父亲说借着雪地的反光，依稀看见一团黑影在树丛飘动，距他不过四五十米。敌手对父亲的突然消失满怀警觉，因为他知道子弹打飞了，父亲不是中弹消失的，对方已进入防御，他的最佳进攻机会葬送了。敌手开始隐蔽自己，父亲说那团黑影下沉了，鬼影似的不见了，证明他也就势趴在雪地上了。那年雪大，积雪足有两尺，正好隐蔽。

父亲说他所在的支队的武器装备，在当时算精良的，有七八条老套筒步枪，还有两把毛瑟枪。手枪中好的是缴获来的王八盒子，其余的是自制的转轮手枪。而有的队伍武器装备紧张，像火头军和救护兵，只配备大刀，而父亲所在的支队人人有枪。父亲所持的是一支自制的转轮手枪，有些笨重，但很好使。父亲自诩枪法不错，用它打过野猪和狍子，为支队改善伙食。不过对他的枪法，我一直怀疑他有吹嘘的成分，因为在我童年时，看他参加武装部的运动会，父亲投掷的铁饼和铅球，都是不听话的孩子，落脚点不在规定范围内，没一次成绩有效的。还有他每每教训我时，无论是飞向我的砖头还是空酒瓶，也无一砸中。当然，也许他只是为了吓唬我，没让它们走正确路线。

在与日军守备队的交战中，父亲所带的子弹基本用光，只剩三发。每一发对他来讲，都贵如黄金。父亲说一个人在野外作战，子弹的用途多着去了。既可抵御敌手，又可预防野兽袭击，还可以猎取动物、获得食物，以及向搜寻自己的人发出求救信号。除了这些，父亲说子弹还有一项顶要紧的功能，万一奄奄一息，有落入敌手的危险，不如给自己个痛快，所以他说要给自己留颗子弹，就当是藏着一块人生最后的糖。

但那个晚上，他的糖果没能保住。

父亲说腊月天本来就冷，加上夜间气温骤然降至零下三十多摄氏度，人趴在雪坎上，一刻钟就冻木了。如果双方僵持下去，都将被活活冻死。为了让敌手主动出击，父亲想了个办法。他穿了两层衣服，里层是棉绒秋衣，外层是棉袄。他不顾严寒，卸下锅和干粮袋，脱下棉袄，将里层的秋衣脱下，再把棉袄穿回，锅背上，顺手捡了一根被暴风雪刮断的柞木树杈，故意大声咳嗽几声，引起敌手注意，然后用树杈将秋衣挑起来，轻轻舞动，制造他在运动的假象，敌手果然上当，连着两发子弹打过来，父亲说那家伙的枪法真不错，子弹都是穿过秋衣呼啸而过。两发子弹过后，父亲丢下树杈，让秋衣垂落，使对方以为他中弹了。果然，敌手认为父亲凶多吉少，慢慢露出头来，缓缓朝前移动，准备察看战果。当敌手走了十多米时，父亲扣动扳机，想在最有利的时机下，一枪撂倒他。可是也不知是手冻得麻木了，还是移动状态的黑影有点飘忽，总之第一颗子弹打飞了。枪声让他暴露，敌手自知上当，卧倒瞬间，父亲又开了第二枪，这一枪中弹的是一棵树，树发出吡吡叫声，火花绽放。父亲说他剩下最后一发子弹后，反倒镇定了。双方都知未伤对方皮毛，也就是说，他们的生命，处于同一地平线上，谁有日出，就看命运了。

父亲说他占据的雪坎驼峰一样凸起，是天然堑壕，毕竟有利，不想转移。但他知道卧在雪地撑不了多久，所以紧盯着那个方向，等待敌手的意志先崩溃。他们对峙了近半小时，父亲说他感觉周身的血液要凝固的时刻，敌手背后传来凄厉的狼嚎。这声音对一直萦绕着支队的父亲来说，习以为常，权当是老朋友来打招呼，可敌手却感到危机，躁动不安，听得见他潜伏之处传出咯吱咯吱的声音，他想着避开狼吧，终于起身了，一直全神贯注盯着他的父亲，就在他露头的一瞬，打了最后一枪。

父亲很镇定，撤退时没忘了将中弹的秋衣拿上，顺手系在腰间，将两只袖子打结。他说现在很多人在运动时喜欢把外套脱下来这样装扮，自以为时髦呢，其实那时他就这么干了。那天西北风从背后吹得厉害，秋衣像棉帘子护住腰臀，让他暖和不少。

父亲说自己太走运了，等后来终于瞅清他时，才知道最后一枪，击中了敌手的左肩，而这家伙是个左撇子，右手虽也能持枪，但枪法比起左手差远了，所以尽管父亲消耗了所有子弹后被迫撤退，而为避免中枪采取蛇行方式，忽左忽右，但暴露在敌手有利射程范围的他，没有倒下。那人开的最后两枪，都成了献给夜的森林的小礼花。

父亲是什么时候察觉到敌手也没子弹了呢？他说为了便于听动静，他解开了护耳，在雪地跋涉约两里路后，他不再听到背后传来枪声，只是越来越清晰的狼嚎，觉得奇怪，回身一望，隐约见尾随他的敌手所挎的枪，似乎枪头朝上，说明它也无用武之地了。父亲说那一刻他轻松了一下，赶紧放慢脚步，撒了泡尿。他说战事紧急时，只要不是冬天，尿就撒在裤子里，尤其是雨天的时候。可是北风呼号时节，一泡尿下去，不出一刻钟，裤裆就会冻成硬坨，男人的家伙挨着冰坨，再强旺的人也会废了！父亲说如果那样，就不会有我和姐姐的出生了。

父亲撒完尿，再回身看了一眼，敌手追得近了些，但离他还有二三十米的样子。他走得踉踉跄跄的，看得出很吃力。父亲也没多想，心想你有耐力就追吧。武器都成了哑巴后，双方拼的就是毅力、体力和运气了。

雪又下了起来。父亲说不下雪的话，他不会迷失方向，他本来是向着四道岭新建的密营方向撤退的，他渴望在那儿与离散的战友会合，渴望着在地窨子笼起火，喝上一缸热水，吃顿饭，踏实睡一觉。

然而雪越下越大，父亲说雪夜的森林，就是打了数不清的烟幕弹，你不走上歧路都不可能。他分辨不出东西南北，觉得哪儿都是前方，可走了一个小时后，会突然发现，自己又回到了先前经过的地方。敌手无路可走，紧追父亲。父亲怎样走，他就怎样追随，父亲想除了斗志在起作用，这家伙一直跟着可能与背后狼的追逐以及他无法辨认来时的路有关，也就是说，他也无力撤退了。

他们就这样在飞雪中又行进了两个多小时，午夜时分，父亲实在走不动了，在靠近河岸的灌木丛停下。飞雪中林木模糊，可狼的叫声一点也不模糊，越发清晰。对付狼，火光就是子弹，父亲打算与敌手，徒手决一死战，如果幸存的话，就卸下锅，燃起一堆火，化点雪水，就着热水吃炒米。想起炒米，他一摸斜挎的干粮袋，却是瘪的，他立时就腿软了。父亲仔细摸索，发现干粮袋靠近后脊梁的部位，有道寸长的口子，看来这一通急走，穿山时被树枝给刮破的，炒米白白流失了。所幸吊在干粮袋上的茶缸还在，行军中它既能喝水，还能当食物的容器。父亲说鸟儿要是寻到遗落的炒米，一定会张开翅膀欢呼。他说脱险以后，干粮袋就不在衣服最外面斜挎着了，而是像护卫盐和火柴似的，将其当银圆捆在腰间，这样就不会有闪失了。

老实说复述到此，我觉得父亲无数次唠叨的这个故事，没啥新奇，无非是他们行动失败，他单枪匹马撤退，被一个敌手，不懈追击而已。

但接下来发生的故事，尽管父亲每次讲述时，语气是平静的，但总能在我心底搅起波澜。我对后半程的故事永不厌倦，就像对一首喜欢的乐曲，不管循环播放多少次，依然爱听。

雪没停，父亲选择靠近河谷的一片灌木丛停下来。除了手枪，他还携带一把三寸长的钢刀。作为火头军，这把刀的主要用途是炊事，剜个野菜，剥点引火的桦树皮，打到野兽开荤时用于肢解动物等。当然危急时刻，它还可以作为武器。

父亲说他卸下锅，把枪也卸下，看着敌手一步步逼近。他的喘息传来了，如此沉重，好像喘不动的样子。父亲手握钢刀，身体绷紧，做好了决战准备。可是敌手踩着父亲蹚出的脚印，趔趔趄趄靠近他时，既没做出战斗的姿态，也没举手投降，而是一头栽倒在雪地上。父亲怕他佯装倒下，持刀慢慢凑近，才发现他左臂中弹了，他的军服残破不堪。原来情急之下，他撕扯军服当绷带，包扎伤口了。可是他伤得厉害，军服的面料又不适宜做敷料，所以包扎处渗血严重，一团墨色。父亲说他从未见过一个人的眼睛会在夜的飞雪中发出那样强的光，锐利、绝望，又不甘。敌手打着寒战，牙齿磨得咯咯响，不知他是被疼痛折磨的，还是因为憎恨父亲。

父亲先缴了他的枪。是一支轻便灵活的三八式步骑枪，俗称小马盖子枪，父亲说那是女战士最喜欢的一款枪。他最终靠着这支枪，俘获了母亲的芳心，那时她在后方营房的被服厂做军服，当然这是后话了。

小马盖子枪到手后，父亲继续搜他身，没发现手枪和刀具，说明他们仓促应战中，装备不足。父亲说本来可以一刀子扎在他心口上，让失去反抗能力的敌手立即毙命，但见他气息奄奄，挺不了多久了，再说狼嚎声越来越近，父亲准备赶紧点火。敌手受伤后，伤口没包扎好，血滴在雪地上，父亲想，是血腥气让嗅觉灵敏的狼一路跟着吧。狼的叫声越来越近时，父亲听出至少两条狼在叫，一种声音富有攻击性，凄厉而有穿透力；一种比较婉转、犹疑，像婴儿的啼哭，让他有似曾相识之感。

父亲在灌木丛划拉了一抱干枯的树枝，又找了棵桦树，剥了块桦树皮，生起火来。这堆火距离敌手倒地之处，有四五米远。父亲把锅支上，想融化点雪水来喝。没有食物，吃几粒盐，喝一缸热水，也能补充能量。

他烧雪水的时候，想着该怎样处置敌手。他失血过多，倒地后就再也没能爬起来。父亲知道这样下去，不出几个小时，他就会死在那片灌木丛。他似乎不惧怕父亲，但对狼的叫声表现出异常的惊恐，狼一叫唤，他就呻吟。

父亲又找来一些柴火，打算在篝火旁多休息两个小时，等雪停了再行动。他抱着柴火回到篝火旁时，雪水烧沸了，狼也来到近前。躲避在灌木丛后的狼，交替发出叫声，一种是带着威慑和焦急情绪的大叫，一种是呼唤故人似的低沉呼唤。敌手哼唷得更厉害了，他身体扭曲着，似乎想努力爬到篝火这来，可他终归没能离开跌倒之地半步。

父亲是怎么判断出徘徊在附近的狼，有一只就是他熟悉的瞎眼狼的呢？他喝过一缸热水后，发现篝火的斜对面，狼发声之处的灌木丛，有两个黄绿色的光点在闪烁，那是狼眼发出的光。两条狼应该有四个发光点，可父亲说他望了多次，总是两个光点，这说明另一条狼的眼睛是不发光的，它不是瞎眼狼又会是谁呢！父亲说直到这时他才明白，为啥有一条狼发出的叫声，令他有熟悉的感觉。

一缸热水落肚，父亲觉得已快凝固的血液开始苏醒，一波一波地缓缓流动了。他摸出几粒盐，当点心一样品咂。直到和平时期，父亲都有囤积食盐的习惯，这与他战争年代的经历有关吧，他常说盐粒是尘世的珍珠！

不瞎的狼一定是饥饿到极点了，它的叫声带着极度的不耐烦和愤怒。父亲向篝火添了更多的柴，让它越发旺盛，篝火噼啪燃烧，就像黑夜的心脏，怦怦跳动。父亲说他歇息的时候，不时瞄一眼敌手，他努力挥起右手，似在召唤他。父亲走过去，发现他浑身颤抖，脸被疼痛和恐惧折磨得扭曲变形，他对着父亲，从牙缝中迸出一个“冷”字，父亲明白，他这是想离篝火近些。父亲犹豫了一下，想着这可能是他此生的最后愿望了，最终还是又怜又恨的，拽起他双脚，确切说是拽着一双半新的长靿马靴，将他扯到篝火旁。篝火照耀着他，他发出一声怪异的笑声。不知是被篝火激动的，还是因父亲最终屈从了他而得意的。

敌手是个年轻的士兵，懂得一点中国话，说不连贯，单字单字地蹦。他到了篝火旁，先是艰难吐出个“水”字，父亲没搭理他；他又吐出个“盐”字，父亲还是没搭理他。父亲说了，水和盐的摄入，也许会让一条毒蛇苏醒。想着自己差点成为他枪下的鬼，想着牺牲的磨牙王，父亲甚至觉得把他拖到篝火旁，让他得到最后的人间温暖，都是对战友的背叛。

父亲说那夜的篝火太美了，将它周围飘舞的雪花，映照得像一群金翅的蝴蝶！他看着飞旋在铁锅上空的雪花，心想它们要是化成小年的饺子，该有多好啊。父亲饿得慌，狼也饿得慌。一条狼始终凶悍地叫，它一定希冀篝火快点熄灭，黎明快些到来。敌手怕自己最终会成为狼的盘中餐吧，他在生命的最后时刻，拼尽全力，拍一下自己，然后指指篝火，再吃力地拍一下自己，再指指篝火。父亲明白，敌手想让他火葬了自己。父亲说你要是投降，优待俘虏，我或许可以考虑。敌手听得懂父亲的话，但他没有将手上举，而是牢牢贴在胸口，像守卫最后的堡垒，至死没有做出投降的姿势。(节选)

迷　舟

格　非

1928年3月21日，北伐军先头部队突然出现在兰江两岸。孙传芳部守军31师不战而降。北伐军迅速控制了兰江和涟水交接处的重镇榆关。孙传芳在临口大量集结部队的同时，抽调精锐之师驻守涟水下游棋山要塞。棋山守军所属32旅旅长萧在一天内潜入棋山对岸的村落小河，七天后突然下落不明。萧旅长的失踪使数天后在雨季开始的战役蒙上了一层神秘的阴影。

引　子

萧接到师部给他的秘密指令是4月7日的上午。师部让他率32旅驻守棋山对岸的小河村落。这个仅有几十户农家的村落像犄角一样突出在涟水拐道的河口，是一个理想的防御地点。按照师部的命令，他必须于9日凌晨潜入小河村，尽快查明那里可以知道的一切详细情况。师部提醒他：既然我部已注意到这片没有遮掩的神秘区域，同样，北伐军对它也不会无动于衷。就在萧准备渡船出发的前夕，发生了一件意想不到的事。

4月8日，闷热的午后阳光使人恹恹欲睡。萧在涟水岸边的柳林里骑马独行。他经过棋山北坡谷底一片炫目的军用帐篷时，一匹枣红色的马追上了他。

警卫员拽住马的缰绳斜侧在萧的左边。阳光正对着他，他的双眼不能完全睁开，警卫员在还没有完全安静下来的枣红马上挺了挺身体，迅疾地举起右手掠过帽檐："有一位老太在旅部等着见你。"

萧继续稳稳地朝前遛了几步才拨回马头。天太闷热了，凉风越过山脊，从他的头顶上滑过，北坡谷底的空气是凝固的。警卫员还站在原地，他没有伸手捋掉脸上不断滚动的汗珠，而是怔怔地看着萧，等待着他的答复。

"你想个法把她支走——"萧不耐烦地挥了挥手。警卫员驱马朝前走了几步，压低嗓门怯怯地说："她，说是从小河来的。"

萧漫不经心地扫了他一眼，没有搭腔。他已经策马朝旅部疾走，警卫员在离他十丈左右的尘土中紧紧跟随着。战争使他厌倦了那些令人心烦的琐事。他知道，因为战争中的阵亡，士兵的家属突然出现在指挥部里是司空见惯的，这些捏着写有儿子和丈夫姓名字条的陌生面孔会提出一些荒唐的要求：索取遗物或打听士兵临终时的种种细节。由于这支没有番号的部队从来没有保留任何阵亡将士的名册，这些可怜的百姓常常在下级军官的叱骂声和枪托的威逼下悻悻离去。尽管萧所在的师是一支精锐的嫡系部队，他也不得不常在供给奇缺的情况下在前沿阵地作战。他的部下有时像夜与昼一样更替得非常彻底，一群仅玩过鸟枪的庄稼人也被临时招募来履行最艰巨的狙击使命。在这几乎和以前一样寂静的午后，对即将开始的大战的某种不祥的预感紧紧地困扰着他。

萧捏着马鞭走进旅部临时指挥所时，一眼就认出了这位来自故乡的老人。她是村子里的媒婆马三大婶。他离开家从军只有短短的几年，这位风流热情充满活力的女人一下子变老了。马三大婶对于村里大部分青壮男人的诱惑和慷慨大度曾引起女人间无穷无尽的纠纷。在战争的间隙中，她常常成为萧对故乡往事回忆的纽结。马三大婶是来向他报告他父亲的死讯的。

他的父亲一天傍晚在灶下生火，呛鼻的回烟使他想起很久没有捅一下烟囱了。这位七十八岁的老人颤巍巍地拿着一根绑满稻草的竹竿爬上了屋顶。他在踩碎了三片瓦和两根烂椽后，摔死在灶屋的水缸里。萧在媒婆尖细的嗓门几乎是滑稽地描述了父亲的死之后，显得格外平静。他没有丝毫突兀的恐惧和悲痛的感觉。他简略地回忆了一下父亲生前的时光，就向警卫员要来一支烟抽。他划火柴的手指有些颤抖，他知道，那不是源于悲痛而是睡眠不足。萧旁若无人地走出了指挥所，朝着系马的一棵老杨树走去，萧在解马缰的时候听到了身后脚步踩乱草丛的声响。那是警卫员不安地跟了出来。萧回过头狠狠地瞪了他一眼，警卫员不由得止住了脚步。

已是黄昏时分，他独自骑马从北坡登上了棋山的一个不高的山头。连日梅雨的间隙出现了灿烂的阳光。浓重的暮色将涟水对岸模糊的村舍染得橙红。谷底狭长的甬道中开满了野花。四野空旷而宁静。他回忆起往事和炮火下的废墟，涌起了一股强烈的写诗的欲望。他的父亲是小刀会中为数不多的幸存者，也是绝无仅有的会摆弄洋枪的头领之一。他的战争经历和收藏的大量散失在民间的军事典籍使萧从小便感受到了战火的气氛。萧的梦中常常出现马的嘶鸣和隆隆的炮声。终于有一天，他走到父亲身边询问他为什么投身于一支失败的队伍，父亲像是被碰到了痛处，他的回答却是漫不经心的：从来就没有失败或者胜利的队伍，只有狼和猎人。母亲是一个谨小慎微的女人，对她来说，连绵不断的战争和孩子们突然长大使她寝食不安。他哥哥去黄埔军校的前夕，母亲哭得死去活来，她大声叱骂丈夫的放纵和对于战争的荒唐的预料而将儿子送上绝路。她突然变得专横和坚强起来。她将瘦弱的兄长和两只山羊一起关了三天。第三天深夜萧偷来了坚固的木栅栏门锁上的钥匙。他哥哥几乎没跟他说什么话就踏着月光走了，当时他的父母正在熟睡。后来，母亲担心萧会走上他兄长相同的道路，就雇来一只小船将他送到了繁华的榆关镇，让萧跟他的一位表舅学医。那是一个炎热的夏季。萧从哥哥出走的一连串麻烦中积蓄了经验。当萧准备跟孙传芳的一位部将当勤务兵时，他穿着浆得笔挺的衣衫回到村子里。他的无声的告别使母亲误以为他是去邻村相亲。

暮色四合。凉爽的晚风吹来了涟水河潮湿的气息。他的白马在山头不安地躁动着，四蹄刨着泥土。和他遥遥相对的村子已经淹没在黑暗之中了。他的白马在跃下山坡的时候，他想起了前些日子在师部开会时听到的战报：3月21日攻占榆关的恰恰是他哥哥的部队。

第一天

萧和警卫员是拂晓渡河的。他们的船到达对岸时听到了村中传出的第一声鸡叫。萧将小船划向岸边垂落下来的枝叶繁盛的晚茶花丛，那是藏船的好地方，汩汩的流水轻轻地摇动着小船，一只黑色的水鸟倏地飞出，沿河岸低飞而去。萧在挂满露珠的藤蔓中觉察到了一丝凉意，浓郁的花香和水的气息使他心中充满了宁静的美妙遐想。他对这个美丽的村落不久以后给他带来的灾难一无察觉。

萧上岸后经过一片密密的竹林进入他所熟悉的村舍。村子的背后是西沉的弦月，东方曙河欲晓。在井边打水的女人没有认出他来。偶尔也有一些早起的老人咳嗽着从他身边走过，消失在薄雾里。村民对陌生人早已没有了兴趣，他们只是对补锅的风箱、弹棉花的马头木弓和换麦芽糖人的笛声感到亲切。萧横穿过那些狭长的弄堂和茅舍，没有人打量他，只是引起了经久不息令人战栗的狗的狂吠。萧的平静的心中泛起了一层涟漪，但他很快又在桃花和麦苗的清香中陶醉了。

萧家的宅子在村子的最西边。他远远地看见屋子的门是关着的，走近才发觉开着的门上挂着一匹黑色的孝布。他掀开孝布走进院子时，他的母亲正巧手里擎着一盏煤油灯，两个黑影突然挑起门帘闯了进来把她吓了一跳。不过，那盏煤油灯她还是紧紧地握着。当她认出长着一撮漂亮胡子的儿子时，才把灯扔在了离她大约有一丈远的阴沟里。母亲足足打量了一袋烟工夫，她发现儿子完全地变了。他的眼神和丈夫临终时的眼神一模一样。深陷在眼眶里的眼球没有丝毫新鲜的光泽。丈夫从屋顶上摔进水缸在她心中引起的不祥的预感又开始泛滥起来。她将儿子领进灵堂的时候又烧掉了三沓黄纸。她的举动不是出于对丈夫的哀悼而是为儿子消灾。萧在父亲的棺木前重重地跪下了。他宁静的心绪没有被灵堂的肃穆气氛扰乱，在他看来，父亲在那支队伍消失后隐居在涟水之北的村舍之日起就已经死了。他唯一感到内疚的就是离家前对母亲的欺骗和轻蔑。他凝望着母亲瘦削的肩膀，大梦初醒似的意识到了战争带给他的变化。他感觉到像是有一根纤细的鹅毛在拨动内心深处隐藏的往事，这种感觉转瞬即逝。他站了起来，深深地吸了一口气，空气中弥漫了一股香灰和黄纸的气味。

母亲发现儿子面容苍老，头发蓬乱，就给他找来了一把木梳和剪刀，强迫他将胡子收拾干净了。萧若有所思地问起父亲的灵堂为何这样冷清，母亲说，父亲后半生几乎足不出户，不爱结交俗人。由于战争，远近的亲戚早都没有了音讯。家中空余的房屋和后院她只是在重阳节才去赶一次耗子。现在潮湿的地面上也许已经长满了水草和苔藓。萧对母亲说话时的啜泣无动于衷。萧又询问母亲关于葬仪的一些事，母亲像是没有听见，半晌没有回答，萧深深地吸了一口气，就此沉默了。

这是他和母亲最长的一次谈话。

午后，萧和警卫员查遍了村子的每一个角落，没有发现一个异乡人，他暗自庆幸北伐军还没有注意到这个涟水之北偏僻的村落。这个村子至少已有一千年没有受到战火的侵扰了，村民们相信它的宁静会像日复一日流逝的涟水向远处延续。他们丝毫没有联想到在清晨引动狗叫的两个陌生人和战争的瓜葛。在傍晚牧童的牛蹄声中，在屋檐下的阴影逐渐拉长的井边，人们只是传说着经年未改的往事。太阳快落山的时候，萧准备去涟水河面察看地形，警卫员向他报告说，一个来历不明的道人在村子中央的扇形晒场上，他算卦灵验使那里的人越聚越多。

萧和警卫员从人群中挤进去的时候，晒场上的人出于对陌生人的恭敬，给他们让开了一条缝。老道正在预测村子的凶吉。他的牙齿几乎全脱落了，说话含混不清。他的打满补丁的长衫上积了一层厚厚的油垢。他的面前铺着一张旧黄的旗子。由于墨迹的渗透，旗子上爻、兑、震、巽的字样已经模糊不清。老道盘腿屈膝坐在沙地上，他的脚边堆放着龟壳和蛇皮以及跌打损伤的膏药。另外还有两座可以转动的轮盘和一只洒满黄米的畚箕。

老道沉吟了片刻，然后咕哝了一阵谁也无法听懂的话，朝等着预知村舍未来的虔诚的村民挥挥手：天蝎南游，双鱼北走，摩羯安西，处女嫁东——战争已经过去。

萧的腮边挂着轻蔑的不易察觉的笑意。他觉得人们总是生活在幻觉里。对于他来说，未来已经悄悄地向现在延伸，战争已经开始了。对村民的怜悯并没有扫除萧对自身迷惑的阴影。他同样也生活在一种幻觉里。今天拂晓他踏上薄雾中的小船，遥望对岸熟睡的村子，曾涌起一种莫名其妙的激动。他不知急于回家是因为父亲的死，还是对母亲的思念，或者是对记载着他童年的村子凭吊的渴望。他觉得像是有一种更深远而浩瀚的力量在驱使他。

晒场上的人陆续散去了，天慢慢地黑了下来。萧觉得老道不像是北伐军的密探，在老人收拾包裹和杂物的时候，萧不经意地在道人脚下扔了一枚铜板。道人没有理会那枚在沙地上无声滚动的铜板，也没有停止拾掇，他抬头瞥了萧一眼：客官莫非有意算一卦，是婚姻还是财路？

生死。

萧说。他点燃了一支烟。越过那些低矮的紫穗槐树丛，他的目光注视着远处涟水河面弥漫着的空蒙的蜃气，道人在掐算萧的生辰八字时，天已经完全黑了下来。

当心你的酒盅。

道人含糊地说了一句。

当天晚上，警卫员拎来了两瓶土烧和一包牛肉。像往常一样，警卫员在萧的面前放了一双竹筷，一只陶瓷酒杯。他坐在萧的侧面，两手垂放在桌沿上。萧将酒杯推到警卫员的面前并给他斟了一杯酒，自己点上了一支烟。

警卫员像个姑娘一样翻动着细长的睫毛，偷瞄了他的长官一眼，迟疑地端起了酒杯。萧又从警卫员的眼睛里看到了道人诡谲双目的光芒。

警卫员一定看穿了自己的胆怯，萧想。尽管他的警卫员是一个未谙世事的孩子，他还是感到了一种按捺不住的烦闷和惆怅。

母亲推门进来的时候，萧看见母亲身后一个女人秀颀的身影迅速踅入灵堂冥幽的暗光中。

第二天

昨天在母亲身后消失的那个女人激起了萧无穷的联想，当时他像是在夏季的热风中闻到了一阵果香那样贪婪地吸了一口气。在第二天举行的他父亲的葬仪上他们再次相遇时，他才认出她来。

那天晚上，萧在灵堂喧嚷的哭泣声中进入了梦乡。午夜之后，一只调音的胡琴将他惊醒。村子很久没有死人了，这些为死人吹奏丧曲的乐师们失去了往日的默契。技艺的荒废使他们只能摆弄出一些断断续续的嘈杂的音响。萧从床上坐起来的时候，不协调的音乐使他一连打了好几个喷嚏。萧借着从朽蚀的窗骨中泻进来的月光，发现怀表的指针指向三点。葬仪正式开始的时候，萧就紧跟在那些乐师的后面。他还没有完全从睡眠中醒来。月光被疾速移动的乌云遮住了，他的脚步有些蹒跚。晚风中混杂的刺树和青草的气息在他周围酝酿着。他注视着远处影影绰绰的山影，回忆起他在表舅家度过的那个炎热的夏季。

由于哥哥的猝然从军，在母亲的威逼下，他随一只过路的小船来到了涟水和兰江交接处的榆关，跟他的表舅学医。他的表舅是一个温良敦厚的中医。他平素四乡浪迹，行医谋生，妻子在一次难产中死去，他苦于女儿无人照料，在榆关临江的街面上开有一间药铺。萧来到榆关的最初一段日子里，总是处在极度的不安和焦躁之中，他在临江而筑的竹楼里翻阅一本本发黄的医药典籍时，只有人体的插图偶尔能引起他模糊的兴趣。在夏季炽热的阳光的辐射下，他从窗口远眺江面静止的帆影，耳畔常常响起杂乱而急促的马蹄声。随着日晷的长短伸缩，时间悄悄地流走了，他的舅父发现他对药理和书籍的兴趣不大，就让他学习针灸。这天晌午，天空突然布满了阴云，隆隆的雷声使他在竹楼里坐立不安。他的表舅出诊未归，萧正在一只冬瓜上练习扎针的时候，表舅的女儿走上了竹楼的书斋。她是上来找一把红纸的雨伞的。在她拿了伞要下楼的时候，她看见萧一针接一针地将冬瓜戳出一汪汪清水，就走近萧的身旁，给他示范针灸的扎法。萧那天从渡船上踏上榆关码头的时候，她和表舅来接他。他错过了一次认识她的美丽的机会。由于他对母亲的怨恨和炎炎烈日的蒸烤，他看都没有看她一眼。现在，这个叫杏的姑娘用食指、拇指、中指捻动那根细长的银针，萧忽然觉得喉头涌出了一股咸涩的味道。他的眼睛无法从她那白皙细长的手上挪开了，那根针像是扎在了他的脉上，他闻到了屋子里越来越浓的清新的果香。杏几乎没有和他说上几句话就离开了竹楼。她走后留下的气味像是凝固在这个竹楼内。在萧度过的这个夏季漫长的独坐中，这种气味一直没有消失。

表舅按照他行医的经验苦心孤诣地给萧安排了一次次的练习。他扎了两个星期的冬瓜后，表舅让他试着在一只兔子身上进行练习，他觉得心绪突然变得比先前还要糟。手里活蹦乱跳的这种动物要比冬瓜难以伺候。他当着表舅的面，只能小心翼翼地将针插入它的脖颈和肚子，表舅一旦走开，他立刻不知轻重地乱捅一气，几乎每天都要弄死一只兔子。表舅在萧面前的摇头叹气越来越频繁。他终于放弃了让萧学针灸的念头，开始让他学习搭脉。使他的表舅感到意外的是，萧只用了两个小时就学会了。

夏末的一个中午，表舅在书屋午休的时候，萧来到了竹楼下的院子里。杏在银杏树下的一只躺椅上睡着了。她手里拿着一本关于节气传说的书。那本翻开的书在她胸脯上起伏着。萧痴痴地坐在离她很近的竹凳上，凳子发出的吱吱嘎嘎的响声使他吓出了冷汗。她另一只手在椅背上无力地垂着。萧能听见自己粗重的呼吸，涟水的河面上传过来划船的桨声。一只困倦的白蝴蝶在他跟前飞过，他轻轻地碰了一下她纤柔的指尖，然后将手搭在她的脉上。他觉得她乳白的皮肤下血流得很快。她一定不会醒来的，他想。

她真的就没有醒来。

在以后动荡的戎马生涯中，他躺在静谧的山洼里注视满天星斗、吞嚼草根和树叶苦涩的汁水时，他也偶尔记起了那天午后令人窒息的空气中飘飞的时间，他回想起他的指尖轻轻抚过她光滑的手臂，解开她领口的第一颗纽扣时令人心醉的一幕，突然觉得杏也许是醒着的。这个念头从此一直没有离开过他。

现在，他又闻到了那股果香。

当棺木在墓地上停稳后，送葬的队伍缓缓朝这个开满梨花的低矮的土坡围过来。萧似乎觉得杏就在这个稀稀落落的人群中。他的脊椎骨上像是爬上了一条冰凉的水蛇。葬仪之后，他从母亲的口中知道，杏已于月前嫁到了小河村，她的丈夫三顺是一个兽医。这个能掀翻一头黄牛的青年对兽医这一职业有着发狂的嗜好。他通读《医学辞典》《本草纲目》，另外还专门研究过很少有人读懂的《黄帝内经》，他在榆关镇的街上和萧的表舅邂逅之后，老人立刻被他渊博的学识吸引住了。当这位老中医得知三顺将给人治病的方法移植到畜生身上取得成功后，不由得感慨相见恨晚。他们在街角的一爿茶馆里谈到深夜，这次偶然的相遇便促成了他美满的婚姻。

父亲的棺木轻轻地安放在撒满铜钱和黄纸的墓穴中。一个拄杖的老司仪递给萧一把铁锹。萧铲了一块泥土撒在父亲的棺盖上。萧突然觉得背后有一种灼人的目光在打量他。他稍稍地偏转了一下视角，转过身，看见杏穿着孝服站在母亲身边。杏的背后是空空荡荡的田野。一棵孤零零的合欢树上憩息着一只喜鹊和一只绿头翁鸟。

墓地上参加葬仪的人陆续散去。杏和母亲在墓前栽下几棵湘妃竹和一棵雪松。萧站在一片黄灿灿的油菜地旁，杏和母亲之间无言的亲密使萧的心头掠过一阵宽慰的意味。萧从口袋里掏出一盒火柴走到墓前，把剩下的被露珠打湿的黄纸烧掉。他用一根棍子将那些在灰烬中卷缩的纸片挑起来。四月的风吹起了这些纸片，有几团灰白的纸烬随风滚到了新栽的雪松旁和杏的脚下。杏正弯下腰用脚踏平树根的新土，她将那些吹过来的纸灰踩进土里，顺着纸团滚过来的方向，她抬头瞥了他一眼，很快。萧蹲在杏不远处的侧面，除了杏秀颀的身体轮廓外，他的眼前一片空白。

他们回村的时候，母亲和杏走在萧的前面。警卫员也许还在熟睡，萧听不到背后跟随着的熟悉的脚步声，有点不习惯。但他眼前的天空却陡然变得开阔起来，他似乎觉得一切都在他的视野之下。

他们谁都没有说话，在他的背后，太阳刚刚升起。

第三天

葬仪结束后，村子又恢复了往日的宁静。清新的阳光在中午前后渐渐地增加了它的热度。眼前正在农闲季节，麦苗还没有抽穗，柳树的稚嫩的叶子还没有完全舒展开，耐不住闲暇的农人漫不经心地给桃树和桑木剪枝。午后，村子比夜晚更加宁静。杏去村后的茶林采摘雨前茶，她瘦削的身影在远处闪闪发亮的沟渠旁成为一个静止的黑点时，另一个人也走过村后的木桥，依她的原路朝茶林走去。

这是漫长而又短暂的一天。萧依旧起得很早。马三大婶来到他家院子里的时候，萧正蹲在阴沟旁用盐巴刷牙。警卫员还在熟睡。由于前天晚上的贪杯，出殡的时候，嘹亮的号声和人群的嘈杂没有惊醒他，眼下战情急转直下，部队的每一个将士都感到空前的疲倦。萧平素对下属总是极其严厉，但他性情温怜的一面总是被深深地藏匿着。萧曾一度对这位不谙世事的年轻人的反应迟钝表现出极度的恼怒，但战争使他周围的一些熟悉的面孔相继离去之后，一直跟随在他身边的警卫员就成了他纷飞战火中唯一的伙伴。他在渐渐容忍了警卫员的愚钝的同时，发现自己和这位沉默寡言的下属的关系日渐亲密。马三大婶是来借一只细眼的筛子的。她说去年积陈的菜籽生满了白虫，她准备把这些菜籽筛净后送到油坊去。马三大婶拿了筛子没有立即离开，她正想对萧说些什么，萧的母亲从地里锄草回来，她的头巾上落满了湿漉漉的花瓣。马三大婶忙着和母亲搭讪，从院子里盛开的木槿说到了涟水的涨落。马三大婶和母亲说话的时候，不时地朝萧瞥过来几眼，尽管这位昔日的媒婆已经失去了往常的秀丽姿容，但她的诡秘的眼风依然使萧回想起了她年轻时的模样。马三大婶从遥远的山村嫁到小河村来的那一年秋天，她的丈夫突然跟一只过路的船走了。从此一去没有了音讯。村里人都在传说他是看上了船上的一个洗碗碟的女用人才走的。知道底细的告诉她，她男人是耐不住眼下越来越紧的饥荒去投了军。这样的猜测被证实是在三年以后，她丈夫的尸首被几个陌生人送了回来。村里的女人用眼泪来安慰这个本分的小媳妇的同时，村里的男人也用另外的一种方法来安慰她。没过多久，村里的女人就和她反目成仇。这个几乎和村里的所有女人结下了怨仇的年轻寡妇和母亲却相敬如宾。萧记得他的母亲常常带他到河边她的孤零零的小屋里来。女人间的许多事萧当时没法理解。一天深夜，母亲大口大口地吸着纸烟卷和马三大婶相对而泣。她们低低地叙说着早已消逝的往事，大部分时间，她们彼此不说话，各自揣着心事，陷入了冗长的回忆。墙根油虫的鸣叫陪伴着她们。萧在这两个羊羔子一般亲近的女人的静默中感到无聊。他伏在母亲的膝上进入了梦乡。天快亮的时候，巡夜人的敲更声音提醒了她们。萧清晰地记得马三大婶俯身吹灭桌上摇摇欲灭的油灯时垂向桌面的软软和和被青衫包着的乳房，以及黎明中的晨光渐渐渗入小屋的情景。

马三大婶替母亲掸了掸头巾上的花瓣，母亲回里屋去了。马三大婶把萧带到屋外。他们站在墙旮旯的一株盛开的杏花树前。马三大婶朝四周扫了一眼，压低了声音说："三顺今天去涟水上游很远的水域捕鱼了，两天后才能回来。"

马三大婶说完，就提着竹筛走了。萧感到一种难言的羞涩。这种羞涩在他模糊地懂得了男女之事后母亲在一个澡盆里给他擦身时也感到过。女人们往往把复杂的事情想得太简单，而把简单的事想象得过于复杂。萧伫立在墙角，他渴望从媒婆那里得到更多的关于杏的消息。马三大婶的背影逐渐消失了。他悻悻地回到屋里。他坐在院内的两盆天竹旁，注视着天空缓缓移动的流云，处在一个极度兴奋和茫然不知所措的心境中。这种心境一直到他瞥见杏提着竹篮从河边的柳林里往村后走去才消失。

小河的村后是一大片辽阔的平原。平原的尽头被一线黑魆魆的防风林遮住了。杏的茶林在离村子很远的一个土丘上，土丘的东边是一条深陷的大沟壑。沟壑水底长满了青草。萧远远地看见杏的身影在茶林里湮没了。四下里空旷而寂静，正午的阳光使草尖和麦苗的叶子微微卷起垂落着，追逐野鸡的猎人和黄狗在涟水河弯曲的河道上懒懒地走，萧看见猎人在一个捡牛粪的老人身边停住了，像是向老人借火。那条黄狗就举起前足舔老人的裤管。他们聊了几句，就各自走开了。微弱得几乎使人难以觉察的风吹过来浓郁的茶香。

萧重新陷入了马三大婶早上突然来访所造成的迷惑中。他觉得马三大婶的话揭开了他心中隐藏多时的谜团，但它仿佛又成了另外一个更加深邃的谜的谜面。他想象不出马三大婶怎么会奇迹般地出现在鲜为人知的棋山指挥所里。她又是怎样猜出了他的心思？另外，杏是否去过那栋孤立的涟水河边的茅屋？在榆关的那个夏天的一幕又在他的意念深处重新困扰他。

褐黄色的土丘像是清澄的水中展出的光秃秃的沙洲。萧在接近土丘的时候，杏几乎没有觉察到。从沟底贴水而飞的雨燕惊动了她。

萧轻轻地将她扳倒了。

在墨绿茶垄阴凉的缝隙中，他闻到了泥土的气息。他的激动不安突然消失了。他匍匐在被太阳烤得恹恹欲睡的大地上，听到了由远及近轻轻搏动的浑厚的地声。一阵和煦的风吹过，他默默地记起了一支古老的民谣。这种静谧安详的感觉没有维持多久，萧又重新被一种漫无际涯的深深孤独溶解了。杏在他怀里啜泣着。萧觉得这哭声和她紧紧扣在他腰间的双手仿佛将他的骨髓都吸尽了，他浑身冰凉。她紧闭着双眼，就像熟睡了一般。他越是用力抱紧她，她就仿佛离他越远。他觉得自己深陷在一个巨大的泥潭里，他的挣扎只会耗尽他的生命。他浑身被热气笼罩着，与生俱来的分离的经验在年轻女人的怀中迅速地蔓延了。萧体味到了一种从未有过的紧张和疲惫。

一只水牛的犄角在沟壑的拐弯处出现了。随后出现了另一只角。牧童坐在牛背上，用光着的脚丫驱赶着牛虻。

放牛的少年没有注意到他们。

第四天

这天，萧像是梦游一般地走到了杏的红屋里去。

三顺还没有回来。傍晚的时候，涟水河上突然刮起了大风。

第五天

雨是深夜下的。萧在梦中听到了预示着涟水春汛的雷声。他醒来的时候，到处都是鸟叫。吸饱了雨水的硕大的刺树花蕾沉甸甸地落满了被骤雨冲刷得净朗的沙地。诱人的花香和雨后骄阳使萧有了钓鱼的渴望。他将父亲久已不用的鱼竿从床底下翻了出来。用燕竹做成的鱼竿已经发霉，它的衔接处的铁皮也已经布满了潮湿的黄锈。萧从院里找来了鸡毛，将它剪成漂在水面上的鱼浮。萧在整理鱼线的时候，警卫员从屋外的树根下找来了一小瓶蚯蚓做鱼饵。很快，他们来到了涟水河边。

小河位于涟水的下游。涟水在汇入兰江之前的拐弯处，水势并不平稳，那些漂浮在水面上的菜叶和柳絮静静地顺流而下，只是在经过一些水底布满凸凹石块的水面时，才突然被卷进漩涡。在涟水的石码头洗衣的妇女看见萧在对岸的一处流水很急的地方垂下鱼竿，都忍不住地笑出声来。她们说，萧离家才有几年，竟连钓鱼的本领也忘得一干二净，在那样的水面只能钓到水草。

萧没有听到妇女们的议论，却听到了一向沉默少言的警卫员的忠告："这里水很急。我们还是往下游走走，找一块平静的水域。"

"在流水很急的地方能钓到箭鱼和梭子。"萧说。

警卫员不再吱声。萧点了一根烟，他知道在这样的水域钓鱼需要很大的耐心。他记得父亲生前常在涟水河边这块水面垂钓，从日出到日暮，他几乎每天空竿而归。萧坐在那片被榛树覆盖的浓阴之下，凝视着从村子上空飞过的雁阵和静止不动的云朵。他的视线渐渐移到了村西的一堵呈直角的红墙上。那是杏的家。萧知道他只有坐在这个位置才能让目光越过那堵红墙，清楚地看见院内的一切。

太阳已经升高了。空阔的院子里寂然无声。堂屋的门关闭着，有几只雏鸡在底下啄食。昨天夜里，萧离开杏的院子时，杏倚在门边痴痴地看着他。南风掠过水面，在竹林里引起了一阵簌簌的喧响。遥远而冷清的星群中是一弯朦胧的晕月。杏衬衣的纽扣没有扣上，头发放散在肩头。萧凝望着她，料峭的春夜使他一连打了好几个寒噤。杏将黑漆大门掩上的时候对萧说，如果三顺今夜不回来，她明天就在院里晾衣服的绳上挂一只竹篮。

春阳温和地照临水面。萧不安地眺望雨后的院落。他没有看见院内晾衣服绳上挂上竹篮，却突然发现马三大婶正在河对岸村子的柳丛里向他招手。

“你找来的鱼饵太小了，而且是黑色的，”萧对警卫员说，“在这片水域鱼走得快，很难发现黑色的蚯蚓，走吧，我们回去。”

警卫员迷惑地看了萧一眼，他也正待得无聊，无风的天气使他昏昏欲睡。他帮助萧收拾鱼线的时候，像是对旅长的反复无常感到茫然不解，又像是丝毫没有猜透旅长的心思。来到小河的短短的几天里，萧所经历的一切，他也似乎毫无察觉。

简直是个孩子。萧一边往回走，一边平静地想。

马三大婶咕咚咕咚地吸着水烟，将萧拉到一处无人的地方，好久没有说话。萧看到了她畏缩胆怯的目光正处处躲闪他，她踮着的小脚也有些颤抖。媒婆压低了粗哑的嗓门神色慌张地告诉萧：他和杏的事发了，昨晚杏的哭叫声惊动了四邻。

三顺是昨天深夜间来的。那是萧刚刚离开后不久。姗姗来迟的梅雨开始零星地下了。这个深夜归来的精明的兽医几乎是一踏进院门就嗅出了气氛的异常。他身上散发出来的浓烈的鱼腥气和连日捕鱼带来的疲惫并没有妨碍他的细心的揣测。他将笨重的渔网搁在院里的鸡埘上，没有理会杏给他端来的烫脚的水盆。杏蹒跚的脚步和脸上还未消失的红晕激起他心中狐疑的涟漪。他将杏带到里屋，放下了窗帘。杏的双腿轻轻地战栗着，她温爱地摸了摸他长满粗硬胡须的两腮，推说去灶下生火做饭，正要离开卧室，三顺一把拽住了她。他轻轻地用手一推，杏倒退了几步就坐在了床沿上。三顺麻利地给杏脱掉了衣服和鞋子，将她抱起来扔在床上，随手放下了帐子，吹灭了桌上的油灯。杏在黑暗中听到了解皮带的声音，这种声音没能给她带来往日的兴奋，却使她预感到了灾祸的来临，她不由自主地哭了起来。当三顺潮湿的身体一接触到她的肌肤，杏的身体立刻就像触电一样变得僵硬。

萧从口袋里掏出了所有的铜板放在马三大婶手里，他并不是想付给这位连日奔波的老人酬劳，而是为了让她在说话的时候能安定下来。马三大婶的手握不紧这些铜板，她的手指像小兽一样跳跃着，有两枚从指缝中落到了沙地上。

三顺用粗麻绳将杏吊在了梁柱上，他打断了六根柳条之后，杏说出了萧的名字。邻人被杏的哭叫声惊醒，已是子夜时分。他们拥进了那堵红墙的院内，里屋的门上了闩，他们从门缝里看见杏赤裸的身体被吊着，就开始砸门。门是新银杏木做成的，他们砸扁了门上两个巨大的铁环，门上裂开了一道口子，有人想从门上的豁口伸手进去拨动门闩，但他们突然停住了。从门缝中和裂口朝里看的人都屏住了呼吸。人群圈外的人根本不知道屋子里发生的一切：三顺用一把劁猪用的小刀在油灯上淬了淬火，在杏的下腹处迅速地剜了一下，动作熟练得像从木瓜中往外掏瓤。杏已经无力叫喊了。她的身体剧烈地抽搐了几下，就昏过去了。

马三大婶的水烟早已吸完了。她像是被自己的叙述惊得目瞪口呆，又像是对这位一向老实巴交的年轻人荒唐的举动感到永远的意外。今天清晨，好心的几个女人将昏迷不醒的杏用小船送到了她娘家——榆关。对于这件事，村里人并不感到新鲜，将不贞的女人阉了送回娘家是常有的事。马三大婶没有告诉萧更多的实情。其中最重要的一点就是：

已经在村里失踪的三顺曾四处扬言要杀死他。

第六天

尽管萧知道三顺已经在村里失踪了，昨天下午，他还是拎着手枪到杏原先居住的红墙内转了一圈。院内依旧空阔。就在他准备离开这幢散发着奇异果香的红屋时，他发现有一个人影在竹林里闪了一下，他下意识地捏紧了手枪。枪内共有六发子弹，他现在变得异常暴躁，直想找个人将这六发子弹射出去。竹林的稠密的叶子像是打了个寒噤似的动了一下，警卫员从里面走了出来，萧长长地舒了一口气。

当他们回到家里时，警卫员极其小心地提醒萧是不是该回棋山了，因为大战即将开始。萧愤怒地将手枪的枪柄重重地敲了一下桌子。母亲被屋里的声音惊动了，推门走进来。她已经知道了村子里发生的一切，想找个机会和儿子谈一谈。她惊恐地看见萧愤怒地瞪着警卫员，她走到桌边将手枪抓过来，顺手塞进离她最近的一只抽屉。

萧站起来，一言不发地走了出去。母亲小心翼翼地跟出来。她觉得一定得和儿子谈一次，因为她相信：既然三顺扬言要杀死她儿子，他一定会做到的。她深知这位异姓家族后代的秉性。三顺的父亲原来也是一个本分的打鱼人，他曾经为一次微不足道的口角挑起了一场三四十人的格斗。萧没有意识到母亲跟着他。他走进父亲生前的书房，就将房门关上了。

在父亲葬仪之后，从来没有人走进这间阴暗的尘封的屋子。萧点亮了桌上的油灯，挑亮了灯芯，灯芯上积满了灰尘。萧坐在父亲的写字桌前，凝望着父亲的那张挂在墙上的半身像。画像的边缘糊上了一圈黑框。黑框是用一方幔布精心剪成的。他仿佛看见了母亲在油灯下细心缝制的身影。这个村子里的人还不知道世上早已发明了照相术，他父亲的像是请一位卖膏药的郎中画的，这位江湖画师把父亲的眼眶画得浅了一些。另外那套马褂也似乎太不合身。他能够从这张走了样的画像中看出画师在他父亲的眼神上耗费了匠心。这种深邃而坦然的眼神是他曾经非常熟悉的，他在离家出走的前夕，父亲正躺在院子里的藤椅上阅读一个姓梅的古行吟诗人的诗抄。父亲的后半生几乎天天都要捧起这本诗抄。他知道哥哥去黄埔军校曾得到父亲无言的赞许，他渴望父亲能像往日一样看穿他要从军的意图，从而给他指点。那天他围在父亲的身边踯躅了好久。父亲没有注意到他。这时，他从庭院的门中看见了远远的被太阳照得炫目的涟水河，河滩赭黄的沙地，沙地上搁浅的小船，和他一起去投军的一个同伴正在向他招手。那是黄昏时分。他一直没有弄清他给孙传芳的一个部下当勤务兵的时候，父亲也是否表示了默许。后来在频繁的战事中，他越来越怀疑自己是不是在无意之中违背了父亲的意愿。

父亲的褐红色的座椅被磨成了浅黄，雕花红木制成的高大的书架依然明澈得能照见人影。他随手拿起桌上的一本父亲临终时的手稿翻着，那手稿压在一柄刻有“涟水糯墨”的砚台下。在他翻阅的一瞬间他突然看到这本父亲用来临摹汉魏碑帖的毛边纸簿中抄录了父亲写给兄长的一封书信。由于毛笔吸墨不多，字迹显得过于苍劲、粗粝。萧在这封信的最后几行发现了自己的名字。

萧父亲写道：我不再奢望能见他一面，他的军队不久就要覆没，我现在不像以前一样担心，担心听到他的死讯。

萧觉得自己的脊椎像是被针刺了一下。尽管他的父亲在字里行间并没有多少责备他的意味，他还是感觉到了耻辱。他在父亲的桌前呆呆地坐着。下午的时光像沙子一样流走了。他天生的高傲和倔强使他强迫自己镇定起来，他像是第一次从小河的这些天浑浑噩噩的梦魇中苏醒过来，本来他已不再期待什么了，现在，强烈的好胜的欲望使他想立即赶回部队。他回忆起不久前看到的一份前线的战报，孙传芳的部队在北伐军的攻击下已濒于彻底崩溃的边缘。72师、31师的不战而降在本来就军心涣散的将士中投下了无法消除的阴影。萧似乎感觉到了一种不祥的预感正向他袭来，但这种感觉很快就消失了，他的任性和醉心于幻想的秉性使他寄希望于不久后开始的战役。他想，既然自己已没有其他出路，他只有铤而走险。他不知道这种荒唐的愿望是出于对父亲的怨恨和嘲笑，还是乞求父亲的在天之灵对自己的错误抉择给予原宥。他决定立刻赶回棋山。

就在他站起身准备离开父亲书房的瞬间，他意念深处滑过的一个极其微弱的念头使他又一次改变了自己的初衷。

他想到了杏。

他的眼前出现了杏那温柔而迷惘的目光。像是一阵清冽的果香在他面前飘拂而过。他回忆起在榆关过的那个炎热的夏天，临水而筑的药房竹楼。他想起了在纷飞的战火中她影子重重叠叠地闪现的时刻，想起了他来到小河的这些天给她带来的灾难。一种深深的原罪感在他的心头暗暗滋长了。

傍晚的时候，萧告诉母亲他今夜将去榆关。母亲对儿子的话没有感到意外。她知道自从萧去榆关学医的时候起，他的灵魂就被那个表舅的女儿悄悄地偷走了。她坐在桌边没有说话，无神地看着萧，身体有些颤抖。警卫员喝得酩酊大醉，他像是朦朦胧胧地知道了萧要去榆关，他挣扎着伸直了双腿，准备从床上坐起来，但他刚刚微微抬起了头又重重地摔在床上，沉沉地睡去了。

榆关离小河有二十里水路，一个晚上来回足够了。萧走出院门的时候，天已经快黑了。他走过村子中间的空空荡荡的扇形晒场，看到了上灯时分涟水河边零星的渔火。他深深地吸了一口气，加快了步子，他的耳畔传来渐深的夜色中舂米的木桩敲击石臼的声音。

他来到涟水河边，正要去那片洒满夜露的晚茶花丛解开船缆的时候，黑夜中像是有几十个黑影迅速地在他身后闪了一下。萧回过头，看到了三顺和几个他不相识的人手持杀猪刀朝他逼过来。

黑影慢慢地朝前挪动着步子，九寸长的刀子在他们手里跳跃着。萧已经退到了河边，他能够清晰地听见涟水河静静地流淌的水声。他徒然地将手按在腰中空空的手枪皮套上。由于一阵忙乱，他出门时竟忘了带手枪。那支装有六发子弹的手枪此刻正关在卧室桌子的抽屉里。三顺没有走上来，他倚在一棵刺树下，嚼着树叶，冷静地看着他手下的人将萧围起来捅死。突然，他吐掉了嘴里嚼烂的碎叶，迅速地朝萧走过来，他像是突然想起了什么："你的那个警卫员呢?"

围着萧的几个黑影也像是猛然醒悟过来，他们立刻撇下萧钻入丛林，四下小心地搜索起来。他们现在相信，警卫员似乎应该就在附近。三顺用刀尖支起萧的下巴："你的那个警卫员在哪儿?"

他喝醉了——萧平静地说。三顺从鼻子里轻轻地哼了一声，没有再说什么。不一会儿，钻进丛林里去的人又一个个闪了出来，他们身上沾满了蛛网和露水。这时，月亮从云层里出现了，他们彼此能够看清对方的脸，三顺知道他手下的人没有搜出什么。

他满心犯疑地打量了一下萧，他对萧回部队不带警卫员感到茫然不解。他的目光紧盯着萧的脸，忽然他的嘴角浮现出一丝不易为人察觉的神色："你是去榆关看那个婊子吧?"

萧没有搭腔。他安详地看着眼前已经发生的一切，同时，他也明白那个阴冷恐怖的将来已经悄悄地来临了。

沉默又重新包围了他们。过了许久，萧听到了一声轻微的长叹，三顺已经将手里的那把杀猪刀扔进了涟水河，转过身径自走了。他在进入丛林前又回过头来朝他手下的几个人摆摆手：“放了他。”

也许是萧对于一个已经废掉的女人的迷恋感染了他，也许是他内心深处莫名其妙的喜怒无常，三顺放弃了杀死萧的想法。

当萧朦朦胧胧地想到了这一切的时候，那些人已经在夜幕中消失了。

第七天（结局）

萧从榆关赶回小河已是次日凌晨。在天边泛出的紫红色熹微的光亮中，他依旧在那片晚茶花丛拴好了小船。迷蒙的水雾遮住了村子的轮廓，水牛在河边的柳树林里喷着响鼻。这是一个凉爽的黄梅天。萧轻轻地穿过弄堂的时候，狭窄的深巷里回荡着他的脚步声，蜷缩在村里竹篱旁的狗没有吠叫，它们显然把他当成了熟人。萧不禁回忆起第一天来到这个村子时几乎是完全相同的清晨。昨晚的河边幸免于难使他在黎明的和风中感觉良好。

萧来到自家的院门前，母亲已经起来了，她正在清扫院子。萧和母亲打了个招呼，径直朝里屋走去。

他跨进房门的时候，警卫员坐在桌边等他。他正在感叹这个一贯贪睡的年轻人第一次起得这么早，警卫员迅速地拉开抽屉，抓起那支手枪对准了他。

萧起先还以为警卫员在和他开玩笑。但是他立刻从警卫员嘴角的一丝冷笑中感到了情况的不妙。接着他听到了这位一向不善言谈的警卫员迄今为止最冗长的一段话：“31师弃城投降后，我就一直奉命监视你。攻陷榆关的是你哥哥的部队，如果有人向他传递情报，整个涟水河流域的防御计划就将全部落空。在离开棋山来小河的前夕，我接到了师长的秘密指令：如果你去榆关，我就必须把你打死。”

萧似乎已经闻到了火药硫黄的气味。他强迫自己镇静下来，但由于连夜奔波的疲惫和突如其来的死亡威胁造成的紧张，他的双腿失去控制地剧烈颤动起来。他觉得自己的所有神经都绷紧了。喉咙几乎像被一团棉絮塞住了，他要说的话全被堵死在意识深处，这无异于是自己承认了背叛。最后他用不连贯的声调说了一句：“你可以把我押回去，让师部审问我。”

警卫员狡黠地一笑：“在你的军营里枪毙一个旅长会扰乱军心的。再说，大战即将开始——已经没有时间了。”

萧没等警卫员说完，敏捷地蹬翻了那张桌子，一侧身跳出了里屋。他冲到院子里的时候，他的母亲正在把院门关紧准备抓鸡。萧像是一只疲狼窜到了院门处，已经来不及拔闩了。他无可奈何地转过身。

警卫员握着手枪走近了他。

天已经突然亮了。黎明的暗红的光消失之后，天空飘飘洒洒地下起了小雨。面对那个深不可测的枪口，萧的眼前闪现的种种往事像散落在河面上的花瓣一样流动、消失了。他又一次沉浸在对突如其来的死亡的深深的恐惧和茫然的遐想中。他回忆起道人闪烁其词的忠告，现在，迫使他跨入地狱之门的似乎不是盛满美酒的酒盅，而是黑乎乎的枪口，他莫名其妙地感到了一丝遗憾。他看见母亲在离他不远的鸡埘旁吃惊地望着他。她已经抓住了那只母鸡。萧望着母亲矮小的身影——在抓鸡的时候她打皱的裤子上沾满了鸡毛和泥土，突然涌起了强烈的想拥抱她的欲望。他在听到枪声的一刹那，感到有一股湿乎乎的液体贴着他的肚皮和大腿往下流。

警卫员站在离萧只有三步远的地方，非常认真地打完了六发子弹。

明 月 寺

叶　弥

春天，阳光催得百花竞放的时候，我挎上了我的双肩包，离开了家。我要去看花，再过半个月，春天就不会这么灿烂和干净了，许多花便会开残在枝头，许许多多的花瓣都会落在尘埃里。趁着春天还没有那样黯淡和肮脏，我要去看看花开成了什么样子。过了这个时机，还有什么样的花开给我看？

我的目的很简单，所以我就眯起双眼，让阳光照在脸上，慢悠悠地，一直朝南边走去。

后来，就进了山里。漫山遍野的桃花，铺天盖地的阳光，风就在花树上面游弋，风也是香喷喷的。满世界软绵绵暖乎乎的阳光，我在阳光里没了，我成了阳光的两只脚，在香风里轻飘飘地走着。

走着走着，后面有人和我说话了："喂，你到哪里？"

我回头一看，一个黑褐色的乡下老头，在我身后腰杆笔挺地走着。"我来踏青。"我说。

我略等一等，老头就与我并肩而行了。

"你是城里来的。"他不容置疑地判断，接着说下去，他好像在自言自语，“我刚从城里回来。我昨天就去了——坐船去的。亲戚的运输船，不要钱的。今天一大早回来，坐小公交车，他们非要我交十二块钱，我一气，半路上下来了，倒是一分钱没给他们。这样，我就先省了十二块钱，后又省了六块钱。”

我暗笑。他看看我的脸，认真地说：“这地方无有人来，没有旅游点，自古就属于生僻之地。”老头如此拿腔拿调，我忍不住放声大笑。他不理会我，继续说下去：“只有一座二郎山好看一看，山上有一座明月寺，山上花草竹木很多，还有野鸡。山的东面和南面靠湖，湖里有野鸭子。人家说，野鸡和野鸭子交配，生下来的就是凤凰……这山倒是有看头的，你不妨上山去看看。寺院里能住，一夜二十块，管三餐。寺里头就只有住持夫妇两人。两人本是俗家人——跟你一样的城里人。七〇年春天来的，不知道为什么要来，来了快三十年，从来不见有亲戚来看他们……男的叫罗师父，女的叫薄师父。两个人虽说是寺院住持，但从来就是俗家打扮，睡在一起，一直夫妻相称。你说奇怪不奇怪？”

这么说着，这乡下老头就紧走几步，到我前面去了。他双手背在后面，说：“你跟我走。罗师父今天下山来做法事，给土根家里驱鬼。你就在土根家里吃中饭。吃好以后跟罗师父上山。”

我忍不住问他：“老乡，你住在什么地方？”

他说：“不远。二郎山下的明月村。”

既然他替我做了主，我就一声不吭地，跟着这个陌生的老头走了。

很快就到了村里，一个三面环山的小村落，孩子、鸡、鸭、狗，一齐在村子里乱逛。快到中午了，景象有些进食前的慌忙。在一户人家门口的空地上，我看见一位红衣绿裤的老者，肃穆地端坐在一条长凳上，他面前也放了几条长凳，坐满村里的老少爷们儿。只听他大声说道："人这样东西，是不能得意的，人一得意了就不像个人了，要祸害人。鬼这样东西也是不能得意的，一得意的话，就像个人一样祸害人了。"

听众一齐点头称是。然后，红衣绿裤的老者两手按在膝盖上，嘴里似唱非唱地哼道："三荤三素啊一只鸭子，米饭啊一碗，柴筷要一把，柴筷放在饭碗上……十八只元宝，十三只米粽……生死之鬼啊在西北方向……"

红衣绿裤的老者每哼一句，就有一位长得敦实的中年男人大声答应："晓得。"领我来的老头说："红衣绿裤的那个人，就是罗师父。答应他话的那个人就是土根……土根，带个城里人到你家吃饭，她要跟罗师父上山呢。就在山上住夜。"

这就是我碰到罗师父和薄师父的因缘。刚才我说过了，我出来的动机很简单，所以我不在乎到哪里去，只要有花看，无论跟着谁走都一样。况且我愿意到寺里去，我想求一支签，关于爱情的签。

罗师父和那个乡下老头大不一样，他不爱说话，一路上只是闷着头走路，我听见他哼了两句歌，听不真切，见他不爱说话，我也不便问他。我对他的初步判断是：一个沉闷的有冤气的老头，他的来历有点神秘，他的现状却充满尘世的气味。在漫山粉红色的桃花映衬下，他的红袄绿裤显得又是奇怪又是天真。我走在他的后面，看着他轻捷地走路，宽大的红袄绿裤飘忽着，在山路上跳跃不停，像两块连在一起的光斑。我想，他也许是个明朗单纯的没有多少过去的人，他到此地三十年，只是为了某一样必不可少的等候，或者竟是拒绝一种辉煌……

走进了竹林，就是到了山的顶端。明月寺在竹林的掩映里，这是一座小庙，庙身陈旧的黄颜色里，有人间多少年烟熏火燎的气息。进了门，眼前一黑，过了片刻才看清室内的陈设。救苦救难的观音菩萨摆在屋子正中的木龛里，我看见高高的木龛后面有走廊，客房大约就在走廊里面。我想，有月亮的夜里，月光会浸洇这孤寂的走廊。

我迫切希望看见薄师父。

薄师父从木龛后面走出来。一看见她，我就知道这是薄师父。她是个清瘦的老妇人，薄薄的身体，薄薄的头发，皮肤是暗白的，带着一点灰，与这幽暗的屋子很相配。她的眼神很特别，清而亮。她看人的时候，眼神专注，让人感到里面仿佛有许多要紧的内容，但仔细朝里一看，里面什么都没有，只有一股像水一样的温情从眼神里流泻而出，慢慢地流过来，不知不觉中被这温情渗透。清凉而纯净的渗透，不想抗拒的渗透。

明月寺前的月光大约也是这样的。

她看了我一眼，说道："要不要求签？"又补充了一句："我这寺里的签，和别处不一样，不分上中下签。只要签上说的话对你有些用处，那就是上签。"

于是我在观音面前焚香，磕头，在竹筒里抽了一支签，上面说道：

海市蜃楼

过眼云烟

落花流水

浮生若梦

我突然无可抑制地感到悲戚：人所建立的一切，都是用来毁坏的。人又不能不建立一切，要不然，我们毁坏什么呢?

薄师父又注意地看我一眼，说："求签就像读书，在信与不信之间，最好。"

我问她："那到底是信还是不信?"

她素白的脸上略略有些笑容了，她说："这个我说不清楚。"又说："我像你这么大的时候，也像你这样喜欢泾渭分明。"

我突然有个感觉，薄师父以前可能是个教师，如果她是个教师的话，她一定是语文老师。我立刻把我的感觉对薄师父说了。我看见她先惊后喜，喜悦之色在脸上一掠而过，代之以淡淡的悲戚。

我想我是无意中触到她心底的一些痛了，这不是我的错。她到这座寺院里来这么多年，也许从来就没有人触动她心底的痛，这么说起来，我与这个老妇有缘，因为我隐隐约约看见她的伤痛了，并且为无意中的发现而歉疚。

她不说话，不说是，也不说不是。

当我陷入无言的时候，薄师父却说话了："我领你看我种的花去。"

她领着我转过木龛，来到走廊上。这是一条曲折而宽敞的走廊，也因为年久，廊柱和滴水檐上的漆都剥落了。地面上铺的青砖碎了许多，碎缝里长着青苔，青苔又顺着砖缝爬到了粉墙上。她一路指给我看：这是客房，这是她和罗师父的卧房，这是厨房，这是饭厅。还有一些小小的不知派什么用场的房间，里面胡乱堆着木料、绳子，或者摊放着干菜。总之，这里是地道的居家模样，薄师父和罗师父也就是一对俗家的乡下夫妻。

走到走廊的东头，她打开一扇门，是一间过道，后门的外面，就是一片平缓的向阳山坡，山坡下面是一望无际的明月湖。当然，你面对着湖不能不看湖，你看了湖之后，不能不被山坡上的田地所吸引。山坡上一畦畦的菜地和花田，拾掇得整整齐齐，整齐得让你感觉到那是用手每天捋过的。它们让我再一次感觉到，罗师父和薄师父，就像山下那些普通夫妻一样，有着种种俗世里简单而明朗的乐趣。它们也让我不再猜测这对夫妻曾经有过怎样的秘密。

我一向爱花。我这次出来的目的就是看花。向阳坡上开得五彩缤纷的花，许多是我不认识的——难怪我不认识，薄师父对我说，大部分是她从山上移下来的。譬如这种花，叫“剪春罗”。

她特地用手指向我指示。

我仔细地端详这种名叫“剪春罗”的黄花，它的茎细长得吓人，像穿着高高“元宝领”的清朝女人，它的顶端，那花，也像一个表情迂缓的清朝女人：寥寥几瓣，脸儿黄黄的，正是欲说还休的模样。

我对薄师父说，我喜欢那边几样开得如醉如痴的很“荤”的花卉，我喜欢那种没心没肺的样子。

薄师父便去田里拔小青菜。见她有点悻悻的，我明白我说了她不爱听的话了。我马上开玩笑道：“哦，我知道了。‘剪春罗’里面有个‘罗’字，‘罗’，就是罗师父——这花是你为了罗师父种的。”

她蹲在菜地里，不看我，脸冲着一地的菜笑了。她笑得十分真心，脸有些红了。看见她的笑容，我知道她平时不大笑的，她嘴角僵硬，眼睛、嘴巴、皱纹全不配合，虽然真心，但是看上去是不太自然的。

这个玩笑她是认可了。

然后，她整个人就轻松起来。她提着菜篮子快捷地走在我面前，因为快，她的背影就显出了这个年龄非常少有的窈窕，我可以断定，光凭这样的窈窕，她年轻时就是一个人人宠爱的大美人。

美人迟暮，在寺院里安度余生，幸还是不幸？

罗师父在院子里扫地，薄师父走过他的面前，也不看他，像自言自语地说："小囡说，'剪春罗'是我特地为你种的。"罗师父也像是自己咳嗽一声似的说："我说也是。"

他俩已经默契得用不着神色和眼光交流了。

我不习惯这种说话的模式。我担心他们对我也用这种方式。

薄师父烧好了饭和菜，罗师傅整理完了他的院子，我在客房里安置下来。就像一家三口似的，我们三个人就在厨房里的小桌子上吃晚饭了。我不喜欢在饭厅里正儿八经地吃饭。

"小囡。"薄师父叫我了，她那如水的眼波看着我，正是我喜欢的交流方式。她轻轻地这么一声，让我心中一疼，仿佛听见母亲在远远的地方叫我。我捧着饭碗的手一颤，饭碗咯的一声落在桌子上。

"吃菜。"她对我说。

罗师父说："你莫叫人家老是吃。你叫人家看看窗子外边的云。"

厨房的西墙上有一面窗子，窗子外面是满山的姹紫嫣红，姹紫嫣红的上面——天空上，有更绚丽的颜色。只是一天的结束，天空却像再也不回来似的，拼足了力气灿烂地谢幕。于是我们就看到了这些美丽的云霞，甜甜的，甜得怅惘的。

开了灯，灯光暗黄。但是一瞬间，天就黑了，白天和黑夜在山上如此快地切换，让我感到惊讶。然后，暗黄的灯光就显得明亮了。

我说："罗师父这么浪漫，怪不得薄师父给你种'剪春罗'呢。"

两个人都看着我微笑。

两个都想说话。当然，我也想说话。我们就像重逢的一家三口，有着许多的话要说。

薄师父说："你罗师父，每次我洗脚的时候，他就在旁边看。他恋我的脚。"

罗师父说："你的脚长得好，就像小婴儿的脚。要不，你脱下来让人家看看？"

薄师父说："这样不好。"

"看看脚有什么要紧？"

"不好不好。"

我心中略略有些奇怪：夫妻之间这样隐秘的话，他们居然在我面前毫无拘束地说出来。我瞅瞅两个人的神情，不像是打情骂俏的样子，所以我放心了。我放心以后就想：这两个人心里是纯真的。我是不习惯这种纯真了，我所有的欲望也许全都远离了纯真。

我岔开他们的话题，问罗师父："山下的驱鬼仪式，是不是都一样？你信有鬼吗？"罗师父回答："驱鬼的手法不太一样，我做的是我的一套。有没有鬼，说不准。照我的看法，世上还是没有鬼好，人已经活得这样乱七八糟了，再添上鬼物，那不更难过了？……人这样东西真的是不能得意的。"

薄师父插了一句："照我看有鬼才好。有了鬼，好多死了的人就能再见了。人死为鬼，鬼死为魙，不绝轮回，你做的错事才能赎回来。"

我发现薄师父的话触到了我心中的疑问。我小心翼翼地问："什么样的事，才能算是错事？"

这时候，我们这一家三口已经吃完饭，饭碗和菜碗搁在桌子上，散发着香气；头顶上，灯光是简朴的；灶台刚烧过火，还有些温热；陈旧的桌子和灰暗的墙面，是你似曾相识的模样。所有的一切，都呈现出让人安心的表情。

这样的环境最适合说以前的什么事。

我记得当时我问了一句："什么样的事，才算是错事？"

问话以后，屋子里突然陷入一片沉默，突如其来的沉默，合乎情理的沉默，我想是这样的。因为我们都觉得相逢有缘，太想说些什么了，我们三个人进入一个奇怪的境地：就在刚过去不久的一刹那，我们互相眷恋了。

但是我们面面相觑，什么也没有说。前尘旧梦就在这时候如惊鸿一瞥，一掠而过。

罗师父先站起来，叹了一口气，出去了。薄师父到灶台上去收拾，我像小偷似的溜到走廊上，定心想了片刻，回自己的客房里去了。

接下来，我铺床展被，洗头洗澡，外面的天黑咕隆咚，山上面静悄悄的。然后，我就拿出笔记本记今天的事情。等我记好笔记时，山上面不安静了：一轮又黄又大的圆月从东边出来了，挂在矮矮的树枝上。我想，它应该是从湖里升起来的，可惜我错过看它破水而出的样子了。

月光这样东西其实是最不安静的。所以，明张岱说，杭州人避月如避仇。

于是我走出屋去，由走廊到通向向阳山坡的过道。过道门被闩住了，就在我伸手去拉门闩的时候，手碰到了墙壁上的什么东西，手指上麻酥酥的。因为直觉是厌嫌而害怕的，所以我不管三七二十一，哇地大叫了一声。一声叫喊过后，罗师父和薄师父出来了，两个人身上的衣服整整齐齐，说明他们还没有睡。

罗师父打开手电筒照在墙壁上，我看见墙上密密麻麻地爬满了黄豆一样大小的小螳螂，这是一窝小螳螂。薄师父宣了一声：“阿弥陀佛！”

我把粘在手指上的一只死螳螂悄悄地弹在地上。

罗师父关了手电筒，我们三个人站在那里又面面相觑了。后来，薄师父问：“今天是农历十八吗？”罗师父回答她：“是农历十七。”薄师父说：“我们陪小囡到湖边看月亮去。”

出了门，薄师父忽然回过身对罗师父说：“你回去把你的笛子拿来吹吧。我们在码头上等你。”夜风萧萧，我们走过一段短短的石阶到了湖边。所谓的码头，是一段向湖心延伸的泥堤，也许在很远的时候，它是停泊渔船的码头，但是它现在完全没有用场了，它在月光下面出奇地安静。细想起来，它的过去和现在，与薄师父和罗师父的身世应该是相像的。

我们伫立在湖边，月亮离开东边矮矮的树丛，升到高高的树梢上去了。湖里也有个月亮，浸了水，形状和质地就有点怪异起来。一阵风吹过，山上的竹林响成一片嘈杂之声，如千军万马从竹林里驰骋而过，气势吓人。风静树止，罗师父的笛子吹响了。

与我想象的不同，竟然是很嘹亮的，直吹入夜空里去。吹出如此激越声调的人，该有过怎样的抱负？现今，又有着怎样的怨怼？

湖水、明月、竹笛声，我一时不知身在何处。

我愿意了解他们。我决定冒昧再问一次。

就回去了。还是沿着短短的石阶路。罗师父在石阶路上等我们，薄师父把给我的手拿走，给了他。他们搀着手无言地走在我前面。我知道，这月光底下，只有他们，没有我。

到走廊上了。廊上没有月光，我看不见他们的脸。他们站在门口了。他们的屋子与我的屋子隔着一间。明天我就要走了。现在是睡觉的时候。此时不问，更待何时？一句半句，露点蛛丝马迹也好。

我冲着他们说了一句："薄师父，人家说，你们是1970年春天来的。来了快三十年，从来没有人来看过你们。"

薄师父连忙去看罗师父，罗师父拉了她慌忙进了屋子，急急地闩上了门。这一切都在我一错眼之间发生的，等我回过神来，他们已经关上屋门了。我站在走廊上，十分无趣，也感到内疚。

不知睡到什么时候，我睡得不太踏实的身体被一样声音唤醒。我张开眼睛，窗子外面，月光如水，亮如白昼。风止了，满山的树木花丛静如人立。我恐惧地伸长耳朵，仔细聆听来自什么地方的声音。我听见了细如蚕丝的哭泣声……没错，是哭泣声，来自薄师父和罗师父的房间。

我来到他们的屋前，从没有拉严的窗帘望去，只见薄师父和罗师父两个人正搂头而哭。他们搂得那么紧，好像很冷。

第二天早晨下山，罗师父送我。温暖的纯金色的阳光照着满山的露珠，满山的露珠熠熠发亮，树和花呈现空前绝后的清新。这清新的自然景象是天送给人类的礼物。我一路走一路欣赏，我走了老远，还能看见薄师父站在庙门口朝我们张目眺望的身影。

罗师父送我到山脚下，郑重地问："你什么时候再来？"

我说："一个月，或者两个月吧。"

他又说："我和薄师父等你来。"他说这句话的时候，脸上现出了老年人的脆弱。这脆弱是无可奈何的，又是坦然的。温暖、干净、酸楚。这临别的眷恋，我当然看得懂。

我沿着我来的路往回走。这时我又恢复了来时的轻松，在二郎山上过的半天一夜被我抛到了脑后。我背着我的双肩包，在阳光里眯起双眼，像梦游一样行走，一点也不像在山上心事浩渺的样子。花事年年都有，但每年的花开得都是不相同的。这也算是及时行乐吧。

在路上我又碰到了那个黑褐色的乡下老头。他快活地问我："回去啦?"我说："回去了。"他问："你在山上看到凤凰没有?"我说："没有。"他遗憾地说："唉，山上的野鸡和湖里的野鸭子不肯交配了。"他又告诉我："我到缥缈山下的缥缈村去，我一个老朋友和他媳妇吵架，气得不吃饭，我去劝劝他。你有空来玩。"我问他："土根家里的鬼驱走了没有?"他回答我："走了走了。昨天下午就走了。"他拐到一条岔路上走了。

我心情非常愉快。所以，我回了家以后，没有想到再去二郎山。

捉摸不定的二郎山。

一个月、两个月弹指一挥。春天过去了，夏天过去了，也是匆忙得留不住任何痕迹。秋天轰轰烈烈地开始，一切又是结束前的如火如荼。我这才突然想起我的许诺。

我像春天里一样，背起我的双肩包，一路闲庭信步。上次是邂逅，这次是寻访。上次是绿色，这次是金色。没有碰到那个黑褐色的乡下老头。

径自上了二郎山。

在山路上就看见明月寺被脚手架包围着，许多匠人在脚手架下忙碌。

我走近明月寺。一个匠人头领模样的人过来对我说："对不住。寺院要大修，禁止闲人参观。这寺院以后就是正儿八经的和尚庙，上头要派许多和尚到这里来敲木鱼，还要选一个正式的住持。”

我预感不妙。我说：“那罗师父和薄师父呢？我和他们熟悉。”

匠人头领说：“熟？熟也没用了。薄师父死了有两个月了，罗师父走了也有一个月了。薄师父是病死的，一个劲地瘦，瘦得像掉在地上一个冬天没烂的树叶子。罗师父到孤郎岛上的香花寺正式出家了，法名慧尘。”

这就是我经历的一段往事。

至于往事里的往事，我已无可猜测。罗师父和薄师父，他们到底是谁？有着什么样的秘密？经历过什么事？没人知道。我只能隐隐约约地感受到：那似乎是与宽宥，与赎罪，与等待……当然，那一定是与爱，与恨，相关联的。可惜我没有及时地再上二郎山，我相信当我再去的时候，他们会告诉我所有明月寺里的秘密——他们多想说啊！

明月寺不会说话。

后记：那一年的整个秋天，我都怅惘着，颇有些悲秋的意思。我做着一些无用的努力，企图解释罗师父和薄师父的身世之谜。我到方志馆去查寻1970年春天里发生的社会新闻。

我查不到任何有用的资料。

但是有一次，我去参加一个亲戚的宴请。席上有一位八十多岁的耳聪目明的老太公。我就问他，还记得1970年的春天，城里发生过什么有趣的事吗？

“多啦。”他凑着我的耳朵，非常愉快地告诉了我许多民间闲事：凶杀、忤逆、背叛、情变、私奔、火灾、盗案……我听着听着，觉得老太公所说的一切都与罗、薄两位师父无关……也可能都有关。

两位富阳姑娘

麦　家

1971年冬天，我们部队在浙江富阳招了一批兵，计划一百二十人，实际招收一百二十八人。多出来的八个都是女兵，是参谋长临时在电话上下达的名额，决定当接线员用的。

按照规定，新兵入伍后，部队要对他们做一次身体和政治面貌的复审。因为这些人入伍前都是经过严格的体检和政审的，所以一般不会有什么问题。

但那批兵当中，我们审出了两个有问题的人，一个男的，一个女的。

男的是脚板的问题：这个人的脚板是平的，俗话叫“鸭脚板”。据说这种脚板行军超不过五公里就会有撕开来的痛，而部队拉练常常一天要走几十公里。显然，这个人是不适合当兵的，要退。

女的问题更大，往大的说，是作风问题；小的说，是处女膜的问题：她处女膜是破的。处女膜一般是不会破的。处女膜一般只有在一种情况下才会破。她才十九岁，没有结婚（这是肯定的），连男朋友都没有谈过（她自己说的），那么处女膜怎么会破？看来，她在表上填的和嘴上说的都有问题。这个问题比作风问题还大，是欺骗组织的问题。欺骗组织，就是对组织、对党、对人民不忠诚。总之，她的问题比鸭脚板的问题要大得多，大到了简直吓人的地步。

那个年代，我们关于这方面的神经都很脆弱，而且还绷得紧紧的，风吹一下都可能拦腰而断，不要说还有女军医铁的证词。

如实说，女军医在体检表格上没有填写“破鞋”之词，但在向上口头汇报和下来宣传时，都用了这个词：破鞋。这个词好像是个禁果，一般情况下是上不了嘴的，但一旦有了上嘴的机会，谁都不会放弃，谁都会坚决而反复地使用它。

破鞋！

有人是破鞋。

她是破鞋！

都知道，部队是最讲究纪律和作风的，一个女兵，领章帽徽都还没有戴，就发现是“破鞋”，当然要做严肃处理。

怎么处理？老规矩，退回原籍，也就是哪里来回哪里去。男的女的一并退。鸭脚板都要退，更不要说是破鞋。谁去退？领导安排我去，当时我在司令部当军务科长，招兵退兵都是我职责内的事。

就这样，我带着“鸭脚板”和“破鞋”来到他们的家乡，浙江富阳。这里离著名的杭州只有几十公里，作为一个北方人，江南秀丽的景色着实令我开了眼界。

按说，我的工作只要把人移交给当地人武部，并向他们道明退的原因和证据，就没我的事啦。怎么把人进一步退下去，退回单位，或者村上，进而退回双方家中，那是人武部门的事，不是我的。没我的事，自然可以走人。

事实上，新兵在戴领章帽徽之前，都还是人武部门的人，出了事情，由他们来解决是名正言顺的。就是说，我只要把人交到人武部，即可拔腿走掉。

我后来想，如果我当时交了人就走，也就没有后来那么多事了，起码成不了我的事。我人在路上，没人联系得上我，有事想跟我有关都关不上，然后部队一定会另派他人来处理后事。但是我一路上着实为江南如梦的景色着了迷，说是冬天了，可满世界还是一片绿，绿树绿草绿水的，可谓山清清水秀秀，对我而言，像是上了天。

到人武部后又听说，闻名遐迩的美丽的富春江就在他们人武部小院的咫尺之外。我自小是看《富春江画报》长大的，富春江像我童年的一件不忘事，横亘在心，如今到了它身边，岂肯擦肩而过？

我甚至想，即使他们人武部不安排我游富春江，我也要私游一趟，更何况，我把心意略为一表，人武部部长即心领神会，爽快地指定了专人，要他陪我一饱富春江的美色。

这当然是来日的事了。当晚，我住在县政府招待所。招待所筑在紧挨富春江的鹳山上，夜里，我在富春江上传来的幽幽的风声中安然入睡，感觉像是睡在了童年的美好中。

第二天早上，专人到招待所陪我吃早饭，我们准备吃罢早饭，赶九点钟的轮船，先是溯江而上，到东梓关后，上岸吃个午饭，然后再搭船顺江而下。

专人说，这一段江面是富春江上最秀丽的，江面弯曲有度，时而阔绰，时而狭长，两岸丘陵绵绵，好看得很。专人显然多次走过这段江面，熟透了一路景况，介绍起来像个导游，不思索，不停顿，口若悬河，侃侃而谈，听得我脚底都发烫了。

船是从杭州上来的，码头就在鹳山脚下，由招待所过去，要不了五分钟。专人说，轮船靠码头时要鸣笛，汽笛声又长又响，比高音喇叭还响，全县城都听得到，我们过去近，等听到笛声后再动身也来得及。

但我因为心急，还是提前十分钟出发了，到码头上，连售票员都还没上班，只有稀稀落落的几个人，站在售票窗口前，等着售票员开窗售票。我们是带着一纸免票公文的，所以无须排队买票。

专人说，没有十分钟轮船来不了的，于是带我沿江漫步起来，事实上是又走回到了鹳山脚下，在一座临江的八角凉亭里坐下来闲聊。

从这里，我可以看到我住的招待所，还可以看到无边的江面。这一带的江面十分辽远，早晨的阳光又似乎将它照得更加辽远，一望无垠，跟海似的。从理论上说，无垠的方向就是杭州。我的目光顺着江面伸着，望着，不一会儿，无际的江面上出现了一个黑点，闪烁着增大。专人看看表说，那应该就是我们要乘的轮船。于是，我们往回走去，走得还是十分闲散。因为，很明显，黑点要变成一艘轮船，要比我们回到码头更需要时间。

回到码头，售票窗口前已聚着不少人，大部分是青年学生，他们戴着红卫兵袖章，有一人还擎着一面不规则的红旗，好像有什么“革命活动”。我和专人一身军装引起了他们的重视，都回头来观我们，有的还朝我们挥手，多数人在交头接耳。

我象征性地向他们点个头，心里在想，可不能跟他们热乎上了，否则一路上我的时间只够跟他们说话，无暇赏景了。以前，我有这方面的体会，到一个风景点，本是去看风景的，结果被一些热爱解放军的同志当了风景看，又看又说，风景都看不成。

尤其碰到青年学生更是这样，他们几乎都满怀当兵的理想，把每一个穿军装的同志都当作接近理想的目标来看待，刻意地与你攀谈。如果可能，我愿意做这种攀谈，但今天我更愿意与富春江交流。这也许是我这一生中唯一的机会，我不想随便错过了。

于是，我有意引专人往后边绕去，这样与学生们拉开了一定距离。这时候，我看见一辆吉普车朝我们驶来，最后停靠在我们身边。车上的人下来对我们说，出事了，要我们马上回去。我们问出了什么事，他说是死人了。

死的人跟我有关，就是我遣送回来的“破鞋”。

是服毒自尽的，喝了半瓶农药，据说是敌敌畏。那玩意儿是农药中的剧毒，医生（就是那个检查处女膜的女军医）说，人喝个一小口，在半个小时内发现可能还有救，过了半个小时就没救了。她喝了半瓶，又过了大半夜才发现，天皇老子都救不了了。

她父亲说，没人知道她到底是什么时间吃的药，但十二点多钟他家老大查完夜哨回来时，她还是好的，一个人坐在堂前屋里，虽然看起怪痛苦的，但也不是说痛苦得会自杀。老大是村里的民兵排长，这些天正好轮到他查夜哨，他看她可怜兮兮的样子，还劝她去睡觉，但她没理会他。老大说，她一声不响一动不动地坐在那儿，跟个死鬼似的。

然后半夜里，她母亲朦朦胧胧听到楼下猪圈里好像有什么动静，两只猪也像是受了什么惊，在哼唧哼唧地叫。母亲本来想下楼去看看，但转眼又睡着了，还梦见自己去了猪圈，看没什么情况便睡得更踏实了。

早上醒来，她忽然想起夜里的梦，便直奔猪圈去看，看到靠墙的一堆柴火塌倒了，散了个满地，乱七八糟的，但两只猪都好好的，没有少一只，也不见有什么死伤，心里就宽松下来。她预备先带一把柴火回去烧早饭，回头再来收拾它们，可在弯腰抱柴火时，她发现柴火堆里裹着一件衣裳。

她母亲说，那时节还很早，天才麻麻亮，她没有看出这是件什么衣裳，是谁的，只是想衣裳裹在这里面，万一当柴火烧了多可惜，就去捡这衣裳。这一捡，叫她猛吓一跳，因为她摸到了一个冰凉的身体……

这是三个小时前的事情，现在这具冰凉的身体——尸体——已经从柴火堆里挖出来，被她的亲人哭闹着送到人武部，撂在进门的过道上。

我是参加过抗美援越的，在战场上什么样的尸体都见过，男的，女的，老的，少的，战友的，敌人的，美国人的，越南人的，缺胳膊的，丢脑袋的，瞪着眼的，伸着舌头的。总之，尸体我没少见过，这也算是我的一笔财富，起码不会被一具尸体吓到。

但是，当我在过道上看到这具尸体时，还是倒抽了一口冷气。首先，这不像一具尸体。我见过的尸体都是躺着的，不管是躺在床上还是地上，还是哪里，反正都是躺着的，手脚伸直，仰面平躺，即使一时不是这样躺的，马上也有人会帮助他们这样躺好。这是死人的基本姿态，也是活人对死人的一种约定。可是，这个简单的约定她却没有得到，她说是平躺着的，其实头和脚都没着地，两只手还紧紧握着拳头，有力地前伸着，几乎要碰到大腿。总之，她的身体像一张弓，不像一具尸体，看上去她似乎是正在做仰卧起坐，又似乎在顽强地做挣扎，不愿像死人一样躺下去，想坐起来，拔腿离去。

这怎么看得下去？我对在场的那么多活人如此慢待死者极为不满，气愤地拨开人墙，蹲下身，准备帮她躺好一点。以我的经验，死人都是听活人摆布的，即使有个别死者不太好摆布，也不是不能摆布，只是需要多一点耐心。

但当我在摆弄她时，却发现我所有的努力都无济于事，她的身体像石头一样硬，又硬又冰冷，我按下去了上半身，下半身随之翘得更高，按下去了下半身，上半身又翘得更高，好像我在玩耍一块跷跷板似的。与此同时，我又发现这具尸体还有一个骇人之处，就是她脸上、手上、脖子、脚踝等裸露的地方，绵绵地透出一种阴森森的乌色，乌青乌青，而且以此可以想象整个人都是乌青的。

我们走了一路，昨天才分的手，我当然有印象，她肤色本来是很白嫩的（这一带的姑娘皮肤都很白很嫩，也许是富春江的水养人吧），想不到一夜间，生变成了死，连白嫩的皮肉也变成了乌青，像这一夜她一直在用文火煮着，现在已经煮得烂熟，连颜色都变了，吃进了当归、黑豆等作料的颜色，变成了一种乌骨鸡的颜色。一具乌青的尸体并不比一具弓着的、想坐起来的尸体不让人感到瘆人。

再仔细看，我还发现她的嘴角、鼻孔、耳朵等处都有成行的蜿蜒的污迹。据她父亲说，这是血迹，只是因为乌了身子，所以看起来不像血迹，像污垢。我马上想到一个词：七窍流血。

这是一种痛苦的死的象征。

这具尸体，浑身上下都在告诉活人：她死得非常惨烈、痛苦。

我相信，每一个活人见了这样一具尸体，都会对死者涌起强烈的同情心，至于她的亲人们，这种同情转眼即可变成愤怒，寻找发泄的对象。

我刚进人武部时，就闻到一股怒气，弥漫在院子里，凝结在一张张木讷又悲伤的脸上。我敏感到，我极可能成为死者亲人发泄愤怒的突破口，所以我在面对死者时，完全把死者当作战友，尽量显出足够的悲愤，流了泪，又骂了死者，痛心疾首的样子。

这确实一定程度上起到了缓和他们情绪的作用，但只是权宜之计。因为，我想得到——谁都想得到，他们做出这出格行为，把死者大老远扛来，绝不是为了听我们说几句安慰话，博得我们一点同情。事情不会这么简单的，从他们已有的做法——一种刁难人的架势看，他们一定有更刁蛮的意图。

过道上站满了人，我看至少有二十人，院子里还有。据说都是死者亲人，也不知从哪来这么多亲人，想必与死者沾一点亲故关系的人都来了。人多势众。人多事多。人多事乱。走道上闹哄哄的，院子里哭声连成一片，也没人去做安慰工作。

人武部的同志都文绉绉的，这种事情也许从没遇到过，遇到了就六神无主的，人影东串西串，不知道从何下手。刚才我回来时，院门都还敞开着，围观的人拢了一圈又一圈。相比，我毕竟是打过仗的，这种场面经得多，心里乱是乱，但还沉得住气，没有乱了套。我进门马上吩咐哨兵关了院门——按说，这种情况院门早该关闭。

从死者身边站起来，我心里已经想好，必须先发制人，把这么多人遣散了，否则事情只会越来越乱，越闹越大。我看过死者填的表，知道她父亲是村干部，当然也是党员。所以，我先找到她父亲，软中有硬地对他说了两层意思：

1. 作为一个党员，他把女儿尸体抬出来的做法是错误的，但心情可以理解，所以也可以谅解。

2. 出了事是要解决事情，不是要生出更多事情，但这么多人不是解决事情的办法。他想解决事情，死者家人可以留下，其余人必须马上回去，否则以闹事看待，我们马上通知公安来人处理。

最后，我指着人武部部长办公室的窗户对他说：我这就去办公室等你来谈事，但那么多人不走，我是不会让你进办公室的。

说完，我掉头就走，根本不给他申辩的机会。有人叫嚷起来，说不能让我走，但没人上来阻拦。等我进了楼，走进办公室，我从窗户里看到，她父亲已经在劝那些人走。我心里松了一口气。

约莫十分钟后，人陆续走离了，只剩下三个人，都是死者的直系亲人：父亲，母亲，哥哥。这时候，我来到院子里，邀请他们去办公室。

刚进楼，父亲看女儿的尸体不见了，以为我们想搞什么阴谋诡计，勃然大怒。我向他解释，把死者丢弃在地上是对死者的不尊重，所以我们才把她移进屋子里，并带他们去看。

屋子是人武部的活动室，这里有一张乒乓球桌，死者现在就躺在乒乓球桌上，我们还给她枕了枕头，盖了白床单。这样看起来死者才像个死者，而不像刚才，像个炸弹似的丢在地上，谁看了都心惊肉跳的。

屋子里有一长排靠背椅，是打球的人休息的。父亲不知是累了，还是怕我们私藏尸体，不愿意离开屋子，进屋就坐在椅子上，说有事在这儿谈。说着，掏出烟来抽，一副牛拉不动的样子。

这样，最后我们只好搬来凳子，坐在死者身边，如果死者有灵，我们谈什么想必她是都听得到的。

以为是一场恶战，但事实上还是比较平静的，几乎没什么火星子，双方都拿出足够的理智和道德。

父亲其实不是个刁蛮的人，只是架势有些难看，真坐下来后还是尽量克制自己的情绪，有甚说甚，说明他确实是来谈事的。他表示，他扛着尸体上门，一不是来诈钱，二不是衅事，来这么多人，全不是他喊来的，都是跟来的，也许因为他是村干部吧。

他说，女儿死了，这是她的命，怪不得我们，要怪应该怪他——“是我把女儿逼死的”。他确实这么说的，原话如此。这话从他嘴里说出来，简直让我感动。

他说，昨天下午人武部的同志把女儿给他送回来，白纸黑字地告诉他女儿犯了什么事后，他羞愧得简直要钻地，像被人扒光了衣服，一家人的衣服都给扒了。他不知道说什么好，也不想说什么，只想打死这个畜生。他这么想着，上去就给女儿一个大巴掌。

后来，在场的人武部同志告诉我，那个巴掌打得比拳头还重，女儿当场闷倒在地，满嘴的血，半张脸看着就肿了。但父亲还是不罢手，冲上去要用脚踢她，幸亏有人及时上前抱住他。

人武部的同志说，他们正因为觉得这父亲火气太大，临走时专门留话，警告他不能再打女儿，否则以后这村里的兵一个不招了。这当然是威胁，但可见当时父亲的样子有多可怕。

父亲说，人武部的同志走后，他确实没再打女儿，他只是要求女儿说出事情真相：是哪个狗东西睡了她。他先后盘问了三次，每一次女儿都说没有，她是冤枉的。但父亲并不相信。

父亲认为，部队上的事哪会有错？那么高级的医院，高水平的军医和设备，怎么会出错？错的肯定是女儿，她怕说出真相，连她和那男的都要遭殃，所以才死活不说。女儿不说，父亲气上加气，火上浇油，把手举了又举，但想到人武部同志留的话，前两次都忍住了，到第三次却已经忍无可忍。

当时一家人刚吃过夜饭，桌上的碗筷还没收完，父亲抓起一只碗朝她掷过去。女儿躲开了，父亲又抄起一根抬水杠，追着要打，嘴里嚷着要打死她。开始女儿还跑，从灶屋里跑到堂屋里，从堂屋里跑到猪圈里，又从猪圈里跑回堂屋，跑得鸡飞狗跳，家什纷纷倒地。回到堂屋时，父亲已经追上她，但没有用手里的家伙打她，而是甩掉家伙，用手又扇了她一耳光，还是下午那么重，她也像下午一样倒在地上，一脸的血，不知是嘴巴里出来的，还是鼻子。

是时，母亲冲上来抱住了父亲，父亲极力挣脱着，嘴上高喊着要“打死这个畜生”。母亲一边奋力挡架着，一边喊女儿快跑。

女儿爬起身，却没有跑，反而扬起一张血脸朝父亲迎上来，用一种谁也想不到的平静的语调，劝父亲不要打她，说她自己会去死的，不用他打。

她的冷静让在场的人都吃了一惊。父亲回忆说，当时他丢下一句话就上楼去睡觉了。他丢下的话是这样说的：你要么报出那条狗的名，要么就死给我看。

女儿说：那我只有死给你看了。

父亲说：那你就死给我看吧！

父亲说，他这句话说了好几遍，上楼的时候说了，上完楼梯的时候又说了，后来他睡觉时听到女儿在楼下呜呜地哭，哭得他心烦，他又爬起床说了。父亲诚恳地承认，他女儿完全是被他逼死的，所以他不会来找部队偿命，要偿命的是他。

但在他死之前，他要弄清楚，女儿到底有没有跟人睡过觉。父亲说，他现在认为女儿一定是没跟人睡过觉。说到这里时，父亲哭了起来，一边哭一边拿出一张纸，说是女儿死前留的遗言。我拿过来看，上面只有短短的一句话：爸爸，我是冤枉的，我死了，你要找部队证明，我是冤枉的。

父亲说，其实，他上楼后就在想这个问题，觉得女儿这样死活不认，会不会可能真是受了冤枉，因为他这个女儿“就像一只小绵羊一样”，性格内向，懦弱，自小到大对父母亲的话都言听计从，不是那种犟头犟脑的人，如果真要有什么秘事，再怎么不可告人，他这样打骂，她也藏不住了，早坦白了。

这时候，死者母亲插嘴说，她父亲上楼后她找女儿谈过，当时她发现，女儿被父亲凶神恶煞的样子吓得神志都不清了，“尿都吓出来了”，可就这样她还是一口咬定，她没有跟“任何畜生”睡过觉。她不停地说没有、没有，问什么都回答没有，跟个傻子似的。

母亲说，她了解女儿，你就是给她十个胆她都不敢做这种事，如果一定要说做了，那一定是鬼做的，连她自己都是不知道的。母亲看上去畏畏缩缩的，但说起话来口齿伶俐，透露出比父亲还坚定的口气。

然后父亲又接着说，昨天晚上她母亲同他这么说了后，他越发怀疑女儿有受冤枉的可能，所以本来打算今天来找部队反映情况的，想不到女儿说死就死了。说到这里，父亲痛哭起来，一边骂自己害死了女儿，一边上前抱住女儿的尸体，又喊又叫：女儿，女儿，是爸害死了你，爸今天来给你申冤来了，部队说你哪里有问题，今天爸就要求他们在哪里重新做检查……

他说的意思是要验尸！

谁也没想到，家属会提这个要求。

这个要求不是无理，而是无知。这不是脱裤子放屁，分明是想把“私底下的东西”招摇一番嘛。我们诚心地劝他们不要这样，这对死者是大不尊重，对活人也没好处。

可父亲、母亲，还有哥哥，没一人听劝的。他们似乎认定女儿不会跟人睡过觉，坚决要求我们请医生重新检查。我不知该说什么，我几乎敢百分之百肯定，他们的要求毫无意义，重新做检查，结果只会叫他们更加难堪，更加臭名远扬。

事实上，一般人都知道，处女膜破不破对一个专职妇科医生来说，就像黑白分明一样分明，医生要弄错的可能性几乎是没有的。话说回来，不是说处女膜破的人就一定跟人睡过觉，当然一般是这样的，但也不排除个别特殊情况。

在越南时，我遇到过一个情况，有个小姑娘搭我们的车，后来车被敌人炸弹击中，小姑娘从车斗里飞出去，甩在地上，她看自己身上血流不止，以为是中了弹片，吓得哇哇直叫。我们抱着她去找医生抢救，医生检查了说，她没事，只是那玩意儿破了。这也使我想到，部队对他们孩子的这种认定不是完全科学的。

换句话说，他们女儿有没有跟人睡过觉，我不好那么绝对地说，但医生绝对是不会弄错的，因为这“像黑白分明一样分明”。

所以，重新做检查对活人也好，死人也罢，绝无好处，其结果只会是把现在不公开的东西公布开了。我想，只要我把这道理对他们如实讲了，他们也许就会放弃打算，但我又怎么能这样说？这样一说，到时他们拿我的说法来跟我论理，我岂不自找麻烦？所以，我没这么说，只是找了一些其他道理来说。但那些道理他们听不进去，他们坚决要求重新检查，其理由和条件完全是无法拒绝的。

父亲说，只要重新检查，确定他女儿有那个问题，什么时候出结果，什么时候他就扛起女儿走人，不会在这里多说一句话，多待一分钟，多提半个要求。

母亲说，她女儿用性命来换这个要求，我们要不答应，她只有死在这里。

哥哥说，如果这样，他就扛着两具尸体上北京去，找毛主席去！

父亲又说，如果这样，他也要死在这里，因为背着黑锅活还不如不活。

哥哥又说，如果这样，他就扛着三具尸体上北京去……

话说到这份儿上，劝说什么都没用了。我很生气，也很悲哀。我觉得女儿当兵不成，又死了，对他们来说已是双倍的不幸，我从心底里同情他们，希望能帮他们减轻一点痛苦。我甚至已经暗自决定，要给他们双倍的丧葬费，并亲自参加葬礼，尽可能地让周边邻居不要歧视他们。

但是，他们似乎更想用另一种方式来挽回尊严，你想阻止都阻止不了。没办法，我跟部长商量，决定答应他们的要求，并决定“速战速决”，上午即与县医院联系，中午刚过，这边便派出车辆去接人。人是两个妇科医生，一老一壮。两位在活动室里待了不足五分钟，出来交给我们一页签过名的鉴定：死者的处女膜完好无损。

像战场上遭遇了伏击！

我马上到邮局，挂长话，给部队做汇报。电话是打给我的直接领导参谋长的，参谋长问清情况，训我说，医生是他们人武部喊来的，我们怎么能信呢？一句话点醒了我。是啊，在这件事上，我是不能完全相信人武部的，因为这中间有个责任认定的利害关系，照现在“完好无损”的话说，他们就没责任了，否则责任全在他们头上。参谋长要求我明天去杭州，请省军区协助派出军医来重新检查。挂电话前，他又改变主意，说联系军医的事由他来负责，我只要在原地等着即可。

第二天上午，省军区派出的军医如期地来了，也是两位，也是专职的妇科医生。她们像昨天两人一样肃穆地走进活动室，又像昨天一样很快地出来，给出了几乎和昨天连措辞都差不多的报告：处女膜完好。

远方的参谋长闻讯，立刻出发，第二天上午便出现在我面前。参谋长还带来了我们自己的军医，就是曾经诊断死者“有问题”的那位军医：一个人高马大的胶东人。她是军区某部长的夫人，为人有点傲慢，但这次见面，我明显觉得她脸上有种诚惶诚恐的神色。

而等她从活动室出来时，这种惶恐的神色完全变成了惊恐。事实上，她在里面的时间还没有一分钟就出来了，我们以为她是忘记拿什么器具了，出来后还会再进去的，结果她紧急地把参谋长和我拉进另一间办公室里，惊慌失措地说，错了！我们问什么错了，她说人错了。

原来，她才掀开床单，只是看了一眼外部，就觉得不对头。她说，人的每个手指头都是不一样的，那地方也是各人有别的，她看死者那地方的感觉和她记忆中的那个人完全不是一回事，所以警觉地去看死者的脸，一看傻掉了，明显不是同一人。

她说，虽然那天检查的人很多（二十二人），但查出问题的只有一人（几年来都只有一人），所以她不会不认识的，就是死了照样认识。

当然，这是可以理解的，她连那人下面的样子都记住了，更不要说长相。那么怎么会出现这种情况？军医认为是对方把人换掉了，目的是想敲诈我们。这我可以肯定是不可能的，虽然死者和生前判若两人，但系同一人的证据还是昭然若揭，比如她耳朵上的小耳朵，脖颈上的大红痣，入伍后才剪的齐耳短发，等等。再说，谁愿意以死来冒充一个人？我断定错误肯定出在我们这边，是我们把人弄错了，张冠李戴了。

其实，听军医一说当时体检的情况，我们就明白问题出在哪里。军医说，因为这种体检有问题的人极少，她个人在几年中也仅发现“她”一人，所以体检时医生总是图省事，先把各人的表收了，放在一边，然后喊人进来。

所谓喊也不是指名道姓地喊，只是吩咐护士安排人依次一个个进来，她依次一个个检查，只要没问题，她连话都懒得说，屁股一拍等于喊走人了。这边出去一个，外边进来一个，就这样“流水作业”。

如果大家都没问题，事情就很简单，她出来只要将所有表都盖个“正常”的章，签上名就完事。如果其间遇到有问题的人，比如那天她检查到“她”时，发现有问题，她才做“个别对待”，认真地问了一些该问的，姓名，年龄，有无性史等。

军医说，当时“她”对她问的都一一作了答，包括“连男朋友都没谈过”，这都是“她”的原话。有了“她”的名字，就不会搞混淆。等检查完所有人后，她出去单独把“她”的表找出来，亲自写上意见，是这样写的：据本人述，未交男朋友，但检查发现处女膜破裂，属极不正常的情况，建议组织上慎重对待。至于其余人的表，军医说，都是护士先盖上“正常”的章，她只是签名而已。

说真的，军医说的“流水作业”的体检法，在医院是很常见的，像照X光、做心电图都是这样的。但据我所知，最后填表时本人都是在场的，在填表、交表过程中，军医应该有印象，“她”的表是不是真正交给“她”的。军医说，因为“这项”检查带有隐私性，所以医院在安排体检程序时，历来都是把“这项”检查放在最后，这样这边的体检完了，等于所有体检内容都完了，所以也无须将表交还本人，而是由她们直接上交院领导。我问军医还记不记得“她”当时报的名字，军医说当然记得，叫×××。

这名字就是死者的名字！

谜底已经揭晓。不用说，事情肯定是这样：“她”看军医查出情况后，故意报了死者的名字，从而造成军医“张冠李戴”。

现在，我们所有天真或虚妄的想法无疑都应该收起，想想到底怎么样来平息这起人命冤案才是当务之急。

怎么平息，当然要看死者家人打算怎么闹腾。应该说，基本上没闹腾什么，他们只提出两个并不过分的要求：一个是解决死者的丧葬费，二个是希望部队带走死者的妹妹。参谋长甚至没有向部队请示，就私自应允了对方要求。

只是事后发现，死者妹妹年龄尚小，才十五岁，我们建议过一年再来带。但对方死活不从，也许是怕我们过后反悔吧。我们无法说服他们，参谋长只好安排我留下来办死者妹妹的入伍手续，他和军医准备先走。

走之前，参谋长要求我不要耽搁，尽快归队，因为我可能还要往这边“跑一趟”。我知道他说的意思，我想岂止是可能，而是肯定的，用军医的话说，即使把“她”枪毙都够罪！也许吧，“她”事实上间接地犯有人命案，这样的人退回原籍是便宜“她”了。不过，这话由军医说出来，我总觉得十分刺耳。我从来都没喜欢过这个傲慢的部长太太，此刻似乎反感到了极点。

我在想，她当初为什么不同情“她”一下，同情了，把事情盖过去了，不就什么都没了。但现在几乎什么都有了，死亡，悲剧，闹剧，笑话，故事，谣言，传闻……都有了，暂时没有的，也可能接着就会有。

一波未平，一波即起，我心里有说不出的厌倦和恐惧。也正是这种情绪，促使我主动去参加了死者的葬礼。

因为参加葬礼，我多滞留了一天，到参谋长他们走后的第三天，才办完死者妹妹的全部入伍手续。

第四天上午，我带着死者妹妹启程归队。至此我停留富阳的时间已超过一周，而愿望中的富春江之游还是没有游成。这叫没缘分，缘分不到，即使到了它身边也是白到。

在回来的火车上，我与死者妹妹相对而坐。姊妹俩的长相和神情是那么相像，以至使我常常产生幻觉，以为这还是在去富阳的路上。

那一路上也是这样，我和死者相对而坐，但七八个小时中我们几乎没有说什么话，她像个犯人似的，一直畏缩着，连我的目光都不敢碰。

曾经有一次，她恳求我告诉她，她犯了什么错。按说这不是不可以告诉她的，反正迟早她都要知道的，但完全一念之间，我对她打了个官腔：组织上会告诉你的。我说的组织上是当地人武部，但其实人武部告诉和我告诉是有很大区别的。对我，她有申辩的机会，对人武部，她怎么申辩？

我一念之间的一个官腔，事实上是让她失去了一个申辩的机会。在回去的路上，我一直在想，如果我早一点告诉她，在火车上就告诉她，事情会不会变成另外的一个样子？这个问题让我感到非常累。

当我想到，我马上还要这样地重走一趟时，我心里真的非常非常累。现在，我想起这些，心里迷茫得很，不知我这是在回忆，还是在访梦。

狗日的足球

徐　坤

马拉多纳来啦!

柳莺的心里狂跳不止，拿着报纸的手无法自制地抖了几抖。马拉多纳，马拉多纳，哪个马拉多纳？难道真是那个被她崇拜得至高无上，满脑袋都是羊毛黑卷儿（中间还夹杂着一小撮精心染制的黄毛），小矮个儿，大脚丫子，每一个脚指头上都长着眼睛，传球永远准确到位，中场起动时风驰电掣，带球过起人来虎虎生风，从不黏黏糊糊逮机会抽冷子就射的，长得卷毛狮子狗似的足球巨星马拉多纳?!

柳莺定了定神，把眼睛贴近报纸上那帧大幅的彩色照片狠狠地打量。没错，没错，的确是阿根廷的那个马拉多纳。小马于7月25日要率领阿根廷博卡青年队来北京，跟国安队举行一场对抗赛。不会吧？不会吧？这怎么可能呢？柳莺心慌意乱地把眼睛从偶像粗糙的脸蛋上拿下来，心里边止不住地嘀咕：马拉多纳那么大一世界级球星，怎么会屈尊下驾到这么个足球不甚发达的东方城市里来?

留校任教没多久的青年女教师柳莺简直要被这个突如其来的幸

福给打晕了，有那么一刻，她甚至觉得脚底下的大地都有些微微的颤悠，周围的街景在她眼里全变成飘飘忽忽的，大马路上走来走去的人们就像蛇鼠出洞蚂蚁搬家，忙忙叨叨惊惊惶惶一派大地震前兆的景象。还不时有光，一道紧跟着一道的白炽热光忽闪忽闪地在她眼皮内明灭，让她把什么都不能够再看得真切。柳莺把报纸紧紧地贴在怀里，迈着有些支持不住要往下瘫软的步伐往家里颠儿。七月汗津津的热风打在她的脸上、后背上，印满金黄色向日葵小碎花的吊带裙紧紧贴住了脊梁，沉浸在冥想之中的柳莺却浑然不觉，心正拴在充胀的热气球上徐徐地往上升腾，带着莫名其妙的渴望和憧憬，就仿佛马拉多纳不是为了200多万美元的出场费而来，是专门冲着他的一个遥远的不知名的东方女性崇拜者柳莺而不远万里来到中国，并顺带着支持一把中国人民的足球解放事业。柳莺冲着马路牙子傻笑着恍恍惚惚一路陶醉着走来，一脸即将投入热恋情人怀抱即便被蹂躏得粉身碎骨也在所不惜的潮乎乎的样子，家门口都走过身后好远了，她却没有感觉毫无知晓。

在被马拉多纳正式启蒙之前，柳莺一直对足球提不起来兴趣。她不仅不是球迷，而且还应该算作比较典型的那种女“球盲”，对足球丝毫没有感应，一看见电视里踢球就特烦，握着遥控器噼噼啪啪把频道转换得直要冒火花。尤其让她见不得的，就是那些围坐电视机前看转播的男人，三五结群的，以各种最不雅的姿势乱七八糟而坐，身旁往往要堆放一整箱一整箱的啤酒，老头衫全都高高挽到肚脐眼以上，眼珠子瞪得酒汪汪的，嘴里螃蟹一样来回吐着啤酒泡泡，手指头一会儿抠着脚趾丫缝儿，一会儿忙着对电视里奔跑着的小人儿指指戳戳，还不时地粗话连篇，满脸潮红，舌尖上不住翻卷着某个与男根崇拜相关的词儿，仿佛一群鸟儿同时染上了脏口。柳莺听得恶心，弄不明白他们这样集体兴致勃勃究竟是为了什么。

有那么一两回她也试图坐下来，想体会一下所谓“绿茵场上的鏖战”“力与美的结合”什么什么之中的乐趣。可是，任凭她把眼珠儿都睁到了眼眶外头，除了瞅见二十来个小人儿可劲儿撵着一粒皮球，在几尺见方的电视框框里不停地跑来跑去外，就再也瞧不出什么来了。再回头瞧一眼观战的男同志们，依旧撸胳膊挽袖子“射呀”“射呀”极其蓬勃地较劲起急，柳莺一时间可真是迷茫坏了，傻呆呆地睁着她的一双丹凤眼，不明白别人都从电视里看见了什么，也弄不通自己的情绪为什么就高潮不起来。不知道是什么东西障着了她的法眼，使她不能够跟他们一道欢喜。

马拉多纳。马拉多纳。还真就是马拉多纳把她给启了足球蒙了。

1990年世界杯足球赛那会儿，她正跟她现在的丈夫、彼时的“未婚夫”杨刚腻腻歪歪地谈着恋爱。柳莺那时还没有从一次惊天地泣鬼神的与某位社会知名男士的婚外恋挫折中振作过来，她的青春和热情都已心甘情愿地被那人糟践得一塌糊涂。就在半梦半醒半死半活之间，盯人已久的这位老同学杨刚便以高超的过人技巧把她接住，随后便趁着她的精神不振、后卫防守出现漏洞时强行带球破门而入，活活地把她的禁区防线给突破了。事后总结经验时柳莺深深觉得自己这一局的防守失利太不应该，但是攻进去的球毕竟也是不能够倒吐出来。两人在这场你来我往没头没脑的攻防战事里欲擒故纵拖泥带水地盘带着，都有些互为鸡肋但同时又慰情聊胜无。就这么着晃一过三、一退六二五的该射不射该传不传，不知不觉，离婚姻的无底球门一天天逼近了。

世界杯足球赛就在这种背景下恰逢其时地胜利召开。

已经被盘带过多的爱情折磨得显出些疲软迹象的未婚夫杨刚，立即全身心投入，一头扎进电视机里，像吃了类固醇兴奋剂似的处于甲亢之中自拔不出来。柳莺这才暂时从对方吊射垫射倒钩的无聊中得以解脱。杨刚那些天里抱着个电视看转播看得昏天黑地，所有的赛事他几乎看得场场不落，要么深夜不着家跑到别人家里聚众看球，要么把他编辑部的男同事领回家来围着电视里的球门集体扎伙儿，他们俩居于筒子楼的未婚小家简直都成了免费放映厅，常常是人满为患，来晚了就找不到座。家里四周的环境也被杨刚布置得颇具现场氛围，除了没设立赞助商的广告牌，其他的一切全都安排齐全。赛事日程表贴了一床头，碗架柜和冰箱上粘满了杨刚自制的各球队的积分排行榜，那上面还不时有红笔随时涂抹修订的痕迹。四壁墙上更是见不得了，原先柳莺挂的那些个风景画、时装模特、卡通娃娃还有一些木雕垂饰等物件统统被杨刚摘掉，换上了清一色的黑了咕黢穿大裤衩的一群群男人，全都在那儿横七竖八地踢腿、飞脚、下绊儿、生拉硬拽、仰面朝天。柳莺每天只要一睁眼，就得被迫面对满墙那一颗颗庞大的头颅和一根根粗糙的大腿。气得柳莺大喊大叫，扬言要把那些个破球星统统扯去烧了。

杨刚一听，急了，赶忙张开不太够长短的双臂紧张地护住一面墙说：“宝贝求求你了宝贝，给我点面子，咱当一回球迷容易吗咱？怎么也得正儿八经地做一点样子给别人看看哪。”

柳莺说：“哎哟喂！合是你当球迷都是给别人看的？不行！你趁早都给我摘下去，别弄得我天天睡觉做噩梦。”

杨刚双手合十抵在胸前喵喵地恳求说：“就这几天，就这几天行不行？等杯赛一结束，我立马就摘，立马就摘。”

柳莺看他那真真假假的一副可怜样，懒得跟他磨缠，只好暂时做一次妥协。

这下可倒好，经他这一布置，筒子楼里的单身汉被招到家里来的更多了，还有一些已经娶完了媳妇的，也是在家里过完上半夜把自家女人拾掇完毕以后，又在零点钟声敲响时准时披星戴月大老远地骑车赶往柳莺他们家里报到。柳莺心说这些人看球这么兢兢业业，图什么呢？杨刚则对他的球迷战友一律虚门以待，早早预备下啤酒并在地上用砖头摞起一个个加座。来人不停地对杨刚的室内装饰艺术进行夸奖，还假么惺惺地在他白面书生的瘦弱鸡胸脯上擂上几拳，以表示出一种同类之间的相互认同。杨刚这时就满意地龇出一口绵软的食草类动物犬牙嘿嘿傻笑个不停。

由于地球时差的影响，在西方举行的比赛，实况转播到东方中国来时通常已是下半夜。可这根本阻碍不了刚刚入港的球迷未婚夫杨刚。在柳莺的眼里，杨刚这时真就跟深夜闹猫似的，眼白儿倍儿绿，眼仁儿荧荧冒蓝光，光着膀子穿着大裤衩蹲在小板凳上（沙发高风亮节地让给客人坐了），仿着一个标准球迷的样子，呷一口啤酒拈一粒花生米，看到忘情处喉咙里便发出一种低沉的颇类似于叫春的声音，被他招来的同伙们这时也一律地呜呜噜噜的嗓子眼里吭唧着欢实，啤酒瓶子烟灰缸可地地乱扔，仿佛猫群集体不负责任地爬上了别人家窗台。逢到这时候，未婚同居不成了的柳莺就只好被迫披衣坐起，悻悻地看着电视里电视外的一群阳刚族生物兴奋得乱蹦乱跳，像要用脑袋撞墙，自己精心布置的小家被祸祸得跟猫食盆子似的，柳莺的气就不打一处来。她真不明白看一个破球何至于闹到如此。尤其是杨刚，一个在床上已经强弩之末，香蕉球都射不动了的人，此刻又哪里来的头槌本事？

置身于球场与观众之外，柳莺带着一股局外人的无名怒火，忍气吞声地呆着想着，想起走在大街上随处可见街旁小酒店里男人扎堆看球的情景，想到单位里男同事们一上班就疯狂侃昨夜足球的景象，想到他们老少爷们儿从正局长到副处长、从系主任到助教实习生，所有男人在足球术语里打成一片、勾结成一团的紧密情形，再瞧瞧眼巴前这些精神头集中、嘴里边吐泡的男青年，转瞬之间豁然想通，足球原来是他们男人的世界语啊！人际隔膜的时代，他们就靠这玩意儿彼此聊以沟通，并一同遥想和追怀远古狩猎时代男子们追逐猎物、追逐女人、追逐占有天地间万物的剽悍和辉煌。哪个男人若是缺乏了这门语言，闭上眼睛不能够瞎侃它仨小时，那他就会被摒弃在男性群体之外，简直就不配当个男人了，活活要遭人轻贱耻笑死。难怪像杨刚那样的白面书生也要拼命跻身于这个行列里呢！未婚夫杨刚那张强颜欢笑的书生小白脸上，不是明明写满了担心被逐出男团的内心恐惧、明明洋溢着要伤好归队的热切企盼吗?!

小可怜见儿的!

柳莺的目光再次透过窗帘向外望去，但见窗外万家萤火，整个世界但凡有男人的家庭里几乎都荧光磷磷，一片诡魅。足球原来是他们男人现世的灯啊！就是那足尖上蓬蓬燃烧的野性火舌，灼灼照亮了他们被文明委顿的当下生活，或许也开蒙了他们的冥茫来世。

柳莺已经不忍心对杨刚和球迷客人们发火了，她觉得男人也真是活得不易，够悲惨的，在一粒小小的皮球上温习和寻找他们先前的性别。并且，他们多数人还连半点介入现场亲身一试的可能都没有了，只能是隔着一万八千里远的地方，团团围坐在几尺见方的电视机旁，透过一个小小的玻璃罩儿来集体进行回顾和留恋。唉，可怜哪！她还能说什么呢？且宽容过这几天，先回学校单身宿舍，把这一阵儿的足球坚挺躲过去再说。毕竟也是四年才能来一次，再硬它又能够硬撑到几时呢？

柳莺卷起她的几件换洗衣服，默默地起身离开未婚小家，回到学校的宿舍里躲清静。但是，让她万没料到的是，同屋的青年女教师邵丽竟也是一个真正的假球迷！邵丽不知从什么地方搬来了一台黑白破彩电，没黑没白价的，把个彩电拧得连一点彩色儿都没有了，却还在荧屏前那儿不屈不挠。当然，最可气的也是最关键的，是邵丽总要领来热恋男友一道观摩。两人叽叽嘎嘎，手嘴并用，不时在底下寻找交换着共同动作和共同语言。柳莺这时便有些像球场上空的灯光一样，把一切不该暴露的细节统统照得尴尬。

柳莺这份气呀，倒首先把自己个儿给气糊涂了。她心说男人集体起哄架秧子当当球迷倒也罢了，雄性门类里头人人都是那副死样子，可这女人当球迷又是图个什么呢？一群乱跑乱窜的胡子拉碴穿大裤衩的汉子，可究竟有什么好看的？哪有赵忠祥的《动物世界》和鞠萍姐姐的《动画剧场》好看？就连那些贫嘴饶舌的肥皂剧，也比单调的球场射门儿动作要丰富好看得多。邵丽这人究竟是怎么回子事呢？恋爱之前没发现她有爱看足球的毛病啊！

实在不好意思再当电灯泡了，柳莺只好灰溜溜地又重归苏莲托，返回自己那个乌烟瘴气的小窝。在众男客的包围之中，她这个女主人倒仿佛成了外人，没地方站没地方坐，受气包似的，不说话，也不看电视，蜷在沙发的角落里困得滴里当啷的睁不开眼睛，耳朵里依稀听得电视中传来球场奇怪的哨音，鼻子里闻着身旁一大堆男人的咻咻亢奋鼻息，以及汗味、臭脚丫子味，嘴里被动呛进致人迷幻的尼古丁毒气，在足球翻来覆去的抽射、挑射、拐射、蹶射里痛苦地挨着，熬着，以一种看客的悲怆，默默忍受着场里场外人们那种决绝的、歇斯底里般的狂欢和庆典。

亏得杨刚在假亢之余还想着抽空儿瞄一眼自己的媳妇。见到柳莺那等受难的样子，杨刚显得很有些过意不去，巴巴地很讨好地过来，蹑手蹑脚地把她的身子给扶正（通常他总是要把媳妇给揽到怀里哄着的，眼下碍着外人眼没好意思显露亲昵），轻声嘘寒问暖，又轻拍着她的脸把她给打精神过来，充满诱惑语气地鼓动说："别睡，别睡，这样睡着了会感冒。快睁眼，快看马拉多纳。马拉多纳出场了！"

"什么麦当娜啊麦当娜？"

柳莺把身子扭了几扭，不耐烦地将眼睛翘出一条小缝儿，无精打采地乜斜电视荧屏。她原以为杨刚说的是歌星麦当娜，是那个美国傻女孩儿利用球场休息时间，要上场疯狂缺心眼地唱"我是一个处女，我是一个处女"了呢。可是，没有。荧屏上仍是二十多个小人儿在跑来跑去。柳莺很生气杨刚搅了她的假寐，可是当着外人的面不好打孩子，当着宾朋的面也不好跟未婚夫急眼。她只得失望地闭上眼睛重又吊儿郎当歪着头打瞌睡。杨刚急了，再次拍她的脸蛋儿："好老婆，快睁开眼看看，马拉多纳，10号，中场发动机，世界级球星，不看要后悔一辈子啊！"

杨刚很有些为柳莺的不识货而感到没面子。柳莺恍恍惚惚听得他叫了自己一声"老婆"，耳朵里感到新鲜，她记得人背后他可从来都是"宝贝儿"长"宝贝儿"短的，现在在足球的激励鼓舞下，当着一大帮球迷弟兄的面，他竟然管她叫起"老婆"来了，无外乎就是想表示一种牛烘烘的版权所有不许翻印违者必究，挺大言不惭厚颜无耻的。柳莺想足球这东西看来是挺壮人胆儿的，给缠得万般无奈，只得再次睁开眼，把定不稳焦的散乱目光，晃晃悠悠飘向了电视屏幕上。透过重重尼古丁烟雾的阻隔，又透过二十多个乱跑着的小人儿的摇晃阻挡，柳莺终于勉强依稀分辨出一堆蓝色球衣中的一个斗大的“10号”来，然后又依稀瞅见了穿这件球衣人的大致外延。矮墩墩、圆乎乎的。哎哟喂，柳莺心说这人怎么这么矮呀！

柳莺的第一个感觉是这人长得太矮了，从体貌上根本判断不出是个足球运动员，倒像是个被杠铃压瓷实了的搞举重的。在众多人高马大球员的包围拼抢当中，这人简直就是鸡立鹤群，显得如此娇小，羸弱，好像是有点处处受气，不堪一击的意思。柳莺怀着一种女性恻隐，下意识地开始替这个10号担心。

果然，那么多匹高头大马抓紧一切机会冲撞他，欺负他，伸腿，别脚，一个绊儿，又一个绊儿，推一把，又拽一把。扑哧，这家伙跌倒了，四脚着地像个乌龟，蓦地又一个俯卧撑立起来，带起球来继续朝前跑。没几步，扑哧，又给绊倒了，这次好像还没有完全倒地就一个前滚翻跃起来，脚下没球也继续往前跑。在一堵堵围墙似的壮汉的夹击堵截里，身材矮小的马拉多纳就像一粒球一样被踢，被卷，被绊。柳莺的心忽然间被他给牵得悬了起来。睡意顿时全从她的眼前溜掉，一种对弱者的怜悯让她把心格外揪着，紧紧盯着10号这个人看下去。吭哧，马拉多纳又一次被绊倒了，摔得可真够狠啊，连电视玻璃外头的她都听见了马拉多纳肌肤跟地相撞的沉闷的声音。柳莺的心里一沉，好像感到自己的哪块皮肉也被磕碰了一下似的，微微地有点疼，有点与被欺凌弱者的交感相通。眼见得马拉多纳又是一个滚翻跃起，腿儿一抬，球就敏捷地截到了脚下，刚一盘带，夸嚓，又被横过来的一个粗腿给撂倒了，咯吱，更刺耳的皮肤与地面摩擦声传来。

这哪里是在踢什么球啊！这只不过是在把人类的粗野明目张胆地合法化啊！柳莺愤怒了，挥起拳头举过头顶疯狂地喊：“野蛮！

野蛮！”惹得周围男同志们都纷纷回头看她。但她这时已顾不得了，心全拴到马拉多纳身上，马拉多纳每被绊倒一次，她就不由自主地“哎哟”一声，整场比赛她就这么“哎哟”“哎哟”地心痛惊呼不断。替弱者鸣不平已经要把她的嗓子鸣哑了。

就是在这次总共被绊倒130多次的杯赛上，马拉多纳终于赢取了东方女球盲柳莺小姐的芳心。柳莺眼睁睁地瞅着他在一吭哧一吭哧不断被绊倒之际，愣是用一种著名的马拉多纳式的摔倒和跃起，在两次绊倒之间的0.5秒的间隙里，伸出他那长了眼睛的脚指头将皮球准确无误传到“风之子”卡尼吉亚金黄色的头顶，让一枚小球整个儿地洞穿了巴西的心脏。柳莺这时就跟场地边上那个穿露脐装、啃手指甲的漂亮巴西女球迷一样眼巴巴地看呆了！待到合计过味儿来以后就是呜呜嗷嗷的大喊大叫，拼命跺脚、拍巴掌。

原来这就是足球啊！

柳莺感慨。不是感慨足球，而是感慨马拉多纳。一个叫“马拉多纳”的阿根廷小个子，借着“足球”这种游戏给人们演示了什么叫作个人魅力和偶像风范。她就这样喜欢上了足球。不，不是喜欢足球，而是借着“足球”这种体育形式喜欢上了在球场上踢球表演的马拉多纳。她对那些技术战术和打法名称至今一点都闹不懂，但这并不妨碍她继续去喜欢崇拜马拉多纳。只要有马拉多纳在场上来来回回不停地跑动，就够她的眼睛去顾盼追随的了。她就是爱看他在球场上总挨欺负的那个熊样，爱看他受了气也没脾气，一骨碌爬起来再接着跑的犟劲，爱看他摔倒着地时四仰八叉的乌龟样子，爱看他中场起动时突然爆发的狮子般的迅猛和敏捷，爱看他的质感的大腿，他的比手都好使的长脚板，他的毛茸茸的大眼睛，他的西班牙后裔的混血儿皮肤……

爱屋及乌，柳莺爱马拉多纳爱得自己都有点犯迷糊了。从那以后但凡有马拉多纳的球必看，但凡有他的大道小道消息必要寻来一读。偶像个人生活的点点滴滴都被柳莺牢记在心里。马拉多纳枪击记者、马拉多纳吸毒、马拉多纳泡妞、马拉多纳被罚禁赛、马拉多纳拒不认私生子、马拉多纳声言退出足坛、马拉多纳再言告别足坛……马拉多纳真是糙人自有糙心眼儿，要么就是他背后有一个强大的智囊团，致使他像一名作家一样聪明，不断地故弄种种新闻来爆炒自己，使他自己个儿永远成为世界球坛的主旋律和中心话题。在衷心热爱马拉多纳的女读者女观众女球盲柳莺那里，马拉多纳所有的这些缺点都成了他与众不同的特点，吸引得她越发神不守舍魂不附体地崇拜到底。

这究竟是怎么回事儿啊？柳莺在对自己的行为无法进行意义明辨之后，便在私下里去找邵丽交换意见。邵丽那儿正拿一本足球书，从贝利、贝肯鲍尔、普拉蒂尼、马特乌斯、罗马里奥，到“荷兰三剑客”“意大利铁三角”，以及“四三三”“五三二”地翻书猛背呢。柳莺挺吃惊，说邵丽你真的这么喜欢足球吗？邵丽一听，小脖一梗梗说：“咳！谁他妈的喜欢这玩意！”

柳莺差点没给她这话噎死，瞪大眼睛，十分诧异地上前摸了摸邵丽的额头说：“邵丽，邵丽你怎么了邵丽？是不是有哪儿不舒服？”邵丽一把拨开她的手说：“没有没有，我好着呢。还不是为了能跟我们那位有共同语言嘛……”柳莺说：“你们就有这样的共同语言啊？”邵丽说：“没辙啊，他那边有着一帮子球迷发烧友，我要是不会侃两句，每逢他们一谈起话来我就得待一边晾着。我这一切还不是为了就合他，哼！”

“哦。”柳莺点头，“可也是，也是。”“也是什么？”邵丽反过来追问，“我看你最近也抱着足球杂志一个劲儿看，是不是也成球迷啦?”柳莺说：“哪里哪里，我，我，我……我只是喜欢看看马拉多纳。”

邵丽一听：“对呀！我也就是喜欢看看个别球星的长相，再看看他们奔跑起来时一颤一颤的肌肉大腿，你说像不像《动物世界》里的豹在追羚羊?”柳莺兴奋地说：“像啊像啊！我也是特喜欢看他们跑动起来的肌肉和大腿，一滚一滚的，太有力度、太健美了！”

邵丽喜获知音，一脸眉飞色舞：“哎呀，咱俩可算想到一块儿去了，平时我从来不好意思把这点告诉别人。哎，你说咱们能建议国际足联把球员的服装改成‘三点式’，让他们场上多暴露一点吗?”

柳莺扑哧乐了，说：“想什么呢你？那不成耍流氓了？”邵丽说：“哎，哎，你看你看，这规矩立得可真不公平啊，光兴他们看咱们，又是高跟鞋猫步又是比基尼脱衣舞的，咱们就不可以反过来欣赏享受一把他们？你说整个世界这场球到底是怎么个玩法？究竟是谁定的游戏规则?”柳莺说：“这……我倒还没想过。只听说秀色可餐，倒还没听说傻大黑粗也可以餐呢。”邵丽说：“照你这一说咱们更不知看足球是为了啥了。”

柳莺糊涂了，一时想不明白，也更加判断不清她和邵丽这类女人看足球究竟是纯审美的，还是男神崇拜型的，是女人“寻找”男人的努力呢，还是试图“加入”男性群体的努力。反正不管怎么说吧，也不管他们“足”的究竟是一个什么“球”，总而言之，她是彻底喜欢上踢足球的马拉多纳了，从足球而喜欢上马拉多纳，又从马拉多纳而进入足球。

有谁知道呢，她最初喜欢上马拉多纳竟是因为怜悯。女性对弱小的怜悯。

也正是从此开始，她知道了在足球场上，诸如给人脚底下使绊儿这类动作可以冠冕堂皇地称之为“铲”。下绊儿正式叫作“铲”。一切歹毒的粗野在足球场上都被赋予了堂而皇之的命名。

眼下，拿着“马拉多纳来啦”报纸往家赶的柳莺早已顾不上想什么了，从热辣辣天空中氧分子的流动撞击里她已隐约体味到，一场偶像崇拜的狂欢迫在眼前。

北京的灯光球场永远是球迷们吃饱饭以后宣泄的好地方。马拉多纳率领的阿根廷博卡青年队与北京国安队的球赛定于晚八点半开始举行，柳莺按捺不住心里的激动，五点半就扯上杨刚从学院路的家里出发了。这之前的一些天里她天天盯着报纸上的追踪报道看，生怕马拉多纳来北京的这条消息是假的，或者马拉多纳突然间改主意不来了，再或者是派一个替身来。直到买完球票以后她还是有点惴惴不安。眼见为实，她得赶紧过去先睹为快。被她强拽去的丈夫杨刚的兴致看上去并不像她那么大，虽然杨刚已能将世界级足球明星录倒背如流，但显然并没有对哪一个球星显出发自内心的特殊爱好，无论别人议起哪位时他都能插上去侃几嘴，很滥情。相比之下，柳莺要比他坚贞得多。柳莺从一而终，一旦爱上哪位球星，就一竿子喜欢到底，绝不中途有所偏废。

车子不好打，司机一听说去工人体育场，就摇头说不去，今晚儿马拉多纳来，六点钟蓝岛大厦那儿就戒严，车子不让左拐弯。柳莺一听，新鲜，敢情这马拉多纳来一次比国家元首来访问还隆重呢，提前两个半小时就戒严了。好说歹说，才截上了一辆“桑塔纳”。虽然对那几十块钱的车费微微有些心疼，但转念一想，400块钱一张的球票都买了，所有的球迷用具：小喇叭、V字形欢呼胜利的大手、望远镜、矿泉水、小旗帜、脑袋上缠的小布条等等等等两人也一应披挂俱全，哪还在乎再多花一点车费呢！有道是出血越多，爱得越深，记得越牢嘛！

稍稍有点遗憾的是，柳莺上午去球迷专卖店买V字形塑料吹气大手时，把颜色给买错了。她看着货架上一溜赤橙黄绿青蓝紫，选了半天，挑了平素喜欢的红色和蓝色的两个。把大手拿回家，杨刚下班回来一看就叫唤起来："我说你这是想到球场上挨揍是怎么的？"柳莺不解地问："怎么啦？"杨刚说："你怎么能买红色和蓝色的？你这不是成心撮火吗？国安队的吉祥色是绿色的，蓝的是阿根廷队！连这点常识都不懂，还球迷呢你！"柳莺一听，也生气又挺泄气地说："废话你！要不是为看马拉多纳，我大老远去买这破玩意儿？没有马拉多纳跟他们踢，我哪知道什么国安不国安的？"杨刚气得没办法，说："拿着吧拿着吧！藏兜里，把气放掉，别轻易亮出来。"

坐上车，他们先拐到另一个球迷朋友崔巍家借望远镜。崔巍家有一个从俄罗斯买回来的苏联高倍军用望远镜，听说他们要去看球，主动提出要借给他们。崔巍一边把望远镜塞到杨刚手里一边揶揄："我说，烧包，你们！800块钱的看他?！电视里看转播多真切，还特写。"杨刚嘿嘿干笑，说："嘿嘿，都是她穷张罗的，非要来不可。"柳莺嘴里没说话，心里头说，呸！电视里看转播，电视里看那还叫球迷啊？装蒜吧你！另外还有杨刚，也整个儿一"包装"球迷，混事儿的。

才不到六点半钟，工体门前就已经人山人海，看球的人缕缕行行，警察也缕缕行行。花插着凑在一起热闹，小喇叭呜里哇啦叫，彩带儿满天飞飘，吆喝声叫卖声，很像村子里在赶一次大集。柳莺吃惊，无限感慨说："这么多人都来看马拉多纳？真没想到哇！这要是克林顿来了还指不定怎样呢。"杨刚说："傻！克林顿来？小克来了也不过就是礼炮二十一响到头了，谁花好几百块去看他，有病是怎么着?”“可为啥马拉多纳来了就惹人眼?”“马拉多纳?马拉多纳代表的是世界顶尖级足球文化，而克林顿是谁?一国之总统尔。连这点事儿都想不明白还张罗着来看马拉多纳。不好意思，不好意思。”杨刚摇头晃脑。柳莺推搡他一把说：“去去，少跟我这儿犯贫。”

俩人说着往前走，走几步，就要被摊主们截住一道，死乞白赖推销他们各自手中的产品。大幅大幅的马拉多纳招贴画，马拉多纳蹲着的，马拉多纳站着的，马拉多纳跑着的，马拉多纳搂着两个女儿的。一看就是仓促印出来，套色套得花花绿绿，稀奇古怪。同时还有马拉多纳戒指，马拉多纳球衣，马拉多纳裤衩，马拉多纳球鞋……马拉多纳，马拉多纳！马拉多纳身上究竟有多少个卖点，让商家们炒作得如此忘乎所以?!

柳莺兴奋地在一个个贩子的摊儿前流连，一见到有关马拉多纳的资讯就狂热地收集，不一会儿就划拉了满满一大抱，满脸通红地颠儿颠儿举在杨刚面前显摆。

《北京青年周刊》封面是龇牙咧嘴、腆胸叠肚、欢笑奔跑着的马拉多纳，穿着蓝白条相间的阿根廷队球衣，左肩上扛着黑底红字和黑底蓝字：

取缔异性按摩之后　抢占中国汽车市场

右肩上扛着黑底白字：

马拉多纳来了！

《海内与海外》封面马拉多纳笑着比画着，穿着一身休闲服蹲坐桥头半截树桩上，头顶是蓝天辉映的红色大字：

且看今日中国土皇帝　来了，马拉多纳风暴

《为您服务报》头版一整版刊登马拉多纳的报道，身穿蓝色球衣的马拉多纳通栏顶天立地，做目瞪口呆状，胸围上是醒目的紫罗兰色特号字：

球王？烂仔？

右耳朵边上附有斗大的草绿色导语：

世纪末最后的足球怪物 迭戈·马拉多纳

真来劲啊！柳莺的情绪已经完全被调动起来了。有多少个普通老百姓渴望着狂欢宣泄，渴望着把单调沉闷的日子捏出个响来啊！找到个爆炸的借口和由头不容易啊！柳莺此时浑身充满了想投入狂欢洪流、想加入喧声大合唱的急切。她在外头不停地上厕所，连续上完三次后，这才莫名激动地牵着杨刚的手，按票号找到了他们的入场口。兴致勃勃往里头进，把门那位一眼瞅见柳莺手里握着的矿泉水瓶子，打老远就大声嚷嚷："哎哎，不准带水！说你呢，你！还往里走，听见没有你？"说着冷不丁从旁拽了一把柳莺裙子的吊带。

柳莺一愣，本能地往后一躲说："干什么你?!"

把门的半大老头子说："告诉你不许带水听见没有？"

柳莺这时被拽得有些上火，也不由得提高了嗓音说："谁说的？哪儿写着不许带水了？"老头儿甩着一口圆熟的京片子："看球不许带软包装饮料，明白不？"柳莺白眼仁儿朝上翻，说："不明白。"死老头子说："不明白就看看票后边印的说明。"柳莺也来了劲，把票翻转过来举到老头子面前："你自己看，哪儿写了，有吗？"票后边的确是没写。可老头子仍在顽固："嘿！我说你是想怎么着？看过球没有？"杨刚在一旁忙接过来："没看过，没看过，我俩这是头一回。"臭老头子就坡下驴："没看过？没看过就学着点。去，外头把这处理了再进。"

“以后把注意事项写明白点。”杨刚一边小声嘟囔着一边领柳莺退出门来。柳莺鼻子里“哼”了一声，心里边窝着一股无名火。怎么一切还没开始呢就已经变得有点不对味儿了？悻悻地出去，把一大瓶尚未开启的矿泉水扔在一棵树下，空手返回。迎面二道门里穿安检制服的警卫正虎视眈眈。一个脸上抹得油光锃亮的四十来岁女人负责搜查柳莺。女人在柳莺的碎花吊带裙上转圈儿捏咕了几捏咕，又令她打开蛇皮坤包，将一根电棍样的黑东西粗暴地捅了进去，又用力搅了几搅。柳莺的自尊心一阵痉挛，她勉强咬紧牙关，忍耐着。女人似乎觉得不过瘾，又将弯曲的五指直探进皮包，抓捣了几下，拎出一管玫瑰色羽西口红来，拧开，摆弄了摆弄，扔回去。不尽兴，又进去，拎出一盒羽西双色粉饼，打开，凑近鼻子底下闻闻，啪地扔回原处，似有些不耐烦。柳莺的忍耐还差一分钟就已到了极限。若是再耽搁一分钟还不放行，她也保不准自己会做出什么样举动来。

为什么，一沾了球场边，就立即男人粗鲁、女人变态了呢？柳莺的体内似乎有一股什么东西在翻卷涌动，抑制不住地想要往外涌溢而出，想喊，想叫，想骂人，想打架，想摆脱一切理性束缚，真真切切用自己的肢体干点什么，干掉点什么。此刻她血管里的血，仿佛已经不受自己中枢神经的控制，而是完全听命于自在，完全被球场辐射出来的“场”所辖服，一个巨大的、解放了的“场”，在辖服所有人的行为，撺掇着人们去与禁锢已久的文明作对。

待到柳莺和杨刚找好座位，在四周围一转圈铁桶似的警察包围中将屁股稳定在橘红色小板凳上时，什么马拉多纳不马拉多纳的，此时已经退隐到他们的思维意识之后去了，无比明晰的，是要自身宣泄的欲望正在周身蒸腾。1996年7月25日夏季傍晚工体上空渐聚起来的人气里，明晃晃浮动着一个巨大的氢弹般的信息：宣泄。渴盼已久的偶像崇拜仪式已经被急切想要自身宣泄的欲望所代替。马拉多纳这时只成了一个仪式的由头和衬景，一切个人都急欲想亲身表演体验的躁动使球场的白炽灯光摇曳不安。放眼一望，密匝匝的，各看台上都已提前一小时布满了一层层跃跃欲试的微醺激动的人群，从660块钱到80块钱高低起伏不等。低头一瞧，马拉多纳领着他的博卡青年队此刻就在他们的眼皮子底下弯腰劈腿地热身。柳莺赶忙举起她的高倍军用望远镜筒一照，她那紧贴在凸透镜上的妩媚丹凤眼就转告她的心说，别指望了，上帝本来就不应该轻易降临凡间，偶像本来也不是可以拉近了看的。作家只有他写作时才叫个作家，球星也只有他带着球的时候才好看。身上没球时也就跟个自摸不和的相公没多大区别。上停。木着。

在领导讲话电视台采访小姑娘献花等一系列序幕拉开表演完毕以后，裁判员一声哨响，“嘟儿——”一声，二十多个小人儿开始在场地上跑动。还没等看清谁是谁，“嘟儿——”又一声，博卡青年队进球了。巨大的液晶显示屏上亮出比分：1∶0。

寂静。发愣。大概有那么三五秒钟的沉寂后，看台上开始骚动，混乱，有一些声音响动传出来，不太明晰。然后，气流渐渐碰撞、攒聚，一浪接一浪，唾液的泡沫舔舐到一起，渐渐无比清晰，无比流畅，无比浑浊，无比俗恶，汇成一句话，汇成那一句话：

傻比尔！

柳莺蒙了！傻了！呆了！她反应不过来，对博卡青年队的快速进球反应不过来，对场地上空渐近浮起的那一句话反应不过来。待到那句话又无比热烈、无比欢快、无比生动、无比愉悦地众口一词再次响起：傻比尔！傻比尔！柳莺的心跳骤然间停止了，像是突然间被当众扒光了衣服，浑身战栗惊惧着赤裸。怎么回事？这是怎么回事？他们这是在喊，喊……什么?！难道真是在骂，骂……那个吗?！

此刻柳莺比不相信自己的眼睛更不相信自己的耳朵。什么意思？什么意思啊？他们怎么可以这样、这样……说得出口？日常里她也不是没听过粗口，缺知识少修养的人随处可见，甚至就在她所供职的知识分子圈里，甚至就在丈夫杨刚不经意的怒气牢骚里，人类没进化好的那根尾巴骨时时都抖搂出腚后边恶臭操行。她已被迫司空见惯，且不得不麻木不仁。但是，她万万不能相信，此刻，在几万人汇聚的公开场合，几万人啊！几万人的粗口汇成一股排山倒海的声浪，用同一种贬损女性性别的语言，叫嚣着，疯狂地挤压过来，压过来，直要把她压塌，压扁。柳莺赧颜，她那无端受辱的女性自尊，羞怯地瑟缩着，无处躲，无处藏，不知道怎么办，不知道如何是好。在这突如其来的污损耳膜的脏音里，她的嘴大大张着，呆呆的，渺小无助不知所措地定格。

接下来的足球完全不再是她所期盼的足球，马拉多纳也因着足球的变味儿而失去她心目中的英雄本色。只因为马大爷是上百万美元远道请来的，国安队谁也不敢说轻易给他下绊儿，围他屁股后边绕哄绕哄的，像跟着老师在进行体能训练。马拉多纳的王八式摔倒当然也就无从上演。从660到80块钱的观众都希望物有所值，希望能看到马拉多纳好好当众表演一回射门。但是马拉多纳显然是有些兴奋不起来，行动怠惰，草草敷衍，看样子是想尽快把一个回合搞完。力与美的搏击全都隐没于斤斤计较的商业算计之中了。整场九十分钟的比赛里起哄声激将声此起彼伏。脏口，并且是、仅仅是贬损女性的那种脏口如同夏季林子里的蝉鸣，一棵树上的知了起了兴，即刻就有整座林子里的上万只鸟儿跟着群起响应。

柳莺的心悲哀了。她陷入一种深刻的悲切里，不能说，也不能想，任凭耳膜被一次又一次沉重地污染、毁击，喉咙里却不能够说得出话来。她紧紧并拢双腿，尽量把身体往回缩，往回缩，缩拢到她的那件小小的碎花连衣裙里，以此来躲避和拒斥这可怕的粗俗。在铺天盖地的众音合鸣当中，她不能够表示出自己的不满和反抗。如果表示了，在男人当中她就会是个讨厌的叛逆，在女人当中她也会成为不受欢迎的异族。她看见坐在她前排有两个年轻姑娘，一脸潮红地跟着激动着，也不看球，忙着低头叠纸飞机，还撕了好多碎纸，场上一开始大规模哄骂“傻比尔”，她们就兴奋地站起身来欢蹦乱跳把碎纸乱扬，纸飞机乱抛。柳莺的悲哀，更加彻骨了。

所有的男人和女人都已经把这种语言认同了。这种最不堪入耳的污损女人身体的语言，不断被用来攻击女人也轻贱男人。听上去就仿佛几万人事先预谋排练好了似的。其实他们根本无须事先预谋排练，自古以来他们就已经如此了，自从有了男与女的角色区别那一天起就已经如此了。柳莺的喉头痛苦地蠕动着，憋闷着，嘶哑得有些充血。当又一次辱骂狂潮掀起来的时候，她实在按捺不住了，在她的裙子里站起身来，勇敢地站起身来，张大嘴巴，试图发出一点自己的声音。

可是，没有。当她鼓足勇气，想表示自己的愤怒，想对他们的侮辱进行回击时，却发现这个世界根本就没有供她使用的语言！没有。没有供她捍卫女性自己、发泄自己愤怒的语言。所有的语言都是由他们发明来攻击和侮辱第二性的。所有的语言都被他们垄断了。他们就如此这般地把女性性别恶意贬损刻毒羞辱着，却让女人在愤怒时张口发不出声音。为什么，为什么，这到底是为什么啊?!

柳莺颓然坐下去，心在猛烈抽搐着，悲哀的无法言说和愤怒的无法排泄让她的喉头痉挛，面部肌肉难看地扭曲。蓦地，她想起一个叫刘恒的作家曾经写的一篇叫《狗日的粮食》的小说。狗日的。“狗日的”可能是她唯一知道的与女性无关的粗语。狗日的粮食。狗日的足球。狗日的国安。狗日的马拉多纳。她在心里默默地说着，但是仍旧张不开口。即便是狗日的，也仍充满对阳具的自恋和褒扬，仍让狗的后腰上的某部位与太阳崇拜发生关联。

柳莺彻底绝望了。在博卡青年队2∶1终场前的又一阵铺天盖地袭来的谩骂狂潮里，她默默咽干了她屈辱的眼泪，在无法言传的哀伤中，闭上眼睛，以一种痛楚的决绝，拼命吹起了胸前的小喇叭。

“呜哇——”

那种尖厉的声音，在众声合鸣之中显得分外纤弱，又分外坚强。她只能用这种纤弱的坚强，把自己娇柔的视听遮盖、掩埋住，把自己无端受损的性别刻意修复。“呜呜哇——”

犀利的长嚎，吹得竞技场上狂欢停止了，飨宴的饕餮曲终人散。她枯坐那里，还在吹，不停地吹，诉着她孤独的愤懑。她感到自己的反抗力量正一点点被耗尽，被广大的、虚无的男权铁壁消耗殆尽。在尖厉的号声中她听到自己的嗓音断碎了，皮肤断碎了，裙子断碎了，性别断碎了，一颗优柔善感的心，也最后断碎了。

放 生 羊

次仁罗布

你形销骨立，眼眶深陷，衣裳褴褛，苍老得让我咋舌。

湖蓝色的发穗在你额际盘绕，枯枝似的右手伸过来，粗糙的指肚滑过我褶皱的脸颊，一阵刺热从我脸际滚过。我微张着嘴，心里极度地难过。“你怎么成了这副样子?”我忧伤地问。你黑洞般的眼眶里，涌出几滴血泪，颤颤地回答：“我在地狱里，受着无尽的折磨。”你把藏装的袖子脱掉，撩起衬衣的一角。啊，佛祖，是谁把你的两个奶子剜掉了？血肉模糊的伤口上蛆虫在蠕动，鲜红的血珠滚落下来，腐臭味钻进我鼻孔。我的心抽紧，悲伤地落下泪水。“你在人世间，帮我多祈祷，救赎我造下的罪孽，尽早让我投胎转世吧。”你说。我握住你冰冷的手，哽咽着放在我的胸口，想让起伏跳动的心焐热这双手。“我得走了，鸡马上要叫。”你的脸上布满惊恐地说。“这是城里，现在不养鸡了，你听不到鸡叫声。”我刚说，你的手从我的手心里消融，整个人像一缕烟雾消散。

“桑姆——”我大声地喊你。

这声叫喊，把我从睡梦中惊醒，全身已是汗涔涔。睁眼，浓重的黑色裹着我，什么都看不清，心脏击鼓般敲打。我坐起来，啪地打开电灯。藏柜、电视、暖水瓶、木碗等在灯光下有了生命，它们精神爽朗地注视着我。你却不见了，留给我的是噩梦。不，是托梦，是你托给我的梦。刚才的一幕，就像真实发生的事情，让我惴惴不安。一急，我的胃部疼痛难忍，用手压住喘粗气。不久，疼痛慢慢消失，我又被那个梦缠绕。

你去世已经十二年了，这十二年里你一直没有投胎，这，我真的不曾想象过。你离开尘世后，我依旧每天都去转经，依旧逢到吉日要去拜佛，依旧向僧人和乞丐布施，难道说我做得还不够吗？让你一直受苦，我的心里很难受。今早我到大昭寺为你去烧斯乙，再去四方各小庙添供灯，帮你祈求尽早投胎转世。我已经没有了睡意，拉开窗帘向外张望，外面一片漆黑。窗玻璃上映显一张瘦削褶皱的面庞，衰老而丑陋，这就是此时的我了。我离死亡是这么的近，每晚躺下，我都不知道翌日还能不能活着醒来。孑然一身，我没有任何的牵挂和顾虑，只等待着哪天突然死去。我抬头看墙上的挂钟，才早晨五点，离天亮还有两个多小时。我起床，把手洗净，从自来水管里接了第一道水，在佛龛前添供水，点香，合掌祈求三宝发慈悲之心，引领你早点转世。

我把供灯、哈达、白酒等装进布兜包里出门。在路灯的照耀下我去转林廓，一路上有许多上了年纪的信徒拨动念珠，口诵经文，步履轻捷地从我身边走过。白日的喧嚣此刻消停了，除了偶尔有几辆车飞速奔驰外，只有喃喃的祈祷声在飘荡。唉，这时候人与神是最接近的，人心也会变得纯净澄澈，一切祷词涌自内心底。你看，前面一位白发苍苍的老妇人，一步一叩首地磕等身长头；再看那位摇动巨大嘛呢的老头儿，身后有只小哈巴狗欢快地追随，一路洒下丁零零的铃声。这些景象让我的心情平静下来，看到了希望的亮光。桑姆，你听着，我会一路上祈求莲花生大师，让他指引你走向转世之路。“退松桑皆古如仁不其，欧珠衮达帝娃亲卜霞，巴皆衮嘶堆兑扎不最，索娃帝所尽给露度岁……嗡拜载古如拜麦索底哄……”

你看，天空已经开始泛白，布达拉宫已经矗立在我的眼前了。山脚的孜廓路上，转经的人如织，祈祷声和桑烟徐徐飘升到空际。墙脚边竖立的一溜金色嘛呢筒，被人们转动得呼呼响。走累的我，坐在龙王潭里的一个石板凳上，望着人们匆忙的身影，虔诚的表情。坐在这里，我想到了你，想到活着该是何等的幸事，使我有机会为自己为你救赎罪孽。即使死亡突然降临，我也不会惧怕，在有限的生命里，我已经锻炼好了面对死亡时的心志。死亡并不能令我悲伤、恐惧，那只是一个生命流程的结束，它不是终点，魂灵还要不断地轮回投生，直至二障清净、智慧圆满。我的思绪又活跃了起来。一只水鸥的啼声，打断了我的思绪。

布达拉宫已经被初升的朝霞涂满，时候已经不早了，我得赶到大昭寺去拜佛、烧斯乙。

大昭寺大殿里，僧人用竹笔蘸着金粉，把你的名字写在了一张细长的红纸上，再拿到释迦牟尼佛祖前的金灯上焚烧。那升腾的烟雾里，我幻到了你憔悴、扭曲的面孔。我的胸口猛地发硬，哽得有些喘不过气来。“斯乙已经烧好了，你在佛祖面前虔诚地祈祷吧！”僧人说。我捂着胸口，把供灯递到僧人手里，爬上白铁皮包裹的阶梯，将哈达献给佛祖，脑袋抵在佛祖的右腿上为你祈求。

我又去了四方的各个寺庙，给护法神们敬献了白酒和纸币。等我全部拜完时，时间已经临近中午。这才发现我又渴又饿，走进了一家甜茶馆。这里有很多来旅游的外地人，他们穿那种宽松的、带有很多包的衣服。其中，有个来旅游的女孩子，坐到我的身旁，央求我跟她合影。我笑着答应了。等我吃完面喝完茶时，那些来旅游的人还很开心地交谈着，我悄然离开了。

出了甜茶馆，我走进一个幽深的小巷里，与一名甘肃男人相遇。他留着山羊胡，戴顶白色圆帽，手里牵四头绵羊。我想到他是个肉贩子。当甘肃人从我身边擦过时，有一只绵羊却驻足不前，脸朝向我咩咩地叫唤，声音里充满哀戚。我再看绵羊的这张脸，一种亲切感流遍周身，仿佛我与它熟识久矣。甘肃人用劲地往前拽，这只绵羊被含泪拖走。一种莫名的冲动涌来，我下意识地喊了声：“喂——”甘肃人惊惧地回头望着我。“这些绵羊是要宰的吗？”我凑上前问。“这有问题吗？”甘肃人机警地反问道。我把念珠挂到脖子上，蹲下身抚摩这只刚刚还咩咩叫的绵羊。它全身战栗，眼睛里密布哀伤和惊惧，羊粪蛋不能自禁地排泄出来。我被绵羊的恐惧所打动，一腔怜悯蓬勃欲出。为了救赎桑姆的罪孽，我要买回即将被宰杀的这只绵羊。“多少钱？”我问。“什么？”甘肃人被我问得有点糊涂。“这只绵羊多少钱？”我再次问。“不卖。”“我一定要买。我要把它放生。”我说。甘肃人先是惊讶地望着我，之后陷入沉思中。灿烂的阳光盛开在他的脸上，脸蛋红扑扑的。他说：“我尊重你的意愿，也不要赚钱，就给个三百三十。”他能改变想法，着实让我高兴，我立刻掏出衣兜里的钱交给了他。甘肃人把钱揣进衣兜里，牵绳递到我手里。他牵着其他绵羊走了。

“你这只绵羊跟我有缘，我把你放生，是因为你上上辈子积下的德在今生回报。”我自然地把绵羊称为了你。你没有理会我的话，冲着其他绵羊的背影又叫唤起来。甘肃人头都没有回，他和其他绵羊消失在小巷的尽头。我为那些即将被剥夺去的生命惋惜，取下脖子上的念珠，为那三只绵羊祈祷。我和你的身上涂抹着金灿的阳光，这阳光却无法驱散我们心头的隐忧。“我的钱只够救你，想想我们还要过日子呢。”我说。你抬起了头，我看到一汪清澈的泪水溢满你眼眶。我再次蹲下来，抚摩你毛茸茸的身子，上面还沾着杂草碎石。真是奇怪，我的脑子里把桑姆和你混合成了一体，从你的身上闻到了桑姆的气息，是那种汗臭和发香混杂的气味。这种久违的气息，刺激着我的感官，让我对你滋生出百般的爱怜来。我把脸埋进你的毛丛里，掉下了喜悦的泪水。幽深的小巷里，我和你相拥着，我为冥冥之中的这种注定而喜泣。

我带你回到了四合院，邻居们惊奇地望着我，小孩们兴奋地跑来围观。“爷爷，这是你的绵羊吗？”“是我的。”“它吃什么呢？”“草和蔬菜。”……

这下午，我为了你把窗户底下清扫了一遍，把很多捡来舍不得丢掉的垃圾给扔了。你一直用疑惑的目光注视我，粉色的鼻翼不时翕动。我对你说：“你的窝被我腾了出来，今后你就要在此度过余生。”你听过我的话，眼睛依旧盯着我。我想你没有听懂我的话。

时针在奔跑，它把太阳送到了西边的山后。我先要给你去买些吃的。从八廓街通往清真寺的小巷里，晚上有很多摆摊卖菜的四川人，我从一个菜摊上买了十斤白菜，再要了一些丢掉的烂菜叶子，回到家切碎喂给你。你显得很优雅，低垂着头，一小口一小口地咀嚼，不时用你那晶亮的眼睛和我对视一下。你的眼神变得柔和了些，但不时还有犹豫和惊恐闪现。我心满意足地冲着你呵呵笑。我喜欢你一身的白毛和敏感的双眼。你这只绵羊，为了你我把今天下午的那顿酒都忘了去喝。唉，一下午转眼就消失了，要是以往时间漫长得让我不知所措。

这一晚，我睡得很不踏实，心里老是惦记着你，醒来过三次，每次都要开门去看你。每次你都睡得很沉，在地上佝偻着身子，小脑袋缩在胸前，一副惹人爱怜的模样。桑姆的睡觉姿势也跟你差不多，你俩是何等的相像啊！我蹲在你的身旁，久久注视着你，心里充满温馨。

醒来，四合院里已经有人走动，还听到去上学的小孩叫闹声。

我睡过头了，急忙起来。

我解开套绳，牵你去转林廓时，你咩咩地叫喊，四蹄结结实实地抵在石板上，身子向后缩。来到院子中央打水的邻居见这般情景，过来帮我推你。你拗不过我们，只能顺从地跟在我的身后。我们俩穿过小巷走到了拉萨河边，碧蓝的江水一路陪伴我们，清风飘摇我沧桑的白发。翻越觉布日山时，你又跟我拗起来，死活不上陡峭的山坡。几个转经人从后面推你，我从前面拽。这样僵持一阵后，我的全身出汗湿透，你快把我的体力全耗掉了。疲惫的我愤怒地吼："你再这样，我就把你送回甘肃人那里。"你的眼睛里拂过一丝惊惧，脑袋低沉下去，再也不看我一眼。"别急，你第一次带它来转经，可能有点害怕。""让它休息一下，我们帮你。""它怕了，看，身子都在抖。"七八个人围拢过来，站在爬山的狭窄小道上议论开了。风马旗在徐风中轻轻飘扬，发出微微的声响；刻玛尼石的人，盘腿坐在路边，在岩石板上叮叮咣咣地雕刻六字真言。有个老太婆从自己的包里，抓点揉好的糌粑坨，送到了你的嘴边。你湿漉的鼻翅儿翕动，伸出舌头舔舐糌粑。"可怜的绵羊，你是被放生的，谁都不会伤害你，用不着害怕。"老太婆说着抚摩你的头。老太婆的手，轻轻地敲击你的背部，你顺从地向山坡上走去。我匆忙牵着绳走在前面。人们的念经声嗡嗡地在背后响起。

没有一会儿，我们来到仓琼甜茶馆，我把你拴在门口，让服务员给你一些菜叶吃。她们从厨房拿些菜叶子去喂你。一名服务员跑进来问我："准备放生吗？""是放生羊。"我回答。"那你该给它穿耳，或身上涂颜料。"服务员又说。"这些我知道。只是它刚买回来，再说我也不会穿耳。""明天你带它过来，我帮你穿耳。"一位喝茶的老头插话说。他穿氆氇藏装，白色的胡须直抵胸前。"那太好了。谢谢您。"我向他表示感激。他说给绵羊穿耳，是他的一个绝活，绵羊不会感到一点疼痛。他的自信使我踏实了很多。"把你的包给我，我给你装点菜叶子。"服务员拿走了我的背包。

我背上满满当当的布兜包，领你从小昭寺门口过。街道两旁的店子开门营业了，嘈杂的音乐直冲天际，不时还能听到减价处理的叫喊声。我突然想带你去小昭寺，让你拜拜觉沃米居多吉（释迦牟尼佛），争取来世有个好的去处。我们穿越桑烟的缭绕，进了小昭寺大门，你用奇异的目光审视。有位僧人挡住了我们，不让你进寺庙里，说你会弄脏佛堂的。我向他恳求，说你是昨天刚买来的，是要放生的。他最终允许你进去。我提醒你，好好拜佛，用心祈求。你顺从地跟随我，你的目光落在慈祥的神佛和面目狰狞的护法神上，一种胆怯的虔诚表现出来，身子微弓，步伐轻柔。我从你的眼神里，发现你是一只很有灵性的绵羊，相信你跟着我会积很多的功德，这些以小积多的功德，最终会给你好的报应。

我俩坐在小昭寺院子里，晒着暖暖的阳光休息。空气里弥漫桑烟和酥油的气味，不时传来缓慢的鼓声，它们让我们的心远离浮躁，变得安静。我对你说："你们羊都是好样的，知道吗？松赞干布建设大昭寺时，是山羊背土填湖，立下了头等功劳。现在大昭寺里还供奉着一头山羊。”你听完我的话，把下巴抵在我的大腿上。我用手指挠你的下巴，你欢喜地眯上了眼睛。我知道你的身子很脏，羊毛都有些发黑，我们回到家我给你洗澡。

你在自来水管底下乖巧地站着，银亮的水从你的背脊上迸碎，化成珠珠水滴，落进下水管道里。我赤脚给你打肥皂，十个指头穿行在茸茸的卷毛里，从项颈一直游弋到肚皮上，你的舒服劲我的指头感受着。水管再次拧开，银亮的水顺羊毛落下时变得很混浊。我再次打肥皂，再次冲洗，你白得如同天空落下的雪，让我的眼睛生疼。唉，十几年前，桑姆还健在的时候，我都是这样帮桑姆洗头，桑姆白净的脖子也在阳光下这般地刺眼。那种甜蜜的时日，在我的记忆里已经空白了很长很长。此刻，我又仿佛寻找到了那种甜蜜。我们坐在自家的窗户下，我用梳子给你梳理羊毛。你把身子贴近我，用脑袋摩挲我的胸口。你那弯曲的羊角，抵得我瘦弱的胸口发痛，我只得赶紧制止。我回屋取来酥油，把它涂抹在你的羊角上，上面的纹路越发地清晰。你的到来，使我有忙不完的活，使我有了寄托和牵挂，使桑姆的点点滴滴又鲜活在我的记忆里。我再不能像从前一样，每天下午到酒馆里喝得酩酊大醉，我要想着你，想着要给你喂草呢。

我口渴难忍，提着塑料桶去买青稞酒。回到家，我坐在一张矮小的木凳上，身披一身的夕阳，一边看你一边喝酒。你站在面前，用桑姆惯用的那种羞怯、温情的眼神凝望着我。这种眼神，剥去了岁月在我心头堆砌的沧桑，心开始变得温柔起来。还有这酒，怎么落到肚子里，变成香甜的了？以往喝酒，怎么没有尝出香甜的余味呢？这是不是心境的变迁引来的，我真说不准。我一口一口地喝，这种香甜从舌苔上慢慢扩散向脑际，整个人被这种香甜沉溺。

这一夜我睡得很死，没有一个梦境出现。

你的两只耳朵被钢针蘸着清油穿了孔，系上了红色的布条，这样你就显得引人注目。

桑姆，为了让你尽早投胎转世，我天天带着放生羊去转经。这头绵羊现在被我视如你了。

桑姆，你现在再没有出现在我的梦里，我不知道你现在的境况，有可能的话你再给我托一次梦吧。

现在，人们每天都能看到我和洁白的绵羊，顺着林廓路去转经。你耳朵上的红色布条，脊背中央点缀的红色颜料，向人们昭示着今生你要平安地度过，直到生老病死。

我带着你已经转了近一个月的林廓，你也熟悉了转经路上的一切。从今天开始我不再拴你了，我们相跟着去转经。我背上的布兜包，里面装着我的茶碗和油炸馃子，手里拨动念珠。我走走停停，看你是不是紧跟在我的身后。需要横穿马路时，我牵着你过，免得被车子把你给撞了。路上我遇到熟人，跟他们唠叨时，你驻足站在我的身旁。认识的人都说："年扎啦，你做了一件了不起的善事，你会有好报的。""这只绵羊懂人性啊！""年扎啦，给它脖子上拴个铃铛，那样你就用不着老回头。""遇到你，是这只绵羊的福分。"这些话让我听了心里乐滋滋的，你的到来我一直认定是前世注定的一个缘，桑姆刚托梦，你和我就不期而遇了，哪有这么巧合的事情？我进仓琼茶馆，你从门帘缝里挤进来，钻到桌子下面。"你待在外面，不能进来。"我对你喊。你蜷缩在桌子底，毫不理会我的叫喊。茶客们看着我，会心地微笑。"就让它躺在那里，它又不占位置。"服务员说。我没有再赶你，我从布兜包里掏出茶杯，搁在桌子上，再伸手取出油炸馃子，掰碎了喂你。你用舌头把油炸馃子卷进嘴里，用牙齿嚓嚓地嚼碎。我把甜茶喝了个饱，你却静静地躺着，脑袋随着进进出出的人摆动。“南边的三怙主殿正在维修，听说缺人手，要是谁能去帮忙，那功德无量。”有个中年人跟旁边的茶客说。这句话让我很振奋，我想这是一个多好的机会，我要去义务劳动。我把杯子里的那点剩茶倒掉，用毛巾把杯子擦干净，装进了布兜包里。我一起身，你机敏地从地上爬起来，一同出茶馆门，走到喧嚣的大街上。你已经不再注意周围的热闹了，一门心思地跟在我的身边。我们穿过热闹的小巷，回到了四合院里。

我把你拴在窗户底下，从麻袋里拿些干草，搁在掉了瓷的脸盆里；再用另一个盆，从自来水管里给你接上清水。你望着这两个盆，没有表现出饥渴的样子，只是清澈的眼睛里露出疲态来。你把四腿关节一弯，卧躺在地上，耳朵轻轻地甩动。我知道你已经很累了，该让你休息一下。我进屋脱了鞋，把湿透的鞋垫放在窗台上，让阳光晒干，自己盘腿坐在床上。我在思考，为了桑姆该给三怙主殿捐多少钱，怎样才能让他们把我留在工地上。藏族人都知道，米拉日巴为了救赎自己的杀生罪孽，拜玛尔巴为师，用艰辛的劳动洗涤恶业，即使背部生疮化脓，手足割破，咬着牙坚持，他最后得道了。为了桑姆有个好的去处，我捐五百元钱，再劳动一个月，为桑姆减轻一些恶业。这样想着，不知不觉中黑色的幕布把整个院子给罩住了。明天还要早起，现在我该入睡了。

一阵踢门声，把我惊醒。我匆忙坐起来，往门口喊：“是谁？”门不敲了，外面很安静。我猜不明白谁会这么早来敲门，难道是邻居生病了？“喂，是谁？”我喊着把灯给打开了。咚咚地又再敲，而且敲得声音比先前更重更急促了。裤子套在腿上，我急忙去开门。掀开门帘，借着灯光看，一个人都没有。稍一低头，看见你依在黑色的门套上，抬起脑袋咩咩地叫唤。紧张一下从我的头脑里消失，原来是你在敲门，催促我赶紧起床去转经。我嘴里骂你几句，心里却是很高兴。我给佛龛添了供水，烧了香。之后给你喂了些干草，然后我们一路去转经。路灯下的水泥板人行道，把你的蹄音震出来，嗒嗒的足音伴随我的诵经声，一切显得是如此和谐。当我们走到功德林时，天空落下了毛毛细雨，我们俩加快脚步，去找避雨的地方。雨下大了，噼噼啪啪地砸下来，人行道和马路上开始积水。我的鞋里灌进了水，你的身子被水浇透。前面有人喊："过来，避雨。"我和你向一家餐馆的大门斗拱底跑去。这里已经聚了七八个人，绝大部分是来转经的。你可能太冷了，身子直往里面拱。站在最里面躲雨的小伙子踢了你一脚。你什么反应都没有。旁边的一位老太婆忍不住，开始骂这个小伙子。"没有看到这是头放生羊吗？你还要踢它，畜生都不如。"小伙子刚要发作，其他的转经人都一同训斥他。他看清了自己的处境，跑进大雨里，继续赶路。"这些年轻人，没有一点怜悯之心，活着跟牲畜一样。""可能喝了一晚上的酒，现在才回去呢。刚才我还闻到他一身的酒气。""一代不如一代。"我们待在斗拱底，听他们发出的感慨，希望这雨尽早停下来。半个多小时后，雨变小了，我们又继续去转经。

我们湿漉漉地来到了南边的三怙主殿，找到了管事的僧人。我把钱捐给他，希望他留我们两个在这里当小工。他很爽快地答应了我们的请求，说："除午饭殿里供应外，还要供应两次茶。"听到这个消息，我很高兴，这一天我忙着装土、和泥。你却被我拴在了三怙主殿阶梯旁。回家我给你用布缝了个褡裢，翌日你背着褡裢运土运沙，来回往返不停，用自己的汗水建设殿堂。僧人们都说："这只绵羊，活生生地给我们演绎建造大昭寺时的一幕。"

我俩在三怙主殿义务劳动了二十三天，后头的活路我们俩一点都帮不上忙，那是画师们的事情，他们要在墙上画壁画。结束工作后的第四天，三怙主殿的管事派了一名僧人，他推一辆手推车，送来了六袋鲜草和舍利药丸。我遵从他的指示，把药丸浸泡在水里。每次逢到吉日，我们两个喝上几口。偶尔，我用这圣水帮你清洗眼睛。

每天早晨你都要敲门弄醒我，然后你走在前头，我紧随其后。我路遇熟人，你会只顾往前走，到时候选个舒适的地方，站在那里等待我。到了茶馆，你会钻到我常坐的那个桌子底下，喝茶的人一见你，赶忙端着杯子，坐到别的位置上去，把地方腾给我们。人们都认识你了。

初夜我梦见到了桑姆。你走在一条云遮雾绕的山间小道上，表情恬淡、安详，走起路来从容稳健。后来你变得有些模糊，仿佛又幻成了另外一个人。我笑了，在梦境里我露出了白白的牙齿。这种喜悦使我睡醒过来。我端坐在床上，解析这个梦。我想你可能离开了地狱的煎熬，这从你的安详表情可以得到证明，梦境的后头你变得模糊起来，只能说明你已经转世投胎了。这么想着我很兴奋，于是睡意全无了。到了下半夜，我的胃部一阵疼痛，额头上沁出了颗颗汗珠。我想，这样疼的话，今天可能转不了经。那你怎么办？又想，这胃病，顶多会疼个把小时，之后会没有事的。我起床吃了几粒治胃的藏药，又躺进被窝里。当你踹门时，那酸溜溜的疼痛依然驻留在我胃上，它不会让我走动的。你踹门的力度加强了，我只能硬撑着走到门口，把门打开，给你解了套绳。“我病了，你自己去转，转完赶紧回来。”我对你说。你仰头凝视我，等待我一同出门。我只得牵你到大门口，而后推你往前走。你回头怔怔地望着我。我向你挥挥手，示意向前走。你明白了我的意思，扭头向小巷的尽头走去，留下一阵清脆的蹄音，消失在小巷的尽头。

我躺在被窝里等着疼痛消失。

太阳光照到了窗台上，我躺在被窝里开始担心起你来。这种焦虑，让我心急如焚，忘却了疼痛。我穿上衣服，出门寻找你。这疼痛让我头上冒汗，脚挪不动，只能坐在大门口，背靠门框上。疼痛减弱了些，我的眼光瞟向巷子尽头时，你一身的白烙在我的眼睛里。你从巷子的尽头不急不慢地走来，偶尔驻足向四周观察一番。你自己都能去转经了，我喜极而泣。我坚持站立起来，等待你靠近。我把你拴在窗户下，拿些干草喂你。唉，又一阵钻心的疼痛袭上来，我只能蹲下身，用手顶住发疼处。“年扎大爷，你怎么啦？”“到医院去看病！”“你的脸色怪吓人的，我们送你去医院。”邻居们围过来，坚持要送我到医院去。我拗不过他们，只能到医院去检查。医生要我住院，说病得不轻。我却坚持不住院，说给我打个镇痛的针就行。邻居们也坚持要我住院，说：“三顿饭，我们轮流给你送。”我很感激，但我不能住院。医生把几个邻居叫到了外面，进来时个个脸色凝滞而呆板。我从他们的脸上窥视到我的病情，已经到了无法救治的地步。“医生，我孤寡一人，你就把病情告诉我吧！”我向医生央求。“您太累了，需要待在医院康复。”医生说。“您就实话告诉我吧，我刚才从邻居们的眼神里知道我的病情很严重。”“别乱想了，病不重，你在医院里先住上。”邻居们好言相劝。“医生，您把病情单给我看看，即使是最坏的结果，我也能平静地接受。”医生的眼光落到了邻居们的脸上，邻居们低下头，谁都不吭一声。“我无儿无女，只能自己拿主意，你就给我看吧。”医生很无奈地把病情单递给了我。胃癌。这两个字跳入了我的眼睛里，心抖颤了一下。我想到时日不多了，要是我死了，你——放生羊该怎么办？这种牵挂让我的心情变得复杂起来，开始有些动摇了。我发现，面对死亡，我做不到无牵无挂。我盯着医生，问："我还能支持多久？"医生回答："不好说。配合治疗的话，比不治疗活得要久一些。"我不能住院，一旦住院，每天往我体内要灌输很多药水，那样我有限的时间全部耗掉在医院里了。再不可能天天去转经，去拜佛，那样在我的身体垮掉之前，心灵会先枯竭死掉。"医生，今天给我打个镇痛的药。回去，我把家里的事情处理一下，明天过来住院。"我为了逃脱，开始跟医生撒谎。医生可能看出了我的伎俩，劝我道："别拿自己的命来开玩笑。"我说了很多保证的话，才得以离开医院。

绵羊见邻居们扶着我回来，急忙从地上爬起来，向我靠过来。这不争气的眼泪，顿时哗哗流下来，把我的老脸溅湿了。桑姆也是这样被我们从医院里抱回来的，最后那口气是在自家的房子里断的。我这样流泪多不好，邻居们会以为我贪生怕死呢。他们把你推在一边，将我护送到房间里。我看到了你潮湿的眼睛，低垂下去的脑袋。邻居们围着我，劝我第二天去住院。有些还跑回家，给我送来了鸡蛋、酥油、牛肉。他们还向我承诺，一定看好带好喂好放生羊。这句话贴我的心，使缠绕我的担心减轻了不少。邻居们怕我累着，陆续回了各自的家。

我把窗帘拉上，打开电灯。胃还是有一点轻微的灼痛感。我把你领到屋子里，自己坐在了木床上。你卧躺在我的脚旁，抬头凝望。我身子前倾，给你挠痒。你惬意地眯上了眼睛。"我不知道自己什么时候会突然死去，活着的日子里，我会带你做很多的善事，这样你可以消除恶业，来世有个好的去处。即使我死了，你也会被院子里的人代养，直到老死。今生，我们俩把前世的缘续了下来，来世或几世之后还会接着续下去。”我动情地给你说。你仿佛听懂了我的话，站起来把两只前蹄搭在我的腿上，眼眶里闪耀泪花。我抱住你的脖子，尽情地哭泣。你湿润的呼吸在我的耳边流动，犹如桑姆的气息，它让我的情绪平稳下来。“我在祈求众生远离灾荒、战乱，远离病痛折磨的同时，也会给你祈求来世生在富贵人家，来世遇上慈祥父母，来世再与佛法相遇……”我跟你说了很多的话，好像自己真的明天就要死去一样。外面传来几声狗吠，这才知道时间已经很晚了，我和你该休息了。我把你牵回到院子里，让你早点睡觉。

我没有去住院，一种紧迫感促使我从这一天开始，带你去各大寺庙拜佛，逢到吉日到菜市场去买几十斤活鱼，由你驮着，到很远的河边去放生。那些被放生的鱼，从塑料口袋里欢快地游出，摆动尾巴钻进河边的水草里，寻不见踪影。几百条生命被我俩从死亡的边缘拯救，让它们摆脱了恐惧和绝望，在蓝莹莹的河水里重新开始生活。我和你望着清澈的河水，那里有蓝天、白云的倒影。清风拂过来，水面荡起波纹，蓝天白云开始飘摇；柳树树枝舞动起来，发出沙沙的声响；河堤旁绿草萋萋，几只蝴蝶翩跹起舞。我和你神清气爽，心里充满慈悲、爱怜。我盘腿坐在河边，打开那桶青稞酒，慢慢地啜饮。手里的念珠飞快地转动，念珠磕碰的轻微声响，让我的心灵宁静。你悠闲地低头啃草，偶尔竖立耳朵，警觉地注视呼啸奔驰的汽车。太阳落山之前，我和你慢腾腾地回家去。

这年的夏末，策门林寺里活佛在讲法。我带你去听法时，寺院院子里黑压压地坐满了人，我和你紧靠着坐在角落里。活佛讲法时，你竖着耳朵安安静静地卧躺在地上，眼睛时不时地瞟向法座上的活佛。待累了，你走向人群后面，转悠一圈，用不了多长时间，又回到我的身旁。看到你的这种表现，人们除了惊讶，还对你产生了怜惜之情。以后的每一天里，许多来听法的人会给你带些鲜草、蔬菜来，他们把这些堆放在你的面前，抚摩着你的背，说：“跟佛有缘，一定会有善的结果。”寺院的僧人们对你格外的开恩，允许你进入庙堂拜佛、转经，还给你赏了挂在耳朵上的红布条。

我和你每天都忙个不停，时间转眼到了中秋。这当中，我的胃虽有疼痛，但没有先前那般了。桑姆再也没有托梦给我，但愿你已投胎成人。我对桑姆的牵挂稍稍一松懈，发现对放生羊的牵挂与日俱增，担心自己死掉后没有人照顾你，怕你受到虐待，怕你被人逐出院子。这种烦恼一直萦绕在我的头脑里，促使我努力多活几年。每天我都要祈祷三宝，让我在尘世多待些时日。趁着中秋时节，我想带你去林廓路上磕一圈长头。我跟你说这件事时，你的眼睛里充满了渴望。我给你重新缝了个褡裢，给我做了个帆布围裙，这样我们算准备停当了。

天，还没有发亮，黑色却一点一点地褪去，渐渐变成浅灰色。我一步一磕，行进速度非常缓慢。你慢腾腾地走在我的身边，不时用眼睛瞟我。你背上的褡裢左侧装着一小袋糌粑和一瓶茶，右边装了一把白菜和一塑料罐水。当阳光照耀时，我和你已经磕到了朵森格路南端。一辆辆大巴开过来，停在路边，车上下来国内外来的游客。他们一见到我们俩，围拢过来，照相机噼噼啪啪地照个没完。我匍匐在地上又起来，走两步，接着跪拜在地上。你驮着东西，跟在我的身边。有些游客给我们施舍钱币，我把钱收了，合掌说：“谢谢！”这些钱哪天我们捐给寺庙吧。我们磕着头把他们甩在了身后。我只祈求三宝保佑我多活些时日，让我能够陪伴你久长一些。

午饭，我们坐在马路边吃的。我盘腿坐在人行道上，从褡裢里给你拿出白菜，掰碎了放在你的嘴下。你太饿了，几口就把它吃完了。我干脆把整坨白菜丢在你的面前，自己开始倒茶揉糌粑。路过的行人不免回头看我们，之后匆忙离开。我再给你喂了几坨糌粑，把水倒进塑料袋里，让你喝了个饱。我们俩在树荫底躺下休息。马路上飞驰的汽车和流动的人群，不能让我们完完全全地放松休息，嘈杂声使人的心悬吊。我们又开始磕起了长头，毒辣的阳光让我汗流浃背，滚烫的水泥板烫得我胸口发热。可这一切算得了什么，我要坚持一路磕下去。

翌日，我们又从昨天停顿的地方开始磕长头。发现，身边有几十个磕长头的人，从穿着来看，他们一定来自遥远的藏东。在嚓啦嚓啦的匍匐声中，我们一路前行，穿越了黎明。朝阳出来，金光哗啦啦地洒落下来，前面的道路霎时一片金灿灿。你白色的身子移动在这片金光中，显得愈加的纯净和光洁，似一朵盛开的白莲，一尘不染。

私了

东　西

他把存折轻轻放下。黑色的方桌上搁着一本，绛色，很扎眼。她没看存折，而是看他，好像他是一个陌生人，需要对他进行检测。他被检测得心里发毛，低下头，看着凉鞋里十根变形的脚趾。脚趾虽然变形虽然黑，但趾甲里没了泥垢，鞋面也还算干净，这都是进村时在井边仔细冲洗的结果。太阳快要落山了，阳光从门框斜进来，照着他们的下半身，把他们下半身的影子拉长，投射到墙壁上。墙壁上，一个腿影不动，一个腿影打闪。

“都十五天了，你说你们封闭。李堂封闭还情有可原，你一个种地的，谁会封闭你?”她的声音不大，却一剑封喉。

“能不能先看看存折?”他弱弱地问。

“你都回来了，李堂为什么还不开机?”

他不答，指了指存折，好像答案就在那里。这时，她才把目光移开。目光移开时哗的一声，仿佛撕去一层皮，在他的脸上留下了痛感。她疑惑地看着，那是一本新存折，新得都不好意思去碰。她的手指捏着衣襟，捏了又捏，估计把手指捏干净了，才伸出去。

“慢。”他忽然制止。

她把手缩回来，又看着他。

“在翻开它之前，你得有个心理准备，因为……这不是一笔小数。”

“才出去几天，你就把人看扁了，好像我就没见过大数……”她翻开存折的瞬间，声音突然中断，整个人凝固，眼珠子一动不动，呼吸声变得急促。

二十七年前，她生李堂时差一点就憋死。医生说她的心脏有毛病，能生一个还保住命，已是奇迹中的奇迹。从此，她感觉到了心脏的存在。累的时候它重，急的时候它重，来例假的时候它也不轻。每次犯重，她都用右手捂住左胸，仿佛捂住一碗水，生怕一松就漏。现在，她又把手捂在胸口，说：“三层，你是不是抢银行了？”

他摇头。

“没抢银行哪来这么多钱？”

“你猜。”

她忽然感到脑袋不够用，而且头皮还略紧。她首先想到的是彩票中奖，但没等他摇头，她就自个儿摇了起来。她不相信李三层有这么好的手气，更不相信自己有这么好的命水，那么……她“那么那么”，也“那么”不出其他可能，就说：“你最好直接把答案告诉我。”

“还是猜吧，答案没那么容易。”他扭头看着门外。

“再猜，我的心脏病就发作了。”

“好东西不能一口吃完，好消息需要慢慢消化。”

“没有答案，再好的消息也折磨人。”

“要不你问李堂。”

“他不是一直关机吗?”

“哦，我差点忘了。”他一拍脑门，仿佛从梦中惊醒。

“他为什么总是关机呀?”

“你先猜钱是怎么来的，然后我再告诉你他为什么关机。”

“讨厌，你都快把我急死了。”

“路得一步一步地走，事得一件一件地办，急不得。”

她重新翻开存折，看了一会儿，“这钱是李堂挣的吗?”

“你说呢？他一个单位里的跑腿，才两年工龄。”

“莫非是你捡到的?”

“我说是，你也不会信吧。”

“天老爷，”她倒抽一口冷气，撩开他的衣襟，摸着他的腰部，“你不会把肾给卖了吧?”

“肾哪能卖这么贵。”

她低头察看。他的腰部没有伤疤。他说他的肾好着呢。她直起身，“那就奇怪了，难道你傍上了大款?”

他把头扭过来，发现她的面肌开始松动，像有一颗石子砸进水面，渐渐泛起涟漪。这是严肃后的一丁点活泼迹象，是由对立走向和解的信号。他稍微放松警惕，仿佛有一根绑着的绳子从身上掉落。他说：“除非碰上一个刚从牢里放出来的女大款，否则我傍不上。”

“你不是说你肾好吗?”

“光肾好有什么用？人家还要看皮肤白不白。”

“想想也是，谁会看上你这副黑不溜秋的皮囊?”她的脸上埋着讽刺。

“但是李堂好白，白得就像水泡过似的，一点都不像我。”

她双手一击，恍然大悟，“莫不是李堂傍上了女大款？”

“你觉得有可能吗？”

“怎么没可能？他一表人才，口齿伶俐，就是县长的女儿喜欢他，我也不奇怪。”

“有道理。”他微微点头。

“这么说我猜中了？钱是那个女大款给我们的？”

“别叫得那么难听，富二代好不好？”

“有区别吗？”

“当然有了。一般女大款年纪都偏高，但富二代年轻。我们家李堂怎么可能为了钱去傍老女人？”

“那是。我们家李堂可讲尊严啦。记得他八岁时，李侯衣锦还乡，给每家的孩子都发了一把奶糖，别家的孩子恨不得要两把，但我们李堂一颗都没要。十岁那年，罗老师把他小孩穿过的一双半旧皮鞋送给他，他硬是没接，虽然他的球鞋都被脚趾顶出了两个窟窿。”

“这叫骨气。”他竖起大拇指。

“所以，不是我们家李堂要傍富二代，而是那个富二代倒追我们家李堂。”她把存折丢到桌上。

“知子莫如母，这事还真被你猜对了，是女方主动。”

“可是，李堂他交了女朋友为什么不告诉我？这么好的事，有必要隐瞒吗？二十多天前我跟他通电话，他也只说旅游，没说交女朋友。”

“他……他想给你一个惊喜。”

“他们是什么时候认识的？”

"你猜。"

她盯住他，像盯住一个怪物，"动不动就'你猜'，哪里学来的臭毛病？"

"封闭时学来的。"

"到底是谁让你们封闭？"

"你先猜他们什么时候认识的。"

"神经病。"她骂了一句，朝厨房走去。厨房的灶台上煮着一锅水，现在正扑哧扑哧地冒着热气。她往热水里倒了一筒米，用铲子在鼎罐里搅了搅，把多余的水舀出来，然后从灶里抽出两根柴，让小火慢慢地焖饭。他走进来，倒了一碗凉茶，咕咚咕咚地喝下。喝茶声比脚步声还响。她扭过头来，"喂，这么多钱，你打算拿来起房子还是存定期？"

他抹了一把湿漉漉的嘴角，"你猜。"

她用手指点了一下他的嘴巴，说："你能不能不说这两个字？"

他不动，呆呆地立住，看着正前方。正前方一片虚焦，他什么也没看见，只是摆了个看的样子。她扳扳他的下巴，又拧拧他的面肌，但他始终没动，好像变成了植物人。她用力捏他的鼻子，说："你怎么变傻了？李三层，你是不是吃错药了？"

"你猜。"他还没转过弯来。

"猜你为什么变傻吗？"

"不，猜他们是什么时候认识的。"

她抽了抽鼻子，扭过头去，揭开锅盖。饭还夹生，于是把刚才抽出来的那两根柴又塞进去，灶里多了一抹火光。她走到洗手池，洗了洗手，又抹了几把额头上的汗，看见他还在原地站着，就说："李三层，我算是服你了。"

“光服不行，还得猜。”

“笨蛋，他们不是三个月前认识的吗?”

“为什么是三个月前?”

“李堂回来过春节时，没说交女朋友，现在突然冒出个富二代，不是春节后认识的那会是什么时候?”

“没想到你还能推理，原来你不傻呀。”

“到底是你傻还是我傻?”

“猜。”

“这还用猜吗?”

“时间是猜对了，但你还没猜他们是怎么认识的。”

“老娘没这份闲工夫，改天我直接问李堂。”

“也好。”说完，他转身走出去，走到堂屋，走出大门，一直走到汪槐家，他才发觉自己的手里还拎着那个茶碗。

他逢人便说“你猜”。全村人都知道他变傻了，但谁都不知道他是如何基因突变的。她背着他天天拨李堂的手机号码，但电话里天天都是那个声音：“该用户已关机。”

“李堂为什么还关机呀?”夜深人静的时候，她用手指戳他的后腰。他翻了一个身，“你先猜他们是怎么认识的。”

“说话当放屁。你说过只要我猜出钱的来历，就告诉我……”

“可当时你没乘胜追击，过期作废，现在我得加大问题的难度。”

她踹了他一脚，“你没傻，你是癫。你是被钱吓癫了。”

“必须承认，钱不是个好东西。”

“可一旦缺钱，你什么东西都不是。”

“唉……”他长长地叹了一口气。

她抚摸他的身体。她已经好久没抚摸他了，感觉他的肉越来越少，骨头都多得有点刺手了。她说：“我对你好不好？”

“没的说。”

“那你为什么还让我猜这么多问题？你知道我最怕动脑筋。”

“我是想让你分享他们的幸福。”

“他们幸福吗？”

他点点头。即便是在黑暗中，即便都平躺在床上，她也感觉到他点了点头。她看着黑乎乎的天花板，脑海里一片花花绿绿。她说：“他们是怎么认识的？是在公交车上还是火车上？既然要认识，总得先有一个地点吧？”

“人家是富二代，既不坐公交也不坐火车。”

“那就是自己开车喽。”

“还用说吗？”

她的脑海浮现一辆小汽车。太好的汽车她想不出，拼尽脑力，也只想象出一辆像王东帮人拉新娘那样的。汽车在她的脑海里呼呼地飞奔。她说：“有一天……富二代开着一辆很贵很贵的车，在十字路口等红灯，忽然看见我们家李堂从斑马线走过。你想想李堂那身材，想想他的大长腿，只要往人群里一站，就相当于杉木站在茶林，马上就能吸引别人注意。我要是那个开车的姑娘，眼睛一定会发亮，心里一定会发烫……”

“我认为除了身材，她还看上了李堂的气质。”他打断她。

“还有才华，你别忘了，我们家李堂语文经常在班上考第一。”她说。

“然后呢？”他期待她往下讲。

“那个富二代叫什么名字？”她问。

“叫……叫，叫丽莲。”他啪啪地拍着脑门。

"没姓啊?"

"姓马。"

她看着黑乎乎的天花板,仿佛看着城市的街道,"当马丽莲一看见我们家李堂,就觉得过了这个村便没那个店,她不想让机会溜走,跳下车,拦住李堂假装问路……"

"不可能。十字路口不能停车,她那是违反交通规则。"他反驳。

"人家一个有钱人,还在乎交通规则吗?大不了罚款。我跟你讲,人一旦爱上人,跳火坑都愿意,更别说跳车。"她争辩。

"那车怎么办?"

"让警察拉走呗,想要就第二天花钱去取,不想要就让它烂在停车场。"

"你不是说车很贵很贵吗?"

"对有钱人来说,贵算什么?感情才重要。"

"也是。她不跳车,怎么能体现我们家李堂的魅力?"他认可这个答案。

但是她忽然产生疑问:"难道李堂不会拒绝吗?"

"为什么?"他张大嘴巴。

"万一她长得不漂亮呢?李堂可不是那种只爱钱的人,他不会因为金钱降低对外表的要求。"

"恰恰相反,她长得太好看了。"

"为什么不带张照片回来?"

"说好要带,临出门又忘了。"

"她长得像谁?有她未来的婆婆好看吗?"

"好看一万倍。"

她用力掐了一下他的大腿。他竟然没喊痛。她说："这是哪世修来的福？李堂竟然交了一个既有钱又漂亮的姑娘。"

"而且还是倒追，"他赶紧补充，"早上，马丽莲开着豪车送李堂上班；晚上，她又开着豪车把李堂接到家里。"

"他们住在一起了？"

"可不是吗？李堂直接住进了马家的别墅。"

"也就是说他们睡在一块儿了？"

"你猜。"

她沉默。她的沉默让夜晚安静，安静得可以听见虫鸣，听见丝丝的风声，甚至还听到一两声狗叫。她说："这么重大的事，他也不征求我们的意见？"

"当初我们睡在一起的时候，你征求过你妈的意见吗？"

"讨厌。"她又用力掐他的大腿，他还是没喊痛，好像肌肉是塑料做的，和他已没血肉关系。她沉浸在想象中，呼吸变得越来越均匀，很快就睡着了。不知过了多久，她突然嘿嘿一笑。他睁开眼，天色已白。晨光从窗口射进来，照着她酣睡的脸庞。她竟然在梦中笑了，这是多少年都不曾发生过的美事。

有那么几日，他们忙于农活，把李堂的事暂时抛到脑后。小暑那天下午，他们决定休息。人一休息，脑袋就放空，脑袋一放空，许多事就奔涌而至。她说："李三层，你这个骗子，几天前我猜出了他们是怎么认识的，但你没告诉我李堂为什么不开机。"

"那还得往下猜。"他说。

"凭什么？"她说。

"因为你没抓住机会。"

她转身进了卧室，开始收拾行李。他跟进来，问她想干什么，她说："既然电话打不通，就得亲自跑一趟，我想李堂了，也想提前看看儿媳妇。"

"他们不在城里，他们出门了。"他说。

"怎么会出门一个多月？而且还关机。"她一屁股坐在床上。

"因为他们要享受二人世界，不希望别人干扰。"他坐到她的旁边。

她用手指点他的脑门，"你呀你……真是个闷葫芦。这么好的事，为什么不一锅端，而像挤牙膏，挤一点，讲一点？"

"我要是一次讲完，今天就没的讲了。什么事都是一个过程，讲慢点，短的显得长；讲快点，长的显得短。"

"他们去这么久，是出国旅游吗？"

"你猜。"

"猜你个头，再猜我就私奔。"

"可是，我已经给自己定了一个规矩，你不猜，我不讲。"他扭头看着窗口。

一只鸟飞来，落在窗台，好奇地看着他们，但几秒钟之后，它又飞走了。他们的目光追着那只鸟，那只鸟拐弯了，他们的目光没拐，而是直直地落到天边。天边，刚刚还洁白的云朵现在全变成了彩霞。落日悬在远山，像个句号。

"一个月，如果不是出国，那他们就是自驾或是徒步？"现在她才发觉不想猜只是表面现象，其实她的骨子里充满了好奇。

他摇头。

"难道是豪华游？"她问。

"差不多了。你想想游字的偏旁部首吧。"他提醒。

"三点水，他们是在水里吗？是坐轮船？"她预感自己找到了答案。

他点头。

“是不是在海上？”

他摇头。

她一拍大腿，“我想起来了，李堂好像在电话里说过，他要去看长江。”

他点点头。

“哈哈，我终于猜对了。”她高兴得像个刚考了一百分的小学生。

“他们订了一个豪华包间……”他忍不住。

“别，还是让我来猜吧。”她制止。

他看着她。她看着窗外。她满脸笑容，这个迟到的消息让她兴奋，激动，好像豪华游的不是李堂，而是她自己。她说：“游费是马丽莲出的，李堂一个穷小子住不起豪华包间。这么说马丽莲真的喜欢我们家李堂，否则她舍不得花这么一笔大钱……”

“她对他好哇，一有空就给他按摩。”他说。

“还三天两头给他炖鸡汤。”她说。

“她给他买了好多好多名牌衣服。”

“我知道了，上船之前，她肯定还是个处女。他们之所以要豪华游，就是想在船上入洞房。”她有一丝得意。

“你是怎么知道的？”他暗暗佩服她的想象力。

“我猜的。”

“八九不离十。”他说，“一天，船到了中游，两岸的山越来越好看，他们拿着手机来到船边自拍。自拍是什么你知道吗？”

她点点头，“就是举着一根长长的杆子给自己照相。”

“照了几张，马丽莲都不满意，她就坐到栏杆上。不巧，一阵强风刮来，船身一斜，马丽莲掉了下去……”

“啊……”她倒抽一口冷气，“快救她。”

“她在翻滚的江水里挣扎，不停地喊李堂李堂。她的头发乱了，衣服湿了，眼看着就要沉下去了……”泪水盈满他的眼眶。

“快去救她呀，李堂。”她攥紧双手，仿佛就站在船边。

“采菊，情况这么紧急，你说救还是不救？”

“救，那么好的姑娘，如果不救，我们会一辈子良心不安。”

“我就知道你是个善良的人。”他抹了一把眼眶，“李堂也是个善良的人，他几乎没有犹豫，就咚地跳到江里去救她。可是李堂忘了，我们也忘了，他……他不会游泳啊！”说完，他放声大哭。

她一愣，身子一歪，往床上倒去。他双手接住，把她搂在怀里。他紧紧地搂住她，一直搂到深夜，她才醒来。醒来时，她长长地叹了一声：“天啊……你怎么不早说呀？你要是早说，我还能见儿子最后一面。”她一边哭一边捶打他的胸口。

“不瞒你说，因为台风，整条船都翻了，死的不光是我们家李堂。你要想开点，这是天灾，不是人祸。”

“那你为什么不让我去见他最后一面？”她继续捶打他的胸口。

他一动不动，“几天之后，才把他们打捞上来，全都认不得谁是谁了，我怕你受不了刺激。”

“那马丽莲呢，她活着还是死了？”

“你猜吧，采菊……”

她的哭声停了一下，接着是更揪心的哭：“马、马丽莲根本就不存在？”

“对不起，采菊，我只不过是想减轻一点你的痛苦……”他的泪水滴落在她的泪水上。

水上的声音

艾　伟

他坐在湖边的草屋前。初夏的太阳已有点热力了，但他还是喜欢这样坐着晒太阳。在太阳下，他能见到一些光晕，一圈圈的，在他的眼前飘过。有时候这些光圈会变成蝌蚪，或别的虫子，各种各样的颜色都有，样子十分可爱。这时候，他的脸上会露出神秘的笑容。他自言自语："你们别这样在我面前飞来飞去的，当心我把你们抓住。"说完他的脸上会出现一脸孩子气的坏笑。

除了对着太阳有点光感外，这世界对他来说是暗的。但他的耳朵变得灵敏起来。他的耳朵能听到很远的声音，他感到他的耳朵到达哪里，哪个地方就不再是暗的了。这会儿，他听到池塘里一些小鱼儿在游来游去。如果他愿意，他的耳朵只要捕获一条小鱼发出的声音，他就能跟随这条小鱼在湖里游来游去。湖里有一些水草，在水中飘摇，自由而舒展。小鱼儿在水草中撒欢儿。"你这个小家伙，当心被大鱼吃了。"他高兴地自语道。有一股风吹过来，风像小鱼那样闪闪发亮，从他的面孔和头发里拂过。他感到自己的头发此刻也像湖里的水草那样摇来摇去。他想象着有一条小鱼在他的头顶上游，他就假装捉小鱼，抓了一把头发。这一抓让他感到疼痛。他痛苦地说：“又让你们跑了。”风中有一些汗臭味和热烘烘的田头广播的味道。但这会儿很安静，田头广播还没播呢，他不清楚为什么自己嗅到了田头广播那种热烈的味道。

湖对面有一些声音。但那边离他太远了，他还是有点听不真切。他听到有什么东西在湖里面跳，好像是鱼儿的跳跃声。如果是鱼儿那一定是条大鱼，起码也得有几十斤重。可这湖里很久没有见到这么大的鱼了。他怀疑是不是年纪大了，耳朵不行了。这让他有点心慌，如果耳朵也不行的话，世界就不存在了。那他就完全被黑暗包围了。这会儿，空气里传来清亮的声音。这种声音就像小鱼儿的声音一样让他喜欢。那是孩子们发出的欢快的声音。他看到他们的声音像鸟儿那样飞向他的耳朵。他们叽叽喳喳的，把他的耳朵都灌满啦。他想，他的耳朵应该没有问题的。

他的耳边飞过一些泥块。空气中飞翔的泥块因形状不同会发出不同的声音。他喜欢听那种圆形的泥块发出的声音，他看到圆形的泥块把空气挤出一条缝，然后空气就会吹奏出像箫那样的声音。有一些泥块落到他的头上，他的头就会发出咚咚声，就像一面鼓被敲响了。他知道这些泥块来自哪里。它们总是和孩子们的声音一起到来，就好像孩子们如树叶那样缤纷坠落的声音里裹挟着一些泥块，就好像这些泥块是声音的共生体。为了不让更多的泥块击中他的脸，他用双手护住了自己的头。

“瞎子，你又在傻笑个什么呢？”

“我听到有东西在湖里面跳来跳去，我问你们，那究竟是什么东西。”

孩子们刚从湖对面过来。他们知道在湖里跳来跳去的是什么东西。他们都大笑起来。孩子们想，这回，瞎子就是耳朵再好也猜不出那是什么了。孩子们说：“是鱼，是大鱼。那咚咚跳的是大鱼。”

孩子们用夸张的口气说，说完又嘎嘎嘎嘎地笑起来。他们笑得都像弹簧一样。他看不见，但他知道他们上下抖动的样子。

“我多年没见到这么大的鱼了，从前这湖里是有的，但现在很少见了。”

“瞎子，你又吹牛，你什么也看不到啊。”

孩子依旧在笑，但他们的笑声里有一种坏坏的东西。他知道孩子们想捉弄他了，他紧张起来。这时，孩子们把他抬了起来。他说，你们想干什么。孩子们说，你就是一条大鱼啊。说完孩子们就把他掷到了湖里。他不会游泳，他在湖里挣扎，他呛了几口水。他抓住湖岸边的滑滑的水草后，浮出水面喘了口气。但他每次抓住水草时，孩子们都用棍子把他捅开，他又呛了几口水。一直到他被弄得筋疲力尽，孩子们才放过他。当他从湖里爬到岸上时，孩子们的声音像林子里受惊的鸟儿那样散去了。

一个月前，一个孩子为梅毒这个词而伤透脑筋。这个词是从大人们的嘴里吐出来的。大人们在议论老头为什么会瞎这个问题，他们说他是因为梅毒才瞎的。孩子不知道梅毒是一种什么病，他可从来没听说过。但他感到这个词的暧昧的意味。暧昧就是这个词的表情。他听到大人们讲起这个词的时候，一脸的诡秘和向往，眼睛都放射出光芒，好像这个词有电，把他们的身体激活了。

这究竟是一种什么病呢？孩子觉得自己有责任弄清这个问题。在伙伴们中间，他是公认的知道很多东西的人，他不应该在这个问题上使大伙儿失望。不久以前，有人问他，什么是见红。这也是孩子们从大人那里听来的。当他告诉伙伴们，这是女性的一种生理现象时，他们张着嘴巴目瞪口呆的样子让他感到十分骄傲。

这段日子，孩子的感官突然变得灵敏起来，他总是竖着耳朵，接收着空气中令他感兴趣的信息。现在梅毒这个词使空气变得无比瑰丽，是那种幽暗的瑰丽。他感到空气中好像时刻存在这种致人失明的病毒。他的身体因此有一种暖洋洋的感觉。孩子希望能在大人们的嘴中听到这个词的真相。

有一天，孩子实在憋不住了，他问爷爷关于梅毒的事。爷爷用奇怪的眼神看了看他，板着脸说，问这个干什么？孩子说，他们说瞎子是因为得了梅毒才瞎的。爷爷愉快地骂了一句，这瞎子，他娘的就是喜欢女人。说完这句话后，爷爷再也不说什么了。孩子还想问下去，但爷爷像赶一只苍蝇一样把他赶走了。

现在孩子知道梅毒这个词是同女人联系在一起的了。这种联系让他好奇心空前强烈。他知道凡是同女人有关的事你不能指望大人。他只好把希望寄托于书本。总是这样，大人们不会告诉你这世上的秘密，但书本会。只要你有耐心，你总是可以从书本上找到你想知道的事。他开始翻他家仅有的几本书。他家除了两套《毛泽东选集》外，还有一本《红岩》和几本宣传小册子。其中的一套《毛泽东选集》还是他文艺演出时得的奖品呢。他在《毛泽东选集》的一条注释里找到了这样一句话：解放后，在毛主席革命路线指引下，我国消灭了卖淫、吸毒等资产阶级丑恶现象，还基本消灭了血吸虫病、梅毒、天花等疾病。梅毒两个字在一堆黑字中闪闪发光，把他的眼睛都刺痛了。他只得把眼睛睁大，好像唯此才能看得更真切。但这堆文字中没有关于梅毒的更进一步的解释。他把《毛泽东选集》从头到尾翻了一遍，他还是没有弄清楚这梅毒究竟是什么东西。他想，这一定是极为常见的疾病，一定是人人都知道的，否则毛主席他老人家肯定会解释清楚的。

最后他是在一本字典上才了解梅毒的。字典是他们的语文老师的。他翻这本字典时老师就在旁边，所以他显得有点鬼鬼祟祟，好像他在干什么见不得人的事情。他觉得让老师发现他对梅毒感兴趣是件不光彩的事。他虽然还不了解梅毒是什么，但他已经知道这可能不是一个光明正大的词。

在字典的五百七十八页，他终于找到了这个词。

> 梅毒：旧称“杨梅疮”。性病之一。犯病者其外生殖器部位会发生硬下疳，后全身皮肤发疹，严重的病人会导致头发及阴毛脱落，甚至失明。这种病在旧社会的嫖客、妓女身上常见，是万恶旧社会的产物。新中国这种病毒已经绝迹。

读到这样的句子，他的手不住地颤抖起来。他感到血液像蒸气一样往上涌。

孩子把梅毒的事告诉伙伴们的时候，大伙儿正躺在一个向阳的山坡上。孩子的眼前浮动着嫖客和妓女的虚幻影子。

有一个同伴问：“什么是妓女啊？”

孩子用一种懒洋洋的骄傲的口气说：“解放前，城里的街头有专门供男人玩的女人。她们就叫妓女。”这也是他从字典中查到的。

那个同伴又问：“女人怎么玩？”

孩子的脸红了，他感到这个问题说不清，他还感到那人他娘的是个笨蛋。他冷冷地说：“过几年你就知道了。”

另一个同伴内行地说：“我知道这事，瞎子从前玩过很多妓女。”

“真看不出来，瞎子这么老实的一个人也干这种事。”有人吐吐舌头，附和道。

那个同伴继续说：“听说这个人是傻的。别看他现在住在草屋里，从前他可是个地主。但这个人老是把东西送给那些要饭的，到后来他们家养了一大帮乞丐。到解放的时候，他差不多成了穷光蛋。他们说这个人疯了。”

翻字典的孩子老成地点点头，说：“这个我也听说过。”

有人提出疑问：“不是说得梅毒要脱毛的吗？可瞎子他是一头黑发。他眼睛都瞎了，但他的头发没脱落，这是不是有点奇怪？”

翻字典的孩子说：“也许他的头发是假的。不过，他的头发可以作假，但总不能装个假的屌毛吧。”

孩子们打算去验证一下。从山坡到湖边没多少路。一会儿，他们就来到老头的草屋前。老头总是坐在草屋前晒太阳。他好像已经睡着了，头软弱地耷拉在胸口，他的脸上充满了笑意。也许他在梦中碰到了好多女人呢。

孩子们打算轻手轻脚地走到瞎子身边，然后神不知鬼不觉地把瞎子的裤子扒下来。向瞎子靠近时，他们还是有点担心，怕瞎子突然醒过来，吓他们一跳。瞎子的耳朵很灵敏的。但这次，瞎子真的睡得很死，孩子们剥他裤子他都不知道。当孩子们把裤子完全剥下来后，老头才像一条鱼一样从椅子上跳了起来，很突然的，就好像他刚才遭到了电击。革命群众有时候就是拿电去刺激那些四类分子的，四类分子被电击中时都是这种样子。孩子们发现瞎子的屌毛根本没有脱落，瞎子的屌毛很黑，长在那东西的上面，那东西一摇一摇的，很霸道的样子。孩子们都有点羡慕起瞎子的屌毛了。一会儿，老头意识到自己赤裸着，就用手捂住了下身。

孩子们这会儿正站在离瞎子二百米远的地方。他们不想把裤子还给老头了。他们看到老头双手捂着自己裸露的下身，不停地打转。一会儿，老头的鼻子像狗那样嗅了嗅，才辨认出孩子们的方向。他说，我又不是大姑娘，我的屁股有什么可看的。快把裤子还给我。孩子们见了，不由得笑出声来。他们不打算把裤子还给老头，他们把裤子拿走啦。他们好像占了天大的便宜，一路欢笑着来到了山坡上。这时，他们才突然想起裤子可能沾染上梅毒，他们赶紧扔了，然后点火把裤子烧掉了。

这天晚上，那个翻字典的孩子没完没了做梦。在梦里，一些妖娆的女人赤裸着身体围着瞎子打转。瞎子空洞的眼神充满了腐朽而垂死的气息。这天晚上，他第一次遗精了。

湖对面咚咚跳跃的声音一直在。他虽然怀疑那真的是大鱼，但那声音把他的心搅得痒痒的。到了晚上，那声音变得越来越清晰，这让他无法入睡。那声音似乎在同一个水域里，那声音没在水里游来游去。如果那声音是一条大鱼发出来的，那这是一条懒惰的大鱼。那声音变得越来越频繁，就好像这样做有着无穷的乐趣。“那东西在干什么呀，烦不烦哪，弄得我睡都睡不着。”他知道他失眠的原因可不仅是因为这声音，根本的原因是他的好奇心被激发出来了。这世上竟有被他听到而不知道为何物的东西，从来没出过这种事，但现在出现了。“我已经辨认那声音半天了，可我依旧不知道那是什么玩意儿。”他又一次怀疑自己的耳朵。他觉得可能是他的听力每况愈下造成的。

长时间睡不着，让他感到既亢奋又疲劳。他知道如果今夜他没弄清楚那东西他会一晚上睡不着的。他决定爬起来，到湖对面去看一看。他听不出那是什么东西，但他总还可以闻出来。他披了一件衬衣，向黑夜深处走去。

黑夜对他来说同白天没什么两样。他走路从来不需要光芒。他觉得自己比蝙蝠还灵敏，蝙蝠只靠声波，而他除了耳朵，还有他的鼻子可以依靠。世界上的所有事物都有他自己的气味，他通过气味就可以推想出物体的模样。他甚至能通过嗅觉想象出那道路边的一棵树上的叶子的形状。当然谁都没有告诉过他，他想象出的形状是对还是错。但他自己以为准确无误。所以，他从来都不认为自己是盲的。“我看得见，我看得比谁都清楚。”他常这样自言自语。

沿着弯弯曲曲的湖边小道，他朝着那声音迈进。他常常有一种错觉，以为听到的声音就是光芒。他听到远处的水扑通一声，他的眼睛就亮一亮，就好像那发出声音的地方有一盏灯在一闪一闪。他吸了一口气，试图弄清楚那究竟是什么东西。那东西没有鱼腥味。他断定那咚咚跳跃的不是一条大鱼。对他来说黑夜和白天只是气味的区别。白天，空气里充满了混浊的人的气息，但黑夜里，空气里有一种古怪的鬼气，阴阴的，但非常清爽，好像黑暗的世界一尘不染。他知道，这是因为植物把人的气味都吸走了。但现在植物越来越少了，湖边的树常常被人砍掉。他担心，以后没有树木把气味吸走，这世界会充满人的汗臭气。

人的气味就是这个时候钻入他的鼻子的。他停住了脚步，警惕地左顾右盼，好像他的眼睛完好无损似的。他知道，村子里通常有值夜的民兵，他害怕民兵把他当成反革命抓起来。周围没有人。他集中注意力，这回他嗅到这气味来自那声音发出的地方。这么说，那水中的东西是一个人，但他不明白人怎么会在水中跳跃那么长时间。这世道，怪事是越来越多了。

他继续向那边走去。现在，一个人的形状在他的脑袋里浮现出来。但他还不能断定那是谁。他又努力地嗅了一下，他从那种轻微的病恹恹的气味中，猜出是四类分子友灿。那个走路像虾米一样一颠一颠的友灿。友灿显然知道有人走来。水面上突然没有一点声息。他感到友灿正警觉地看着自己。一会儿，一个胆怯的声音从水面上飘来："谁，谁在那里?"

是友灿的声音。他不免为自己准确的判断而扬扬得意。他说："啊呀，友灿，你在水中干什么？你难道真的变成了一只虾米。"

是瞎子。友灿突然放松了，他放松后就有种想流泪的感觉，就好像瞎子是他盼望已久的亲人。他哭出声来，他说："我都冷死了，我受不了，他们不能这样折磨我啊。"

"你为什么在水里，出了什么事呀?"

"我也不知道为什么。他们变着花样批斗我。他们绑了我的手，还在我的脚上绑了一块大石头，他们用这种方法批斗我。我现在一点力气都没有了。瞎子，我要死了。"

他们是越来越不像话了。他们这样的事都做得出来。他们这样做简直比杀人还要残忍。他有点同情友灿，他说："你别着急，友灿，吃点东西就会有热气的。你等着，我给你去弄点吃的来。"

"瞎子，你这么做，难道不怕他们批斗你?"

"我都瞎了，我还怕什么。"

他沿着河边一路小跑着回草屋。他的锅里有几只烤番薯。他打算把它们统统拿来给友灿吃。

黑夜的气息慢慢淡了下去。黑夜中的鬼气正在像雾一样散去。

周围虫子的叫声使黑夜显得更为辽阔。风声里已有一丝清晨的气味。友灿吃了点东西，感到身体有了点热气，他的脸从刚才的惊恐中恢复了过来。他又吃了一大口，然后鼓着腮帮子笑着对瞎子说："瞎子，你刚才走路的样子，吓死我了，你走路轻飘飘的，没有一点声音，我还以为碰到了大头鬼。"

"你才是大头鬼呢。"他不以为然地说。

他在湖边"看"着友灿吃饭时，被一群值夜的民兵撞了个正着。那时天快亮了，民兵们值了一夜的班，正感到无聊着，见到这个情况，就想找点乐子。他们二话不说，把瞎子的手和脚绑了起来，又找来一块大石头吊在他的腿上，然后扑通一声把他掷到河里。他们说："你这么喜欢四类分子，就让你同四类分子在一起吧。"

友灿见瞎子被掷到水里后，心里竟涌出一丝温暖来。他一个人在水中实在太孤单了。有一个人也被浸在湖里，他感到心里平衡了不少。他的脸上已露着一些高兴劲儿，但他不敢笑出来，他怕民兵给他颜色看。等民兵们走远，友灿再也忍不住了，他笑道："瞎子，你早应该到水里来了，他们总是把你这个地主忘掉。"

他老早就知道友灿在笑。只要友灿的嘴巴动一动他就知道那是什么表情。他就说："友灿，你是个没有良心的人。我都瞎了的人，难道还像你们一样没完没了挨斗。"

"瞎子，不是我没良心，我太孤单，有人陪着我批斗我就很高兴。"

孩子们一早听说瞎子也被掷到了湖里，都感到很兴奋。他们打算好好捉弄一下瞎子。捉弄瞎子是很好玩的事情。他永远搞不清是谁用泥巴砸了他，他只会咧着嘴同孩子们傻笑，就像一只愚蠢的狗。树上的鸟儿飞去的当儿，孩子们跟着叽叽喳喳地来了。这会儿，瞎子觉得孩子们的到来就像一朵乌云掠过了头顶。一阵暴雨一样的泥块跟着就降临到了头上。为了使自己不致砸中，友灿机敏地潜到了水下。

那个翻字典的孩子也在其中，他见友灿从水中冒了出来，就笑着说："友灿，瞎子可是有梅毒的，你当心被传染。"

友灿脸上没有表情，但眼神不由得警觉起来。

那孩子继续说："友灿，人要是得了梅毒，头发要脱落，连毛也要脱落。友灿，说不定不久后，你也成了瞎子。"

友灿这会儿已惊恐异常了。他知道瞎子是怎么瞎的。他们都在说瞎子是梅毒害的。他见多识广，他知道梅毒的厉害。他想，他真是蠢透了，刚才还高兴瞎子下水呢，怎么没想到这一层。他正在倒退着试图远离瞎子。瞎子因此很生气，他对友灿说："你怕什么，我没有梅毒，你才可能有梅毒呢。"

说完，他向友灿靠拢，试图抱住友灿。

友灿因为脚下吊着块石头，逃不远，所以就哀求道："你不要靠近我，不要。"

瞎子感到非常生气。他非常反感友灿的样子。他几乎有点绝望了。他大声地对孩子们说："我不是因为梅毒才瞎的，而是另有原因。好吧，我给你们讲一个故事吧。不过，我讲了也是白讲，我知道你们不会相信我说的。"

孩子们显然对瞎子要讲的故事感兴趣，他们暂时安静下来。他们居高临下地站在湖岸上，他们要看看瞎子会讲出些什么来。他们见到瞎子仰着脸看着他们，他的脸上露出奇怪的笑容，那笑容里有一种看透一切的狡猾。孩子们甚至觉得他的瞎眼都放射出光芒来。

一会儿，水面上传来瞎子极为冷静的声音，他说：“你们都知道，以前我是地主。所有的人都笑我傻，因为我总是把东西送给穷人，送给那些要饭的。后来向我讨东西的人越来越多，我家前面常常围着一帮衣衫褴褛的人。我家的东西慢慢就被我送完了。

“我哥哥虽然和我分了家，但他对我这么做很生气。有一天他对我说，他们都说你疯了，我看也是。你以为那些人都吃不饱饭吗？不是的，他们在骗你的钱。这世道是坏的，比你想象的要坏得多。

“我不相信世道是坏的。我哥哥不想同我争。他说，我们来打个赌吧，我们去问三个人，如果这三个人回答我们世道是好的，我就把自己的眼睛弄瞎。如果他们说这世道是坏的，那你的眼睛就要瞎掉。

“我说，好吧。于是我们就起程了。我们问了一个农民，一个商人，一个官员。结果，你们猜出来了，他们都说这世道是坏的。我输了。

“我输了。我哥哥当然也没把我的眼睛弄瞎，他说你只要知道从前错了就好了。说出来你们都不会相信，我和我哥的赌咒最终应验了。那段日子，我的心情一直很糟，比眼睛弄瞎了还要糟。我因此大病一场。也许是我太伤心了，慢慢地，我的视力越来越差，最后我就看不清这世界了。我瞎了后，我的心却明亮了起来。我常常这样安慰自己：不是我瞎了，是世道瞎了。”

我们的眼睛

李　洱

孟老师一进来，我就发现她有些不对头。她是我们的班主任，也是我们的语文老师。什么地方不对头呢？别急，我这就去观察观察她的眼睛。作文课上她曾经告诉过我们的，写人的时候，最好去观察人的眼睛，一来眼睛是心灵的窗户，看到了眼睛就可以看到心里的猫腻；二来每个人只有两只眼睛，观察起来比较省事。不像头发，成千上万根头发呢，你观察得过来吗？

她的眼睛还是那样一闪一闪的，就像动物园里的猫头鹰。戴了博士伦嘛。我也戴博士伦，不过我并不近视，我是戴着玩的。我老妈有一天对我老爸说，看，看啊，咱闺女的眼睛越长越好，亮汪汪的。他们竟然想不到我戴了博士伦？好了，还来说孟老师。她究竟什么地方不对头呢？我嘴里念着英语单词，心里想着孟老师。念着念着我好像就有点明白了。这是英语自习课啊，孟老师是语文老师，不应该这时候进来的。瞧，已经有人把英语课本放进了抽屉，捧着语文课本读了起来。我的同桌张玫玫就是这样一个马屁精，刚才她还在读“agree strongly”（极力赞同），转眼间就换成了屈原的诗，“朝发轫于苍梧兮，夕余至乎县圃”。听上去，屈原要去哪里、要不要投河自尽，都得先经过她的同意似的。

我偷偷瞟着孟老师，突然发现孟老师的嘴巴有些不对头。她在冷笑！她的嘴角朝一边撇，朝一边溜，嘴巴变成了斜躺着的细长的三角形。坏事儿了。孟老师一冷笑，就要有人倒霉了。这是肯定的，因为孟老师玩这一手已经不是一次两次了。两个星期前，孟老师就玩过一次。当时，班上某个同学——她跟我关系很好，请我看过张艺谋的《英雄》，所以我不愿意公布她的名字——因为在网上下载黄色图片并且发到了别人的信箱，被人告到了孟老师那里，孟老师在训话之前就是这样冷笑的。这一次，谁又惹了孟老师，让我们孟老师的嘴巴都变成了三角形？谁啊谁啊，到底是谁啊？这时候，孟老师背着手开始在教室里转圈了。转了一圈又一圈，整整转了三圈半，走到了教室的后面。教室后面的墙上，贴着一张世界地图，地图上方贴着邓爷爷的一句话：

教育要面向现代化，面向世界，面向未来。

“未来”两个字卷了起来，落满了灰。从我的角度看过去，孟老师头上的那只白色发夹刚好夹住了辽阔的太平洋。教室里的气氛有点紧张了，除了个别傻瓜还在高声朗诵以外，大多数人都已经不吭声了。孟老师这时候已经站到了讲台上，双肘支着桌子，双手捧着下巴，一遍遍地扫视着我们，像猫头鹰，也像一只母猴。孟老师说：“读啊，怎么不读了？继续读，读啊？”孟老师又说：“英语嘛，口语嘛，光会看不会说，那是哑巴英语。”但还是没有人读。孟老师又说：“英语也好，语文也好，都要大声念出来。”我的同桌张玫玫率先念了出来："吾令羲和弭节兮，望崦嵫而勿迫。路曼曼其修远兮，吾将上下而求索。"就在这时候，下课铃声响了。

孟老师用黑板擦敲了敲桌子，说："好，我利用课间休息讲几句话。有个同学丢了个东西。谁丢的东西，丢的什么东西，我这里先不说。我已经等了两天，等着那位同学把东西放回去，可我白等了。现在我只想提醒那位拿了别人东西的同学，天黑以前，把那东西放回原处。如放回去了，好，我们既往不咎。要是没有放回去，性质可就变了。"说完，孟老师就走了。孟老师刚出去，教室里就打闹成了一片。我刚揪住马屁精张玫玫的领口，正要问是不是她偷的，我的胳膊被身后的一个人扭住了，是王冰。王冰的嘴巴凑近我的耳朵，喊了一声："还不放回去——"臭丫头，把我的耳朵都快震聋了。

那天是星期四，接下来上的是数学课。刘德华做证，那堂课讲的是什么，我想没有几个人能回忆起来。老师刚扭过身子在黑板上出题，我们就开始在下面传纸条了。奇怪的是，人们对谁丢的东西兴趣不大，人们的兴趣主要集中在丢的东西上面。纸条上写什么的都有，好玩死了。

我收到的第一张纸条，上面就列了三个答案：手机，项链，菜票。这是王冰传给我的。这个没脑子的家伙，怎么可能是手机呢？孟老师早就说过，她不赞成同学们玩手机，她最讨厌同学们互相发送短信息，因为那些短信息没有几条是健康的。所以，如果丢的是手机，孟老师肯定懒得管。也不可能是项链。项链都是戴在脖子上的，要从脖子上把项链拽下来，那人还不给活活勒死啊。王冰后来对我说："要是没往脖子上戴呢？要是压在枕头下面被人给偷走了呢？"这话也太没水平了，我都懒得搭理她了。项链项链，就是用来戴的，干吗要压在枕头下面呢？最后一个答案是菜票。这也不可能，因为丢菜票的事每天都会发生，所有人都已经见怪不怪了，包括孟老师。我这么一分析，王冰就只有点头的份儿了。我一高兴就编了一个段子，发到了王冰的手机上：

王冰是个大傻瓜

此生别想做警花

小心哪天成二奶

上床方知贼当家

王冰气得要命，下课以后追在后面打我。我说："你要还是不长脑子，以后还真可能给哪个毛贼当二奶呢。"她还不服气，说就是当二奶，也得找一个有权有势的，瑞士银行里有账户的。完了，这人完了，连玩笑话都听不出来了。

其他纸条上也有提到这三样的，这说明与王冰的智商相当的人不在少数。当然，即便答案相同，也会有些细微的区别，比如有些人在手机后面注明，手机铃声是带和弦的。提到项链的多是女生，男生们更多地想到了体育彩票、福利彩票、集邮册。另外还有一些答案：香水，注明是法国的；去毛霜，注明是美国的；多媒体笔记本电脑，注明带有五笔速成和最新的活捉萨达姆游戏的；等等。还有一些，我不好意思说出口。不过，既然他们有脸写出来，那我就说出来吧。就是避孕套、打胎药。有个家伙还画了一种花，是藏红花，是红色圆珠笔画出来的，娇艳无比。它让我想起了连绵的雪山、牦牛、牦牛颈项上的铃铛，还有布达拉宫的宫墙。但是！那个可恶的家伙又在后面注明，那是专治月经不调的。这家伙的字写得好，一看就是上过硬笔书法班的。其中有一个英文单词，带着定冠词，叫“the menses”。春节前，我第一次来例假的时候，专门查过字典，知道“the menses”说的就是“月经”，要用复数形式，因为它既来之则安之，周而复始，直到闭经。刘德华做证！我相信，课文之外的所有单词里，女生们最早学会的就是“the menses”。

我们学校实行的是封闭管理，吃住都在学校，只有星期五晚上才能回家。我记得那天中午放学以后，好多人都没去学生餐厅，而是跑到了教师家属们办的小餐馆。为什么？就是为了能够和要好的同学互对答案。大家都有一种压抑不住的兴奋，每个人的脸上都是红扑扑的。有人上厕所，总是用最快的速度跑回来。对完答案，大家才想起来问一下，到底是谁丢了东西。聂安冬，平时总是叽叽喳喳的聂安冬，把手指头竖在唇边，环顾了一下四周，非常神秘地说：“你们注意到没有，艾未未有些不正常。”艾未未是我们班最有钱的人，她老爸是搞足球俱乐部的，每天都在报纸上露面。据我们的班长葛存浩说，艾未未她老爸的钱，十块钱一张铺下来，能沿着长城铺个来回。艾未未的底细，葛存浩历来比较关心，因为艾未未也想当班长，葛存浩不能不提防。葛存浩还说，艾未未她老爸打麻将，钱都是论斤称的。葛存浩的话当然不能全信，只能姑妄听之。不过有一句话是艾未未自己说出来的。有一天艾未未半夜哭了起来，我们怎么劝也劝不住。最后，她恶狠狠地说，她迟早要把那个臭婊子的乳房割下来喂狗，小×剜出来喂猫。听到最后，我们才知道，原来她父亲又搞了女人，只比她大了三岁。

聂安冬和艾未未同桌，所以她自认为很有发言权。她说：“艾未未的眼圈是红的。虽然涂了蓝色的眼影，但还是遮不住她的红眼圈。”怎么可能呢？别说红眼圈了，就是眼圈上长一个痣，眼影也是遮得住的，更何况艾未未涂的还是法国的眼影，是Lancôme牌的！我这么一说，聂安冬就改口了。她说不是眼圈发红，而是眼白布满了血丝，一看就知道是哭过鼻子的。哭鼻子就能证明丢东西了吗？说不定那是因为她老爸又搞了一个女人。但聂安冬一口咬定，不是因为女人的事。她说："艾未未说过的，她不会再为此事伤心了。"好吧，就算丢东西的是艾未未，那么她又丢了什么东西呢？有人说钱。"钱"这个字一说出来，好多人都笑了。我敢打赌，艾未未要是为钱伤心，张国荣肯定会从骨灰盒跑出来。"难道是，难道是——处女膜？"聂安冬又说。聂安冬赶紧声明，她说的不是艾未未。我们问她到底说的是谁。她用筷子指指这个，指指那个。我们扭住她的手，使那根筷子指向了她自己。她连声求饶，身体摇摇地往桌子下面出溜，桌子上的一碗青菜豆腐汤，差点泼到她自己身上。

下午第一节课是美术课。我们的美术老师是很有艺术气质的，主要是头发长，其次是染了发，也没多染，就是那么飘在额前的那么几绺。我们的孟老师曾经非常委婉地提醒我们，不要向"某些人"那样，把工夫花在头发上。孟老师说："那不好，真的不好。说崇洋媚外吧，好像有点重。但意思确实有点那个意思。"这段时间，美术老师每次上课都要求我们根据一首古诗画一幅画，也就是画配诗。起初我们还以为孟老师的说法传到他的耳朵里，他要证明他不光喜欢染头发，还喜欢中国古诗，后来发现不是这么回事。他特别喜欢拿两个古人说事儿：一个是辛弃疾，一个是霍去病。后来我们才知道，并不是他自己喜欢他们，而是市教委一个搞美术的人喜欢，那家伙负责全市美术考试的出题。那家伙有病，要借此消灾，借此弃疾去病。至于他得的是什么病，有人说癌症，有人说前列腺炎，有人说是头脑发热并且永远发热，还有人说——是艾滋病什么的。反正是有病，反正是想借此消灾。也就是说，我们的老师是在押宝。押对了，我们的分数就是上去了，他也就可以弄个先进当当；要是押错了呢？错就错呗，就当是对学生进行了一次生动的爱国主义教育。有人说了，没听说霍去病写诗呀。这你就傻帽了，他没写诗，不等于别人没有为他写过诗，反正都是古诗。

今天老师给我们布置的题目，是根据辛弃疾的两句诗，画出一幅画来。这两句诗是：

醉里挑灯看剑
梦回吹角连营

我们刚把纸啊，纸板啊，调色板啊拿出来，孟老师就来了。孟老师先在门口咳嗽了一声，把美术老师的目光吸引过去，然后勾了勾手指头，把他叫了出去。孟老师满脸都是亲切的微笑，看不出来她对美术老师有什么意见。他们在门口嘀咕了好长时间，然后美术老师和孟老师一前一后走进了教室。美术老师指着黑板说：“这个，这个，这个是我给你们布置的作业。啊，作业。你们做完以后呢，这个，这个就交给学习委员。今天我们临时调一次课，和孟老师的课对调一下。”美术老师又对孟老师说：“孟老师，请——”然后美术老师就退了出去。

我们的心思很快就回到了那两个问题上面：谁丢的东西？丢的是什么东西？我听见我的同桌张玫玫说：“挑灯看剑？难道丢的是

一把剑？独孤九剑？”瞧人家的脑子，都想到令狐冲的独孤九剑上去了。她的声音虽然不大，但还是让孟老师听见了。孟老师说：“张玫玫同学，起立！”张玫玫赶紧站了起来。孟老师说：“你是不是看见什么了？”张玫玫说：“报告老师，没有啊。”孟老师说：“没看见？我分明听到你说什么见不见的。”张玫玫指着黑板说：“报告老师，我说的是剑，挑灯看剑。”孟老师有些不耐烦了，摆摆手，让张玫玫坐下了。教室里的气氛又紧张起来了，跟上午一样，紧张当中有那么一点兴奋，你从大家的出气声中都能听出来。很多人出气的时候，不像平时那样出就出了，而是把一口气分成好几部分，然后才缓缓吐出。

孟老师说，她已经给了“那位同学”充分的时间，但是，“那位同学”竟然没有理会她的一片苦心，竟然抱着没有人发现的侥幸心理。孟老师用手指敲了一下桌子，说：“这样不好啊，很不好啊。东西是自己的就是自己的，不是自己的就不是自己的。不是自己的东西，就是丢到你面前，你的眼睛都不应该眨一下的。同学们说是不是？”我们一起喊：“是——”孟老师很满意，说：“好，有这份觉悟就好。要想人不知，除非己莫为。群众的眼睛是雪亮的，我相信，已经有不少人知道是谁拿了别人的东西。坦率地说，我也早就知道了。我之所以没有说出来，是因为我想给那位同学一点时间，一个改正错误的时间。我想，知道内情的人也是出于爱护那位同学的心理，没有告发他。这事情当然不是什么好事，但事情既然已经出来了，我们还是要想个办法，把坏事变成好事。变成什么好事呢？就是要利用这件事，让每个同学都懂得洁身自好，知道一个浅显的道理，那就是，东西是自己的就是自己的，不是自己的就不是自己的。”孟老师说完，又用双手支起了下巴，又把大家巡视了一遍。这样的时间足足持续了五分钟。谁也不敢说话，有人放了一个屁，还是偷偷放的，臭得要命。

我们的孟老师皱了一下眉头，看了一眼窗外，然后宣布了一个决定，就是分组讨论，男生一组，女生一组。男生到寝室里讨论，由班长葛存浩负责，女生留在教室里，由孟老师亲自负责。葛存浩领旨出门的时候，孟老师对他说："有了结果，就来告诉我。"葛存浩捋起袖子，说："查出来是谁，我先揍他一顿再说。"孟老师说："别别别，要注意工作方法。"

男生女生分组讨论，是我们班有史以来第一桩，第一桩耶。我的脑子虽然不是最快的，但我都想到了，别的人肯定也会想到：丢的那个东西莫非跟身体有关，莫非跟SEX有关？但那究竟是个什么东西呢？我咽了一口唾沫，因为咽得太快了，差点把我给噎死。好吧，还是听听孟老师是怎么说的吧。男生们刚刚滚蛋，孟老师就把门关上了，这更给整个事件增加了神秘色彩。孟老师问："这个星期，有没有人中途偷偷回家？"我的脑子嗡的一声，因为星期二晚上我回去过一次。我外婆瘫痪在床半年多了，这几天突然病重了，喊着要见我。她还威胁我老妈，说见不到外孙女，什么时候拉屎她就不再通知了。我只好向老师请假，说我得回去一趟。当然，我没说外婆拉屎的事儿，说这些多丢份儿呀。我说的是外婆已经死了，死了三年了，现在要过三周年了，我呢，必须回去一趟，对着外婆的遗像来个三鞠躬。孟老师当时还夸我来着，夸我是个孝顺孩子。这会儿我就举起了手："报告，我回去过，我外婆——"孟老师想起来了，说："这个，我知道。坐。"孟老师又问："我问的是，谁没有请假，偷偷回去过？"这一下就没人举手了。孟老师说："好，既然都没有回去过，那就说明东西很可能还没有转移出去。"孟老师说："我之所以单独给你们开会，是因为有些话只能给女孩子讲。男生女生到了你们这个年纪，会有很多地方不一样，生理啊，心理啊。比如，女孩子每个月都出一次血，男孩子却不出。这一点你们的妈妈可能给你们讲过。你们当中，有的人可能出过了，有的人可能还没有出过。"嗐，不就是月经嘛，the menses嘛，带有定冠词的，复数形式的。咦？月经难道也会丢掉？它要是能像手机一样丢掉，那可就太好了。因为每次来月经，我的肚子都很不舒服，好像有一只猫藏在肚子里，用它的爪子揪着我的肠子，把肠子当作线球玩儿了。但我看过书的，也在网上查过的，我没听说月经会丢掉哇？怪了怪了，这么一想，我立即感到小肚子有些不对劲了。哎哟哟，那只小猫又伸出了它那粉红色的爪子，又在里面玩儿线球了。

我正紧张的时候，孟老师又开口了。很奇怪，她一开口，我的肚子就不疼了。我以为孟老师还会再讲讲月经的，但孟老师没有。孟老师又提到了群众的眼睛。不用说，她说的群众，指的就是我们。孟老师说，她已经和我们班许多同学谈过话了，那些人都知道是谁拿了别人的东西，之所以没说，是因为他们不想伤害同学的情面。同学情，战友情，都是世界上最纯洁的感情。但是，有人刚好利用了同学们的这种心理，以为没有人敢告他。"错了，大错特错了，我真诚地奉劝那位同学，不要错误地利用同学们纯洁的感情。"孟老师说。孟老师的声音很低沉，神情很严肃。刘德华做证，我没有拿别人的东西，但是，很奇怪，我的脸却阵阵发烧，好像自己就是那个贼。我特别担心孟老师看见我的脸。有什么办法呢？我只好用课本挡住了脸。我偷偷看了看别人，这一看我就放心了，因为好多人都把脸挡住了。有的人，比如坐在我右前方的王冰，她甚至把脸埋在了手心。

孟老师说："怎么样，要不我出去一会儿，你们再分组讨论一下?"她让刘颖负责组织讨论。刘颖是我们的学习委员，兼语文课代表，是孟老师最信任的人。孟老师说完就出去了。不用说，她要去的是男生寝室，要视察一下那边的讨论实况。孟老师的身影刚从教学楼的拐角处消失，刘颖就开始唱主角了。刘颖把麻花辫子甩到身后，跺着脚，说："太不像话了，太不像话了，还给人家不就行了？偏不，偏不。邓爷爷说过的，时间就是金钱。浪费大家这么多时间，不就是谋财害命吗?《射雕英雄传》里的梅超风，偷了《九阴真经》，学了一身武功，结果怎么样呢？还不是变成了一个白发魔女，变成了一个瞎子。所以说，偷别人的东西绝没有好下场。好，我们开始分组讨论，提供破案线索。"哇，她竟然把问题提高到了"破案"的层次。莫非这已经不是一般的小偷小摸了，而是重大案件了?

刘颖开始分组了，每六个人分成了一个小组，她自己拿着一个小本子，穿行在几个小组之间。教室里立即闹成了一团，我注意到有人指着别人的下身，神色诡秘地说了一句什么，然后爆发出一阵大笑。刘颖用小本子敲着桌子，喊着："严肃一点，严肃一点。"既然已经闹开了，又怎么能够严肃起来呢？笑声更大了，并伴之以尖叫。刘颖又喊："请勿喧哗，请勿喧哗！"电视剧里的太监就是这样喊的。别说，她模仿得还真像。她要是再来上一句"拖出去，打一百大板"，刘德华做证，再演宫廷戏里的太监，就非她莫属了。这时候，刘颖来到了我们的小组。她摊开本子，用圆珠笔敲着本子，人模狗样的，说："有线索了吗？OK？有线索就报上来。"

那天下午，男生们也没能讨论出什么结果。据说，孟老师给他们训话的时候，提到的不是月经，而是——而是变态！孟老师说，这不是一般的小偷小摸，都有些变态了。但究竟怎么个变态，孟老师并没有具体说明。下课铃声响起来以前，男生们回到了教室。那些臭小子，一进来就忙着打听女生们讨论的结果，问怎么样，怎么样。当然，女生们也急着向他们打听，也是问怎么样，怎么样。这个时候，我们才发现，孟老师并没有和男生们一起回来。她到哪里去了呢？我听见有个女生对男生说："孟老师肯定是被你们气跑了。你们招了不就得了。"我回头一看，那个男生是和我住在一个小区的，叫李勇。李勇龇着他的大板牙，一脸坏笑，说："我倒是想招。可那东西我见都没见过，怎么招？"他还追着问："说啊，说啊，你到底要让我招什么呢？你倒是说啊？"刘德华做证！他也肯定知道了，丢失的那个东西跟SEX有关。要不然，他怎么会龇着他的大板牙呢，他怎么会那么贱不啦唧呢？不过，我一直不明白，孟老师为什么要藏着掖着，难道它比核燃料还机密？

孟老师再次出现在我们面前，已经是上晚自习的时候了。据说，这段时间她是在向我们的校长汇报工作。我们的校长姓冯，据说跟民国时候的代理大总统冯国璋有拐弯抹角的血缘关系，现在是市人大代表。他应酬很多，肝都喝出毛病了，喝成了肝硬化。硬化就硬化吧，还得喝。就在这时候，奇迹出现了，人家的肝竟然又被酒给泡软了。我们学校的网站上，曾出现过一个帖子，说的就是我们校长的肝：

老冯的肝不简单

软硬互动赛牛鞭

五粮茅台燕鲍翅
杏坛廉颇尚能饭

谁写的，谁写的？竟然还有粗话。查，当然要查！我要是校长，我也要查。语文老师们首当其冲，成了怀疑对象。后来，冯校长一鼓作气，把其中的三位赶走了，赶到郊区的中学去了。孟老师就是那个时候从外面调过来的，对冯校长言听计从。冯校长要说公鸡会下蛋，孟老师就会说不光下蛋，而且要下双黄蛋。所以，孟老师要是把这事汇报给校长，也是很正常的。

孟老师再次出现的时候，向我们宣布了一个决定。她说，既然没有人站出来承认错误，好，那就别怪我们不客气了。群众的眼睛是雪亮的，我们相信群众，我们要通过民主选举，把他选出来，让他（她）无话可说。孟老师这么说的时候，我心里想，孟老师上午还说她知道是谁偷的，只是要给那位同学留一点面子，让他有改正错误的机会，现在看来，她当时是说了谎的，是要引蛇出洞，鬼得很啊。

可是怎么选呢？莫非像投票选班长一样选？我们的班长葛存浩说起来是我们选的，其实他更像是孟老师任命的。孟老师当初只提出了两个候选人，一个是葛存浩，一个是刘颖。候选名单一出来，我就知道葛存浩肯定是班长，为什么呢？我们班是阴盛阳衰，也就是说女生多男生少。男生们大都喜欢选女生，女生们大都喜欢选男生，同性相斥异性相吸嘛。果然，得票最多的葛存浩当了班长，而刘颖呢，我们老师最喜欢的刘颖，却只好当副班长了。现在，孟老师让我们选小偷，莫非也要列出两个候选人？我们都仰着脸，等着孟老师把候选人列出来。但孟老师没有提出候选人。孟老师上来就

·

发选票，当然不是她亲自发的，是让葛存浩和刘颖发的。孟老师事先已经把选票制作好了，那选票是用裁纸刀裁出来的，比菜票大不了多少，整整齐齐的。她还带来了一个小纸箱，它本是用来包装《英汉双解大词典》（精装）的，现在临时派作他用了。孟老师用胶带把它封好，又在书脊的位置挖了一个小口。哈哈，不用说，这就是投票箱了。

葛存浩和刘颖发选票的时候，孟老师提醒大家，对自己手中的一票，一定要负责任。孟老师说："眼睛，一定要对得起自己的眼睛。你看到是谁，就写谁。"我们都喊："听到了——"孟老师又问："都拿到选票了没有？"我们都喊："拿到了——"孟老师说："好，这个，好。大家声音洪亮，说明大家都心里有数。为了让那个同学心服口服，我们要当场公布票数。我们要让那位同学知道，群众的眼睛是雪亮的，我相信那位同学会得到最多的选票。我要事先提醒那位同学，你千万不要以为，这是在选三好学生呢，见到自己得到了那么多选票，就高兴得合不拢嘴。"孟老师这么说着，嘴巴又咧成了细长的三角形。孟老师说："大家说应该不应该提醒他？"我们当然都喊"应该"。喊声一次比一次高，一次比一次来劲。我的喊声就够高了，可还是无法跟我的同桌张玫玫相比：我是蚂蚁叫她就是知了叫，我是机关枪她就是小钢炮，我是小甜甜布兰妮她就是麦当娜麦大嫂，反正是没法比。还有我前面的王冰，王冰喊的时候，整个身体都绷紧了。

可是选谁呢？孟老师让我们对得起自己的眼睛，问题是，我的眼睛什么也没有看到啊。我正想着如何对得起自己的眼睛呢，有人已经开始投票了。第一个投的是葛存浩，第二个是刘颖，第三个是艾未未。艾未未现在挺爱出风头的，她说过，她的理想就是当学生会主席。当了学生会主席，就顺理成章地成了优秀学生干部。当了优秀学生干部，高考的时候就可以降分录取了。她投完选票，转过身子的时候，很得意地鼓了鼓胸脯。就在那一瞬间，我的手不由自主地写了三个字：艾未未。然后，我把选票叠了起来，排在王冰后面，把它投进了纸箱。我正要回到座位上，孟老师拉住了我。“待会儿，你来唱票。”我很吃惊，问：“我？”孟老师点点头。然后孟老师又拉住了刚投完票的聂安冬，说：“你在黑板上登记。”聂安冬和我一样吃惊，也指着自己，问：“我？”孟老师没有让我和聂安冬回到座位上，她让我们站在讲台旁边，等着投票结束。最后一张票是董双喜投的。董双喜投完以后，也被孟老师拉住了，孟老师让他负责监票。

上帝啊，老天爷啊，大慈大悲的菩萨啊！刘德华做证，我简直不能相信自己的眼睛。我捏到的第一张票，上面写的竟然是我！念还是不念，我慌神了。我还从来没有在大庭广众之下念过自己的名字，从来都是别人喊我的名字，我喊一声“到”就行了。这倒好，我第一次念自己的名字，竟然是要把自己说成贼！王冰这时候已经拿起粉笔面向黑板了。她扭过脸催促我，说：“念啊！”我只好开口了，说：“我。”王冰说：“说的就是你，念啊。”我又说：“我。”王冰还没有听懂，都开始跺脚了，“快念啊。”董双喜同学也凑了过来。他本来是个老实孩子，这会儿竟然打起了官腔：“有什么问题需要我解决吗？”就这一句话，我就把他看透了。什么玩意儿！给你二两毛皮，你就要煮腥汤了。董双喜最崇拜的人是Bruce Lee（武王李小龙），他的夹克上就印着Bruce Lee的头像。跟我说话的时候，他把手指关节捏得咯吧咯吧响。他说：“愣什么，快念啊。”

瞧他的架势，我要是晚念一会儿，他就要挥动老拳了。我终于念了。我尽量心平气和地念出了我的名字。这一下轮到王冰和董双喜吃惊了。就说王冰吧，她就像鸡一样来回侧着脸，看看我，又看看董双喜，然后又看了看孟老师。孟老师有什么表情我不知道，因为我是背对着她的。这时候，董双喜说："OK，写啊？"王冰就写了，并且在我的名字后面画了一横，众所周知，那是"正"字的第一画。

第二张票上竟然写了三个名字，分别是艾未未、刘颖、张超。我每念出一个名字，下面就会议论一阵。当然是声音很小，很细碎，像老鼠磨牙，也像撕着手纸擦屁股。孟老师在教室里踱着步子，她踱到哪个地方，哪个地方的声音就降了下来，这么说吧，就像那老鼠又进了洞。接下来是一张空白票，这大概就是弃权票。我盯着那张空白票，想，我怎么没想到投一张弃权票呢？躲进小楼成一统，管他春夏与秋冬。我为什么就没有想到呢？再接下来，又出现了艾未未和刘颖。当中隔了一张，我看到上面填的又是艾未未。这个人的笔迹很熟悉，一笔一画都很熟悉，但我就是想不起来那是谁的笔迹。又念了几张票以后，我心里"哦"了一声，突然想起来那是自己的笔迹。我偷偷瞟了一眼台下的艾未未。我没有看见她的脸，因为她的脸深深地埋在一本书里。我只看见了她头上的那只红色发夹，蝴蝶形的。我一时有些歉疚。我只是看不惯她的得意相，一时冲动才填上了她的名字。刘德华做证！我并没有把她当贼的意思呀。但我的歉疚很快就烟消云散了，为什么呢，因为我看见艾未未的名字后面，已经有了三个"正"字，整整十五票！那些人都没有不好意思，我为什么要不好意思呢？嗐。

票终于念完了。先说我吧，我只有四票。王冰比我少一票，董双喜也有两票。票数最多的是艾未未，其次是刘颖的十二票，再下边就是葛存浩了，十票。我很想再透露一个秘密：孟老师也有一票的，但我没有念。我每念完一张，就把那张票递给董双喜，董双喜还算机灵，没有提出异议。不然，那笑话就闹大了。那张票是谁填的，我猜不出来，我估计也查不出来。它故意写得很笨，就像用火柴棒搭起来的，是幼儿园小朋友的字体。

孟老师说："好。"孟老师此刻站在教室的最后面。我没敢回头看她，所以她此刻到底是什么表情，我们都不得而知。孟老师又说："结果既然已经出来了，这个，我们就要尊重民意。好。下面，请艾未未同学、刘颖同学、葛存浩同学到我的办公室去一下。其他同学可以回寝室睡觉了。"孟老师不走，没有人敢动。后来刘颖先跑了出去，是捂着脸跑出去的。因为捂着脸，所以没有看清路，把一只板凳碰翻了，咣当一声。艾未未出去的时候，倒保持着小姐的尊严，步子不乱，脸上还带着若有若无的笑意。我听见她好像还说了一句："Good，very good！"葛存浩呢，孟老师一出去，他就原形毕露了，骂骂咧咧的："给我来这一手？"

葛存浩一横一横地走了出去。他的动作像螃蟹，嘴巴也像螃蟹，因为他的嘴边全是白沫沫。他确实有理由生气，把他和艾未未放在一起，他更是有理由生气。为什么呢？因为我们全班同学都知道，葛存浩和艾未未是一对冤家，他们不可能联手作案。我甚至想到，葛存浩一定投了艾未未一票，艾未未呢，当然也不会放过葛存浩。我的手机里现在还保存着一条短信息，说的就是这一对冤家：

艾未未，葛存浩

狗咬狗，两嘴毛

搞好关系不容易

除非两人睡一觉

够损的吧？当然，睡一觉是不可能的，要开除的。我引用这条短信息只是想说明，当时和我持相同看法的，远远不止我一个。

那天晚上，我们回到寝室以后，已经十点半了。艾未未和刘颖还没有回来。我们好像都不好意思与艾未未和刘颖照面，所以脚都没洗，就钻进了被窝。王冰和我的床铺挨着，她一挨住枕头，就打起了呼噜。我听得出来，她并没有睡着，因为她睡着的时候从来不打呼噜的。当然，装作打呼噜的也不止王冰一个。最搞笑的是聂安冬，她打着打着竟然说起话来了："我怎么打不好呢，急死人了。"寝室里顿时爆发出了阵阵笑声。这笑声有效地缓解了尴尬的气氛。有人在笑声中披衣起来，到洗手间去了，之后不断有人到洗手间去。有一本书上说，情绪紧张的时候人就会尿频，看来这是真理。瞧，聂安冬这会儿就披衣下床了。我也想到洗手间去一趟，可我刚刚披衣坐起，就听到了一声尖叫，从洗手间传过来的尖叫。我赶紧又缩回了被窝。又听了一会儿声音，我明白过来了，原来是刘颖回来了。也真是的，刘颖又不是鬼，有什么好害怕的？

只有刘颖一个人回来了，艾未未并没有回来。刘颖稍微有些不正常，瞧，她竟然噘着嘴，像男生那样吹起了口哨。很熟悉的旋律，我听出来她吹的是英文歌曲*Don't disturb this groove*，是贝克汉姆的老婆辣妹唱的。她的另一个不正常，表现在洗脚上面。刘颖平时并不喜欢洗脚，可今天晚上，时间这么晚了，她却要洗脚了。她从洗手间打来一盆水，把水撩得哗啦啦响，大概水有点凉，她又拿起自己的暖瓶往里面倒水。就在这时候，她发作了："谁用了我的热水?"没有人答应，而且又响起了呼噜。刘颖又问："谁偷了我的热水?"嗬，"偷"字都出来了。还是没人应声，而且呼噜声比刚才还响了。看来刘颖不打算就此罢休，刘颖一只脚站在脚盆里面，一只脚站在脚盆外面，又喊："偷了就站出来呀?怎么，再来一次选举?"这话也只有她能说，别人要说，那肯定会打起来。现在刘颖单脚立于盆中，另一只脚踢着脚盆，咣当咣当响了一阵，然后刘颖又说："要不都起来，再选一次?"正在打呼噜的王冰扑哧一声笑了出来，她的笑声被刘颖敏锐地捕捉到了，刘颖说："笑?笑个屁！有什么好笑的。"从洗手间回来的人，这会儿都站在了门口，其中就有聂安冬。聂安冬说："刘颖，瞧你急的，你拎的是我的暖瓶啊。"按说，刘颖应该有点不好意思，但刘颖不，刘颖把聂安冬的暖瓶往地上一放，说："什么狗屁地方！狗窝，真是狗窝。"

因为心里急，刘颖又忙中出错，没有把暖瓶放好。暖瓶从半人高的水泥台子掉了下来，咚的一声，吓得装睡的人都坐了起来。我看到玻璃碎片散了一地，晶莹夺目，有如无数只博士伦镜片堆在一起。我以为聂安冬会向刘颖索赔的，但聂安冬没有，这让我很感意外。当然我很快想到，聂安冬一定投了刘颖一票，现在被人家摔了暖瓶，她或许会觉得终于扯平了。聂安冬还上前安慰了一下刘颖："好哥儿们，行了。我不是也得了三票吗?"她还关心地问到了艾未未："我的同桌呢?她不会有什么事吧?她也只比我多了十多票嘛。"大概觉得有些理亏，刘颖的态度突然变得出奇的好。刘颖笑嘻嘻地揽着聂安冬的肩膀，说："安冬，你说呢?"聂安冬说："我?我怎么知道?"刘颖说："好，我来告诉你。还有你们，大家都听着，艾未未已经决定转学了。”聂安冬又问：“她人呢，她现在到哪里去了？”刘颖说：“孟老师，还有冯校长，都在做她的思想工作，这会儿正在亲自送她回家呢。”

连冯校长都出面了，这一点倒出乎我们的意料。我们都围到了刘颖的身边，想听听到底是怎么回事。王冰为了讨好刘颖，对着众人喊：“谁投了刘颖的票，都来认个错。”不知道是谁说了一句：“你呢，你投的是谁？”王冰说：“我？我投的是弃权票。你呢？”那个人说：“我投的也是弃权票。”至少有五个人说自己投的是弃权票。只有我和王冰知道，弃权票其实只有一张。我没有说出这个秘密，因为我担心她们吵起来，影响刘颖的情绪。刘颖的话让我们大吃一惊，她说丢东西不是别人，正是艾未未。至于丢的是什么东西，刘颖反而有些轻描淡写。她说：“嗐，还不是那玩意，卫生巾呗。”哇，原来是这个！这个我们每个人都要用的东西，却没有人想到。我看到很多人捶打着自己的脑门，责怪自己愚笨。当然，仅仅过了一分钟，我就从大家的脸上看出了疑问：一包卫生巾，值得这么兴师动众吗？刘颖接下来的一句话多少回应了大家的疑问。她说，那可不是一包普通的卫生巾，是艾未未的父亲从美国带回来的，但并非产自美国，而是法国出口到美国的，是巴士底牌卫生巾，Bastille牌的。坦率地说，我不知道这个牌子。唉，怎么说呢，我这个谜底也有些失望，当然，感到失望的不止我一个，大家都散去了，又重新缩回了自己的被窝，好像一切都没有发生过。寝室里静悄悄的，没有人打呼噜。王冰在说梦话，我恍恍惚惚地听到，她在为自己辩解，说她真的投了弃权票。谁知道她说的是真的还是假的。待会儿等我睡着以后，没准儿我也会在梦里面说，弃权票是我投的。

按说事情到此就结束了，但还有一件事我想顺便提一下。星期天下午，我陪我老妈逛了一趟街。从地铁口出来，老妈拉我进了一个超市。坐自动电梯上了二楼，老妈径直走到了妇女用品柜台。老妈问服务小姐，这里有没有巴士底卫生巾，法国的。服务小姐说，最近两天，有好几个人来问，但暂时无货。她请我们放心，只要有人想买，不管它是哪里出的，一个月以内肯定到货。

服务小姐拿出一个硬皮笔记本，让我们留下联系电话，说一有货就通知我们。老妈写电话的时候，我突然看见了我们的孟老师。孟老师曾说过，观察人的时候，最好去观察人的眼睛，不要去观察头发。成千上万头发呢，你看得过来吗？但是眼下，我觉得她的头发还是值得一看。她的头发染了，不是全染，而是染了那么几绺，有红的有紫的也有蓝的，就像是野鸡的毛。平时，这几绺头发大概都被她深深地掖在头发里面了，所以我从来没有见到过。她也会来到这个柜台吗？我赶紧躲到了一边。

那天走出超市的时候，我问老妈怎么知道这个牌子的卫生巾。母亲说，她是从网上知道的。老妈说："你的同学艾未未用的不就是这个牌子吗？我不能让我的宝贝女儿落在别人后面。"原来她每天都要登录我们学校的网站，查看各种考核表，也看新闻，看帖子。

回到家，我就扑到了电脑跟前，我果然看到了一个帖子，而且说的就是我们班的事情。那个帖子里说，艾未未的那些卫生巾其实是她老爸送给她老妈的，她老妈舍不得用，送给了女儿。但是她老爸，也就是那个钱多得可以在长城上铺一个来回的老板，又偷偷派人把那些卫生巾取走了。至于为什么要取走，帖子里也说得活灵活现：老头子每次回国，同样的礼物都要捎上双份，一份给自己的妻子，也就是艾未未她妈；另一份给自己的情人，也就是艾未未可能的后妈。这一次，老头子虽然也捎了两份，但因为又多了一位情人，所以还是分不过来。老头子回到国内，就临时又买了一份假冒的巴士底卫生巾，送给了自己的妻子。他怎么能想到，它会跑到女儿手上呢？当他从网上知道，这些假冒产品都是未经卫生检疫的假冒产品，而且已经到了女儿手上的时候，他坐不住了，派人偷偷地从女儿的枕头下面取走了。他毕竟还是心疼女儿的，担心女儿染上什么病。这个帖子还一口咬定，艾未未其实一开始就知道是谁偷走的。她之所以隐瞒真相，并且把这事告诉了孟老师，就是想把事情闹大，让她老爸好好地出一次丑，让她老爸知道自己什么事都干得出来，眼下，还只是万里长征刚走完了第一步。

这个帖子是谁贴上去的，我不知道，但我可以判断出来，那应该是我们班某个同学的杰作。我感兴趣的是，这段话说得合情合理，让人不能不信。事实上，为了让大家确信无疑，帖子下面还列出了一个网址，让人们链接查看。果然，那上面列出的是权威部门的说法：目前国内市场上见到的巴士底卫生巾确系未经检疫的假冒伪劣产品，正宗产品何时进入中国口岸，尚无人知晓。瞧瞧，都瞧瞧，我老妈那么细心的人，竟然把如此重要的信息给忽略了。什么眼神！当然，忽略了这条信息的肯定不止我老妈一个，比如，可能还有孟老师，等等。

清　明

郭文斌

昨　天

东走走西走走，东瞅瞅西瞅瞅，总是拿不定主意买谁家的纸。六月有些着急，说，随便买上些算了。五月回头看了六月一眼，说："祖宗虽远，祭祀不可不诚。"五月的"不可不诚"还没有出口，六月抢先说："子孙虽愚，经书不可不读。"把旁边一个卖纸的给惹笑了，说，这么好听的句子，谁教你的？六月说，没人教，自己会的。哈，好一个自己会的，再背两句听听。

居身务期质朴，教子要有义方；勿贪意外之财，勿饮过量之酒。

与肩挑贸易，毋占便宜；见贫苦亲邻，须加温恤。

刻薄成家，理无久享；伦常乖舛，立见消亡。

兄弟叔侄，须分多润寡；长幼内外，宜法肃辞严。

听妇言，乖骨肉，岂是丈夫；重资财，薄父母，不成人子。

嫁女择佳婿，毋索重聘；娶媳求淑女，毋计厚奁……

厚奁……厚奁……六月接不上来了。五月补台：

见富贵而生谄容者，最可耻；遇贫穷而作骄态者，贱莫甚。

居家戒争讼，讼则终凶；处世戒多言，言多必失。

勿恃势力而凌逼孤寡，毋贪口腹而恣杀生禽。

乖僻自是，悔误必多；颓惰自甘，家道难成。

狎昵恶少，久必受其累；屈志老成，急则可相依。

轻听发言，安知非人之谮诉，当忍耐三思；因事相争，焉知非我之不是，须平心暗想。

施惠勿念，受恩莫忘……

五月背到这里，好多人围了上来，看戏的一样。五月有些紧张了，鼻梁上渗出汗来。六月见状，捏了五月的手，放大了音量：

凡事当留余地，得意不宜再往。

人有喜庆，不可生妒忌心；人有祸患，不可生喜幸心。

善欲人见，不是真善；恶恐人知，便是大恶。

见色而起淫心，报在妻女；匿怨而用暗箭，祸延子孙。

家门和顺，虽饔飧不继，亦有余欢；国课早完，即囊橐无余，自得至乐。

读书志在圣贤，非徒科第；为官心存君国，岂计身家。

守分安命，顺时听天；为人若此，庶乎近焉。

接下来，姐弟二人就不知该干什么了。六月看五月，五月的脸蛋红扑扑的，熟透的柿子一样。五月看六月，六月的脸蛋也红扑扑的，也像熟透的柿子一样。

这是谁家的一对？一个女人问。六月看了看五月，五月示意不要回答。六月却说，她是我姐，叫五月。

你呢？你叫啥名字？

六月。六月铿锵作答。

一定是乔家上庄大先生家的。一个女人说。

当这女人说到“大先生”三个字时，六月的心里忽闪了一下，就像捉迷藏被人找见似的，但这种“找见”却是一种渴望，一种对光荣的渴望。

下次跟集时还来吗？

六月不知如何回答，看着五月。五月说不知道。

再来好吗？还到我们这个摊儿，我把我儿子带上，你背一下给他听，让他见识一下你们的学问，可以吗？

六月说，那要看我爹让不让来。

女人说，你爹一定让来呢。说着，转身唰唰唰地卷了一卷纸给六月，这卷纸送给你。

六月说，不要钱？

女人说，不要钱。

六月就接过了。

五月说，不行，爹说白拿人家的东西就是偷。

六月说，爹还说如果是人家允许的就不是偷。

五月想了想，也对，就默许了。

我赞助一把蜡烛。

谢谢大娘。

不用谢，下次我也把我儿子带上，让他长长见识。

你们这不是逼人舍散嘛，看来我也得赞助一把香。口气不好听，表情却十分的亲热。

谢谢叔叔。

还有两双手在往五月六月的口袋里装糖果，一边装一边说，人家祖先肯定烧过长香的。

二人抱着满满当当的两包东西，乐颠颠地回家。五月和六月没有想到，一出《朱子家训》会换来这么多东西。六月想，回去一定要再背几出来，爹让他背《弟子规》，他嫌太长了，看来得下决心背下来。

总不能一直背《朱子家训》吧。六月说。六月把五月想说的一句话给说出来了。六月说，咱们回去就背《弟子规》吧。五月说，《弟子规》太长了。六月说，总没《目连救母》长吧。五月想想也是，《目连救母》那么长的剧本，他们都背下来了。咱们今天应该给他们唱几段，五月说。六月说，就是啊，咋就没记起呢，如果唱几段《目连救母》，说不定他们还有更多的奖赏呢。五月说，下集吧，下集咱们给他们唱几段——你说，下集爹还让我们来吗？六月说，肯定让来，一次挣这么多东西，爹为啥不让来。五月说，你才说错了，得意不可再往，爹肯定又是这句话。六月说，可爹还说，几百年人家无非积善，第一等好事只是读书呢。五月说，是读书，又不是背书。六月说，背书也是读书。五月说，不过没关系，就算爹不让我们下次到集上来，五月五马上就到，五月五爹总要让我们来买香料吧，买花绳儿吧。六月说，谁能等到五月五，把人牙都等长了。五月说，看把你急的。六月说，如果一月有一个节就好了。五月说，那你给咱们创造个节啊。六月说，好吧，你说四月该设个啥节呢？五月说，你说呢？六月说，就设个“听背节”吧。五月不懂，“听背节”，啥叫“听背节”？六月说，听咱们背经啊。哈，哈哈，五月把全部的目光变成佩服，送给六月。这真是个好节日，一集的人都听咱们背经，那该多过瘾。六月说，就像正月唱大戏一样，就像七月十五唱皮影一样，一戏场的人都听咱们背经。可是，那该背多少经才能够啊。五月有些负担了。六月说，没关系啊，我们可以教改弟、改改、地地、白云一起背啊，就像唱大戏，一人一出轮流上。

五月就把目光开成一束花，送给六月。

六月的胳膊抱酸了，要把包背到背上。五月说，不行，祭祖宗的东西，咋能吊到屁股上呢。说着，接过六月的包，自己抱了。六月说，爹说书中自有黄金屋，看来是真的。五月说，书中还有颜如玉呢。你说，为啥第一等好事只是读书？五月说，因为书中自有黄金屋啊，书中自有颜如玉啊。六月又问，那你说，几百年人家为啥无非积善？

把五月给问住了。五月想了想说，大概是为了“庶乎近焉”

吧。六月问，啥叫“庶乎近焉”？五月说，大概就是像神仙一样吧。

上到山顶，二人坐下来歇息。六月望着远方说，你说，姐夫是不是佳婿？五月问，你啥意思？六月说，爹说，三月姐出嫁时，他啥礼都没要，那姐夫一定是佳婿了。五月就笑了。六月说，你出嫁时，是要“重聘”呢，还是要“佳婿”呢？五月就在六月的额头上点了一下，说，那你是要“淑女”呢，还是“厚奁”呢？六月说，我两个都要。惹得五月笑翻了天。

突然，六月说，我们今天只顾接着“子孙虽愚，经书不可不读”背了，把前面半截给忘了，语气里透着遗憾。五月说，是啊。六月说，下次一定要补给人家。五月说，是啊，爹说省下不该省的劲，也是偷。六月说，爹还说，该做的事不做，也是偷。五月说，对，做该做的，拿该拿的，就是吉祥——爹是咋讲如意来着？六月说，爹说，只有吉祥才能如意。五月说，爹好像还有个说法。六月说，好像是……就像天意，只有合乎天意，才能如意。五月说，对对对，就是这么说的。六月说，但天意人咋能知道呢？五月说，爹说经上说的，都合乎天意。六月说，那《朱子家训》是天意？五月说，当然啊，按爹的说法当然啊。

黎明即起，洒扫庭除，要内外整洁；既昏便息，关锁门户，必亲自检点。

一粥一饭，当思来之不易；半丝半缕，恒念物力维艰。

宜未雨而绸缪，毋临渴而掘井；自奉必须俭约，宴客切勿留连。

器具质而洁，瓦缶胜金玉；饮食约而精，园蔬愈珍馐。

勿营华屋，勿谋良田。

三姑六婆，实淫盗之媒；婢美妾娇，非闺房之福。

奴仆勿用俊美，妻妾切忌艳妆……

二人情不自禁地又把全文背了一遍，和以前的感觉大不一样了。

因为它是天意。

今 天

一早起来，爹就让五月裁纸。五月跪在地桌旁的椅子上，就着地桌把纸折成一寸宽的绺儿，拿刃子裁。那刃子就从六月的心上噌噌噌地走过。这么好的白纸，眼看着变成纸条了，如果订成本子，该写多少字呢。六月说了自己的想法，五月想想也对，但又觉得没有理由不裁。就说，也许爷爷也需要本子写字呢。六月说，爷爷用这么窄的本子写字？五月又说，也许爷爷要它卷旱烟呢。六月觉得这个说法有道理，爹常把他们写过的本子裁成这么窄的纸条卷烟抽呢。每当爹点着用他们的本子裁成的纸条卷的旱烟棒时，他就觉得爹把许多知识抽到肚里去了。

那是爹第一次打他。

他撕了姐姐的一页废本子擦屁股，被爹看见，爹的巴掌就过来了。

爹打完他，才说，我没有告诉过你敬惜字纸吗？

告诉过。

告诉过为啥还要拿有字的纸擦屁股?

那你为啥拿字纸卷烟?

卷烟和擦屁股一样吗?

当然一样。

他的屁股上就麻辣了一下。

是不是上面的就是干净的，下面的就是脏的？六月问。五月说，你啥意思？六月说，爹不让我拿字纸擦屁股，他却拿字纸卷烟。

五月放下刃子，使劲看着六月，觉得六月提出了一个十分重大的问题。是啊，为啥人们把下半身上的东西都看成是脏的，把上半身看成是净的？你说呢？六月说，我发现凡是进去的地方是净的，出来的地方是脏的。五月想想，觉得有道理。人的下半身大多是出的，上半身多半是进的。可是鼻子里流出的鼻涕不也是脏的吗？六月说，那也没有屎脏。五月觉得对，又不完全对。六月说，那你说，把人埋进土里，是进去呢，还是出来呢？五月睁大眼睛，说，你咋想到这么怪的一个问题。六月说，我们一会儿不是要上坟吗？要给爷爷奶奶挂纸吗？你说，那坟是进去的地方还是出来的地方？五月说，当然是进去的啊。六月说，那过年时我们去请他们回来过年，不是又是出来吗？五月的脑筋就转不过来了，说，大概既是进去的，又是出来的吧。六月没有想到姐姐会这么回答他，但又觉得这个回答很美。

突然，五月说，赶快忏悔。六月问，为啥要忏悔？五月说，爹说准备供品时，不能胡思乱想的。六月觉得五月说得对，他们不但胡思乱想，还想到脏，快快忏悔。

忏悔就是洗心对不对？六月问。五月从炕桌上直起身来，看着六月。六月说，爹说手拿了脏东西要洗手，眼睛看了脏东西要洗眼，那心想了脏东西也要洗心吗？五月说，对啊，很对啊，赶快把你的心掏出来洗啊。六月就打了一个战栗。如果把心掏出来，人不就死了吗？人死了，不就又要让没死的人给他过清明嘛。一想到自己将要享受清明，六月又觉得死了挺好的。如果没有死，就没有清明。如果没有清明，这个三月该多没有意思啊。清明时节雨纷纷，路上行人欲断魂。原来是为了清明时节雨纷纷，路上行人才欲断魂呢。

雨就下起来了。不过不是大雨，是毛毛雨，像五月和六月的心情。

爹从门里进来，让六月把炕桌放到炕上。六月看见，爹的手里是一个花瓷碟子。六月就把炕桌抱到炕上。爹把碟子放在炕桌上，从地柜顶上取下来小木箱，打开，拿出一包颜色，倒在碟子里。碟子里的水就哗地一下红了。爹用一个竹签搅了一会儿，等颜色化匀了，就把一团新棉花放在里面。不一会儿，颜色就被棉花吃掉了。爹又从小木箱里拿出印版，交给六月。

六月就端庄了身子，开始印钱。

印纸钱是一件难活，要把颜色蘸得刚刚好，要不印出来的纸钱不是一塌糊涂，就是缺东少西。尽管六月努力把握，但开始几张还是印不到火候上。爹也不责怪，仍然让他印。印了几张纸，就好看了，而且越来越好看。六月喜欢印版不轻不重落在纸上的感觉，喜欢提起印版时，纸上出现的恰到好处的图案。

六月的心里被一次次成功的喜悦充满，那是一种水红色的喜悦，一种清明一样的喜悦。

水红颜色印在白纸上，让人觉得那纸钱不是纸钱，而是一张张年画。也许对于爷爷来说，纸钱就是年画呢。

忽然，六月的脑门亮了一下。

姐你说清明是啥颜色？

清明啥颜色？清明就是清明，还啥颜色。

我觉得就是水红色。

五月停下手里的刃子，看了看炕桌上的纸钱，又看看窗外雨蒙蒙的天，觉得六月说得有道理。

六月的另一个问题来了，你说为啥今天是清明？

五月说，又忘了，印纸时是要专心的。

六月就发现自己果然把一张十元票子印歪了，“冥府通用”四个字都有些不通了。

六月第一次觉得思想是不安全的。

爷爷的坟在麦地里。麦苗绿油油的，像个绿被面一样苫在地上。毛毛雨把地皮刚刚打湿，不沾脚，也不起土，正是清明的样子。六月看着五月姐错着脚在麦行里行走，身子一扭一扭的，花格夹袄一扭一扭的，心里一阵感动。他也错着脚在麦行里走，但有时难免不小心把麦苗给踩着。

> 昆虫草木，犹不可伤。
>
> 宜悯人之凶，乐人之善；济人之急，救人之危。
>
> 见人之得，如己之得；见人之失，如己之失。
>
> 不彰人短，不炫己长；遏恶扬善，推多取少。

受辱不怨，受宠若惊；施恩不求报，与人不追悔。

…………

姐，我们下次可以给他们背《太上感应篇》啊。五月说，你能背下来吗？六月说，差不多了。五月说，好啊，你背会，我跟着你背就行了。六月说，你背会我跟着你背。爹问，给谁背啊？六月看五月，五月停下脚步，回头看了六月一眼。六月就说，给我爷爷背。爹说，好啊，那你爷爷一定会奖励你的。我爷爷奖励我，他咋奖励我？爹说，他会让你考一个状元。六月问，状元能干啥？五月说，状元能招驸马呢。爹笑着说，就是，状元能招驸马呢。驸马能干啥？能娶皇帝的女儿当媳妇呢，五月抢先说。六月说，那皇帝家的女儿是淑女吗？五月说，当然啦。爹就嘿的一声笑了，六月又觉得爹刚才的一声笑就像是清明。

三人继续错着脚步在麦行里前进。

草木为啥不能踩？六月问。

因为草木也是命。

啥叫命呢？

活着的都是命。

麦子活着吗？

当然活着啊。

那它咋不说话？

它说呢，只是你听不见。

六月就听见了。六月听见麦子真在说话呢，六月看见满山遍野的麦子在说话呢，麦子在说什么呢？

坟院到了。荒草都老得不像个样子了。六月又觉得，这老得不像样子的荒草就是清明。

爹把纸条分成四份，盘里留了一份，他们仨人各一份，开始往坟院内的草上挂纸。一绺绺纸条挂在枯草上，一下子活了起来，风一吹，就像戏台上的戏子在舞袖。那么戏子呢？是爷爷吗？但这些纸条分明又是他、五月和爹挂上去的。六月第一次觉得风的不可捉摸，纸条的不可捉摸。

姐，你看这挂纸像不像是戏子在舞袖？

六月一直搞不明白那袖子是怎么舞起来的，至少一丈长的袖子，都要擦着台沿下他的脸了。问五月。五月说，因为她是嫦娥。六月说，嫦娥是淑女吗？五月说，嫦娥当然是淑女，怎么，想娶嫦娥做媳妇？六月说，我娶了嫦娥做媳妇，还不把你给伤心死。五月说，我才不伤心呢，如果你真能够娶了嫦娥做媳妇，我还能沾你的光到月亮上浪亲戚呢。六月说，那没问题，到时你带上爹和娘，我让吴刚给你们一人一瓶桂花酒。五月说，我不要酒，我要长生不老药。六月说，你想长生不老？五月说，当然啊，谁不想长生不老？六月说，如果我早娶了嫦娥，就可以让爷爷不死，让奶奶不死。五月说，可这戏台上的嫦娥又不是真嫦娥，爹说，要做真嫦娥，得做无数无数的好事才能行呢。

讨厌！不想六月突然变脸了。

五月吃惊地问，咋了？

六月说，谁让你提醒他不是真嫦娥？

五月停下来看了看说，我觉得不像。

那你说像啥？

我觉得像是想念。

六月没有想到五月说了这么有水平的一句话，把在风里飘舞的挂纸说成是想念，这就是爹说的诗吧？

咋这么看着姐？姐的脸上又没有戏。

六月突然换了十分老成的口气说，你想爷爷了？

你不想吗？

六月想了想，觉得既想又不想，但终归还是想。

经六月这么一说，五月也觉得飘在风里的纸条是活着的，它有头，有身子，有胳膊，有腿。五月似乎明白了为啥叫“挂纸”，它是不是和“牵挂”有关？

这时嫦娥的袖子又过来了，真真切切地在六月脸上拂了一下。五月还发现，在六月脸上拂了一下的，还有嫦娥的眼神，准确些说，不是拂，是挖。大概嫦娥真是看上他们家六月了。

之后，每当遇到六月出神，五月就说，是不是想人家嫦娥了？六月就打她。

现在，她似乎能够明白一点嫦娥舞袖中的意思了。

五月能够看见，嫦娥的舞袖中有一个清明。

六月看着五月愣神，提醒说，祖宗虽远，祭祀不可不诚。五月忙把心思收回来，专心地挂纸。但她分明觉得，祖宗并不远，就在她身边呢，就像拂过脸颊的风，就像这手里的纸条，就像……

六月把最后一绺纸用一个土块压在爷爷的坟头，直腰一看，坟院已经白了，六月的心被一种活着的“白”强烈地震撼了一下。

有风，爹用右手把上衣下摆张开，挡了风，左手捏了三张黄表。六月十分默契地擦着火柴。爹先把一张黄表点燃，然后点大堆的纸钱，等大火旺了时，把香点着，插在土里，然后夹了碟子里的献饭，往四周扔。六月的小身子就打过一个战栗，眼前出现了一张张模糊的嘴，一种让人不能明确形状的嘴，在享用爹的泼散。

六月太喜欢这个场面了：

一张张白色的纸钱在火里消失，就像那火是纸钱的家，它们一个个跑回去了。六月也喜欢看炉塘里的火，但那火过于从容，掌柜的一样，慢条斯理，不像纸钱这样匆忙，不假思索地赶路。

六月还喜欢和爹和五月跪在坟院里的这种感觉，跪在风里的感觉。

当火光变成灰烬时，爹右手拿起酒壶，左手托了右手，向坟地里奠酒，酒水落在土上，散发出一种清明的味道。六月学了爹的样子，端起茶壶，向地上奠茶，微温的茶水落在黄土上，同样散发出一种清明的味道。六月没有想到，奠茶的过程是如此过瘾。

爹说，磕头吧。三人就伏在地上磕头。

爹磕了三个，起来作揖。五月也磕了三个，起来作揖。

六月多磕了两个，起来作揖。把爹给惹笑了，你小子干啥都是个贪。

六月笑笑，心想多磕两个头总不是坏事。

五月的目光却在三炷香上。

五月觉得，它们就像一个暗号。

修补完坟院，爹点了支烟蹲在地埂上抽，二人也挨了爹的身子蹲下来，有种难言的幸福涌上心头。

过了会儿，爹让他们看看村子，有什么发现。五月和六月就看。五月说，四面山坡上一片一片地开出白花。六月说，这个村子其实是两个村子。爹问，为啥是两个村子？六月说，一个是清明里面的，一个是清明外面的。爹有些吃惊地看了六月一眼，说，清明还有里外？六月咬着嘴唇，有些吃力地说，他刚才说的其实不是心里感到的，反正是两个世界。爹沉吟了一下，说，有道理，有道理。说着，起身端了盘子，却并不回家，而是朝相反的方向走去。

五月和六月一下子明白了。就后悔把一道极简单的题没有答出来。爹的盘子里明明还留着挂纸和供献，他们怎么就给疏忽了呢？

再看那两个没有挂纸的坟院，显得那么可怜，就像两个孤儿。

爹把那个脏小子带到家里来时，娘正好把饭做熟。五月和六月就有些不高兴。不想爹一边给脏小子洗脸，一边让他们先吃，说他已经吃过了，他的那份留给那个孩子。

爹的那份就一直留给那个孩子，直到后来县上成立孤儿院。爹说，他的父母都不在了，父母都不在的孩子叫孤儿。后来学了《太上感应篇》，他们才明白爹这是在“矜孤恤寡，敬老怀幼”，就从心底里对爹生出无比的敬意。

假如县上不成立孤儿院呢？爹会一直让他在咱们家长大吗？六月问。五月说，你说呢？六月说，假如他一直在咱们家长大，还得爹给他找淑女，还得再打一处院，最后死了，还要埋在咱们家坟里吗？五月说，这你得去问爹，我听娘说，爷爷年轻时就收养过两个孤儿，不过后来都害天花死了，那时，爹还没有出生呢。

六月就看见，有两个孤儿，在长长的清明里，向他们走来。

给乱人坟挂纸时，五月有些害怕，一步也不敢离开爹和六月。六月装出一副胆大的样子，其实心里也在打鼓。

爹看出了两人的胆怯，说，知道啥叫清明吗？二人说不知道。爹说，不浊为清，不迷为明，一个人只要在清明中，就没有什么可怕的。

六月不懂，悄悄地问五月，你在清明中吗？五月说，当然在啊，今天谁还不在清明中啊。

六月再次把目光投到自家的坟院，觉得爹把他心中的那个清明给篡改了。但六月很快就放弃了追究这个问题，因为另一个问题出现在他的脑海。

姐，你看咱们坟院里的那些纸条，像不像山的胡子？

五月盯着自家的坟院看了一会儿，说，你是说，山是一个人？六月说，是啊。五月的眼睛就眯成一条缝，对着山又瞅了半天，说，还真是一个人呢，不过是躺着的一个人。

六月又说，可是这山老人家，为啥只有到了清明才长胡子呢？

五月说，清明时节雨纷纷嘛。

雨就下了起来。

五月和六月的心里疼了一下，可惜了那些挂纸，全被雨打湿了。

艾多斯

邱华栋

有时候，生活中确定不会发生的事情，也许突然会在你的生活中发生。昨天，我就遇到了一个小小的奇迹。我最近买了一本英国作家德·昆西的中英文对照本散文著作《论谋杀》，从三联书店回家之后，我在细心翻阅和盖上我的藏书印的时候，发现我遇到了一本错版书——这本书其中有一个印张的篇幅，也就是有整整三十二个页码，被装订反了。我有些恼火，觉得自己在买书的时候应该仔细地翻翻，怎么这么粗心呢？于是，今天早晨开车出来的时候，我就特地带上了这本错版的《论谋杀》，打算在中午休息的时候，到三联书店里去更换一下。整个上午，我都在办公室忙碌，快到中午的时候，在MSN上，我忽然看到我的朋友，诗人、小说家楚尘——他如今已经是一个非常不错的出版策划人，他说要过来到我这里吃午饭，就吃我们杂志社小食堂的饭。我就等他过来。中午十二点，他准时到了，然后，他从书包里掏出来一本《论谋杀》，递给了我，说，这是他新近策划出版的书，送我一本。

我当场就惊呆了！因为这套书一共有二十多种，而他，竟然恰好带了这本我错版的书送给我，事先我既不知道这套书是他策划的，也不知道他会送书给我。而鬼使神差，他给我的恰好就是这本《论谋杀》！因此，我当时几乎是流出了激动的眼泪，两个爱书之人都觉得有些匪夷所思了。也许，这是上苍报答我喜爱书籍——这已日渐衰朽的癖好——从而带给我的一个小小的奇迹吧。

但是，我要说的事情，和楚尘没有关系。错版书这件事情，让我想起来我今年8月到达新疆喀纳斯地区采风的时候遇到的另外一件事情。具体说，实际上，我是遇到了一个人。

今年8月，北京酷暑难当，我和另外一个朋友去新疆北部的喀纳斯地区去旅行。过去，我没有去过新疆，只是从报纸上得知，这个叫喀纳斯湖的地方，如今是中国最美丽的地方之一。我已经去过中国内地大多数的风景名胜区，觉得论山水，也就九寨沟值得一看，其他的因为被旅游业改造，也就不过如此了。我想倒是那些至今还没有怎么开发的西南地区，比如贵州、云南、西藏的一些名山大川中那些还没有怎么被命名的地方，是值得一去的。如今，最美丽的风景，全部都隐藏在高山密林之中，过去由于交通的原因，人迹罕至。现在，人们凭借现代化的交通手段，终于可以比较轻松地到达这些地方。

8月底，盛夏时节，新疆也很热，不过，新疆的温差很大，而这个季节是去新疆的最好的季节。我们飞到了乌鲁木齐，然后又坐汽车，一路向西走了一天，傍晚的时候才到达了阿勒泰市，在市区里过了一个晚上。到了第二天的早晨，我们驱车北行，前往藏在阿尔泰山深处的喀纳斯湖。汽车在海拔逐渐升起来的山间急速地盘旋，依次越过了戈壁、秃山、高山草甸，最后在布满了松树和桦树的高山间盘旋。一条蓝色的河蜿蜒在公路的边上，似乎我们渐渐地进入到了画幅之中。最后，拐过了一个山岭，我打开一点车窗，感到有一阵凉风吹了过来，我想，附近一定有大片的水域。果然，在正午的阳光下，白云在天空中飘浮，山脚下出现了一块蓝中带白的玉石一样的大湖喀纳斯湖。它是一个高山湖泊，依靠阿尔泰山主峰的冰川融水，最后形成了沿着一道峡谷流淌的河湖系统。因为水中含有大量的钙质，所以，看上去水色呈现出蓝白色——有些不真实的梦幻般的色彩。

到了湖边，我立刻被眼前的美景所打动，下了车，我迫不及待地向湖水冲去。喀纳斯湖地区实在是美丽无比，有着瑞士附近的阿尔卑斯山的风景特点。尤其是一些树叶正在变黄的漂亮的白桦树林，细弱的树干挺拔直溜，树叶在风中抖动，发出了奇特的哗哗声。

接下来的两天里，我们就在喀纳斯湖附近的各个景点游玩，也攀爬到了可以俯瞰整个喀纳斯湖的小山头，在观鱼亭里，察看湖水里有没有出没的水怪——大红鱼。但是，我没有发现。我们还到附近的一个图瓦人的村落里，看他们酿马奶子酒、擀毯子。我们还乘坐快艇，在喀纳斯湖的六道湾戏水，一直到达很远的湖泊上游，从那里，可以清晰地看见近在咫尺的白色冰峰。据说，当年成吉思汗西征就是从那里翻越了阿尔泰山，直出中亚，一路打到了欧洲，很快就占领了无比广大的地区。

我们准备在第三天一早就要离开了。可是我似乎觉得还没有尽兴。在头天的下午，我中午喝了很多马奶子酒，有些醉了，就睡了一觉。醒来之后，发现同行的朋友给我留了一张字条，说他们到湖泊的下游月亮湾一带漂流去了。

我觉得头疼，就走出模仿北欧别墅风格建造的尖顶木结构的宾馆房间，一个人往一片由松林围成的空地走过去。我很快就看见了一匹黑马，身上没有鞍鞯和缰绳，一边甩着长长的鬃毛，一边打着响鼻，慢慢走着，在埋头吃草。我向它走了过去。但是，它很警觉，即使它不抬头，也似乎知道我在向它靠近。我快，它也快，我慢，它也慢，就是和我保持一个安全的距离，仍旧在埋头吃草，对我不怎么理会，可是，又在戏弄我一般，就是不让我靠近它。我觉得很恼火，干脆跑着向它冲过去，它才扬蹄向一片后山林飞速跑去了。

我跟着跑了过去，我想抓住那匹马。我沿着一面到处都是鲜花盛开的山坡向上攀爬。我立刻被脚下的野花吸引了，这些野花竟然有十多种颜色，让我眼花缭乱。不断地有蚂蚱和蝈蝈在我眼前的草丛里蹦跳，我深一脚浅一脚地很快就爬到了半山腰，可是，那匹马翘着健美的臀部，继续引诱我，躲进一片树林不见了。我汗流浃背，很失望，眼看着马匹钻入了一片松树林里，不见了。

我气喘吁吁地爬到了一棵松树边上，准备歇息歇息。然后，我看见了一个人，用毡帽盖着脸，正躺在树下，嘴唇在动，嘴里还嚼着一根长长的青草。看样子，像是一个哈萨克族牧羊人，正在那里休息。

我正准备离开，忽然，他开口说话了："陈林，是你吗？"

我惊呆了，这不是宿作东的声音吗？难道，他跑到这里来了？我站在那里，看他把帽子从脸上拿掉，一跃而起，向我露出一嘴的白牙，哈哈一笑，"我一听你走路的声音，就知道是你！"

我非常惊喜和诧异，我仔细地端详他。果然，几年没有见，这个家伙变化太大了，脸上长满了络腮胡子，很密集，不认真看还真认不出来他了。"真的是你吗？你这家伙——"我简直不敢相信自己的眼睛，但是接着，我们就很高兴甚至是狂喜般地拥抱了。我立刻闻到了他身上那种只有游牧民族才有的羊膻气味。看来，他在这里已经待了很长一段时间了。

我们找了一块凸起的大石头坐下来，他给我还铺了一块羊毛毯子。“我到这里已经四年了。不过，现在，我已经不叫宿作东了，我有了一个哈萨克族名字，我叫艾多斯了。”

我更吃惊了，问他：“你改名叫艾多斯了？”

“是的，我现在就叫艾多斯。这是一个哈萨克族老人给我取的名字。因为，我有了一个哈萨克族名字，我才能够真正地融入这片土地。你知道我的名字——艾多斯，是什么意思吗？”

“不知道，我不懂哈萨克语。”我觉得很费解。

“是月亮的朋友的意思。我，现在是月亮的朋友。哈哈哈哈！”他大笑了起来。

他提起了月亮，我的记忆在这个时候就迅速地复活了。关于他的记忆在我的脑海里像潮水一样地掀了起来。我们是大学同学，一同度过了四年时光。宿作东是一个敏感的诗人，他是黑龙江漠河人，自小就和大山亲近，熟悉大自然对人的影响。一进学校，他就成了学校里的活跃人物，经常参加和举办各种活动，组织诗歌朗诵会和戏剧表演比赛。不过，因为一次爱情的失败——当时他喜欢一个外文系的漂亮女孩子，没有成功，加上他曾经带领学生和学校食堂闹了一次罢吃饭运动，被学校处分之后，这个家伙多少受到了一些打击，有一阵子不愿意和人打交道，开始自闭了。当时他的一些行为很神秘，还算得上古怪。比如，我记得，在1990年的某个时日，春天里，晚上的时光，我和女朋友在校园外面的小山上幽会，结果，在山顶上的一片松林里，看见他一个人拿着一把木剑在狂乱地舞动，嘴里大喊：“月亮！月亮！我要邀请你和我一同舞剑！”还有一次，在我们的宿舍里，我半夜感觉到有点异常，醒了过来，朦朦胧胧地看见有一个黑影子坐在我的床边，月光诡异地洒在他身上，脸是一片黑影，身子却是白色的，实在是吓人，我立刻被吓醒了，“你是谁！”我恐怖地尖叫道。

“是我，宿作东。”他默默地回答。

“你你你坐在这里干什么？”我问他——他睡在我的上床，是不应该来坐到我的床边的。

“这里月光很好，月光很好。”他喃喃自语，嘿嘿笑了一下，然后，又爬到上铺睡觉去了。

总之，这个家伙不知道为什么，那段时间变得有些神经、神秘、神道道。这类事情经常在他的生活中发生，弄得一些女生都有些害怕他了。不过，他的诗却越写越好，名气也越来越大了。毕业之后，他被分配到广州，在某个区政府任职。我觉得，这个家伙这种状态，到了广州那样的商业城市，能不能适应呢？但是后来，传到我的耳朵里的，有他投黄浦江自杀的传闻，也有他给一家石油公司写了一句特别棒的广告语，得到了100万元的传闻，两种结果相反的消息让我有些疑惑。但是后来证明他没有自杀，而是活得很好。他到了广州生活状态也很神秘，不怎么和同学往来，关于他的说法都是自相矛盾的。

但是，几年之后，我见到了他，就觉得他已经彻底地改变了。这时已经是1999年了，他来到北京是代表南方一家有名的地产公司，作为北京地区的总经理，运作房地产项目的，他是一副挥金如土、挥斥方遒的气概，带着大量的资金，来北京做大的房地产项目。我们偶尔接触一下，但是，更多的时候，我是在一些报纸上看到他。他拿地、搞规划设计、卖楼都非常有魄力，专门在财富扎堆的朝阳区CBD运作地产项目。这个区域是以中国国际贸易中心建筑群为核心的一个商务区，高楼大厦和写字楼荟萃，也是北京最国际化的建筑景观区域。我知道，在这个地方成功运作房地产项目的，除了任志强、潘石屹这样的专业地产商人，就是一些资金与背景都特别深厚的地产商，一般人是很难在这个寸土寸金的地方折腾开来的。可是，这个宿作东，昔日的诗人和神经质，昔日的自闭症患者和遁世者，昔日的恋爱失败者，变成了如今的房地产弄潮儿，他竟然在北京的核心地区，折腾出一个商务建筑群的项目来，不能不说，我对他是刮目相看，也不能说我的内心没有震动。因为，我们谁都没有料到这小子可以成为这样的人，一个地产明星。至于他是怎么崛起的，有不少的传说。几年之后，一个做房地产业报道的记者朋友告诉我，一开始，他基本上是用空手套白狼的方法，做房屋中介代理，一举成名，然后被广州一家相当大的股份制地产公司的董事长看中，让他坐了直升机，担任了总裁助理，开始了他传奇般的经历。这些，在我们偶尔的见面聚会中，他从来都不和我说，总是在谈北京地产的情况，总是一种意气风发、气吞山河的架势。

我知道，地产界里的黑幕很多，到处都是政府里的某些人和地产商勾结在一起，通过土地搞黑幕交易的事情发生。可是，他搞不搞那些场外交易，搞不搞行贿受贿，我从来都不问他这些事情。有一天，他专门让司机来接我去吃饭。坐在他的宝马760宽阔的后座上，司机沿着东三环行驶，从三元桥开始一直到双井桥，一路向南，我看到的都是鳞次栉比的亮晶晶的玻璃幕墙大厦群，这都是这个镀金时代里的财富象征物。但是，我厌恶眼前的景色，因为，我在上海、深圳、香港、芝加哥、纽约，都见过这些劳什子，我一点也不喜欢，一个建筑师还把这些玻璃幕墙大厦称作“人工屎林”。

可是，宿作东喜欢，他历数一幢幢大楼的名字和高度，每座高楼都可以叫出名字，“这个，是财富中心大厦，那个，叫作银泰中心，有248米高，啊，那个正在焊接的钢筋水泥建筑，是国际贸易中心的3号楼，有330米高呢。你看，我的项目就是那个——”我顺着他的手指给我的方向，看到了一片透明的玻璃建筑，正在他刚才提到的那些建筑的中间，顽强地崛起着，生长着。那些建筑如同工业时代的一种很古怪的蘑菇，没有人性，却有着诱惑人的致幻力量。

我当然很佩服，我必须说，宿作东现在是这个城市的新弄潮儿。在北京，几年下来，他攻城略地，成功地运作了几个大型的房地产项目，实在是一个奇迹。而且，他还和我做了邻居。我住在一个低密度的社区里，他则在隔条马路、靠近温榆河的一个别墅区，买下来了一幢别墅，走路的话，离我的住所只有十分钟的路程。所以，我经常去他那里玩儿。不过，他还是一个人，三十出头了，一直不结婚。尽管他的身边总是有漂亮女人，使我眼花缭乱，可是，他似乎没有固定的女朋友。

“你也该结婚成家了。”我说。

“我们不谈这个话题，我们不谈感情，这个没有意思——”他说这话的时候已经是2003年了，在他的那个外表看上去像是一个滑稽的儿童乐园的别墅里，他对我说：“我忽然产生了一种厌倦感。”他目光炯炯地看了我一眼，但是，又转到了墙上的一幅画。那是一幅高更的作品《我们是谁？我们从哪里来？要到哪里去?》的复制品，据说，是深圳一个专门临摹世界名画的村子，大芬村的村民们临摹的。挂一幅临摹的世界名画实在是品位低下，我说他他也无所谓。“你看，最近我就在思考这个问题，那就是，我们是谁？我们从哪里来？要到哪里去？昨天，我在地铁里，看到了一个叫罗红的人，拍摄的很多非洲的照片，啊，那大片的红色火烈鸟在湖面上，大群的斑马在草原上奔驰，大象、老虎、狮子和鳄鱼，就在你的眼前跳跃。我想我应该改变生活方式，应该像罗红那样，去一边旅游，顺便搞搞摄影。”

“那你可以继续写诗啊，写诗现在已经是休闲阶层的事情了。”

“可我现在已经写不出诗来了。”他扔给我一本杂志，封面是另外一个地产商人黄石在攀登珠穆朗玛峰的照片，照片上，黄石在奋勇地沿着一条冰山的脊背攀缘。“你看，黄石已经都爬上了珠穆朗玛峰，虽然，你知道吗，要是没有那些天生擅长在雪山上奔走的夏尔巴人和藏族人做助手，他很难爬上去，可是，他毕竟是上去了，而且不光如此，他还攀爬了很多高山。”

“难道，黄石他不打理地产公司的生意了吗？就整天爬山？”我觉得还是有些怀疑。

“他有很多能干的公司同事和下属啊。再说，现在的通信手段，即使你在喜马拉雅山脉里，照样可以通过卫星电话指挥做生意啊。”

“我感到你最近情绪不太好，而且，似乎心事重重。”

“我萌生离开地产界的念头了。”他坚决地说。

随后，由于一位主管城市建设的政府官员的倒台，我就开始听到关于宿作东的一些传闻，传说他出钱利用女模特搞过性贿赂，搞定过一些政府官员；又传说，在拿地的时候他有很多不法行为；还有传说他在整个项目运作的过程中，除了自己应该得到的，他还贪污了不少。总之，不知道他在哪个环节得罪了哪些人，干了什么不该干的事情，他的处境开始不妙了起来。于是，某一天，他忽然就人间蒸发了。我给他打电话他也不接，我上门去敲他那幢像儿童乐园一样的别墅的门，那里从来都没有人。又过了两个月，我再去他家，发现房屋已经换了主人，他彻底地消失了，没有人知道他去了哪里，然后，就是在2006年的夏天，我在阿尔泰山的一面草坡上，遇到了他。

他让我在这里待上一个月，“现在，正是山上最好的时候。秋天了，一切都在收获，而且，再过半个月，我们就要从山上向山下转场了，而转场的过程是很有意思的，我希望你留下来，体验一下这种伟大的、也许总有一天要消失的游牧生活方式。你留下来吧。”

看着他热切的眼神，我想了一会儿，同意了。这天傍晚，我先到山下的旅馆，告诉我的同伴，我要在山里再待几天的决定，同伴觉得有些不能理解。“你要待在这里？再过一个月，就要大雪封山了呀。”

“不用管我，你们不用管我了，我要在这里待上一段时间。”

当天晚上，我就住到了山坡上艾多斯——月亮的朋友——我还是觉得他的这个名字有点古怪的陌生感——的帐篷里，就着煤油灯，和一种太阳能灯，和他彻夜地长谈。我很惊异地听他给我讲述他三年来在这里的生活。他隐名埋姓，来到了这里，给一些贫困地区捐款修建了几所学校，然后，要求成为一个当地牧民。他的要求被允许了。没有人知道他的底细，有人去打听，可他的保密工作做得特别好，直到现在，都没有人知道他是谁。

他说，他就想做一个彻头彻尾的牧羊人。三年前的那个秋天，在这座山那边靠近边境的一个地方，他扎下根来了。一开始，他买了20只母羊，在那年冬天，这些母羊都产下了羊羔。到了春天，他就拥有了自己的一小群羊。他和那些哈萨克族牧羊人一样，在春夏之交的时候，赶着羊群，沿着草地，一路让羊群吃草，慢慢地翻山越岭，向阿尔泰山脉深处进发，到达这里的水草丰美的夏牧场。一路上，风餐露宿，住在临时搭建的毡房里。他就这样一点点地学会了游牧生活的技能，包括给羊打防疫针，做药浴，防止口蹄疫等疫病的发生。而在这里放牧，虽然是在山间游走，也并不是可以随心所欲地到处乱放，按照各家各户达成的默契，每家每户在放牧的时候，都有自己的线路，在春牧场和夏牧场也有自己的大致领地，互相很少进入对方的牧场范围。到了秋天，在大雪封山前的一段时间，他又要赶着羊群下山，翻越一座座高山，逐步地降低海拔，一路上沿着传统的牧道走，最后还要经过一片荒漠和戈壁滩，最后到达冬牧场，也就是县城附近的一个定居点，在那里待上一个冬天，还要准备好过冬的牧草。

“你，这样生活，一直没有一个帮手？也没有老婆或者……女朋友？”我总是很关心他的私人生活。

尽管光线不那么强烈，他的眼睛仍旧显得很黑亮，也很亲切。他带着一种豁达的笑意，“哈哈，我还是一个人。习惯了，这样挺好的。我也不需要帮手，因为，毕竟，说实话，我又不用靠放羊来维持生活。在银行里，我还有点积蓄。但是，我很少动用。其实，就是那天我和你谈论高更的画的时候，我就产生了在这个世界上突然消失的念头。我当时的确遇到了一些麻烦，我的确游走在一些危险事情的边缘，我在一个网中间，我在某个利益的链条里面，于是，我先是感到了害怕，然后忽然觉得商场没有什么意思了，我要赶紧选择过另外的一种生活，而且，在商场上我已经得到了那种高峰体验，我满足了，不想再过那样的生活了——实际上再那么运作下去，我可能就要进监狱了。于是，我就到这里来了。”

他这么说，我立即联想起来今年展开的反商业贿赂和社保基金案件的查处，很多案件都牵涉到官员和地产商人。看来，他后来要是仍旧在做地产，我就只能在监狱里见他了。

我留了下来，和他住在一起。他的毡房驻扎在山坡下面的一片空地上，每天的清晨，我就和他一起骑马把羊群向一面山坡上赶去。而我骑的马，正好就是那天调皮地引领我见到了艾多斯的那匹马。马是黑色的，眼睛非常俊美漂亮，有着长长的挥洒自如的鬃毛。这是一匹三岁的公马，它的母亲，现在是艾多斯的坐骑。我很久没有骑马了，因此适应性训练了半天，我就会了。在山坡上骑马是需要技术的，我掌握得很好。而放牧似乎很简单，当羊群在一面开阔的山坡上像棋子一样地散开的时候，就不需要管它们了。

这个时候，我和他就一起坐在小山坡的一块石头上，看着远处的羊群，在自由地漫步，埋头吃草。太阳很快升起来了，阳光一瞬间就把一切，把天地之间的一切给点燃了，给大地涂抹上了一层耀眼的金黄色。人、树和石头都有了自己的影子，这影子在迅速地移动。我们坐在一起谈天说地，非常愉快。我和他聊起来过去的很多朋友和同学，岁月似乎已经漫漶了，他们都不怎么清晰了。不过，这样的感觉对于我也是久违的，我的身心逐渐地放松下来，那种在城市中养成的快节奏的紧张和焦虑感，没有了。

以后的一些天，白天里，我们就骑马在山林间游走，饿了，就啃一点馕，吃一点牛肉干，渴了，就喝一点他一个军用水壶里面的水，和一个皮囊里面的马奶子酒。困了，我们就随便地在山间的树荫下面打瞌睡，听那些哀叹秋天的虫子在草丛里使劲地鸣唱。我感觉时间发生了变化，像某种流体那样缓慢了下来。天地之间，总是有云，云在缓慢地移动，有时候甚至不移动，让我觉得很奇怪，可是有时候，云又游走得特别快，仿佛有什么在追赶着云彩，但是不怎么下雨。大自然带给了我一种全新的体验。

在这里有一种说法，在阿尔泰山上放的羊，羊肉非常好吃，因为这里自古就是黄金的产地，一些地方还埋生着山金，阿尔泰山就是金山的意思。因此，这里的羊有“走的是黄金道，喝的是矿泉水，吃的是中草药”的说法。的确，山泉是随处可见，而野生的贝母和其他各种中草药也很多，都是羊群爱吃的植物，这些走着黄金路、喝着矿泉水、吃着中草药的羊，自然也是膘肥体壮，羊肉也就很好吃了。每天，到了傍晚，需要把羊群赶下山了，我们只要将头羊往下山的道路上一赶，羊群就开始跟着头羊，往山下的驻扎地走去，非常听话。我们则骑马在羊群左右包抄，一直把羊群聚拢到一个由木桩和铁丝圈起来的简易羊圈里。在骑马快到毡房的时候，我骑的马差点摔倒了，因为它一脚踩到了一个草原田鼠的洞里了。山地草原被田鼠破坏得很厉害，不过幸亏我骑的这匹马非常的机灵，才没有马失前蹄。

艾多斯、月亮的朋友、宿作东，我都不知道应该怎么叫他比较好。我对他的新名字总是有些不适应，可是，他的确用了三年的时间，把自己变成了一个真正的牧人。比如，他和那些哈萨克族牧羊人一样，有着一个绝佳的本领，就是在自家的羊群经过眼前的时候，能够快速地数清楚自己的羊，不会有一点差错和遗漏。即使是别人家的羊混入到自家的羊群里面了，也可以马上看出来。到了晚上，我发现，草原上夜空的星星特别密集，因为大地很暗，相互之间距离很远的一户户毡房里面，只有门缝里才泄漏出一点光线。可以听见哈萨克族妇女炒菜的声音，也可以闻见飘散过来的炊烟味道。现在的哈萨克族牧人，也可以在毡房里看电视、听收音机和使用太阳能灯具和炊具了，生活的形态朝现代化变了很多。用柴火做饭，越来越少了。

晚上，我们在毡房里，就着太阳能灯光，我看他在阅读一些古代波斯诗人的诗集，我问他：“艾多斯，老宿，你还写诗吗？”

“写呀，怎么不写呢，你看——”他取出来一个小皮箱，皮箱的边都磨亮了，他打开来，从里面拿出来厚厚的一沓沓的纸，递给我，“这些都是我在山上的时候写下来的。”

我接过来，贪婪地阅读着，啊，真的是，都是一些非常美好的诗篇，这些诗篇，是一个人的心灵非常安静的时候才能写下来的，和他以往的风格，已经大为不同了。过去的那种紧张、焦虑和撕裂感，都不存在了，出现的是和现在的景色、和他的心境、和大地紧密联系的诗歌。我说：“给我带走一些吧，我认识一些刊物的编辑，让他们看看——”

他从我的手上把那些诗稿夺了回去，“不不，我不想发表。我现在写诗，不再是为了发表了。就是为了写而已。我们存在于天地之间，就已经是诗了。我不会再发表诗歌了。”

我也在那一刻理解了他。

时光迅速地流逝，很快就过去了很多天。在山区牧场，我真的有一种乐不思蜀的感觉，在山里，我的时间概念也发生了变化，一般以太阳、月亮、白天、黑夜的自然变化来安排自己的活动。现在正在转向秋天，山下来收羊的维吾尔族贩羊人也上山了，他们开着卡车，和哈萨克族牧羊人进行着交易。一些牧人会在转场的路途中，卖掉一些羊，换一些现钱。一车车羊就那样被拉下山了，被运到了石河子、乌鲁木齐这样的大城市，甚至空运到北京，成为人们盘中的美好食物。艾多斯也卖掉了几十只羊，得到了几万块钱的收入。“这点钱，几年前是不是你一顿饭的饭钱？”我问他。

他笑，“感觉完全不一样。感觉完全不一样。”

我还看到，一些大概是浙江人或者是江苏人构成的小商贩，一手拿着挡狗的棍子，一手提一个很大的袋子，来到哈萨克族人的毡房，给哈萨克族妇女和孩子们兜售衣服和各种生活用品。这个时候，狗吠声、孩子们兴奋的跑动声和妇女们展开的漂亮的衣衫，使得高山草甸上充满了欢乐，也使我很喜欢看到这样质朴的画面。不过，一直在我的脑海里盘旋的，使我感到有些疑惑的是：艾多斯，月亮的朋友，宿作东，他寻求这样一种生活方式，到底是为了什么？他又能够坚持多久？

很快，我就跟随他开始进行转场了。这是游牧民族最为重要的生活方式和生产方式之一。在下山的牧道上，我看到一家家、一户户的牧民，正在川流不息地，依次向山下的冬牧场转移。在艾多斯的指导下，我和他一起把毡房拆掉，把毯子、毡子都卷好，把所有的生活物品捆好，按照体积大小，放到马车上，然后出发了。我们要逐步地向海拔低的地方转移。从夏牧场转移到冬牧场，一般需要半个月甚至更长的时间，牧民们必须在大雪封山之前，将羊群赶下山。这个转场的过程是走走停停，需要羊群边走边吃草，要在冬天到来之前尽力地抓膘。我和艾多斯就那样从有着很多松树和云杉的山林里，逐步地过渡到了高山草甸上，后来，又来到了低地地区。不久，我就看见，在低地的边缘，横亘在我们面前的，是一片二百多公里的戈壁滩。过了这片戈壁滩，就是他要去的过冬之地。

按照计划，第二天，我就要和他分手了。我已经在这里停留了二十多天，秋天在加速地从爽朗的天空中俯冲下来，而且很快，冬天也要来了。可我必须了解到答案，那就是：他为什么愿意消失在另外的一种生活方式里？为什么他要改掉自己的名字，从而成为“月亮的朋友”？他什么时候才结束这样的生活，然后回到他过去的生活状态里？或者，这是他永远的选择，他不会再改变了？我们坐在夜空中全都是星星在闪烁的草地上，我的内心洋溢着一种奇特的感动，问他这些，然后，我听他告诉我的答案：“为什么我要叫月亮的朋友？因为，今天，你看，月亮几乎都看不见，可是在城市夜晚那耀眼的灯光的河流、甚至是海洋的辉映下，在城市里生活的人，能够看到这样美丽的、璀璨的星空吗？一定看不到。可以说，我也许就是愿意看到这样的星星，才来到了这里。三年来，我觉得我过得非常幸福，内心很安详甜美。除了星星，我还有那么多的自由，我并不像你想象的那样孤独，因为，我在这里有很多的朋友，哈萨克族的，还有大自然中的花草树木和岩石。比如，每年到山上，我都可以看见去年我就认识的树木，它们都用新的面貌，新的姿态欢迎我。我还认识很多块岩石，它们一直在和我说话，低语，这些是没有人知道的。年年的云彩都在天空飘浮，可是，你知道吗？很多都是我过去认识的云彩啊，它们很快乐地和我打招呼，然后继续飘移。那些去年已经衰朽的草，今年又开放了鲜花，这鲜花，就是去年那些草的儿女，仍旧有着我见识过它们的母亲的美丽面容。但是，我还不是一个返回大自然的那种自然主义者，我现在的生活，在你和你们看来，仍旧很艰苦，比如春夏秋冬，我都要为了我的羊群、牛和马忙碌，我要奔波在几百公里之间，我要注意天气的变化。假如遇到了雪灾，我一样要遭受巨大的损失，假如羊群得了口蹄疫，那么我也同样要承受牧民们承受的一切。我还要准备过冬的牧草，要准备很多。可是，我从一种生活变成了另外的一种生活形态，我接近了我内心需要的东西，那就是，我要成为月亮的朋友。我现在就已经是了。至于我什么时候想回到城市里，或者我一直待在这里，我都说不好。是的，也许还有爱情的因素，你知道吗？我大学追求的那个女孩子，她后来到了澳大利亚，在那里，她嫁给了一个牧场主。后来，那个牧场主死了，给她留下了很多的牛、羊和马，她现在成了一个牧人。我不能确切地说我还爱着她，但是，我想，我现在也是一个牧人，我们都在一样的月亮下面放牧，我因此体验到了一种深深的、类似呼吸一样的对她的想念。可这就够了。我不会也不想去打扰她，也不想被打扰——我不知道，现在，我说清楚了吗？”

此时，天已经亮了，我和他聊了整整一个晚上。我不能确定我是不是听明白了，但是，唯一的答案是，他现在是月亮的朋友——艾多斯，不再是而且永远都不是宿作东了。

天亮了，他要骑马赶着羊群穿越眼前那二百公里的荒凉戈壁滩，而我，则要沿着相反的方向，去飞机场赶飞机。我们郑重地握手告别，“可惜啊，你不能带走这匹黑马，它很喜欢你。不过，你再来了的话，它仍旧是你的坐骑。记住，不要向任何人提起我，一定要保密啊。因为，我现在，甚至永远都会是艾多斯——月亮的朋友，我也是你的朋友。”

然后，他翻身上马，继续着他的旅程，带着他的羊群和马匹。

我目送他离去，我默默地念着，艾多斯，月亮的朋友。我看着他逐渐地消失在眼前戈壁滩上浮动的蜃气中，消失在一片大地的空茫之中。也许，还消失在我被泪水迷蒙的眼睛中。

鲁迅的胡子

蒋一谈

开往北京的火车正穿越第三十六条隧洞。火车必须穿越长长短短六十七条隧洞，才能最终告别山区驶向平原。我熟悉这条铁路线上的隧洞就像熟悉自己的掌纹——最短的隧洞每节车厢三秒钟就能通过，最长的则需要在黑暗里穿行七分钟。

老式火车时代，窗户即使全部关闭，黑烟也会从窗缝里串进车厢，呛出旅客的咳嗽和眼泪；现在车厢里没有了黑烟，我却咳嗽起来，是不停地咳，连我自己都烦了，更别说其他旅客了。有一个年轻人对我的咳嗽充满好奇，他拎着两个大行李箱在前一站上了车，我侧身让路，还帮他腾挪空间，居然没得到他的任何谢意。他一定是个心高气傲的人，我讨厌这种人。

现在，我的余光告诉我，他正牢牢地盯着我看。火车穿越第三十七条隧洞的时候，他趁着黑暗走过来，走到我的正面，想仔细探究我哩。我是坐这条铁路线长大的，早已适应隧洞里的光线变化，故意咳嗽一声，想必口水一定喷到了他的脸上。我没听见他的抱怨，这让我多少有些愧疚，就赶忙低下了头。火车就要穿出隧洞了，光明是在一瞬间射进来的。我看见他急转身，摇晃着身体走回自己的座位。

一阵猛烈的咳嗽又想涌上喉咙，我快步走到车厢连接处，没有人在那儿，大声咳嗽吧，喉咙里的唾沫喷到车窗玻璃上，车窗外是家乡的山川田野。每隔几年，我都会发现山上的树林明显减少了许多，终有一日，山会变成秃头；河道在变窄，山里的村庄更显寂寥，再难看见大股大股的炊烟在林间盘旋。这没什么奇怪，年轻人去了城里，留在山村里的净是老弱病残和幼小的孩子，他们守在家乡，他们只能如此。想到这儿，我心里很不是滋味，我老家的小山村不也一样吗？我离开家乡，年迈的爹妈还住在那里，陪伴他俩的是家里的两头水牛，十几只鸡，还有那片柑橘林。

我再次咳嗽起来。离家前半天就有了咳嗽的症状，我拼命压抑，脑袋埋在枕头里咳，在厕所里咳，不想让爹妈担心——我爹要是知道了，一定会爬几十里的山路去小镇上为我拿药。喉咙里发出的声音怪怪的，似乎是人造革造的，是假的，没有了平日的润滑感。我试着喊自己的名字：“沈全……沈全……”粗糙沙哑，像鬼怪梦游的声音。我咽口唾沫，抹去嘴角的口水，无奈地摇摇头。

不想说话，可偏偏有人找我说话，还是那个自命不凡、心高气傲的年轻人。“您好……”他说，搓着手看我一眼，脸上挂着不自然的笑。我仅仅点了一下头。

“您是……”他继续问道。

“四川人。”我说，沙哑的声音让他很吃惊。

“嗓子不舒服？我有润喉片！”

“不用。谢谢。”

“您在哪站下车?”

“北京。”我懒懒地回答。

“我也是!”他很兴奋，急忙递给我一张名片。

“谢大海……带给您好运的星探……”我在心里默念。

“您是做什么的?”

“干保健的。”

“哪种保健?”

每次对陌生男人说出“干保健的”这四个字，男人通常会追问，“哪种保健?”我在心里冷笑，伸出两个大拇指，上下左右扭动着，“捏脚能治病。”

“足底保健！我最喜欢捏脚了!”

我不想再说话，掏出名片递给他一张。我转过脸，窗外的天色渐渐黑了。一阵沉默。眼前有一只走投无路的苍蝇，一次又一次狠命撞击玻璃窗寻找逃路。

“您……想演戏吗?”他碰了碰我的胳膊。

“什么?”我扭过头。

“您想做演员吗?”

“我是捏脚的。”我干咳一声说。

“捏脚的也能成为演员，”他提高声音说，“您有明星相！我一眼就看出来了!”

“我不喜欢开这种玩笑。”

“没开玩笑!”他的神情非常认真，“我们是星探公司，专门为剧组和导演寻找合适的演员，有个导演半年前委托我们寻找一位外形酷似鲁迅的演员，没想到……”

我摆摆手，阻止他继续说下去。我在这条铁路线上奔走多年，在火车上阅人无数，可以和遇见的陌生人瞎聊打发时间，却不会相信他们。“你说……我能成为演员？”我自嘲地摇晃脑袋，指着自己的鼻子说，“我要是能成为明星，这趟火车非翻了不可！”我清楚自己的长相，非常普通，扔在人群里根本找不到，但是我忽然想调侃一番。“请问……要是我能被包装成明星，得花多少钱？”我晃着腿，满眼戏谑地望着他。这一刻，火车恰巧闯进了一条隧洞——旅途中最长的那条隧洞。隧洞里的气浪隔着玻璃冲进耳鼓。我习惯性地闭上眼睛，每次进这条隧洞我都会陷入沉思，仿佛隧洞里藏着我永远挥不去的时空记忆。

从小学到中学，我是个沉默的人。我喜欢诗歌和小说，成为一个诗人或者小说家是那时候的最大理想。二十年前，我来到北京读大学，成为一名正规大学中文系的学生。我拼命读书，勤奋写作，梦想让四年的校园生活很快过去。为了能留在北京，我必须先在一所普通中学教五年的语文课——这是获取北京户口的必要条件，没有妥协的余地。周而复始的教学工作让文学梦逐渐离我远去。我落落寡欢，开始相信命运。刚工作那几年，每次坐上春节返乡的火车，我会从起点沉默到终点，只有吃方便面时才能发出点声响。

我现在的老婆是经同事介绍认识的。我们十年前结婚，儿子小虎今年八岁，读小学二年级。老婆是土生土长的北京人，父母在她读高中时先后去世，中专毕业后她成为一名地铁站里的管理员，维持乘客上下车的秩序，有几次差点被恐怖的拥挤人群挤下站台。每天下班后回到家，我老婆的耳朵里还留着地铁进站时的轰鸣，晚上睡觉经常做噩梦，身体常年晒不到太阳，生完小虎，只要一变天她就抱怨腰酸腿疼。不过最让她难忘的是这一幕：那一天午夜时分，她值最后一班，站台上人不多，她看见一个女人抱着一个女孩。她闲着没事，走过去和面带微笑的女人聊了一会儿天，女孩在睡觉，小小的脑袋靠在妈妈的肩膀上。地铁进站了，她突然打了个哈欠，睁大眼睛的时候，站台上的女人已经不见了——她低头看见脚边和裤腿上的血迹。如果再继续工作，她可能会得抑郁症。

我和老婆厌倦了各自的工作，下定决心双双辞职，掏出四万块钱——我们买房后剩下的所有积蓄，投资开办了这家足底保健店。老婆站前台招待客人，我带领几名技师为客人捏脚。这家店可是我们一家三口的饭碗，是我们在北京生活的全部支撑和未来希望。我学习能力很强，很快掌握了足部穴位和人体各器官的关系，还能充当其他技师的保健老师，很多客人打心眼里认定我是中医药大学毕业的呢。

我家的店不大，四十多平方米，有五间小按摩房。除去房租水电、技师工资和家庭日常花销，每个月我们家还能存三四千块钱。儿子健健康康地成长，我和老婆又有了自由，心里很满足。虽说有了点钱，可我心理上总有点小别扭——毕竟足底保健师的身份放不到台面上。两年之后，我的自卑感才稍显减退，不再觉得难为情，把职业说给别人听也不再脸红。我从内心里感谢这家小店，因为我发现自己已经忘记了沉默。

对了，我儿子上小学择校的大难事就是被我这双手捏碎的。老婆看中一所名校，校长的儿媳妇（她叫周宜，是一家健康杂志社的主任编辑，看样子刚过三十岁）恰巧是我店的客人，她患有严重的失眠症，我只给她捏了三次脚，她的失眠症状就缓解了不少，我儿子上学的难事就变简单了。我和老婆都很感激她。老婆说周宜小姐来店里按摩脚永远免费，只要我们夫妻俩还干这个生意。

周宜来店里几乎都是我亲自出马为她服务。她是个特别的女人，很享受我的按摩技法，喜欢微闭双眼，身体舒展地躺在沙发上。有一次她的脚趾无意中触碰到我的手腕，说脚心好痒啊。还有一次，她问我和老婆关系怎么样，我支支吾吾，岔开说孩子快九岁了。她没说话，淡淡笑了一声。说实话，周宜比我老婆漂亮，又是职业女性，举止装扮很有味道。老婆是工人出身，又是孩子他妈，已经是个没有风韵的小店老板娘。我承认我被周宜吸引，但不敢直视她的眼睛，我记得她左脚小脚趾下面长着一块红色雀斑。

没给我妈捏过脚是我现在最大的遗憾。这次回老家，除了给我爹过七十岁生日，也想顺便了结这个心愿，可是我妈死活不给机会，说什么都不让捏。妈，为啥？我是你儿子！怕啥？我妈说她的脚难看死了，整天山里走，水里泡，早成干疙瘩了。我爹皱着眉头说，儿子在北京有出息了，两三年才能回家一次，回来一趟不容易，让儿子表表孝心。我妈还是不同意。我没有办法，直看我爹。我爹忽然发起火来，说儿子想给你捏，你穿上袜子让儿子捏捏嘛！我妈低着头，灰白的头发遮住了大半张脸。她沉默了一会儿，刚掏出右脚，又反悔了。我妈操持家辛苦了一辈子，一定要享受享受捏脚的好处。我蹲下身，望着我妈，故意笑着说你穿上鞋我给你捏捏总行吧，就捏几下，只捏几下。我妈想了想，同意了，慢腾腾伸过来穿鞋的脚。我是捏脚老手，手指头像带着电，摸什么捏什么都非常灵敏，隔着鞋面我马上感觉到我妈的脚底有厚厚的茧子，脚面上也有厚厚的茧子，趾甲硬得像龟甲盖。我的手指头禁不住有点抽筋，眼泪开始在眼眶里积蓄，我假装打喷嚏，赶忙跑出了门，对着灰蒙蒙的天空大喊了好几声，才把眼泪憋回去。我妈一直低着头，说这辈子还没被人捏过脚呢，让儿子捏也不习惯。我爹在一旁抽着烟嘿嘿笑。我脸上挂着笑，心里像打翻了五味瓶。我爹倒挺痛快，主动伸出脚，说要享受享受儿子的孝心，可我爹的脚又让我终生难忘。我捏过几千双脚了，我爹的脚绝对是一双独一无二的脚：硬得像石头，硌疼了我的手掌和手指头，脚上的伤疤像长长的虫子，随时准备爬进对面人的衣袖和裤管里，十个脚指甲全是灰的，怎么治也不行了，灰到骨子里了，根本没治了……

天色彻底黑了，车厢里的灯光更显明亮。谢大海咳嗽了一声，打破了我们之间的沉默。他手里握着一本画册，非常认真地说："沈先生，这是我们公司的宣传册，我刚取来的，请相信我，确实有个导演想排一部鲁迅的话剧，我们帮她找了大半年了，快没信心了，没想到今天能遇见您！"我接过宣传册，看见封面上鲁迅的黑白肖像。他几乎央求道："您的相貌和鲁迅太像了，这个角色绝对适合您来扮演！请到我们公司试妆吧，就占用您一天的时间，付您一千块钱试妆费……行吗？"

谁不知道鲁迅？中学课本里收录的鲁迅文章，我差不多都会背。我的相貌和鲁迅很像？太搞笑了吧！我的脸长在我脑袋上，我自己会不知道？"哪儿……像？"我盯着鲁迅的肖像，转动脑袋，笑了，"我和鲁迅都是男人，这一点倒没问题！"

他抓住我的胳膊，把我拉进旁边的盥洗室，盯着镜子里的我说："旁观者清！"然后把鲁迅的肖像压在镜子上，一只手掀开我额前的头发，"对不起，我必须掀开您的头发！脸形都是四方脸！额头宽窄几乎一样！鼻子长短、鼻梁高度非常像！眼睛大小差不多！下巴一样！耳朵只比鲁迅的小一点，发质比鲁迅稍软一些，不过没太大影响，后期化装都能解决！"

我的思路几乎跟不上他的语速。

"您……留过胡子吗?"他盯着我的嘴唇。

"我最讨厌留胡子了!"我的右手不自在地抹了抹嘴唇和下巴,"我老婆也讨厌我留胡子,说太脏了。"我不习惯一个陌生男人盯着我的嘴唇看。

"您抽烟吗?"

"以前抽,后来戒了。"我走回火车连接处。

"把头发理短,再粘上鲁迅特有的胡子,手里拿根烟,简直太像了!"他陶醉在自己的话语里,把宣传册按在我手中,"沈先生,请到餐车共进晚餐吧!"我没有推辞,因为我想看看后面还会发生什么。

我和谢大海面对面坐下,随手把鲁迅的黑白肖像立在餐桌上,只需稍稍侧脸,就能看见他老人家不怒自威的眼神。"为鲁迅干一杯!"谢大海举起酒杯说。我喝了一大口,冰凉的啤酒让我的喉咙眼奇痒无比,逼迫我扭过头大声咳嗽,嘴里的啤酒变成一大股泡沫喷射到鲁迅脸上。湿漉漉的鲁迅的脸。谢大海抓来餐巾纸猛擦宣传册,不停地道歉:"鲁迅先生,对不起,沈先生不是故意的。他嗓子发炎了,对不起。"他的道歉让我哭笑不得,旁边的食客纷纷扭头看我们。"沈先生,您别笑我,干我们这一行谁都不能得罪,"他压低声音说,"没事了,我已经替你给鲁迅先生道歉了。"

我在心里念叨着"鲁迅"两个字。我知道,鲁迅现在只存在课本里、书架上,已经和我们的现实生活脱离了关系,当代中国已经不需要鲁迅,大家都在为各自的生存奔忙劳累,谁还有闲心关注这个男人?鲁迅或许真的已经死了,顶多只是一个记忆、一个幻影罢了。

谢大海的手指头敲打着桌子,期待我说出感受。我说这事可以考虑,但要和老婆商量一下。"我能为您做点什么?"他马上问道。我不置可否地望着鲁迅肖像,看着他迅速找来笔和纸,飞快地写出了下面的文字：

沈夫人：

您好！

我们是一家星探公司，您先生正是我们苦苦寻找的扮演鲁迅的特型演员。特别希望沈先生能到我们公司试妆，我们会付沈先生试妆费一千元人民币（只占用他一天的时间）。导演认可后，会和他本人签约并请他在话剧中扮演鲁迅，当然，沈先生的演出酬金由他和导演协商。

非常感谢您的协助！

谢大海　敬上

我们站在北京西站广场握手道别。出租车拐过一个弯道时，站在路边的谢大海还在不停地朝我招手。我没有回家，直接奔向了足底保健店。足底保健店更像我的家，儿子放学后到店里做作业，晚饭也在店里吃，不远处的那个家只是我们一家三口睡觉的窝。

我走到店门口，几个店员开始大声喊了："沈老师回来了！沈老师回来了！"为了体现足底保健的文化养生特性，我规定店员称呼我老师，不能称呼老板或经理，谁叫错一次就扣五块钱——我不是真想扣他们的钱，只是更喜欢被他们称呼为"老师"，我毕竟教过十年的语文课，内心总忘不了那段教学时光。老婆听见我的声音，一脸烦恼地跑出来，把我拉进小包房，抱怨道："怎么现在才回来？"

"不是说好一周嘛。"

"今天是第八天！"她敲打着桌上的台历。

"车票买不到，就晚回来一天。"

“你走这几天，咱家损失多少钱，你知道吗？回头客都是冲你来的，你不在他们都走了！一天少十个客人，少挣三百八十块钱！八天少挣多少？回家看你爹妈，路上一去一回，又要花多少？你算过吗？”说实话，老婆在单位上班的时候，对金钱还不怎么在意，开了这家店，变得特别爱算计。看我沉默不语，她一脚踢翻垫脚的板凳，跺着脚说：“这店要完蛋了！”然后黑着眼圈，叽叽喳喳讲给我听，讲到最后我倒在沙发上，手指头胡乱敲打着沙发扶手。“别敲了！你倒是说话啊！”她皱着眉头踢我的脚。

昨天街对面新开了一家足底保健店，面积有我家的五倍大，光技师就有二十几个，迎宾小姐一溜排在店门口迎接客人，“欢迎光临”的叫声从早到晚没停过。“我居然没看出他们在装修，伪装得真好，一开张就想把咱们给吃了！”老婆不停地叹气，手臂抖动着，“你快想想办法啊！”

“没这么严重。”我小声说。她显然被我激怒了，整个身体都在剧烈喘息。大鱼吃小鱼，小鱼找虾米，这是明摆着的。不过我早想好了，大不了把这店盘出去，再租个更小的店，哪怕只能放两个沙发都行，我有技术，挣口饭钱不难，在北京饿不死我们一家三口。这是我心里的想法，我刚想说出来，儿子的欢笑声突然穿门而入。“爸爸！带好吃的了吗？我想吃，我饿了！”儿子扑入我的怀里，我拿嘴巴上的胡子扎他的小脸蛋。“就你那几根软不啦唧的胡子还扎儿子呢！”老婆丢下一句话，摔门而出。儿子打开行李箱，翻出桃片，撕开包装，塞进嘴里好几片。

“儿子，想爸爸了吗？”我抚摸着他的头发。

“还行吧。”

“想，还是不想？”

“想……又不太想……”儿子说。

无论儿子说什么我都不会生气，我是他爸爸，他是我亲儿子，就这么简单。他还小，长大后就会明白，我现在所做的一切都是为了他。老婆带儿子回家后，我召集技师开会，一小股死气沉沉的气息在不大的店里弥漫着。

“沈老师，今天才有两位客人。”

“就一位，周宜小姐是免费的。”

“周小姐来了？”我插话。

“上午来的，还问您什么时候回来。”

“明天不知道会不会有客人……”

“对面那家店面太大了！”

“价格和咱家的一样！”

“沈老师，咱们降价吧！”

“你降别人也会降。”

“别急，别急，小店有小店的好处，”我说，送给每人一盒桃片，“这店有沈老师的独家按摩秘籍，他们偷不走，”我扫视大家，继续说，“有我吃的就有你们吃的，沈老师有信心！”我用力鼓掌，心里一点底都没有。几名技师跟着鼓掌，掌声噼里啪啦，稀稀落落，却也让小店里多了点生气。

深夜回到家，老婆和儿子已经入睡，十几张皱巴巴的人民币散乱在桌上，这是今天的足底保健营业收入。我足足发了五分钟的呆。生活中的困难不打招呼就来了，挡都挡不住。未雨绸缪，我做到了吗？没有。这几年，我的确沉浸在小富即安的满足感里。我掐自己一把，想推开卧室门，门被她从里面反锁了。只要她不高兴，客厅的沙发就是我的床，我是男人，不想和她多计较。我把谢大海写的字条放在桌上，不知道她天亮后看见会有什么反应。

窝在沙发里，倦意将我沉沉包围。我迷迷糊糊，看见一个既像我老婆又像周宜的女人蹲在我旁边，一只手举着鲁迅黑白肖像，一只手举着台灯，照着我的脸。“有点像，还真有点像。”女人说，上下左右打量我的脸，随后腾出一只手摸我的左脸和右脸，还摸我的额头、鼻子、耳朵和嘴唇，最后女人的手停在我的胡子上，轻轻摩挲着，说：“鲁迅的胡子是这样的吗？”我点点头。

“鲁迅的胡子又黑又硬，真吓人！”她笑着说。

“你喜欢软胡子，还是硬胡子？”

“我在想，这么硬，怪扎人的。”

“习惯就好了。”

“是，习惯就好了。”

女人俯下身亲我。我惊坐起身，屋里又黑又静。

本想睡个懒觉，可老婆的大嗓门惊醒了我：“试妆？演鲁迅？啥时候了，你还有这闲心！”我揉揉眼，走进卫生间，她跟上来继续说：“你得天天盯在店里，把这几天的损失补回来，咱家可赔不起。我去店里了，你也快一点！”听见她的关门声，我长长地喘了一口气。

早晨的阳光已经开始火辣辣了。我来到足底保健店，看见周宜正和我老婆有说有笑。“沈全，快来！昨天周小姐也来了一趟。”

“欢迎。”我笑着说。

“昨天路过这儿，你们家对面也开了一家啊。”周宜指指外面。

“周小姐，你去过那家店？”老婆的语气是胆怯的。

“怎么可能，你先生的足底按摩水平可是一流的！”

老婆开心地笑了，领着周宜进了包间。服务生忙着端木桶、放药水，老婆咯咯笑着跑出来对我说：“周小姐说要在杂志上给咱们店做宣传，免费的，还说要采访你哩。你可给周小姐服务好了。”我点点头，昨晚的浅梦让我有异样的感觉。我低头走进包间，不好意思看她。周宜小声说：“有公司想请你去演戏？”我淡淡一笑，手举温热的毛巾裹住她的双脚。她的脚很好看，脚趾和脚面上没有皱纹，脚底很软，有细腻的肉感。

“你老婆说，你不干正经事，想去演戏。”周宜坐直身子，凑近我的脸——这个距离已经超出一般朋友可以接受的限度，“认识这么久，真没看出来，你还真有点像鲁迅啊。说不定是个机会，去试试吧。”我没有躲避她的眼神，屏住呼吸，静静地看着她的眼睛，当然我的余光已经扫视完她的整个脸庞。

“不想和她生气。”我说的是心里话。

“你想去吗？”

我垂下眼帘。在小店里憋了几年，真想出去透透气；再说了，我很喜欢鲁迅，教书十年，鲁迅的文章、思想和形象早已深深印刻在我的记忆里，除了鲁迅，没有第二个现代文学家和思想家让我如此敬佩。“想去试试。”我说。周宜停了一会儿，说：“沈全，我觉得你行。真的。”我咽口唾沫，开始按摩周宜的右脚。不知为何，我的手指下意识地加重了力道，似乎想把储存在身体里的按摩技法全都揉进她的肌肤里面。“疼……”她吸了一口气说，声音里没有半点埋怨。我减弱手劲，看见她睁着眼望着天花板。“鲁迅四十岁的时候还写出了《阿Q正传》，”她说，“男人四十岁不晚，应该出去试一试……”我今年四十岁，不过此刻，我觉得她似乎在说她的丈夫。“我丈夫在外面有了女人……好几年了……没什么……”她闭上眼睛。我按摩的节奏顿时紊乱了。

周宜走后，我第一次感觉到魂不守舍。结婚这么多年，除了老婆，我还没碰过其他女人——当然不是指给女人按摩脚。黄昏来临，无事可干的技师们站在门口，眼睛齐刷刷地望向对面新开的足底保健店。我没有责怪他们，一个人躺在屋里胡思乱想。从现在到深夜，本应是小店生意最好的时候，我盼望着有客人进来，即使为他们免费服务我都乐意。

夜幕降临，街灯大亮的时候，我家的小店更显寒酸。新开的那家店被闪烁的霓虹灯包围，硕大的广告招牌闪闪发光，映衬着上面的宣传语：千里之行始于足下！迎宾小姐身着紧身旗袍，笑容可掬，我也忍不住趴在窗户上看，内心有嫉妒和羡慕，我甚至一度幻想我是这家店的老板。白日梦醒了，大脑由热变冷。老婆不知什么时候站在了我身后，一边叹气一边踢着木桶。我突然听见技师们在喊：“欢迎！欢迎！”一男一女两位年轻的客人走了进来。

“沈老师在吗？”年轻的女孩走上前说，“我们周主任让我们采访他。”

老婆脸上绽开笑容，使劲拉我的衣袖。我含笑点头，手掌在外罩上磨蹭，想伸出手表示欢迎，又怕对方忌讳。女孩没有丝毫犹豫，握住我的手说：“沈老师，您好！周主任说，要为您好好拍几张照片，她说您和鲁迅很像……”她停住话头，眨眨眼睛，一脸惊奇，捅了捅挂照相机的同伴，“是像！真像！”同伴也点点头，急忙摆好灯光支架。

“周宜，谢谢……”我在心里默默说道。女孩把笔记本上面的拍照要求递给我看：正面一张，侧面一张，双手一张，按摩时工作照一张。老婆侧过脑袋看见了，问道：“我们两口子要拍合影吗？”

女孩略显尴尬地一笑，说这次不用拍的，老婆似乎有些失望。“要赶这一期杂志，”女孩说，“沈老师什么时候去试妆？”老婆皱起眉头，看看女孩又看看我。女孩对我老婆说：“沈老师像鲁迅的报道发出来后，您这家店就出名了，客人一定会络绎不绝的。”

“真的？”老婆瞪大了眼睛。

没有客人进来，拍工作照时我只好按摩老婆的脚。以前没觉得她的脚有多难看，今晚我却有点反胃。她的两个大脚趾往外长，上面还竖着几根褐色的毛，我用手遮盖，在镜头面前随便比画了几下。送走客人返回店里，我听见老婆在和谢大海通电话。两人虽未谋面，但“鲁迅”字眼让两个人很熟络。我听见话筒里谢大海激动的声音：“明天上午！就明天上午！”老婆大声说：“好！好！”她兴奋地挂了电话，忽然变了表情，慢慢走到我身边，双手用力按住我的脸颊，一字一句地说：“你成名了……会不会抛弃我们娘俩？”

“瞎说什么！”

“敢！我就阉了你！”

第二天上午，我如约来到谢大海名片上的公司，谢大海兴奋地领着我走进化妆间。“鲁迅！鲁迅！我找到鲁迅啦！”化装师听见他的喊叫回头看我，咂巴着舌头说：“你和鲁迅有啥关系？底子真不错！”谢大海推我坐在化妆椅上，哈哈大笑，一脸得意。

第一步：洗头。剪短我的头发，吹半干，喷上发胶。

第二步：洗脸。抹粉，轻轻为我擦拭。

第三步：为脸部化装。次序：额头、眼睛、眉毛、鼻子、嘴唇。

第四步：为我的耳朵粘上一个肉色的橡胶，轻捏定型。

第五步：在我的嘴唇上面抹上胶水，粘上一片厚厚的黑胡子。

鲁迅的胡子。我想伸手摸摸，化装师按住了我的手。

以上是大致步骤，其间反复了几回，比如喷发胶，刚开始喷一次，化装完毕又喷了好几次。“发质还是太软……只能用强力定型的……只能如此!”化装师边摇头边自言自语。我一抬眼，在镜子里看见谢大海瞪大的眼睛和张大的嘴巴，我也看见自己的眼睛越瞪越大。

真是一个活脱脱的鲁迅！和照片上的鲁迅像极了，我之前的面孔不见了，消失了！化装真神奇啊，我动了动嘴巴。“胡子刚粘上，别乱动!”化装师大声提醒我。

嘴唇上的胡子。浓密的八字胡，或者一字胡。看上去又硬又黑。不太习惯。嘴唇不敢乱动。感觉门牙痒痒的。现在，我脖子下面的蓝格子T恤衫太不搭调了。

“长衫！鲁迅的长衫!”谢大海叫道。

深灰色的长衫穿在身，我不由自主转了一大圈，长衫下摆随之飘动起来。“沈先生，成了!”谢大海拍着手说。化装师歪着脑袋看我，说：“您上辈子和鲁迅有亲戚关系吗?”他的话问住了我，不过在一瞬间，我还真觉得自己上辈子和鲁迅有啥关系。“香烟，香烟呢？鲁迅喜欢抽烟!”谢大海四处寻找，化装师掏出一根烟，点着后夹在我的手指间。我把烟放在嘴边，触碰着胡子，吸一口吐出来，吸一口吐出来，感觉嘴唇上的胡子像一团无味的墨汁。谢大海手扶我的肩膀，说：“真他妈像！导演肯定满意！等我的信儿吧!”他把我拉进旁边的摄影棚，让摄影师围着我前后左右拍了几十张照片。

“OK!”他打着响指说。

“还要见导演吗?”

“等我的电话!”谢大海塞给我一千块钱，“先让导演看你的照片，您去卸装吧。”

可我突然想带着装、穿着这件长衫回家。谢大海思索了几秒钟，笑着说："沈先生啊沈先生，您入戏真快啊！"他扭头招呼化装师拿来一包卸妆水。

外面骄阳似火，热气在半空飘浮，远处的建筑物似乎也被烤软变形了。站在街边，我想全北京只有我这一个穿长衫的男人。只走了几十步，前胸后背已有汗迹，我大可不必这样做，可我就想这样做，心甘情愿这样做，即使路人瞪大眼睛看我，以为我是神经病，我也无所谓。

平平淡淡生活了几十年，我真的想体验另一种人生经历，哪怕我做给自己看。我沈全居然像鲁迅？我这辈子居然像鲁迅？沈全，你就当回鲁迅吧！哈哈，大夏天穿长衫的沈全，不，是穿长衫的鲁迅！傻不傻？不傻，我一点都不傻。我一定要过这把瘾！扮演鲁迅的这把瘾！

一个流浪汉跑过来，迟疑了好一会儿伸出手来要钱。我撩起长衫，从裤兜里掏钱，却感觉自己的动作稍快了些。我放下长衫，重新慢慢撩起来，掏出一张小面额的纸币，又觉得味道不对，就又摸出两个钢镚递给他。流浪汉不看手里的钱，瞪大眼睛，上上下下打量着我。"看清了，钢镚不是袁大头，是人民币！"我对他说，快走几步进了地下通道。

来了一辆出租车，我拉开车门，慢慢托起长衫，弯腰钻进汽车后座。司机一个劲儿在后视镜里瞄我。"你好眼熟……"司机眯着眼说，"你是演员吧？"我笑笑，心里甜滋滋的。"先生，你和一个人很像！"他继续说，"像，像……"司机敲着脑门，敲了两个红绿灯也没想出来。我像鲁迅，真是个文盲，我在心里说。接下来一路沉默。车到足底保健店，司机还是没想起来我到底像谁。

“师傅，想出来了吗?”我打趣道。

“瞧我这脑子，在嘴边就是想不起来。”

“鲁迅!”我大声说，“我像鲁迅!”

“不是鲁迅！不是鲁迅!”他拨浪鼓似的摇头，让我很吃惊，“是濮……濮存昕！濮存昕！他也演过鲁迅，你们俩可真像!”说完他一转方向盘走了，留下我尴尬地站着。我马上给谢大海打电话，他告诉我说濮存昕扮演过鲁迅，演的是故事片，是正剧，最后他提醒我：“扮演鲁迅，您的外形条件绝对胜过濮存昕!”

刚挂电话，我的手机又响了，是周宜打来的。

“周小姐，谢谢。”我首先致谢。

“叫我周宜。”

“好，好，谢谢。”

“试妆怎么样?”

“还行，感觉还行。”

“我让摄影师马上赶过去给你拍照。”

“好的。”

挂了电话，我长长地喘了一口气，望着街对面那家足底保健店，忽然心花怒放起来。我憋着兴奋的呼吸跑进小店，小店里静悄悄的，没看见技师，儿子正在工作台后面做作业，他无意中探出脑袋看见了我，大呼小叫起来：“妈妈！妈妈！妈妈!”老婆跑出来，先是尖叫一声，看见我手里甩动的人民币，马上明白过来，猛捶我的胳臂，扯着嗓子喊：“儿子，别怕！是你爸爸!”儿子站起身，怯怯地望着我。

“儿子，是我!”我大笑着抱起他，在屋里转了几圈，用胡子蹭他的小脸，“儿子，看看爸爸像谁？”儿子推开我的嘴巴，摇摇头。技师们从屋里跑出来看我，个个瞪大了眼睛。

“沈老师，是您吗？”

“沈老师，咋回事？”

“沈老师，您是不是不想干足底了？”

“谁说我不干足底了！我抽空演演戏而已！”我放下儿子，从抽屉里取出宣传册，“儿子，你爸像不像这个爷爷？”儿子只看一眼，什么也没说，兀自埋头做作业。

“儿子，像吗？”我继续问道。

“这老头是谁啊！”儿子不耐烦地说。

“鲁迅！”我弯下腰说。

“谁是鲁迅？干吗的？”儿子说。

“老师没给你们讲过？”

儿子摇摇头，专注地研究起我嘴唇上的胡子来，突然伸出手扯胡子，扯得我嘴角掀起来，有钻心的疼痛感。“别动爸爸的胡子，没有了胡子，爸爸就成不了明星了。”我推开他的小手。站在一旁的技师们笑起来，几个人边翻宣传册边对话。

“谁是鲁迅？”

“他是干吗的？”

“你们真不知道鲁迅？”我非常吃惊。

“知道。”

“好像是写字的吧。”

“是作家，还是斗士。”

“鲁迅是民国作家，和他弟弟闹崩了，关系很僵。”

总算有人知道鲁迅。我喘口气，说：“今天有客人来吗？”

“没有！”他们异口同声地回答。

“很快就会有客人了。”我说。

老婆拉我进屋，我把一千块钱甩在桌上，说：“感觉还行，让我等通知。”

“我这左眼皮一上午都在跳。”

“左眼跳财，右眼跳灾。”儿子探进小脑袋说。

“你打扮成这个样子真难看！”老婆说。

“难看吗？我觉得挺好看的，挺酷的，在街上走好多人看我呢！”我瞥她一眼，走进卫生间，站在镜子前端详我这身装扮。长这么大，还是头一次穿长衫。长衫的味道，几十年前知识分子的装扮，可是上厕所真不方便，应该和女人穿旗袍上厕所的感觉一样吧。试一试？我撩起后面的长衫，扯到前面，脱下裤子，慢慢蹲下去。真不习惯。抱着一堆衣服上厕所，哈哈，真有意思，鲁迅也是这样上厕所的。走出洗手间，我抬眼看见了昨晚的摄影师，他竖起大拇指，把我拉到店门外面，固定好位置，举起了手里的照相机。

我喜欢这身装扮，晚上睡觉也不想卸装。老婆指指客厅的沙发，说：“我可不想和长胡子的男人睡一张床。”

“卸了装感觉就没了。”

“我会做噩梦。”

“好吧，我把胡子摘了。”

“瞧你的头发又硬又直，耳朵也变形了，屋里有胶水味！”

我不再理论，在沙发上躺下。儿子走过来，轻轻抚摸我的胡子，咏咏笑了两声。

“爸爸，你的胡子怎么变硬了？你会成明星吗？”

我抓过他的小手，贴在胸口上，闭着眼说道：“会的……会的……”

好像到了后半夜吧，我起身走进卫生间，把脸上的装卸了下来。我把胡子和耳朵上的塑胶仔细包好，放在角落里。

可是接下来发生的事情比想象中的糟透了。其一，我一直没等来谢大海的电话，打过去询问，他说还要再等几天；其二，我店里的五个技师，三个不辞而别，一个生病，一个按摩技法刚刚入门；老婆更是急火攻心，嘴上烧起了两个大水泡。

一天净赔两百块钱。我决定降价，在店门口贴出告示：足底按摩，每位二十八元。墙上的胶水还未干透，老婆皱着眉头说：“对面的店昨天就提价了！告示牌在门口立着呢！每位五十八元！整整提了二十块钱！”对方根本没把我们放在眼里。这滋味真不好受！老婆在一旁落泪，说还不如把小店关了，找个单位凑合着上班去，刚说完就抽自己一嘴巴子，“哪个单位会要四十岁的女人！唉……”

我默默走出门，来到小商店买了一包烟，连续猛抽几大口，忍不住给谢大海打电话。电话通了，可就是没人接，我给他发短信：谢大海，请回电话。两个小时过后，等来他的短信：事情有变化，不好意思。我在开会，回头给您电话。事情明摆着，导演对我的试妆不满意，谢大海这样回复只是出于礼貌而已。

又过了两天，周宜本人亲自送来了杂志。我有生以来第一次在杂志上看见自己的照片，还真不好意思。鲁迅的扮相让我忍不住问自己——是我吗？真的是我吗？

“这扮相肯定没问题！”周宜说。

“不一定，不一定。”我摆了摆手。

“谢谢周小姐，”老婆说，“让沈全给你做足底吧。”

“让其他技师做吧，沈先生马上成名人了。”

“啥名人，快进屋吧。”我说。

周宜进屋落座，沮丧感一下子笼罩住了我。

“从今往后，我来做足底你一定要收钱。”周宜突然说道。

“那怎么行！”我非常惊讶。

“不收钱我就不来了。”

“别开玩笑。”

“没开玩笑，刚才你老婆说现在一天赔两百块钱。”

“别往心里去，她就是说说。”

“你想让我多来，就一定要收我的钱……”她静静地看着我。

我无奈地摇了摇头。

“怎么了？”她轻声问道。

我掏出手机，让她看谢大海的短信。

一阵沉默。我觉得有点对不住周宜。

“不演鲁迅……你就不是鲁迅了吗？”

我没懂她的话，迷惑地看着她。

“你就是鲁迅。”

“我不知道你在说什么。”

“模仿秀！”

“模仿秀？”

“还没明白？”

我皱起眉头。

“鲁迅先生站在足底保健店门口，欢迎客人，为客人服务。”她侧着脑袋，直视着我的眼睛，“想明白了吗？”

我眨眨眼，在这一刻，我忽然想明白了——我的小店有救了。我完全可以以鲁迅这身扮相站在足底保健店门口，招呼大家到我们这家店享受足底保健服务。鲁迅在此，长相酷似鲁迅的足底保健店老板沈全在此！你希望得到名人服务吗？来吧！沈全扮成的鲁迅先生会带领技师们为大家提供足底保健服务，服务绝对一流！对了，想让鲁迅先生亲自为你服务必须提前预约，因为现在的沈全已不是过去的沈全，现在的沈全就是惟妙惟肖的、活着的鲁迅！全世界独此一家的足底保健店诞生了，说不定我能开连锁店哩。一定能开！一定！我沉浸在幻觉中，真想扑上去拥抱周宜，可我没有这个胆量，我隐约听见周宜的自言自语："鲁迅……足底……按摩……技法……"

"是的，鲁迅足底按摩技法！"我手心里全是汗。

"沈全，你想去我家坐坐吗？"

我沉默不语，身体僵硬起来。

"家里就我一个人。"

"我……"

周宜的手指滑到我的胳膊上，我躲开了。周宜整理一下衣服，眼睛看着手机，大声说："刘阿姨，你好，我在外面，很快就回去了。"她在假装和人通电话。她站起身，走过我的身边，走到外面，我听见她和我老婆的对话。

"结账。"

"周小姐，哪能收您的钱。"

"我们杂志社能报销。"

"你们福利真好，开发票吗？"

"开一张吧。"

"多开点？"

"不用，就开二十八元吧。"

我感觉脸颊和脖颈一阵阵发热。

周宜是在真心实意帮我，不仅给我思路，还让摄影师把我的扮装照冲洗出来挂在店门口，可我拿什么感谢她？那天傍晚，站在店门口的巨幅照片前，我内心有伤感，也有纠结。照片上的人是我自己，为了生活，我需要装扮成一个我非常尊敬的男人，这是冥冥之中的命运安排吗？

但不知怎的，在一瞬间，我宁愿相信照片上的人就是鲁迅先生本人，他来到当代中国，注视着满脸焦虑的中国人，注视着车水马龙和钢铁水泥大厦，注视着散发暴戾的空气。鲁迅先生一定会非常吃惊，哦不，或许一点也不觉得意外——他太了解中国历史和中国人了。即使鲁迅先生来了，又能帮上什么忙呢？他顶多是个大名鼎鼎的公共知识分子，或者是个死不悔改的中老年愤青，或许他只想沉默不语，一句话也不想说，或许他的笔早已钝了，胡子也已经花白了，谁知道呢？

是的，谁知道呢？我叹口气，闭上眼睛。鲁迅先生，请允许我装扮一下您吧，如果这一招管用，我一天给您老人家磕三个头。我握紧拳头，自言自语，盼望着明天赶快到来。

我慢腾腾走回家，屋里黑灯瞎火。我不想开灯，在沙发上躺下。今晚就在沙发上过一夜吧。一夜无梦。天蒙蒙亮了，我走进卫生间，发现洗漱台面上堆满了化装用品——发胶瓶、定型液、胡子、修补耳朵的塑胶、眉笔和粉饼——这是老婆为我准备的。今天早晨的化装是一个仪式，一个抓住新希望的仪式，这种感受让我的眼睛有点湿润，我尽力把眼泪压回去。头发、眉毛、耳朵……我在镜子里看见老婆和儿子站在门口，静静地望着我。我们谁都没有说话。

老婆陪儿子吃完早餐，送他去了学校。我没有胃口，穿上长衫直奔足底保健店。

小店还未开门，巨幅照片前已围拢了十几个晨练的人。

“本店老板兼首席技师沈全先生即将扮演鲁迅一角，他是当今最像鲁迅的特型演员。”

“沈全先生带领全体员工为您提供最佳的足底保健服务，保证服务一流。”

“瞧这广告，真够绝的！”

“足底保健每位二十八元。”

“真不贵，回头试试。”

“对面那家要五十八元呢。”

“您就是沈全先生？”有人认出了我。

“您和鲁迅真像！”

我被大家围住了。

“您演的是啥戏？什么时候播？”

“电影，还是电视剧？”

“鲁迅的电影肯定赔钱。”

“瞧鲁迅这胡子。”

“一般男人真长不出这种胡子。”

我双手抱拳，一字一句地说：“经常按摩脚，从此不怕老！欢迎光临本店！”

“是您本人为我们服务吗？”

“是！”我说。

“那我今天就试试！”

“我也试试！”

“鲁迅先生为我按摩按摩脚，有点意思。”

“哈哈，鲁迅先生！”

“鲁迅先生，哈哈！”

我手不停歇，一上午按摩了六双脚，门外还有十几位排队的客人，仅剩的两名技师干巴巴站在外面，有劲使不上，没有一个客人愿意让他们服务。这一点不奇怪，他们就是冲着“鲁迅”招牌来的。长衫的前胸后背早已湿透，长衫是不能脱的，脱了长衫，鲁迅的味道就会大打折扣。额头上的汗珠流进眼睛，我用手背擦拭几次，不小心蹭歪了胡子。

“鲁迅先生，你的胡子歪了，哈哈……”

我赶紧扶正，尴尬地笑笑。

“左边再低一点，哎……这回胡子正了！”

我再次笑着扶正。

“鲁迅先生给我按摩脚，想不到啊！”

“鲁迅先生握笔的手啊！”

“我得把这事儿记一下啊！”

个别客人的语气里多了戏谑的色彩，我不能正面反驳，只能用手劲报复。“疼死了，疼死了……”我往死里按他的膀胱反应区，就是铁人也会被我按哭的。

午餐顾不上吃了。又按了五双脚。两个技师高兴得合不拢嘴。“十一双脚了！收入三百零八块钱了！到晚上，还能再按摩十几双脚哩。”老婆盘算着，屋里屋外飘荡着她的笑声。我在心里不停地念叨：“鲁迅先生，谢谢您！”

屋外突然响起嘈杂的声音。两个技师一前一后跑进来，对我说：“沈老师，市场纠察队的来了！一男一女，挺凶的！”我赶紧迎出去，满脸堆笑，毕恭毕敬。

“鲁迅？”男的斜着眼看我。

我点点头。

“你就是沈全？”女的接着问。

我又点点头。男的围着我转了一圈，说：“你这干足底的成演员了，真看不出啊！”

“过奖，过奖。”我脸上的笑很僵硬。

“拍什么戏啊？”女的问道。

“话剧，鲁迅的话剧。”

“公演了吗？”男的说。

“还没开始排。”

“什么时间排？”男的继续追问。

“不知道。”

“你演过戏吗？”女的又问。

“没有。”

“没演过戏就敢说大话啊，”男的坐下来，晃起了腿，“‘最像鲁迅的特型演员’……广告法明文禁止用‘最’这个字眼，知道嘛！”

“我马上改！”

老婆紧靠着我，身体抖个不停。

“鲁迅不是一般的名人！”

“你不能打鲁迅的旗号开店！”

“我的长相有点像鲁迅……”我搓着手说。

“别自恋！你是化了装之后才像鲁迅！”女的提高声音说。

“你把胡子摘下来试试？”男的站起身，一只手臂快速伸向我的嘴边，我急忙躲闪，胡子居然掉下来，在空中打了几个转，滚落在地上。我兀自站在那儿，感觉一股热气从腹部升起，但我尽力压抑着，慢慢俯下身，拾起胡子，拍拍上面的灰尘。男的嘎嘎嘎地大笑，高声说：“还像吗？还像吗？哈哈……哈哈……”

“你叫人把店门口的照片扯下来，不能挂！”女的说。

围观者也在七嘴八舌地议论。

“现在不是挺流行山寨版嘛。”

“就是！山寨版‘鲁迅’，挺好的！”

“这算违法吗？”

我紧握胡子，平复着情绪，说：“拍完戏……我能挂吗？”

两人怔住了，对望了一眼，女的说：“你要是真成了大明星，兴许能挂。”我不再说话，径自走出屋，女的紧跟出来，说：“鲁迅是名人，是大名人！你不能把鲁迅和足底保健扯在一起！赶快把照片揭下来吧！”随后两人迈着有力的步伐并肩走了。

所有的人都盯着我看。空气似乎凝固了。两个技师哭丧着脸蹲坐在那儿。

“愣着干吗！还不赶快把照片揭下来！”我冲他们叫喊。

围观者为我出谋划策。

“来人你就揭，人走你就挂。”

“照片贴屋里也行。”

“其实就你这身打扮就够了，别的都不用。”

“越看越觉得你像鲁迅。”

“真开了眼了！”

“看看胡子还能粘上吗？”

“谢谢，谢谢。”

我粘上胡子，抱拳致谢，心里乱成了一锅粥。我想到谢大海。

谢大海对我的到来没有表现出吃惊，反倒显得很不自在。他扶着我的肩膀来到楼梯拐角，“沈先生，这事儿黄了，”他懊恼地说，“不是您的原因，当然也不是因为我们，委托我们公司寻找演员的那个导演违约了！”我不明白其中的原因，怔怔地望着他。“这个导演交不起剩下的委托金了，”他说，“她只交了两千块钱定金，还差我们不少钱。”

“导演对我的扮相满意吗？”

“她看了您的照片，很满意，可是她必须交齐委托金余额，我们才能让你们见面，这是行规。”

我木然地点点头。

“沈先生，以后有鲁迅的戏我们会推荐您去，好吗？”他按亮了墙上的电梯按钮。

“差你们公司多少钱？”我脱口而出。

“她没有这个经济实力。我们前几天才知道她还在读书，今年才毕业，她想先见您，想给我们公司打个欠条，保证半年内把委托金补齐。我尽量替她说情，可是我们老板不同意。”

“差你们多少钱？”我提高了声调。

“八千。”

“必须把钱交齐，你们才会让导演和我见面，是吗？”我心里有一股莫名的愤怒。

“这是行规，跟她的合同也是这样约定的。”

“行规。”我似乎在自言自语。电梯门打开，又慢慢关上。我默默点点头，说：“我想见见这位导演。”

“这恐怕不合适。”

“我替她把钱补齐，”我盯着谢大海，“我把钱补齐还不行吗？”我的声音在楼道里回荡着。

“沈先生，我劝您冷静一点，即使替她交钱，这个导演也没有经济实力排话剧，她把问题想简单了，您犯不上这样做。”

“我想这样做。”我长舒一口气。

“从业这么多年，您是我见过的最怪的人。”

对谢大海的评价我不置可否。我听见自己说了这么一句话：“我这辈子还是头一次对一件事情如此着迷！”

我没把这事说给老婆听，这八千块钱是我从周宜那儿借来的（我从不存私房钱，现在有些后悔）。我又欠周宜一个人情。我把钱递给谢大海，他把收据和一张便笺拍在我手里，说：“这是导演的电话，您直接跟她联系吧。”

“苏洱。”我默念着字条上的名字。

“要是知道她还在读书，我不会接这个委托单。”

“她是学生？”

“后悔了？后悔还来得及，我可以把钱退你。”

“不，不，谢谢。”

我一个人走出门，定了定神，想给苏洱打电话，刚按下电话号码，我又挂断了。我反复揣摩着开场白，思忖着苏洱的反应。天色阴沉下来，刮了风，天上的云一半黑一半灰，要下雨了。我走进一家茶馆，在角落坐下，决定给苏洱发短信：苏洱导演，您好。不知您是否满意我的鲁迅扮相，我叫沈全。我曾经是中学语文老师，很喜欢鲁迅的作品，我想您对鲁迅一定也有自己的理解，要不然您也不会有排鲁迅话剧的念头。我想见见您，很想知道您的导演思路，如果我能参加鲁迅话剧的演出，那将是我的意外惊喜和收获。

按下发送键，我长长地喘了一口气。硕大的雨滴砸在玻璃上，发出的声响盖过茶馆里的音乐。我看着茶单，一杯茶的价格比我家的足底按摩费还贵两块钱。我的手机振动了一下，屏幕上显示出一行字：我是苏洱，我想见您。

您定时间和地点吧。我马上回复，手指有点发抖。

现在。在后海茶家傅茶馆吧。

好的。

沈先生，您最好能带着妆来。谢谢。

好的。我两个小时后到。

到了后海才体会到前海真是一片浮躁之海。此刻，雨滴渐小，后海一片安静，一排排杨柳枝在湿乎乎地飘动，水面上浮游着一大群野鸭子，鸭爸爸鸭妈妈带领着孩子们嘎嘎嘎地叫着往前游动，品尝着游人扔过来的面包屑。

我一路走去，看见了“孔乙己饭店”的招牌，里面弯弯的小径两旁种植着的翠竹。鲁迅写出了孔乙己，孔乙己现在也是响当当的人物啊。我听见路人的议论。

“你……您……”

“真像鲁迅啊！”

“你是‘孔乙己饭店’的形象大使吧？”

“在拍戏？”

“妈妈！快来看鲁迅！”

“爷爷！鲁迅！鲁迅！”

我笑而不答，继续往东走，走进茶家傅茶馆，这是一个栏杆围起来的幽静小院落。“你好，你好，”我听见了一个问候，是从背后传来的，“你好，你好。”又是两声问候。“你好。”我回应道，转过身却没看见人影，我抬头看见一只鹩哥，一只会说话的鹩哥。眼前的鹩哥站在鸟笼里的木棍上面，扭动脑袋，打量着我；它有黑幽幽的羽毛，黄黄的嘴，它的爪子也是黄黄的，非常神气。

“你好，你好。”我望着它说道。

“您好。”这回是一个女孩的声音。她穿着一件灰色亚麻布的休闲长裙，手里端着一杯茶，眼神专注地望着我。她的眼神里隐藏着淡淡的忧郁。“您是苏导演？”我问道。她微微点头，侧转身让我先进茶馆，我能感觉到她的眼神一直盯着我的后背，不过我一点都不紧张。进了包间，我落座后掏出香烟，又在犹豫是否点上。我们彼此沉默着，笑了笑。

“很像……”她轻缓说道，若有所思地望着窗外。

“谢谢。”

“您为什么要帮我？”她望着我。

“没什么，”我说，“我也想尝试一下演戏。”

“您是足底保健师？”

“混日子。您是学生？”

“今年毕业。”

“在哪儿读书？”

“中戏研三。”

“你……特别喜欢鲁迅？”

她沉默不语。

“是你的毕业作品吗?”

“您知道鲁迅怎样掏烟吗?”她岔开了我的问话。

我摇摇头。她把一盒香烟推过来，说:“放在你的裤兜里。”我照办了。她接着说:“把手伸进裤兜，手指头摸香烟盒，别掏出烟盒，夹出一根来，对，抽出来。鲁迅不习惯先掏出烟盒再拿烟，他最喜欢抽哈德门牌的香烟，在外面见朋友他也不喜欢让烟给别人。”

我抽出一根烟，定定地看着。“鲁迅不是这样拿烟的，”她说，“他习惯用大拇指和四根手指拿起一根烟。”

“不是夹在食指和中指中间吗?”我笑了笑。

“这是鲁迅的习惯。”

“朋友到他家做客，鲁迅让烟吗?”

“鲁迅会在家里放两种烟，一种价钱贵的，放在白色锡筒里，是前门牌香烟，招待客人用的;一种便宜的，装在绿色锡筒里，是鲁迅自己抽的。”

“你知道得真多!”

“是我父亲告诉我的。鲁迅是个老烟鬼，我五岁的时候就知道。”

“鲁迅喝酒吗?”

“几乎每饭必酒，和朋友在一起还会喝醉。”

“鲁迅喝醉酒会发酒疯吗?”

“这个话题我父亲没说过，”她幽幽地说，“没有香烟就没有鲁迅，没有胡子也没有鲁迅……”

她从包里掏出笔记本电脑，打开，电脑屏幕上出现一张中年鲁迅的照片——一张没有胡子的鲁迅的照片。鲁迅的人中很长，整个嘴唇看上去光溜溜的，脸部表情被扭曲了。我忍不住大笑了几声。

“很可笑吗？”她合上电脑说。

“不，不。我很喜欢鲁迅，我在中学教过十年的语文课，很熟悉鲁迅的作品，鲁迅的名言警句我能背很多。”

她沉默着，似乎想听我说下去。

“‘人生得一知己足矣，斯世当以同怀视之。’我很喜欢鲁迅这句名言。”我说。

她抿了一小口茶。

“‘女人的天性中有母性，有女儿性；无妻性。妻性是逼成的，只是母性和女儿性的混合。’”

她换了一个坐姿，顺便调整了一下呼吸。

“‘人生最痛苦的是梦醒了无路可走。’”

“‘说过话不算数，是中国人的大毛病。’”

“‘斗争呢，我倒以为是对的。人被压迫了，为什么不斗争？’”

“‘世间只要有权门，一定有恶势力。’”

“‘我看一切理想家，不是“怀念过去”，就是“希望将来”，而对于“现在”这一个题目，都缴了白卷，因为谁也开不出药方。’”

我一口气说了很多。她望着杯子里浮动的茶叶片，陷入了沉思。

“你还没回答我刚才的问题，你为什么要排鲁迅话剧？”

她的身体一动不动。沉默良久之后，她望着我，一字一句地说：“为我父亲……”

苏洱的父亲今年七十岁，研究鲁迅已有几十年。他六十岁退休的时候，职称还是副教授。他认为自己的教学生涯不该这样，他想不明白，越想越烦躁。两年前，他突然得了精神妄想症，逢人便讲鲁迅先生最欣赏他的研究成果，他是鲁迅先生最得意的学生，鲁迅先生要来看他；一年前，他又被查出得了肺癌，医生说他的生命最多只有三个月了。

“我父亲快去世了，我不想让父亲带着遗憾走，我也对父亲说过，鲁迅先生会来看你的。这一年来，我挑选了好多扮演鲁迅的演员，您的扮相是最合适的。”苏洱的背影在颤抖。她继续说：“我父亲年轻时候的梦想就是能看见鲁迅。要是能早出生十年，他就能看见鲁迅先生了，他经常这么说。他是北京人，研究鲁迅一辈子，退休后他一直说绍兴普通话，好像这才是他骨子里的语言。鲁迅的杂文、小说，他到现在还能背出来。小时候我们做游戏，我念出鲁迅文章的前两句，他就笑着把后面的文字背出来，从没出过错。我是他唯一的女儿，我母亲十几年前去世了。”她转过身，眼神里流露出渴求的光泽。“我欺骗父亲，说鲁迅会来看他，只想让他愉快，心存希望，可是听了我的话，他完全当真了。他相信女儿的话，他知道在这个世界上，只有我不会再欺骗他。每次见到我，他就会问鲁迅先生什么时间来家里啊。能见鲁迅一面，我父亲就彻底知足了。我知道父亲有怨气，他不服气其他鲁迅研究者的学术水平，什么一级教授、二级教授，什么长江学者、黄河学者，什么博导，他不会阿谀奉承，也不觉得自己在学术上很窝囊，但他希望得到鲁迅的赞扬。”

“鲁迅的赞扬？”

“是的，鲁迅的赞扬。我不明白父亲为什么这样敬重鲁迅，看重鲁迅，”她叹口气，连连摇头，“那个时代的知识分子都这样吗？”

我不知道说什么好。其实在我心里，我也非常矛盾，如果周围没有人提起鲁迅，我或许会把鲁迅淡忘；但是当这个名字在耳边响起的时候，我身体里突然会有奇异的感受。

“我或许不该欺骗父亲。”

“你做得对。”

她定定地望着我，嘴唇在微颤。

“如果你信得过我，我愿意试一试。”我说。

她咬紧嘴唇，压抑着激动的情绪。

“我需要剧本，想看看鲁迅的台词。”我说。

她嗫嚅着，捋了捋头发，神情有些不好意思。

“你在想什么?”我说。

“您……您扮演的鲁迅，没有台词……”

“没有台词?”我很惊诧。

“我父亲对鲁迅太熟悉了。”

“我对鲁迅也了解不少。”

“当哑巴总比说错话好，我不想让父亲看穿。”

我真是哭笑不得。“你说你父亲希望得到鲁迅的赞扬，那我怎样赞扬你父亲?”

“竖起你的大拇指就行。”

我竖起自己的大拇指，满眼狐疑。

“一句话也不要说。”她说。

“一句话也不要说……”

这一刻，我倒真想见见这位老教授——不，是老的副教授。

“我会还您钱的，您能帮我，可我不知道怎样感谢您，”她的眼神游离过我的脸和身体，“您想怎样都行，我都愿意……真的……”

我明白她话中的含义，不过我装作没听见，一口喝干了杯中茶，胡乱嚼着几片茶叶。“这茶馆环境真不错。”我说，掩饰着一股莫名的感动。

站在苏洱的家门前，我咽了好几口唾沫才伸出手指敲门。楼道里非常安静。一只老鼠沿着楼梯行走，看我一眼，慢悠悠消失了踪影。一分钟或者两分钟之后，门打开了三分之一，一位拄拐杖的光头老先生出现在我面前——想必他就是苏洱的父亲。看见我，他的眼神突然亮闪一下，随后他慌慌张张地转身，消失在门后。

我等待着。我看见他慢慢探出脑袋，眨巴着眼睛，嘴巴渐渐张大。我笑了笑，走进去，屋里的光线有些暗淡，我忍不住眨了眨眼。老先生激动异常，嘴唇一直在颤抖。我发现屋子的四壁贴满了鲁迅的照片，足足有上百张。老先生往屋里退，我听见他紧张的呼吸，他站在角落里的一个沙发旁边，忽然弯着腰，脸上挂着笑，恭恭敬敬地向我连续鞠躬。他身旁有一个黄褐色的半人高的书柜，书柜上面立着一个大大的相框，里面夹着一个七八岁小女孩的黑白照片。

“我女儿，没骗我……”老先生忽然嘻嘻笑着说，他嘴里的牙齿快掉光了，指着沙发的手臂颤动着，“鲁迅先生，您请坐。我女儿没骗我，她说……您要来看我，我女儿没骗我……”老先生说一口绍兴普通话，他扭头朝屋里叫喊：“苏洱，鲁迅先生来了！”苏洱拉开门走出来，看我一眼，一声不响地站在父亲身边。她的眼圈是红肿的。“鲁迅先生，这是我的小女。”他说，又给我鞠了一个九十度的躬，苏洱挽着他的胳臂。我喘口气，走过去坐下，指指对面的椅子，示意他们也坐下。老先生没有坐，突然举起手里的拐杖，看着苏洱，大声呵斥道：“你为什么不给鲁迅先生鞠躬！我打你！”苏洱赶忙给我鞠躬，老先生这才放下拐杖坐下。这一幕看得我心惊肉跳。

我坐直身子，长长地舒出一口气。老先生颤抖着手臂，拿起茶几上的香烟，抽出一根，哆嗦着递给我，嘻嘻笑着说：“鲁迅先生，您爱抽哈德门牌香烟，您抽吧……”真的是哈德门牌香烟。我接过来，发现烟丝潮乎乎的，还有股臊味。老先生又嘻嘻笑一下，找来打火机，用力擦出火焰，我靠近他干枯的手指把烟点上。苏洱在无力地摇头。屋里的空气和嘴里的烟雾让我忍不住咳嗽了几声。“抽烟对您的肺不好……对不起，鲁迅先生。我是老糊涂了，不该让您抽烟……”他似乎要急哭了，拄着拐杖走过来夺我手里的烟，“给我！给我！对您的肺不好，鲁迅先生。”

我按灭香烟，他才略微平静。他坐在椅子上，双手放在拐杖上面，下巴抵着手背，既满足又欣喜地望着我，像个老小孩。沙发肯定比椅子舒服，我站起身，想让他坐沙发。“不！不！我是学生，我是学生，鲁迅先生，您坐沙发，老师坐沙发。”他扭头看着墙上的照片，突然陷入了某种回忆。“鲁迅先生，您的照片在我家挂了几十年，颜色都变了……”我站起身走过去，仔细端详着，他悄悄跟在我身边，情绪忽然变平静了：“鲁迅先生，照片多吗？”我点点头，他拍着手笑起来，盯着我的胡子，又指着另一幅照片说：“鲁迅先生，这张照片是您在日本拍的，当时您还没有留胡子，胡子是用毛笔描上去的。”我点点头。“以前的照片比这还多，‘文革’期间，照片和其他文稿丢了很多，好可惜啊！”他腾出一只手，挽着我的胳臂，扶我坐在沙发上。“苏洱，去把我的拙作全拿出来，我想让鲁迅先生评评理！”他喘着气说。

苏洱从书架上抱下十几本书，放在我面前，然后在我耳边小声说：“夸他！”现在老先生正大口大口地喘气。我装模作样地拿起一本书，认真地翻阅，翻完一本又翻一本。我竖起大拇指，使劲晃动着，老先生眨眨眼，似乎不相信自己的眼睛，有点不知所措。他拄着拐杖，颤巍巍走过来，眼里居然含着泪，哽咽着说：“鲁迅先生，真好吗？”我用力点头，拍拍这摞书，拍出了声响，拍起了书上的灰尘。“苏洱，拿笔！拿笔！”他激动地说，“请鲁迅先生指正！指正！”苏洱拿来一支笔，他抢过来，哆嗦着手，开始在十几本书的扉页上签字：“请鲁迅先生指正！苏真教授敬上。”我接过书，一本一本放在膝盖上。看着他佝偻的身体和低垂的脑袋，我有点可怜他，但更多的伤感情绪在心里弥漫开来。

“鲁迅先生，这是我的拙作，请您指正。如果有可能，我想请您写一篇评论我的文章，行吗？”他歪着脑袋，神情专注同时又很羞涩地看着我。我点点头，再次竖起大拇指。这时，我突然看见苏洱的眼神有些异样，她快步走过来，挡住了父亲的视线，一只手按住我嘴唇上的胡子，小声说：“胡子没粘牢。”老先生还在嘟囔着什么。苏洱转过身，站在我和她父亲中间，说道：“爸，您学问高，一般人看不出来，鲁迅先生看出来就行了，您就是大教授，大博导！鲁迅先生研究第一人！鲁迅先生，我说得对吗？”除了点头还是点头，我想改变一下动作，开始为老先生连续鼓掌。老先生看着我，身体晃动着，抬起头，闭上眼，哈哈大笑着说：“谢谢鲁迅先生啊！谢谢！谢谢！谢谢啊！”

“爸，鲁迅先生累了，您也该休息了。”

“可是鲁迅先生怎么不说话啊……”

“鲁迅先生今天嗓子不舒服，您准备的哈德门香烟发霉了，鲁迅先生刚才都咳嗽了。”苏洱说。

“茶呢？家里的茶呢？”他拿拐杖敲打着地板说，“鲁迅先生还没喝茶呢，我真是老糊涂了！茶呢？茶呢？”他站起身，在屋子里局促不安地打转，到处找水杯，“龙井茶，鲁迅先生最爱喝龙井茶，茶呢？”杯子就在我眼前，里面没水，我举起来放在嘴边，装作喝干的样子，又把杯子口对着他，使劲晃了晃，让他明白我已经喝光了龙井茶，不渴了，他这才露出心安的神情。

“对不起，鲁迅先生，您累了吧？北京天太热，八道湾胡同住着热不热？要不您到我这儿住吧？家里有空调，凉快。鲁迅先生，到我这儿住吧！”

“爸，鲁迅先生累了。”苏洱害怕出漏洞。

“鲁迅先生，我还有最后一个问题，”老先生非常认真地望着我说，伸出一根手指头，“就一个问题！”

我站起身，望着他。

“鲁迅先生，您身边还有优秀的年轻学生吗？我女儿还没有男朋友，您帮她物色一个男朋友吧，谢谢鲁迅先生。”苏洱沉默着，用胳膊肘捅我，示意我赶快走出去。我拉开门，走到门外，再回头时看见老先生的眼里溢满了泪水。也许他早已流了泪，屋里光线太暗，我没有看清。“鲁迅先生，谢谢您来看我……我学问没做好，真没脸见您……谢谢您来看我……”

我嗓子眼里痒痒的，眼睛开始发涩。我朝他点点头，挥了挥手，扶着楼梯栏杆快速朝楼下跑去。“鲁迅先生，见到您，我三生有幸啊……”老先生的声音在楼道里持续回荡着。

晚上回到家，我想了又想，还是忍不住把苏洱的故事说给老婆听。她似乎明白了故事的味道，默默走进里屋，拿来存折，递给我说：“明天一早取钱还给周小姐吧。”我打开存折，看着上面的数字：余额一万七千元钱。

“这女儿真好……”老婆说，手背在蹭眼角了。

“咱们也有一个好儿子。”我说。

“演戏好玩吗？”

我叹口气，把胡子揭下来，握在手里仔细端详，说：“好像不是在演戏。”

“你可别陷进去了。”

“我想把现在的店盘出去，租个小店，能放两个沙发就行，我能养活咱们一家三口。”

“现在的店不是刚……”

“我不想再打着鲁迅的名义。”

“为啥？”

“……”

“说啊。”

“……”

“唉……”

“我想实实在在地生活……”我说。

躺在床上，身心从未有今天这样放松。老婆和儿子已经入睡。窗外月色很好。我手举胡子，对着月亮，嘴角带着笑意，看见了一抹黑，我在一抹黑里坠入梦乡：我给苏洱发短信，谢谢她给我一次扮演鲁迅的机会，我不需要她还钱，也没有别的企图。我在卫生间里仔细洗脸，梳理头发，粘好胡子，穿上长衫，走进新租来的足底保健店。新店很小，只能放两个沙发，但我很满意。苏洱的父亲闭着眼睛，躺在沙发上，我坐下后给他做足底保健按摩。老先生舒服地喘着气，不停地自言自语。一只脚按完，他微微睁开眼睛，不，是快速瞪大眼睛，想抽回自己的脚，我用力按住。老先生惊恐不已，像只受伤的绵羊，痛哭流涕起来：“鲁迅先生，使不得啊……鲁迅先生，使不得啊……”苏洱忽然从窗帘后面站了出来，手里握着手机，早已是泪流满面……

彼　此

金仁顺

这次他们是去一个风景秀美的小城市。三年前，黎亚非第一次跟周祥生出门，就是去这个地方。

出门之前她还有些忐忑，周祥生为什么找她去呢？科里的医生有二十几个呢，男医生尤其多，他跟她孤男寡女的，这么一路走下来，算怎么回事？黎亚非犹犹豫豫地收拾好东西赶到会合地点时，才发现周祥生的助手不止她一个，还有麻醉师吴强。

吴强开车，手脚不闲，嘴也不闲，黎亚非这一路上听到的信息，比她在院里待三年听到得还多。原来，科里大部分的医生都跟周祥生出去过，她算是最后一拨儿。而且不光是周祥生，其他三四位主任医生也经常在周末带着主治医生们出去。

“您的名气大，来的病人多，”吴强对周祥生说，“他们大树底下好乘凉。”

黎亚非坐在后面，望着外面的风景。他们走的是一条盘山公路，左一弯右一转，山上树木郁郁葱葱，树根处沁出凉湿的气息，正是早秋时节，山色总体还是绿色的，但偶尔会有一棵枫树烧着了似的闪现出来。

“黎医生，沉默是金啊。”吴强见黎亚非一声不吭，从后视镜里打量她一眼，笑着说道。

“我一向笨嘴拙舌。”黎亚非说。

“寡言少语，”周祥生说，“是女人最重要的美德之一。”

“怪不得我们院里的女医生一个比一个矜持，”吴强哈哈大笑，“这下我找到病根儿了。”

他们到达时，病人家属们已经等在宾馆里了，七八个人像迎接救星似的欢迎他们的到来。两个女人殷勤地陪黎亚非进了房间，一个给她洗水果，一个替她沏茶，她们在房间里来来回回，弄得黎亚非坐也不是站也不是，又不知道该跟她们说什么。

周祥生经过黎亚非的房间，在门口站住了，两个女人立刻热情地招呼他进来坐坐，周祥生邀她们出来到大堂跟他谈谈病人的情况，“让黎医生洗把脸，我们待会儿去医院。”

洗脸的时候，黎亚非想周祥生这个人，他是他们科里乃至院里的招牌人物，身边总是簇拥着病人、医药代表、好学上进的实习医生，领导们架子虽然大，但对专家也总是谦让尊重的。

黎亚非跟周祥生一起做过几次手术，他平时话不多，不大正眼看人，可一进了手术室，就像演员化好装上了舞台，整个人都不一样了，他跟没有全麻的病人开玩笑，跟医生们聊正在上映的电影或者正播的电视剧，让护士放流行歌曲。如果不是亲眼所见，黎亚非很难相信一个人能把手术做得那么精彩，同时又能兼顾到手术室里那么多的细节。

那个小城市中心医院的手术室跟他们院里的没法儿比，但也能将就着用。看完手术室，安排好第二天做手术的相关事宜，他们出去吃饭，饭桌上，盘子大得吓人，点的菜太多，后上来的盘子摞到了先上的盘子上面。

吃完饭，一个家属用问询的目光看看三位医生，在黎亚非身上略微迟疑了一下，望着周祥生问："我们去桑拿还是KTV？"

"我们回酒店休息，"周祥生说，"早睡早起。"

第二天他们做了两个手术，上午一个下午一个。回来时，还是吴强开车，一直把黎亚非送到楼下，她跟他们道别，准备下车，周祥生转身把一个信封递给她，"这个别忘了拿。"

她把信封接过来，人在地面上刚站稳，车就开走了。

黎亚非上楼放下行李，看着手里的信封，她知道里面是钱，但里面的数目是她想象中的两倍。

只要周祥生的时间能调配开，请他做手术的人多的是。起初的半年，周祥生偶尔带黎亚非出去，但慢慢地，她变成了他的固定搭档。吴强经常跟他们一起，但也有一些时候，病人从费用角度考虑，更愿意请当地医院的麻醉师。那时候，周祥生就得自己开车。

一年四季，他们以自己居住的城市为中心，辐射到周围七八个中等城市，以及五六个医疗设备说得过去的县级市。周五下午出门，开车几个小时，到达某个地方，晚上休息，周六做一天手术，如果病人多，周日再做一上午。

为了减轻周祥生的压力，黎亚非到驾校找了一个陪练，每天抽出一个小时练车。有一个周末，他们做了三个手术，第二天上午又做了两个，下午三点钟才吃上饭，周祥生好像连拿筷子的力气都没有了，病人家属还在不停地提问。黎亚非替他回答了一些问题，但那些病人家属在对她报以微笑后，会拿同样的话题再问一遍周祥生。

吃完饭，出来上车时，她跟周祥生说："我来开吧，你在车上睡一会儿。"

周祥生愣了愣，但什么也没问，就把车钥匙给了她。

黎亚非戴上墨镜，放了一张蔡琴的碟片。

周祥生笑着打量她。

"这样我会觉得自己是个老司机。"她说。

有很长的一段路，笔直笔直，从盐碱地中间像刀痕一样划过去，路两边是发白的土地，植被像癣块分布其上，有一棵树孤零零地站在远处，那么绝对，让人想起"大漠孤烟直"这样的诗句。

周祥生坐在副驾驶的位置上，蜷在外衣下面，发出低低的鼾声。

黎亚非很喜欢这种度过周末的方式，不光因为那些收入——她把那些钱单独存到一张卡里，偶尔在提款机上看到数目，总会让她感到惊异——更令她高兴的是，她拥有如此冠冕堂皇的不在家的理由。

周末她老公总往外跑，举行读者会，约重点作者见面谈选题，要么就是跟编辑部同事吃饭、喝茶，跟朋友或者同学打球、游泳，忙得不亦乐乎。她留在家里洗洗涮涮，累了，就给自己煮杯咖啡，去她老公那几千张碟片里头翻翻，碰上有兴趣的，就放进影碟机里看一会儿。

她不喜欢看青春片，也不喜欢纯粹的喜剧或者悲剧，她喜欢的是一些跟生活贴得很近的故事片，她发现，电影里那些跟她年龄相仿的女人，面对的问题跟实际生活中她们面对的问题差不多——

丈夫有外遇了，或者自己有外遇了；不再相信爱情，或者开始相信爱情。

她审视着自己的生活，没有什么不好，也体会不出有什么好；有时候，她觉得有必要改变改变，更多时候，又觉得应该以不变应万变。

黎亚非喜欢在路上。春天，草色铺展在远处，像一块水彩，嫩生生的，毛茸茸的，她的心都跟着变软了。草色略微变深的时候，树叶像小虫子似的，从树枝里面钻出来，有一次，陷进座位里长久无言的周祥生忽然指着街边的树，问她："那算不算是萌动？"

她放缓了车速，往树上打量，那些小叶片，宛若婴儿半握的手，颤颤巍巍地，好奇地伸向寒意尚存的空气中。

"算是吧。"她说。想到他这样的年纪，这样的身份，却为几片叶子如此字斟句酌，忍不住笑了起来。

"笑话我？"他看她一眼。

"没有。"她用手抹抹唇角，试图抹去那些笑纹。

"年轻的时候，我是一名诗歌爱好者。我为诗歌失眠的夜晚比其他所有的事情加起来还要多。"他坐起来，把椅背调到正常的位置上，"但现在每天和我打交道的，是一些生了肿瘤的膀胱。"

周祥生伤感的语气让黎亚非吃惊。他在病人面前，是专家，是权威，是威信与威严并重的神。黎亚非看着他应对那些饱受死亡威胁的病人以及过度焦虑的病人家属时，会不自觉地融入他们中间去，仰视着周祥生，信任他、依赖他，把自己不愿承担或者承担不了的包袱，搭到他的身上去。

她一直以为他对自己的工作是无比自豪的，有幽默感的。手术的时候，他曾让她用一句成语概括他们的工作。她被问蒙了，完全没有方向。

“这么简单都答不上来，”他一边把摘除下来的肿瘤扔进盘子里，一边悠然说道，“探囊取物啊。”

“我一向没有幽默感。”她说。

周祥生看了她一眼，发现她并不是在赌气耍性子，而是非常真诚地为自己的乏味道歉。

黎亚非是一个文静、优雅的女人，她身上几乎没有缺点。但也因此，她在男人眼里缺少了必要的性感。“大理石美人”，男医生们私下里这么叫她。周祥生不知道她是天生如此呢，还是情感上面遭遇过什么挫折。

在她之前，周祥生带科里另外几位女医生出去过。只要是跟他独处，或者几分钟或者几小时，她们总会把话题转到情感生活方面，其中一些事情在他看来属于绝对隐私类，但她们照样坦然道来。

黎亚非是女人中间的另类。她第一次跟他出门时，坐在车后座上，如果不是吴强问话，她几乎变成了隐身人。她不用嘴说话，也不用眼睛，或者肢体说话。她的沉默是百分之百的。他不无惊喜地发现，她的工作态度也是百分之百的，没有一点矫情、挑剔、抱怨，工作就是工作。在报酬方面——他一向出手大方——他猜她不会嫌少，但她也从未像其他人那样，因为满足，而直接或者委婉地向他表达感激之情，以及对继续合作的期待。

周祥生对这种单纯关系有种久违的亲近感，当然也有那么一些时候，他注意到她身上的女性特质，温情、娴静、稳重，她能在很长时间里保持着同一个动作，注视久了，他觉得她像油画人物。

有一次周祥生带着黎亚非出去，手术结束后吃晚饭时，东道主跟他们提起一个小镇，说小镇有一个小店，火极了，还卖关子不说火的原因是什么，但垂涎欲滴地强调了好几遍那店里的东西，“逆风香百里啊。”

他们回程的时候，决定绕个弯路去那个小店吃顿饭。地方很好找，小镇里的人没有不知道“山珍一锅”的。店面不大不小，门口的车挤得满满当当的，沿街排出去，像一溜麻将牌。店里的桌子都是灶台式的，水泥磨的台面，中间盘着一个水盆大小的铁锅，里面炖着杂七杂八的东西，菜品只有一样，在后面大铁锅里炖到八成熟，就餐的客人只需点出是几个人的分量，就有服务员替他们把东西放到桌上的小铁锅里，边炖边吃。

东西确实香极了，而且不油腻，黎亚非怀疑店主往里放了特殊的香料，比如大烟葫芦什么的。他们快吃完的时候，呼啦啦拥进来一群人，高声大嗓地说话，把几张预留的空桌子填得满满的。有个红脸膛卖弄自己是熟客，跟朋友讲菜里的成分：蘑菇、板栗、黄花菜、桔梗、土豆、辣椒都是配料，最要紧的是，蛇、野猪、獾子、山鸡、麻雀、蛤蟆……

他们回到车上继续往回走，每隔二十分钟，黎亚非就要下车吐一次，胃液、胆汁都吐了出来，吐完后用矿泉水拼命地漱口。

“你的胃早就吐空了，”快到高速公路入口时周祥生说，“你还想再吐的话，已经不是因为你自己，而是我胃里的东西让你觉得恶心了。”

“不是的，”黎亚非让他说得不好意思了，“我老觉得自己的胃里有个动物园，不时地就有个什么东西要跳起来。”

在高速公路入口处，周祥生顺着岔路把车开进树林中间，阳光斑驳地从树梢间漏到地上，圆圈套着圆圈，光斑叠着光斑，空气又凉又湿，黎亚非觉得肌肤像刚做完面膜。开了差不多十分钟，在树林深处出现了一幢古堡样儿的建筑，四周的庭院被铁栅栏围着，庭院里面有喷泉和汉白玉雕像，周祥生对两个保安出示了一张会员证后，被放了进去。

酒店里面的东西色调柔和，品质上乘，沙发颜色并不统一，室内摆放了很多植物，有草有花，间隔出一个个谈话空间，阳光穿过屋顶玻璃直接照射进来，咖啡的香气则浮动着向上涌去，音乐声不高不低，把咖啡吧置于流水中间。

客人并不少，周祥生带着黎亚非找了个靠窗的角落，点了两杯咖啡，给黎亚非要了份新烤的饼干。

“充充电吧。”他对她说，自己把双腿放平，在沙发里面伸了个懒腰。

黎亚非道了谢，扭头看着窗外的景观，庭院里的树木花朵因为没有污染，颜色分外艳丽、醒目。她转回头时，发现周祥生审视地看着她，他的眼角已经有皱纹了，但眼睛还是黑亮黑亮的，盯着人时，有一股咄咄逼人的劲头。

黎亚非的心扑腾扑腾地跳了几下。

“你的话总是这么少吗?”周祥生问。

“你不是说，寡言少语是女人的美德吗?”

“但你过分了些。”周祥生责备她，语气温柔。

随着黎亚非的频繁外出，她老公郑昊倒开始越来越多地待在家里了。周日傍晚她回到家，十有八九，他躺在客厅沙发里读书，见她进门，他把书扔掉，从沙发上坐起来。

“我饿得前胸贴后背了。”郑昊说。

黎亚非在最短时间内冲完淋浴，换好衣服，跟郑昊出去吃饭。

郑昊在生活中很多方面是很有本事的，跟黎亚非单独吃饭时，他总能找到美味、干净又便宜的小店。小小的门脸儿，热情的老板娘，满脸笑容的服务员，当着黎亚非的面，郑昊跟她们开暧昧的玩笑，把她们逗得面红耳赤。

“你不管管他？”她们说黎亚非。

黎亚非笑笑，细嚼慢咽地吃自己的饭。

郑昊在哪儿都有女人缘。他们刚认识时，郑昊恰巧处于一段热烈恋情的灰烬期，黎亚非的冷静寡言、从容不迫，宛若一泓湖水，让他安定安宁，进而觉得这是酷味十足的恋情。

“你是雪山，我是飞狐。”郑昊对黎亚非说。他对她的追逐确实像一团火球，整天跟随在她的身后。鲜花、礼物、吃饭、唱歌，他还在自己的杂志上面给她写情书，明晃晃是她的真名实姓。

直到结婚那天，黎亚非一直觉得爱情是一杯醇酒，让人脚底发软，浑身轻飘飘的。

婚礼那天，她一大早起来，里三层外三层地把婚纱穿好，然后化妆，化妆师是从影楼里请来的。化妆师给她打粉底的时候，黎亚非的姐姐把一个女人送进门来，笑着说：“你的好朋友来了。”

不是什么好朋友，黎亚非甚至没见过她。

那个女人说她是郑昊的前女友，她是来恭喜黎亚非的。“我知道郑昊挑选女人很有眼光，但你还是比我想象的更漂亮、更优雅，”她毫不吝惜对黎亚非的赞美，“你是我所见过的最美的新娘！”

她很自来熟地在黎亚非的房间里转来转去，有时停下来看看墙壁上的油画，偶尔拿起一个小物件儿赏玩，而黎亚非自己倒被牢牢地钉在椅子里，下巴被化妆师固定在某个角度上。她拿不定主意，是坐起来跟那个女人面对面，眼睛对着眼睛，进行无声的斗争呢，还是就眼下这样，以熟视无睹的方式显示自己对她的不在乎和胜利者的自信呢。

那个女人转了一会儿，离开了，临走时，她送了黎亚非一份礼物。这个礼物是一个秘密。

“昨天郑昊一整天都待在我的床上，我们做了五次，算是对我们过去五年恋情的告别演出。”那个女人的手搁在黎亚非的肩头，随着她的话，她的手指很有节奏地敲击着，“从今天开始，他归你了。”

那女人离开后很久，黎亚非都没动。她变成了一个树脂模特儿，全身披挂着累累赘赘的丝绸、雪纺、蕾丝、珠串、刺绣，她僵硬的肢体倒是有助于化妆工作的顺利进行。

郑昊来接新娘的时候，在大门外被黎亚非的姐姐以及朋友们提的难题绊住了，他好言好语，笑脸相迎，还给每个人发了红包，才得以进入黎亚非的房间。进门后，他从额头上抹出一手汗水给新娘看。

“你昨天一整天在哪儿？”黎亚非问他。

她眼看着她的话像一句咒语把郑昊定在原地，动弹不得。

黎亚非的目光越过郑昊，打量着房间远处镜子里的自己，她打扮得像个公主，头发绾成发髻，戴着小小的王冠，腰身收得瘦匝匝，裙摆阔阔大。这是她期待已久的一天，这是她一生最心仪的裙裳，但那个女人把一切都弄走了味儿。

黎亚非努力忘掉那个女人，但她的恶毒就像缓释胶囊里的药物颗粒，随着时间的流逝，持续地保持着毒性。而且这种毒性在他们上床时，会加倍地爆发，弄得她浑身无力，手足冰冷。有一天郑昊从她的身上一跃而起，冲进浴室，哗哗哗冲完淋浴，穿好衣服到另一个房间去睡了。

那个女人如愿以偿了，黎亚非想。她应该伤心难过、痛哭流涕、濒临崩溃边缘了，结果却是，她迎来了婚后半个月来最香浓的一次睡眠。

尽管黎亚非和郑昊的关系已经降到了零摄氏度以下，在外人看来，他们还是恩恩爱爱的，一个风趣幽默，一个小鸟依人。黎亚非并不是在演戏，她确实不讨厌郑昊，他身上那些曾经让她目眩神迷的优点，现在仍然能令她欣赏。

如果郑昊在性上没什么要求的话，黎亚非觉得他们这么过下去也没什么不好的。如果没有在古堡那个喝咖啡的下午，就算郑昊偶尔有一些性生活上的要求，黎亚非也不会觉得日子有多么难过。

结婚三周年那天早晨，黎亚非送了郑昊一部新型数码相机，他送了她一条尼泊尔薄羊绒披肩，他们还亲了亲对方的脸颊。

吃早饭时，郑昊说，晚上杂志社的同事，以及他的一些朋友，差不多有三十个人呢，要为他们举行结婚三周年庆典。

“这有什么好庆祝的？”黎亚非说，“这是我们俩的事情，跟别人有什么关系？”

“我们不能拒绝别人的善意和祝福啊。”郑昊说。

“你一个人去吧。”黎亚非说，“我下午还要去外地出诊，反正我既不会喝酒，也不会应酬。”

“这是我们俩的结婚纪念日，你让我一个人出席？”郑昊的表情变严肃了。

“无所谓吧，”黎亚非说，“我反正就是你的花瓶。”

“你是我老婆。”郑昊说，“你是周祥生的花瓶还差不多。”

“你把周祥生扯进来干什么？”黎亚非对郑昊的阴阳怪气有些反感。

“是我扯进来的吗？”郑昊脸上笑嘻嘻，但眼睛里头一点笑意也没有，“那我们今天就打开窗子说亮话，这一年半多了，我跟他一直在玩拔河比赛，你还想让我们再玩多久？”

“什么拔河？什么乱七八糟——”

“黎亚非，”郑昊挥手示意她不要再说下去了，“都是老中医，少来这些偏方。”

黎亚非不说话了，收拾东西准备上班。

“我想不通的是，你喜欢他什么？”郑昊在她身后追问，“他比我老，比我矮，常年摆弄膀胱，手上那股尿味你不觉得恶心？”

黎亚非开车上班，脑子里盘旋着郑昊的话，日子过不下去了，她想。

黎亚非走进医生办公室时，被一大片欢呼声包围了，她的桌上摆着一大束粉红色的玫瑰，花梗上面夹着的卡片已经被打开了，上面是郑昊的字迹：老婆老婆我爱你，就像老鼠爱大米。

黎亚非没想到郑昊有这份心思，虽说他擅长搞这一套，但结婚以后，这还是她第一次收到他送的花。她随即又想，这是不是郑昊故意做给周祥生看的呢？

周祥生确实看见花了，呵呵一笑。“好浪漫啊。”他说。

他往手术室走的时候，黎亚非追上他。

“外地那个手术，我明天一早赶过去行吗？”黎亚非知道最恰当的方式是让周祥生换人，但她实在不想让别人顶替自己，她看着周祥生，“我天亮前出发，保证不会耽误的。”

“你也不用太着急，”周祥生沉吟了一会儿，说，“我跟吴强先走。我把手术时间改到下午，你明天中午之前到就行。”

中午休息时，黎亚非去了商场，很长时间了，她既没有心情也没有时间为自己买新衣服。

下午，郑昊见到她打扮一新地出现在办公室，笑容满面地迎上来，给了她一个热烈的拥抱，引起了同事们的尖叫。晚上吃饭时，郑昊把所有别人敬黎亚非的酒也抢过来，拍着胸脯跟人家讲：“肝好，酒量就好，身体倍儿棒，喝啥啥香。您瞅准了——”他一仰脸，把酒倒进嘴里。

大家都叫好。

郑昊喝醉了，一见有人上厕所，他就冲人大声喊：“怎么了？膀胱有问题？别上厕所，找黎亚非。黎亚非是解决膀胱问题的专家。”

黎亚非笑笑。

“真的真的真的，”郑昊认准了这个玩笑，逮谁跟谁开玩笑，说，“黎亚非真是膀胱专家，哎，老婆，你过来给他讲讲。”

黎亚非渐渐意识到，他们早晨在餐桌边的争吵并没有结束，膀胱、尿，都是周祥生的临时代名词。

忍了又忍，还是没忍住，她说："郑昊，闭嘴吧，你的嘴还不如膀胱干净呢。"

整个晚上闹哄哄的，偏偏在黎亚非说话的时候，出现了一个短暂的、真空般的安静，好在，即便在愤怒的情绪之中口出恶言，黎亚非给人的感觉仍然是优雅从容、慢条斯理的。

郑昊带头笑了起来，笑得很大声，还指着黎亚非给朋友们看，那意思像是说：你们看见了吧？这才是黎亚非呢。

"你们夫妻都很幽默，一个是冷幽默，一个是热幽默。"有个女人目光跟踪着郑昊，笑嘻嘻地拉着黎亚非说。她的手有些湿，还有些不干净，黎亚非试图把手抽出去，但她把她抓得紧紧的。

饭局结束，两个人坐上车回家，"我还不如一个膀胱？"郑昊笑嘻嘻地问。

黎亚非不说话。

"我还不如一个膀胱？"郑昊问。

过了一会儿，郑昊把手机狠狠地朝车窗前面一砸，吓了黎亚非一跳，一脚踩在刹车上，幸亏距离短，手机没有把玻璃砸坏。

黎亚非吃了一惊，心怦怦地乱跳了一阵。

"——我不想吵架。"黎亚非说。

"——我他妈的也不想。"郑昊吼叫的时候，脸孔像被人从嘴唇处撕裂开了。

黎亚非继续往前开，两人都不再说话，车子陷落在黑暗中间，偶尔车灯、路灯以及街边店门口的灯光照射进来，他们的皮肤变成了金属质地，黎亚非觉得车就像一颗子弹，飞奔在道路上，她不知道它最终会要了谁的命。

黎亚非把车开到楼下，郑昊刚下车，她就把车开走了。

黎亚非并未想好去哪里，但她清楚的是她不想跟郑昊回家。他发脾气的样子与其说是让她害怕还不如说是厌恶。最近几个月，郑昊越来越多地在客厅里对着电视过夜，有的时候清晨她起来上班，发现郑昊还没睡觉，她问他看什么，他说看一部美国的电视剧，《绝望的主妇》。

他们谈恋爱的时候，他拉着她一起看《欲望都市》，只看了一张碟就打住了，“这里面的女人太坏了，会把我的小白兔教坏的。”郑昊说。

郑昊追她的时候，黎亚非是受宠若惊的，这场恋爱里面她像一张拉满的弓，紧张、饱满、有攻击力，天知道郑昊哪根弦不对了，居然认准了她，“装酷的女孩儿我见多了，但你不是，你是真酷。”他用那种找到珍宝的语气跟她说话，让她惶恐不已，早晚有一天，郑昊会发现她是个赝品。

黎亚非在一种惯性下把车开上了高速公路，她经过那个通往城堡咖啡馆的树林，林间岔路在墨汁般的树荫中消失了。

整个旅途吴强都在跟周祥生讨论玫瑰和女人的关系。他们这些做医生的男人，从来不会觉得女人是玫瑰，女人对他们而言是具体的、真实的，里里外外都清晰无比。只有黎亚非老公那种职业的男人，才会觉得女人是玫瑰，是诗，结果呢，我们这些当医生的，能救女人的命却不一定能得到她们的心，或者说爱，而黎亚非老公这类男人，却能要了女人的命。

周祥生笑了笑。他也想着那束玫瑰，漂亮的花朵，娇艳的颜色，还有那些刺——千万别忘了那些刺，他不无讽刺地想。

那天在古堡喝咖啡，黎亚非像说别人的故事似的，讲她结婚那天，一个女人登门送了份特殊的礼物，三年过去，她仍然不知道该拿这份礼物怎么办。

“当它是肿瘤，”他说，“摘了就完了呗。”

黎亚非有些嗔怒地看着他，这种在她身上极少流露的女性动作让他觉得很有意思。

“我真的觉得这事不算什么。”他想了想，又说，“甚至，这是件好事，跟往事干杯，大醉一回，然后开始新生活。这有什么不对的？这就像人的身体，绝对清洁，绝对健康是不存在的，有对立面，有矛盾冲突，通常更能加强免疫能力。”

黎亚非让他说笑了。

“医院里有人在传你和黎亚非的闲话呢。”沉默了一阵，吴强又说。

“你现在只带着她出来，”吴强说，“难怪人家议论。”

“我收到短信，上面写着，走自己的路，让别人打车去吧。”周祥生伸了伸腰，活动了一下双臂，说，“明天中午手术，今晚可以喝点小酒了。”

“就是，好久没放松放松了。”吴强说。

晚上是六个男人一起吃饭，都是熟人，上来就干杯，很快把酒喝到醺醺然、飘飘欲仙的状态，吃完饭，他们去酒店对面的KTV唱歌，医院的办公室主任出去转了一会儿，笑嘻嘻地回到包房，提醒了一句：“我们今天可不是什么医生啊，别说走嘴了。”

话音未落，几个女孩儿敲敲门进来，燕瘦环肥，有高有低，年纪很轻，裙子都短到大腿根儿处。

陪周祥生的女孩子头发又黄又弯，像个洋娃娃，皮肤在暗暗的光线里面像缎子一样闪动，跳舞的时候，她偎进周祥生的怀里，双臂环住他的腰，身体随着音乐节拍在他身上擦来擦去，

服务员进来送酒，门在开合之间，周祥生看见黎亚非站在包房外面的走廊里，包房里的彩光照在她脸上，闪闪烁烁的，他再定睛看时，她已经不在那里了。

周祥生追到KTV门口，看见黎亚非站在一盏路灯下，瘦伶伶的身子，脚下拖着暗影，像个折了脚的感叹号杵在那儿。

“你怎么来了?”他问。

“搅了你们的好事，是不是?”黎亚非本来想把这句话讲得冷冷的，讲得像刀片一样锋利，但鼻子堵堵的，一开口倒像在跟人赌气、撒娇。

“你看你，”周祥生让她逗笑了，“像个无知少女。”

“如果我搅了你们的好事，我也不是故意的，你快回去吧，就当我没来过。”

“别胡说八道。”

“谁胡说八道了？我是认真的。”

“别胡说八道!”周祥生加重了语气，他眼睛四周的皱纹像某种光芒，让他的目光更深沉，“别哭了。”

“我哭我的，关你什么事?”黎亚非的眼泪又决堤似的冲出来。她转了个身背对着周祥生，双手捂住了脸。

吴强出现在门口，朝他们这边看着，周祥生冲他摆摆手，吴强笑笑，转身回去了。

第二天手术结束后，吴强找了个借口先开车走了，周祥生跟黎亚非坐一辆车往回返。

周祥生早就习惯了跟黎亚非在一起时不说话，但以前他们之间的沉默是宁静从容的，这回，沉默像八爪鱼，东抓西挠，让人不安生。

黎亚非昨天夜里痛哭失声，但今天一早就又恢复了大理石本色，她不苟言笑，对工作认真负责，周祥生工作时倒还能全神贯注，手术完吃饭时，他失手打了个杯子，啤酒沫喷了半桌子，也弄脏了他的裤子，全桌的人都动起来，只有黎亚非端着碗，用筷子夹了饭放进嘴里，吃得那么优雅从容，让他顿生恨意。

他不敢相信这个大理石女人对他动了感情，但显然她是对他动了感情，他不敢轻慢她，像对待其他投怀送抱的女人那样草率从事，黎亚非是个认真的、较劲的女人。

他们开在盘山公路上，一辆丰田越野从后面超过他们，车窗开着，一些男女高声笑唱的声音传到他们耳朵里时，已经被风声刮成丝丝缕缕的了。

二十分钟后他们遇上了车祸现场。跟丰田车相撞的捷达车有三分之一处于悬空状态，从碰撞角度上看，它没有直接翻下公路简直是一种力学奇迹。后座的人被抬了出来，惊吓过度加上头部受伤，意识有些模糊，司机和副驾驶位置上的一对夫妇还没拉出来。

丰田车上的几个人不同程度地受了伤，现场哭声一片，到处是血迹。

周祥生走到捷达旁边摸了摸伤者，冲黎亚非摇摇头。

“人死了。”围观的人注意到他的动作。

黎亚非也走进伤者中间，有一个女孩子腿断了，脸比纸还苍白，汗珠凝结在额头上，嘴唇抖抖的，黎亚非俯下身子把耳朵凑过去才听清她的话：“……我疼……”

黎亚非把女孩子抱在怀里，眼泪涌上来，她轻抚着她的头发，说：“我知道，一会儿救护车就来了。”

他们闻到酒味，跟血的腥气混在一起。

他们忙活了一个小时，才等来救护车。回到自己车上时，他们身上的血腥气充满了车厢。天慢慢黑透了，救护车车顶上的红蓝标志灯灯光异常醒目。

黎亚非的眼睛哭肿了，身上的新套装血迹斑斑。“真可怜。”她说。

周祥生伸手把她搂进怀里，她像个小动物，轻轻抽搐着。

他揽住她，在她耳边轻声说：“我爱你。”

周祥生没想到自己在四十五岁时又变成了一个少年。

他在单位搜寻黎亚非的身影，她总是在人群中间，但如今她的安静沉着不再令她隐形，而是变成一座山，或者一泓湖水，一团雾。他沉浸在自己的感觉里，也惊异于自己的感觉。

外出时，如果吴强不在，他们会一起过夜。黎亚非总是要求他把灯全都关掉，她的身材很好，但总是试图用衣物、被子之类的东西遮挡住自己。

她的羞怯让他感到好笑。“你是医生啊。”他说。

“这会儿不是。”她强调。

周祥生有许多年没有和女人一起睡觉的经验了。他的老婆十年前就成了别人的老婆，他们偶尔会因为孩子的事情见个面，曾经，她的脸让他厌恶到不能正视，但时间长了，他们变得心平气和，甚至开开玩笑。

“谈上恋爱了?”最近一次见面时，她打量着他问。

他不明白她打哪儿冒出这么一句话来。

“你看上去容光焕发。”她说，“你没当上院长，那就肯定是有艳遇了。”

“我经常有艳遇。”他说。

“这次有些不一样。”她说。

确实有些不一样。他以前最怕女人纠缠，但对跟黎亚非一起过夜有着强烈的期待，他们朝一个方向微蜷着身体，像两把扣在一起的勺子，她的头发软滑如丝缎，散发着洗发水的味道，比任何催眠的药物更有效用。

“今天，我跟他办完手续了。”有一天夜里，他快要入睡时，黎亚非轻声说道。

他的睡意像受惊的鸟飞走了。

黎亚非却很快睡着了。她的身体非常松弛，像一个浆汁饱满的果实偎在他的怀里。

有一次他们出门，赶上了一场春雪，雪花很大，白花花地飘下来，落到地上很快就化掉。天气是下雪天特有的温暖，但地面上化掉的雪水又把冷凉之气返上来，“一半是冬，一半是春。”有人说。

“外面是冬，里面是春。”有人补充说。

周祥生和黎亚非上午做完手术，中午吃了饭开车回家，雪一直没停，雪片似乎变得更大了，棉朵似的飘下来。在到达高速公路路口之前，有一段从两山之间通过的二级公路，公路两边的田野把雪留住了，白花花的一片，在黄昏变得黯淡的光线中，车子仿佛在一望无际的奶油中间穿行。

黎亚非突然把车停了下来。

周祥生往外看，车灯照射处，雪花棉絮似的飘飞着。

“怎么了？”他问她。

“让它们先过去。”她说。

周祥生往外看了看，除了雪花，看不见别的。黎亚非指了指车灯射程的边际线处，他定睛看去，发现路中间，一只动物支着身子，正向他们凝视着。

“——好像是黄鼠狼。”黎亚非说。

他们对峙着，黎亚非向黄鼠狼挥了挥手，周祥生笑了，低声说：“它哪能看得见！”

又过了一会儿，黄鼠狼似乎确定了他们不会突然碾轧过来，便又迈步往前走，它的后面，跟着另外四只，它们保持着相隔一米的距离，一个接一个通过公路。

他们屏息凝神看着它们过去，又待了十分钟，确信不再有要通过的黄鼠狼了，黎亚非才接着往前开。

周祥生激动不已，他兴奋地转向黎亚非，想说点什么，一时却又不知如何说起。黎亚非侧脸的弧线是那么精巧优美，他没问什么，她却轻声回答了他的问题：“我也从未遇上过这样的事情！”

“我们结婚吧！”周祥生说。

黎亚非转头看了他一眼。“我们结婚吧。”周祥生又说。

黎亚非一言不发，开到高速公路路口时，她把车停到了路边。雪越下越大，棉团似的罩下来，他们听得见雪团拍打车顶的啪啪声。

“我同意。”黎亚非说。

婚礼定在春末。满城的桃花都开了，黎亚非不想穿那累累赘赘的婚纱了，她订了一套日常也能穿的小礼服，浅桃色跟这个季节很相衬。

黎亚非最后一次试衣服的时候，郑昊来了。

自从离婚后，这还是他们第一次见面，他瘦了很多，头发很长，胡子拉碴的。

“你怎么变成这样儿了?”黎亚非问。

“挺好的啊。”郑昊看一眼镜子，“失恋艺术家嘛。”

黎亚非把他以前送她的婚戒拿出来放在桌上，“这个还你。”

郑昊看着戒指，笑了笑，“不是我小气，这个戒指是我们家的传家宝，传了好几辈子。带你回家之前，我带过好几个女孩回去，我妈都不给，见了你，我妈才拿出来。没想到，我们还是没缘分。”

“她恨死我了，是不是?”

“她恨我，”郑昊笑笑，“搬回家时，我跟她说，是我有外遇你才跟我离婚的。从那天开始她就没正眼看过我，也不给我做饭，要不我能这么瘦吗?”

黎亚非的眼泪涌出来，湿了满脸。

“你哭什么哭啊?”郑昊笑，“我还没哭呢。”

黎亚非哭得更厉害了。

“再哭把衣服弄脏了——”郑昊说。

黎亚非回房间把衣服脱下来，换了家常服出去，看见郑昊坐在沙发上看电视，电视里播放着赵本山和宋丹丹的小品，郑昊泪流满面。

黎亚非拿了盒纸巾过去，抽了几张递给郑昊，他伸出手，没拿纸巾，却把她的手腕攥住了，黎亚非说不清楚，是他把她拉进怀里的，还是她自己主动扑进他怀里的。

周祥生跟郑昊一前一后进的小区。他一眼就认出了那辆车，黎亚非离婚时，房子留给自己，车子给了郑昊。

郑昊和他想象的差不多少，即使他自己不当自己是艺术家，别人也会认为他是艺术家。

周祥生没下车，他想等郑昊从楼上下来再上去也不迟。他没想到，他会一直等到天完全黑下来。

依黎亚非的意思，结婚典礼是在教堂里办的。除了周祥生和黎亚非的家人朋友，观礼的大多数是医院里的同事。

他们选了城市东郊新建了没多久的教堂。教堂三层楼高，是拜占庭式，面朝田野，簇新簇新的。四周用铁栅栏围出一个院子，庭院里面的丁香树刚刚爆出花蕾。

教堂里面举架很高，说话声音一高，便有轰隆隆轰隆隆的回响。给他们主持婚礼的神父年轻得让人起疑，头发好像打了一整瓶的发胶，一丝丝像细铁丝似的挺着，黑色法衣领口露出来的白衬衫则像两把小刀支在他的脖子下面。

“永恒的上帝，汝将分离之二人结合为一，并命定彼等百年偕老；汝曾赐福于以撒和利百加，并依照圣约赐福于彼等之后裔；今望赐福于汝之仆人周祥生和黎亚非，引彼等走上幸福之路。”

神父指导他们交换戒指时，周祥生把戒指掉到了地上，他弯腰四下找戒指时，座席上传来笑声。

周祥生低着头四处搜寻，还是黎亚非的爸爸捡到戒指递给他，他举着戒指回到黎亚非的身边，医院里的医生护士们可能是觉得刚才笑得有些失礼，现在热烈地鼓掌、欢呼起来。神父把目光转向他们，示意他们安静。

“赐予彼等以节操与多子，使彼等儿女满膝。赐福他们，就像赐福给以撒和利百加、约瑟、摩西和西波拉一样，并且使他们看到他们儿子的儿子。”

神父合上了手里的《圣经》，分别打量着周祥生和黎亚非，自始至终，他的脸上一点笑容也没有，严肃地吩咐他们：“您吻您的妻子，您吻您的丈夫。”

他们的嘴唇都是冰凉的。

卧铺里的鱼

海　飞

苏杭随着人流进入站台的时候，老是觉得自己像一条鱼一样。在捕鱼期，这样的鱼群很容易被脸容黝黑的渔民们一网打尽。其实有许多时候他就觉得自己是一条草鱼，在浑噩的水里游泳。宽大的电子显示屏跳出红色的汉字，上上下下的电梯上站满了人，像是一群停在电线杆上的鸟一样。苏杭又看了看手中的票。那张票是苏杭刚刚买到的，苏杭不知道自己为什么就跑到了火车站，而且对着那个小小的窗口说我想去诸暨，有去诸暨的票吗？

售票的女人三十多岁年纪，长了许多的雀斑，这是许多女人共同的悲哀，年过三十总是有那么多的色素会在白嫩的皮肤上沉淀下来。女人给了苏杭一张票，苏杭抓紧时间问有卧铺的吗。女人愣了一下，然后很坚定地摇了摇头。女人有一个粗糙的嗓门，女人说你去车上补一张吧。这个时候女人打了一个哈欠，苏杭看到了女人脸上纵欲的迹象，苏杭恶毒地想，这个女人一定在来火车站上班之前，抓紧时间做过一回了。苏杭的心里笑了一下，路边枯草在风中轻摇似的那种笑。苏杭想，一定是自己的脑子出了问题，或者是自己的思想素质极其低下。

现在苏杭手中的这张票已经变得皱巴巴了，上面标着黑体字K101。苏杭最近手心里老是出汗，那一定也是一种虚脱的表现。苏杭混在一群黑压压的鱼中，排队检了票。到了站台上的时候，苏杭才知道这儿完全没有了候车室的温暖。苏杭将衣服的领子竖了起来，然后他灵活地避开那些磕磕碰碰的鱼，然后他上了车，然后他找到了自己的座位。座位是靠窗的，意味着苏杭可以在二十四小时不到一点的行程中很方便也很惬意地看到窗外的景色。苏杭对面坐着一对农民工模样的年轻人，他们像是在谈恋爱，女孩子老是剥着廉价的橘子给那个木讷的男孩子吃，他们的年纪都不是很大。苏杭想，如果这个男孩子去演《射雕英雄传》里的郭靖的话，一定要比李亚鹏演得好。这时候苏杭想到了小忆，小忆最近一直在看《射雕英雄传》，小忆一边说着新版的不如1983年香港版的好，一边却仍然面对电视机把自己坐得像一尊雕塑一样。苏杭一般都会坐在一边抽烟，他在烟雾里看着小忆。小忆是个很容易满足也很容易快乐的人，小忆和苏杭的生活很平静，只是两个人一直都还没有孩子。现在苏杭的旁边坐着一位老太太，老太太一上车就摆出了睡觉的姿势。这让苏杭想到了母亲，苏杭的母亲略略有些肥胖，年轻时是一个歌舞团里的台柱子，没想到后来发福了，她不再有自己的市场。母亲很喜欢睡觉，午觉是雷打不动的。醒着的时候，母亲就那么不停地絮絮叨叨。苏杭很奇怪父亲会有那么好的忍耐力，父亲总是选择阳台的一角晒太阳，终于有一天苏杭发现父亲的耳朵里塞着一小块棉花，这个发现让苏杭大笑起来，笑得很久都没有停。父亲的脸红了，像是被人发现秘密一样，最后父亲放低声音说，你不要告诉你妈妈，你不可以告诉你妈妈的。

晚上十一点十分，车子开动了。这个时候酒吧的生意正是红火的时候，这个时候夜生活的人群极有可能刚刚从家里走出来。车窗外先是灯火通明的，这就是北京，北京人就算再节约也不会节约电。北京的站台越来越远了，车窗外只能看到几点零星的灯火。老太太打起了轻微的鼾声，她甚至把头靠在了苏杭的肩上。苏杭笑了一下，他老是觉得这样的老太太一定心地善良为人慈祥。农民工模样的男孩和女孩在谈论着一些什么，他们的方言苏杭一句话也没有听懂，他只看到穿红色衣服的女孩子的眼神充满着爱怜。女孩子不时用肘部撞着男孩子的胸，要么就用拳头捶着男孩子。苏杭想笑，苏杭想，这些都是特定年龄或是恋爱中的特定阶段才会使用出来的动作。女孩一定注意到了对面男人的目光，她红着脸整了整衣服，然后一只手掌托着腮看着窗外渐渐稀少的灯火，很安静的样子。白白的灯光下有一些人在走过，苏杭突然感到很奇怪，这不是一车鱼吗？这是一车不知道夜晚来临的鱼。

苏杭一直没有想睡的迹象，车子过了廊坊，又过了天津西站，这个时候苏杭突然想起了那个买票女人说的话，女人让他去车上补卧铺票。在苏杭站起身来之前，他轻轻推醒了老太太，老太太懵懂中醒来时发现自己的头靠在苏杭的肩上，她的脸上忽然泛起了红晕，她说对不起。苏杭笑了，苏杭想，可爱的老太婆。苏杭起身在过道上走着，他不知道是列车在摇晃，还是自己的步子有些晃，反正他觉得自己走路的时候一点也不稳。有人在打牌，有人在睡觉，并且打着呼噜，甚至流着涎水。是列车把那么多鱼聚在了一起，而这些鱼不知道收敛一下自己的本来面目，就连放一个响屁都是那么无所顾忌。苏杭想，这是一条河沟，我们都是河沟里的鱼，这条河沟有水草也有空气，同时有着污浊但养料丰富的河水。苏杭看到了一个穿着制服的女人，她坐在列车员室里，很安静的样子。她的身边有一把水壶，也许在不久以前，她就提着这把水壶在车厢里走来走去。一个同样穿制服的男人站在列车员室里，他留着一撮小胡子，把身子靠在了墙上。在苏杭出现之前，他一定是在和女人说着什么话。他厌恶地看了苏杭一眼，他一定是因为苏杭的出现突然使他停下了话题。苏杭说我想补一张卧铺票，有没有卧铺票了。男人说没有了，现在哪里还有卧铺票。女人白了男人一眼，女人站起身来，说你跟我来。这时候苏杭突然想，男男女女在列车上工作的人，会不会因为寂寞而干出一些欲火焚身的出格事呢。苏杭的心里又叽叽叽地轻笑了一下，像一只小鸟的欢叫一样。他跟着女人走，他还回过头来对着那个懊丧的男人露出一个胜利的微笑。女人的身段很好，个子高挑，走出了妖娆的味道。苏杭一直看着女人扭动的屁股，苏杭说，那个男人一定是在勾引你。女人笑了，她回过头轻蔑地哼了一声。苏杭知道这个女人的一声哼，标明那个男人恐怕是一辈子都不会在这个女人身上占到一点便宜了。女人又说去哪儿的。苏杭说去诸暨。女人皱了一下眉头，女人说那是个小站，你去诸暨干什么。苏杭说我也不知道。苏杭紧接着又说，真的，我也不知道。女人在车厢连接处站定了，女人一转身刚好把脸对着苏杭的脸，苏杭愣了一下。女人说你耍我，你不知道你去诸暨干什么？女人的眼睛很大，眨巴着，苏杭笑了，说我真想咬你一口，火车呀火车，正是一个充满欲望的地方。女人说你说对了，旅途总是寂寞的，而人，是最不愿忍受寂寞的动物。

苏杭在进入卧铺之前，一直想着女人的这句话。苏杭想了很久以后，也觉得这句话其实是很有道理的一句话。苏杭补的是软卧，苏杭走进软卧的时候已经是深夜一时十九分了。他先是靠在软卧的门上站了一会儿，软卧里已经有了三位客人，他看不清他们长得什么样，他小心地爬到了上铺，把毛毯盖到身上后，苏杭开始思考一个非常重要的问题，那就是为什么买票上车，为什么要去诸暨。在赶到北京站买票以前，他一直和几个书商在三里屯的一家酒吧里喝酒，他们谈着的事情是有些重要的事情，那几个爷请苏杭策划编一套丛书。苏杭是一家名声不太响亮甚至是极不响亮的出版社的编辑，他的工作很轻松，所以在更多的时间里，苏杭是替一些出版社或是书商打活。打活的结果是苏杭在北京这座大都市里生活得很轻松，当然这是指的物质生活上的轻松。苏杭的酒喝得稍多了些，因为他自己也觉得自己讲话的时候，舌头大了起来。他不太记得清楚那天的全部过程，只记得他摸过一个女人的胸，那个女人吃吃地笑了一会儿。但是他清楚地记得结果，结果就是他接下了一套丛书的编辑工作，那是四个大都市的爱情故事，就连找作者的任务都委托给了苏杭。

苏杭把两只手枕在头下，他的耳边老是响着单调但是极有韵律的火车行走的声音。火车正在把一条条的鱼送到很远的地方，让那些鱼可以在遥远地方的阳光下游泳。苏杭想到了小忆，小忆现在一定也睡了。有许多时候，苏杭都夜不归宿，有时候是喝醉了，有时候是和朋友一起玩得很晚了。小忆从不说他，小忆有一天站在窗前，光影把小忆小巧的身子包裹了起来。那天小忆对坐在沙发上抽烟的苏杭说，不是我不关心你，是我觉得你的心里一定有着苦楚，所以不忍心来说你而已。苏杭像一只正在飞翔的鸟突然被一粒子弹击中一样，他挣扎了一下，才发现自己的心口流出了许多黏糊糊的鲜血。苏杭佯装要笑，并且想要为自己辩白一番。但是苏杭突然发现自己肚子里能够熟练使用的词汇和国宝熊猫一样少得可怜。苏杭后来打消了辩解的念头，苏杭站起身子只说了一句话，谁说我心里苦了。小忆不屑地笑了一下，她站在窗前摇摆着身子，两只手玩着一只刚刚织起来的辫子。她是想要织双辫的，但是这个时候她只织好一只辫子，还有一半长发就那么半遮着她的脸，像是从山川上挂下来的黑色瀑布。

不时有一些小站一闪而过，小站就像是苏杭曾经做过的一件事，或者是认识的一位朋友，或者是少年时候不小心打碎的一只酱油瓶子。苏杭觉得那些小站细碎得像一粒粒沙子一样，他的睡意一点也没有，这样让他有些担心，他担心自己睡不好以后眼球充血会出现红红的血丝，像要吃人的饿狼一样。苏杭想要快点入睡，他不想再考虑自己为什么要从北京去诸暨这样一个问题，但是他越是想睡着的时候就越是睡不着。对面上铺的一位客人翻了一个身。灯光一明一暗地闪过，苏杭看到了那个人的轮廓。这是一个女人，这个女人将一丛头发露出在毛毯外，她是朝里侧睡的，所以苏杭看到了她突起的肩，然后是纤细瘦削的腰，再然后是臀部呈现出的优美弧度，然后是一双纤长的脚。女人露给苏杭的只是一个背影，但是女人裹在毛毯里的身体却透出了一种力量，这种力量把苏杭的目光拉得笔直。苏杭突然感觉到了软卧里的温暖，他觉得自己的选择极为明智，不然的话，他的肩头上将仍然睡着那位爱打瞌睡的老太太。

列车到达德州的时候，苏杭还是没有睡着。苏杭看了看窗外，这个时候已经是凌晨三点二十八分了。苏杭感到有人上车，也有人下去。车站的人不多，声音也不响，只有惨白的灯光泛着青绿的颜色。这样的颜色，只有在寂寂的长夜里才会有，和办公室里照明用的白亮日光灯是完全不同的。苏杭想，我为什么要去诸暨，马上就要天亮了，我为什么还是没能睡着。他的耳边忽然又有了那几位书商在酒吧里的笑声，他们让苏杭在三个月内把书稿收齐。苏杭爽快地答应了，他知道现在卖文为生的那些人写字的速度。

苏杭迷迷糊糊地睡着了，但是他始终认为这个晚上的睡眠质量并不怎么好。清晨五点多钟的时候，苏杭醒了一次，他看到对面那个女人现在将脸朝向了外边。窗口的光线投在了女人的脸上，这是一张好看女人的脸，她的睫毛很长，嘴唇小巧，而且有着优美好看的弧度，这让苏杭的心情忽然好了许多。他笑了一下，然后翻转身，又睡了过去，他很知道现在他不能醒来，他的睡眠时间还没够。苏杭真正醒过来的时候，车子已经快到徐州了。苏杭坐起身子，他看到对面的那个女人正在描眉，显然她已经洗漱过了。女人朝苏杭笑了一下，然后她继续描眉，很显然她呈现给苏杭的笑容，可以算作是清晨的一个问候。苏杭没说什么，他觉得自己的骨头架子要散开来，很有一种慵懒的味道。下铺一个三十多岁有些像是小县城政府官员的男人正在打电话，他打一会儿电话又发一会儿短信，很像是跟几位小蜜同时打情骂俏。下铺的另一位乘客是一个老太婆，老太婆有些胖，有些俄罗斯大妈的味道。她在不停地吃东西，她吃的是火腿肠，还有小京生花生，还有方便面，还有沙爹牛肉干。那个放果壳垃圾的盘子，已经堆得像一座小山。老太婆从不拿眼看一下其他的人，老太婆大约一直在想，这是她一个人的卧铺。男人还在打电话，男人说我给你带来好东西了，那边的人大概在问是什么好东西，男人说等我回来了你就知道了宝贝。那边的人大概在撒娇，大概一定要让他说出带来的是什么。但是男人坚持不说，脸上却堆满了笑容。男人说你听话，我马上就回来了，我先去你那儿，就说我出差迟了一天回家，你做好菜给我吃行不行。那边大概说不行。男人于是又笑了，说听话听话。苏杭的心里又笑了一下，叽叽叽叽的。苏杭想，这个男人就算是在偷情，也是一个幸福的人，因为这个男人看上去有着健壮的身体。

苏杭起身，去洗漱了一下。在去盥洗间的路上，他看到卧铺车厢里有许多人坐到了走道上的简易凳子上，那儿靠着窗，是看风景的最好地方。苏杭刷牙洗脸忙完了，往回走的时候，突然看到了三个警察和一个犯人在一个卧铺包厢里，三个穿着黑色制服的警察正在打牌，他们的衣服扣子都已经解开了。犯人很开心地在一边看他们打牌，只不过他的手上铐着一副手铐，他的脸上堆满笑容，乐得好像是三个警察的老朋友似的。一个小个子警察抬头看了一眼苏杭，他说干什么，你想干什么。苏杭愣了一下，苏杭想这些警察会不会把自己想象成半路上劫犯人的。苏杭说没什么，我只是路过，我去一个叫诸暨的地方，我今年三十六岁，是本命年。我在出版社工作，最近要编一套爱情小说的丛书。警察们笑了起来，犯人也跟着笑，说真逗。苏杭的心里也叽叽叽地笑着，苏杭心里想，我怎么了，我为什么要和他们说那么多，我又没犯法，我长着眼睛看到他们打牌了，这有什么法子。苏杭就笑着离开了，他来到了自己的铺位。他看到女人已经描好了眉，坐在过道上的简易凳子上抽烟，她的肘部就支在那块小巧的架子上，她还朝苏杭笑了一下。苏杭推开卧铺包厢的门，老太婆正在吃一个橘子，她吃橘子的时候，顺着嘴角流下了不少的水，但是她好像完全没有知觉，只是不停地蠕动着嘴巴。这个时候苏杭才知道自己其实对这样的行径是多么厌恶。那个男人还在打电话，好像是打给自己家里的，因为苏杭听到他在跟一个小孩子说话，那么这一定是他的儿子。男人说小刚你乖一点，爸爸过两天就回来了，爸还给你买了一把手枪呢，很好玩的。苏杭听出了男人浓重的南方口音，有些像江苏普通话。苏杭在大学上学的时候，就有一位很要好的江苏同学，操的就是这样的普通话。苏杭斜了男人一眼，男人朝苏杭点了点头。

苏杭安静下来，开始继续想一个问题，那就是他怎么就会突然之间想到要去诸暨，并且从酒吧一出来就打的到了车站，乘上了去诸暨的火车。那个女人一直坐在过道上抽烟，喝水。苏杭就把身子倚在门边，看着女人抽烟。他们谁也没有说话，经常在火车掠过一个窗外有着绿色风景的地方时相互对视一笑。苏杭看到女人的下眼袋稍有浮肿，这完全是因为缺少正常的夜间睡眠而导致的。这个时候老太婆停止了吃东西的声音，她站起身来，不停地拍打着衣服裤子上的食物残渣，她拍打臃肿的身体，就像是在拍打一只巨大的篮球一样。苏杭知道她一定是要下车了，她吃了那么多的东西，现在停止了吃食，现在她就要下车了，这让苏杭的心里又叽叽叽地笑了，好像占到一个极大的便宜一样。男人也收起了电话机，在打电话的过程中，他已经换过了电板。他微微发胖的脸上堆满了笑意，这样的笑可以让人感觉得到他的生活一定过得很滋润。苏杭不禁对这个男人有了一丝丝的羡慕，苏杭想，我这一辈子恐怕很难会有这样的笑容。男人和老太婆一前一后下的车，老太婆脸上没有表情，让人以为她的脸部神经一定是出了问题。她的眼睛一直看着前方，哪怕是下车的时候她也没正眼看一下苏杭和另一个女人。男人拎着一只硕大的苹果牌旅行包，他朝苏杭笑了一下，又朝女人笑了一下，算是告别。苏杭看到女人也笑了，露出很小一部分牙齿，就像是线一样的一条细小的嘴缝。于是苏杭也笑了一下，他望着男人和老太婆向车厢的门走去，然后，这辆车缓缓停了下来。苏杭看到了两个字，南京。苏杭抬腕看了一下，时间显示，下午一点四十分。

这是一个温暖的午后，这样的午后如果在北京的话，苏杭可能会睡它一个美美的午觉。一直以来苏杭都有午间休息的习惯，这样的话下午的工作才会更有效率。苏杭下了车，他在车站上转了一圈，他站到了车站月台上的阳光底下，伸伸懒腰像是要做一下第六套广播体操开头的那个动作。他看到许多人向出口处拥去，其实他从没来过南京，其实他可以在南京逗留一下，看看这个六朝古都的颜色。他看到的是车站上一条条的鱼，这是一个不太新不太大也不太小的车站，鱼们游向出口处就像是游向一个闸门一样。在火车重新开动之前，苏杭以小跑步的姿势跑向火车并跳上了车门处的踏板。他看到卧铺里的那个女人，她倚在车厢的连接处抽烟，她向苏杭吐了一口烟，然后斜着头看着苏杭。苏杭笑了一下，苏杭听到了来自心里的笑声，叽叽叽，完全是一条快活的鱼的欢叫。苏杭说，咱们回卧铺吧。苏杭被自己的话吓了一跳，他怎么那么自然地就说了“咱们”这两个字，而且这是他和女人说的第一句话。但是他很快又释然了，女人点了点头，笑了一下。

这才是安静和干净的卧铺。苏杭关上了门，现在只有苏杭和女人了。苏杭在想怎么样开始和女人的谈话，当然这样狭小的空间里，一个男人和一个女人近距离的对话和谈话，无疑是一件充满暧昧情调的事。苏杭说你叫什么，苏杭又说我叫苏杭。那个女人想了一想，说我叫辛迪。苏杭觉得这是一个很熟的名字，苏杭说你为什么要姓辛呢，是不是和辛弃疾有一种血缘关系。女人笑了，女人说我也不知道为什么会姓辛，我只知道我的父亲我的爷爷都姓辛，所以我就姓辛了，你说你的问题傻不傻呀。苏杭想要说一句什么话，但是他想不好该说哪样的话，最后他嘿嘿地笑了一下。倒是这个叫辛迪的女人说了一句话，辛迪说你去哪儿。苏杭说我去诸暨。辛迪说我也去诸暨。苏杭说你为什么要去诸暨呢。辛迪说诸暨本来就是我的家，你又为什么要去诸暨呢。苏杭说，我也不知道，我明明在酒吧里喝酒的，不知道怎么的就跑到了车站，还买了票上了车。辛迪大笑起来，辛迪说你真逗。苏杭跟着辛迪笑，等辛迪笑完了，苏杭说，真的。辛迪看了看苏杭，点着了一支烟，没再说话。

这个时候苏杭才想起来自己没有吃中饭，辛迪说也没吃饭，但是不想吃了，看着老太婆吃的样子就已经饱了。苏杭说那我请你吃晚饭，辛迪说好的。两个人说说停停，窗外的树影和草垛以及湖泊，一闪一闪地闪过，忽明忽暗的光线就打在辛迪的脸上。苏杭忽然想起了有一个国外的明星，就叫作辛迪·克劳馥。那是一个超级名模，苏杭仍然能记得那个外国女人的模样。下午五点钟的时候，车子已经过了芜湖，苏杭看了看辛迪，辛迪笑着点了点头，于是他们站起身向餐车走去。餐车车厢里坐着许多人，他们在白晃晃的灯光下吃着东西，还喝着酒。苏杭想，这么糟的地方怎么可以喝酒呢。穿着脏兮兮的白色工作服的服务员们开始上菜，他们毫无表情并且显得很忙碌的样子。苏杭和辛迪坐下来，苏杭说吃点什么，辛迪说我想吃鱼。苏杭点了一个白菜，一个酸辣土豆丝，一个清蒸小黄鱼，还有一个番茄炒蛋，很干净的四个菜。然后苏杭又要了两小碗饭，再拿了两张纸巾，放在餐桌上。辛迪说你身边一定有许多女人吧，苏杭摇了摇头说没有，但是过了一会儿他又改正了说法。不多，苏杭说，不太多。辛迪笑了，四个菜就那么安静地躺在他们的面前。苏杭看到了那条小得可怜的鱼，苏杭叫住一个服务员指着鱼说这是什么动物。服务员说这是鱼呀，服务员"嘁"地笑了下，服务员说你连鱼也不认识吗。苏杭说，这也能叫鱼吗，这最多只能算是一条蚯蚓。辛迪的一口饭就在这个时候喷了出来，她无所顾忌地大笑起来。服务员的脸青了一下，他很想发一次火的，但是他最后没有发火，他只是轻声对着苏杭说了一句，弱智。苏杭的心里就快活地叽叽叽笑起来，像是夏天一只刚刚爬到树梢上拼命叫着的知了一样。

那是一条小鱼，它的身子被油炸了，所以它身上的皮就有了那么一点脆脆的褶皱。它的眼睛完全没有了它在水中时的那种灵气，它的全身都被油盐酱醋这些调料包围着，它完全沉没在一堆叫作“味道”的东西里。苏杭说我们多么像鱼呀，许多时候在感情上，多么像一条端上餐桌的鱼，那么无助。辛迪说你酸巴巴地说这些干什么，一双一次性筷子伸过来，辛迪夹断了鱼身，辛迪吃鱼的样子很英勇，像是爱上了鱼，或者是和鱼的前世有仇一样。后来在软卧包厢里，苏杭说我闻到了你身上的腥味，你是一条大大的活鱼。辛迪斜着眼睛充满诱惑地看着他，辛迪说你还闻到了其他的味道吗。苏杭说，女人的味道。

苏杭一直以为这样的旅程看来要发生一段即兴的爱情了，如果结了婚的人不可以说爱情两个字的话，那么至少要发生一段即兴的感情了。夜幕已经降临，可以看到外面的灯火零星地闪着。这让苏杭想到了童年，苏杭上学的时候，回家很晚，每次他都可以远远地看到胡同深处他家里射出来的灯光。苏杭对江南的印象，是从电视、电影和报纸杂志上得来的，苏杭第一次去的一座叫诸暨的小城，就属于江南。再过几个小时，苏杭就会在这座城市的小站下车，当然和他一起下车的是一个叫辛迪的充满女人味道的江南女人。

这是一个冗长的夜晚，但是如果是一个女人和一个男人待在同一个角落里，那么时间就会过得飞快。他们在各自的铺位上躺了下来，他们不知道为什么那么早就躺下来了。其他铺位的人，这个时候一定还在打牌，或者讲黄色的笑话，或者在议论美国和伊拉克的战事，好像他们是新闻发布官一样。苏杭和辛迪是面对面睡的，他们的眼睛都还睁着，他们想要寻找一个话题。苏杭终于说，你在北京是干什么的，辛迪想了想，想的时候辛迪闭起了眼睛。辛迪睁开眼睛的时候，她开始不停地说话。苏杭吓了一跳，苏杭想辛迪怎么可以这样，说出的话像无数个空气泡泡一样，不停地从她的嘴角飘出来。火车的声音咣当咣当地响着，辛迪的声音也夹在其中。苏杭对北京这座巨大的灰黄色城市太熟悉了，他看到辛迪穿着性感的衣服，在接到一些电话后，频频出没在酒店和宾馆的一些房间。就连辛迪的笑声，也充满着一种诱惑。这个江南的女人出没在北京的大街小巷，像一条想要融进大河的鱼一样。在来到北京之前，辛迪在诸暨城里有一个男朋友，他们出没在公园或其他幽会场所的时候，总是装出很甜蜜的样子来。辛迪在老家开了一家服装店，代理着一个品牌，那个品牌是一位红得很的女艺人的名字。但是辛迪输了，她赔了钱。这个时候辛迪的男朋友离开了她，然后辛迪坐上了去北京的火车。辛迪很快又有钱了，当然辛迪的钱来得很辛苦。辛迪并不想做一个北京人，辛迪很快就要收手了，她有了钱，而且在老家一个花园住宅小区里买下了一幢房子。她已经不太相信爱情，她只想过很平淡的生活。没人知道她在干什么，只知道她在北京做生意，而且赚了许多钱。苏杭的目光在一座小城和一座巨大城市之前来回飘忽着，他看到了两种形态下的一个女人，像一条游得很累的鱼一样游在尘世间这条大河里。当然辛迪也会嫁人，可能还会生下一个孩子，但是沧桑已经像密密麻麻的蚂蚁一样，在这个女人的心窝里做了一个窠。辛迪的声音突然断了，火车车轮奔跑的充满硬度的声音就更加清晰起来。很长一段时间的安静，两个人都没有说话，只知道火车在宣城停了一下，又在长兴停了一下，又在湖州停了一下。有许多人上车和下车，到处都是挤来挤去的鱼。

你为什么要去诸暨呢？你为什么要去诸暨！辛迪用完全不同的语调说了这两句一模一样的话。苏杭陷入一团迷雾中，是啊，我为什么要去诸暨呢。苏杭叹了一口气，苏杭叹气的时候，列车在茫茫的夜色中不紧不慢地前行。苏杭突然想起了一个叫顾燕的女人，顾燕是他的同学，但是他已经记不清顾燕长什么样的了，只记得顾燕的个子不高不矮，头发是短发，而且普通话也是属于江浙一带的普通话。苏杭记得自己当年曾经狂追顾燕，但是一直都没有成功，就在顾燕对他报以微笑，让他看到胜利曙光的时候，一个打篮球的高个子男同学成功地和顾燕恋爱了。那段时间里苏杭老是把自己灌醉，这让那个江苏的女同学很担心，女同学像亲人一样一刻也不离苏杭的身边。之后的一段时间里苏杭对女同学们突然一下子失去了兴趣，在很久以后，他又谈过一个，当然不是小忆，那个女孩子在小忆之前。而真正让苏杭走进婚姻的，却是这个叫小忆的青岛女孩子。那天在郊外，在一片很大的草地上，苏杭向小忆表白了他的爱意。小忆的第一句话却是你考虑清楚，我已不是处女。这句无比直白的话，就像面前那么多在风中摇头摆尾的草那样真实地呈现在苏杭的面前。苏杭先是“哦”了一声，但是他在极短的时间内就接过了话茬。苏杭说，没关系的。小忆没说什么，目光望着远方，其实远方什么也没有，仍然只是茫茫草地。苏杭以为小忆没有听到，苏杭又重复了一遍。苏杭说，没关系的。小忆随即说，如果你不后悔的话，我现在就可以答应你。

苏杭当然仍然有着顾燕的音讯，那都是一些邂逅的同学偶尔提起的。但是令苏杭奇怪的是顾燕长得什么样，他竟然已经记不起来，而当初他曾经那么狂热地爱上了顾燕。顾燕是诸暨人，顾燕常和苏杭提起的是一个叫西施的女人。苏杭觉得西施这个名字真是很熟悉，果然西施就是两千四百年前到现在都仍然名气很大的名女人。西施让一个叫“吴”的国家破灭，自己被越国的王后投进水里喂了鱼，结果也变成了一条在水里哭泣的伤心的鱼。顾燕还提起了一个叫五泄的地方，那儿是一个森林公园，那儿有西源，有东龙潭等一些景点。辛迪吃吃吃地笑了起来，辛迪说你一定是去看顾燕的，你一定是去会你的老情人的。苏杭说我不知道我怎么来了，我又怎么能找得到她，如果找到了她又会不会见我。嘿嘿，我怎么就一不小心上诸暨来了呢。

火车钻过了山洞，也跨过了桥梁。火车呼啸的声音是不同的，苏杭的耳朵能敏锐地分辨出什么样的声音是盆地，什么样的声音是平原、山谷、山洞或者河流。苏杭说，辛迪我是不是真的想见顾燕才来的，我再告诉你，我最多只有半年时间了，医生说的我只有半年时间，小忆是不知道的，如果知道了，那么这个世界上最伤心的就是小忆。我没有告诉任何人，我乘上火车的那天晚上，我还接下了编一套丛书的活呢。辛迪忽然伸出了手，辛迪将手悬在半空中，苏杭愣了一下，于是将手也伸了出去。他们都躺在上铺，他们面对面躺着，他们的手在空中交会，然后握紧了。辛迪说，你去诸暨就是去见顾燕的，顾燕是你的一个梦吧。

辛迪后来从上铺下来，辛迪说我想出去抽支烟。辛迪在过道上抽烟，她坐在简易的可以翻起来的凳子上，看着车窗外冷冷的夜的颜色。后来她重又走进了卧铺包厢，苏杭感到辛迪带进来一股冷的气息。辛迪爬上上铺的时候，苏杭看到了辛迪的瘦腰上露出白白的一圈皮肤。苏杭伸出手去，说确切一点是苏杭伸出了一根食指。他的食指触到了辛迪的腰肢，他感受到了一种柔软的力量，将他的食指紧紧吸附。苏杭的手指就那么缓慢地在腰肢上走着，很像是一只老年的蚂蚁爬行的速度。辛迪僵在那儿，辛迪一动也没有动，她只是战栗了一下，但是很快她就平静了，在她的生命中，她已经历过太多男人的手，长的短的胖的瘦的黑的白的细腻的粗糙的，她已经是一个不会再轻易有感觉的人。

火车停了下来，这是一个叫杭州的站台。辛迪拍掉了苏杭的手，辛迪说你知不知道，这座城市又叫爱情城市。苏杭看了看车窗外面的月台，这个月台和大部分月台都是一样的，如果要说婉约的话，大概这儿的空气也是属于婉约的吧，这和北方的苍凉是不同的。再过一个小时，就要到诸暨了。辛迪说，我陪你去订一下饭店，你好好睡一觉，明天你去找顾燕吧。火车又开动了，上来一些叽叽喳喳的鱼。他们鱼贯着进入了车厢，在这样一个安静的夜晚。

苏杭用手支起他的上半身，辛迪也用手支起上半身。苏杭慢慢地探过头去，辛迪也慢慢地将脸贴了过去。苏杭想要吻一下这个女人，但是女人搞不懂苏杭想要吻的是脸还是唇，但是不管怎么样，女人很乐意地将脸伸了过去。门口传来了响动，接着门被拉开了，苏杭看到一个穿着铁路制服的女人出现在他们面前，这让他的这个动作僵在了那儿。女人好像弱视一样什么也没看到，女人用手里拎着的一串钥匙敲了敲墙说，下车了，就快下车了，换票吧。他们从女人手里接过了票，然后各自把一块牌子递了过去。苏杭看到女人的手胖得像一块面包一样，让他突然有了想要呕吐的冲动。不久，又有人进来了，他们是补票进卧铺车厢的，一个是三十多岁拎着一只苹果牌旅行包的男人，一个是带着许多零食的老太婆。辛迪笑着摇头叹了口气，苏杭心里也咕咕咕地欢叫起来，像一只鸽子一样。果然没过多久，男人开始躺在床上没完没了地发短信，老太婆则开始吃方便面和牛肉干，以及一大堆的爆米花。

苏杭和辛迪在诸暨下车的时候，是晚上十点四十三分，火车开了将近二十四个小时，当然火车的方向还在前方，K101的终点是一个叫温州的地方。苏杭感到有些冷，是那种属于江南的潮湿的冷，这和北方的冷是不同的。苏杭把衣服领子竖起来，然后他和辛迪一起走向了出口处。他们混在一堆鱼中间，涌向了狭小的闸门。然后辛迪为苏杭找了一家宾馆，那是一家小宾馆，但是很实惠，就在车站附近。这座城市不大，但是夜间异常亮堂，一些酒楼茶楼仍然在营业，这个地方带着一种富气。辛迪说那我走了咱们再见。苏杭想说一句什么话，但是他没有说出来，他用眼睛告诉辛迪说你不如留下来吧。辛迪的眼神犹豫了一下，随即辛迪就笑了，辛迪轻轻摇了摇头，她从包里拿出一张纸，飞快地写了一行字，然后交给苏杭说，这是我的电话号码，你明天还是去五泄看看吧，明晚呢，你可以找一找你的顾燕。

苏杭看着辛迪融进一堆浓重的夜色中，辛迪像是一条黑色的鱼。苏杭听到火车长鸣了一声，大约是另一辆火车进站了。苏杭想，这么小的一座城市，火车一叫，全城都能听得到了。这个晚上苏杭睡得很踏实。

第二天苏杭果然去了那个叫五泄的地方。苏杭终于看到了江南的山是怎么样的水是怎么样的，他脱掉鞋子踏入了水中，他看到西源潭底的水中，游弋着许多细小的石板鱼。苏杭开始寻找，哪一条鱼长得像自己，哪一条鱼长得像顾燕，哪一条鱼长得像小忆，哪一条鱼又长得像辛迪。阳光照在水中，从水底反射的飘忽的光线很快让苏杭的眼睛花了。后来苏杭躺在了一块巨大的卵石上，阳光就洒在他的身上，他掏出手机给辛迪打电话，他想告诉辛迪说，其实顾燕一直住在北京，顾燕的日子过得很不错，在一家公司里任部门主管。顾燕嫁人了，有了孩子，但不是那个喜欢打篮球的高个子男孩。尽管他已记不清顾燕长得什么样了，但是他知道，顾燕在北京一直很好，他并不是为了顾燕来诸暨的。电话一直没有打通，因为一个温柔的女声一遍一遍地用中英文告诉他，您拨的号码是空号。苏杭的心里又叽叽叽地笑了几下，像是一条蚯蚓的哭泣一样。苏杭果真就哭了，他的眼泪掉在卵石上，也有不小心掉入水中的。他看到泪水掉入水中，荡起了很小的涟漪。涟漪的下面，生活着一群细小的石板鱼。苏杭想，不如做了一条石板鱼吧。这个时候，电话铃响了，电话那头传来轻微的呼吸声。苏杭眨了眨眼睛说，小忆，小忆我很快就会回来的。

碎玻璃

李　浩

因为事隔多年，当时徐明做错了什么，胡老师为什么发火我已经记不清了，反正，不会是一件大不了的事。胡老师总爱发火。她一发火我们教室里的光线就会暗下去，我们所有的学生都在暗下去的光线里坐得直直的，低着头，一丝不苟。可是那天徐明是个例外，他如果像我们一样，估计胡老师发一顿火也就过去了，我感觉胡老师隔段时间就要发一次火，如果有段时间没有发火胡老师就会寻找要发火的目标，那样我们可得小心了——屁虫说胡老师之所以爱发火是因为那时她正在闹离婚，她有一肚子的气没有地方撒，可豆子则坚决地给予了否认。豆子说胡老师从年轻的时候就爱发火，她从当上老师之后就一直爱发火，他叔叔跟胡老师上过学，他叔叔可以证明——可是徐明偏偏没有像我们那样“低头认罪”。这也难怪，他是刚刚转学来的学生，不了解我们胡老师的脾气。他低着头站了一会儿，然后用响亮的普通话对着胡老师说：“老师，你错了，不是你认为的那样。”

事隔多年，徐明究竟做错了什么，或者是胡老师误认为徐明做错了什么，究竟是一件什么事让胡老师开始发火，我真的已经记不清了，可以肯定那不会是一件大不了的事，无非是没有好好听课，和同桌说话或者玩小刀铅笔盒之类的事，反正错不大，胡老师发一通火就应当过去的，可是，徐明竟然说胡老师错了，还说得那么响亮。

整个教室突然地静下来。那么静。事后我的同桌徐奇和我谈到那一段教室里突然的安静，他用了一个词，摇摇欲坠。这肯定是一个太不恰当的词但它同样是我那时的感觉——从来没有人敢对胡老师这样说话，并且当着全班同学，并且说得那么响亮，并且，用普通话。要知道胡老师的严厉是出了名的，我的爸爸妈妈，连我没有上学的弟弟都知道。我的心被提了起来。我真的感到有些摇摇欲坠。

“你的嘴还真硬。”胡老师说得缓慢，平和，但有一些咬牙切齿的成分包含在里面。反了你了，敢和老师顶嘴。胡老师说这句的时候语速依然相当缓慢，突然——

“你给我出去!”胡老师几乎是吼叫，同时，她手上的白柳教鞭也响亮地砸在课桌上，“我就不信，我治不了你的臭毛病!”

“老师，的确是你错了，不是你想的那样。”徐明昂了昂他的头，“我真的没有……”

尽管我早就忘记了事件的起因，但徐明顶撞了胡老师还说胡老师错了，这件事我可记得一清二楚。我还记得那天胡老师离开教室之后有两个女生偷偷地哭了，据屁虫说其中一个叫什么翠的还尿湿了裤子。我还记得那天阳光很好，但在这个事件发生之后天就阴了下来，放学前还时停时下地下了几滴雨。那天，徐明从教室里走出来，一副无精打采的样子，用他那双已经旧了的运动鞋踢着一块石子。他低着头，踢了一路。

一个转学来的学生，说“鸟语”的学生竟然敢顶撞全校最严厉的胡老师，这在我们学校造成了不大不小的震动，这绝对是一个事件。第二天上午还有别的班的学生问我们：“是有人顶撞了胡老师吗？是谁啊？你指给我看看……”

“等着吧，这件事不算完。”徐奇在我的耳边说，他显得有些兴高采烈。“等着吧，这件事肯定不会算完。”我也这样说，我也端出了一副兴高采烈的样子——这不仅是幸灾乐祸。

那就等着吧。

我们都知道这不会算完。肯定还会有什么事情发生，胡老师绝不会容忍有人顶撞她的，胡老师是不会放过徐明的。

可是，事情好像真的过去了，事情好像根本没有发生，胡老师若无其事地讲着勾股定理，看不出她受了那个事件的任何影响，看不出她有要报复徐明的意思。“$a^2+b^2=c^2$。”胡老师的语气平静，不紧不慢，“在一个直角三角形中，两条直角边的平方和等于斜边的平方。”她斜都没有斜徐明一眼。

那堂课胡老师没有对徐明发火，没对任何人发火，她只是朝着一个好动的同学丢去了一块粉笔头，粉笔头丢过去之后她就继续她的勾股定理。

第二天上午还有胡老师的课。“我可以和你们打赌，胡老师今天肯定要批徐明，不信你们看着！”我、徐奇、屁虫和豆子坐在各自的凳子上，怀着紧张与兴奋的心情等待着，可是胡老师依然没有对徐明发火。倒是屁虫，他看两眼胡老师就悄悄地回一下头，他朝着徐明的方向——为此他受到了胡老师的警告。“我对你们严厉，是为了你们好。跟我上学，你们的父母将你们交给我来管理，我就得让他们放心，我就要把你们身上的坏毛病都改过来，这对你们的将来是有好处的。”胡老师一副语重心长的样子，她几乎是要告诉我们，那个事件已经过去了，胡老师没有将它放在心上。

“就这样过去了？”屁虫百思不得其解。他和豆子打赌输了，心里还有些不服。

“怎么会呢？你看着吧，徐明让胡老师那么没面子，哼，胡老师肯定不会算完的，那样，胡老师以后还怎么管别人啊？”

“是不是，是不是徐明……他不是从市里转学来的吗？”我们明白豆子的意思，他是说，也许徐明有什么背景，就连胡老师也不敢惹他。

“市里来的又有什么了不起？要是行，要有人，干吗非到我们这里来上呢？”

“是应当有个人治治她。”徐奇用力地咽了口唾沫，“胡老师一上课我就紧张，累死了。”

徐奇的感受就是我们的感受，我们也是一样，胡老师往讲台上一站我们就紧张，空气马上就变少了，阳光马上就变暗了。我们都怕被胡老师抓住点什么。

“反正，不能就这样算了。”屁虫将一块石子朝着一群肥大的鸡扔去。一片混乱。

还真让我们猜着了，胡老师终于抓住了徐明的把柄，将他从座位上抓了下来：“徐明，你说，这一次老师又错了吗？”

“你说说。你可以说你的理由。要是我错了我就向你道歉。”胡老师俯下身子，她的手放在徐明的头上，轻轻地抚摸着。

我们，许多人都看见了徐明的那个动作。他把自己的头晃了一下，躲开了胡老师的手——胡老师的手僵僵地抬着，她似乎一时不知道应当再去寻找徐明的头还是将手缩回。

“你说！”胡老师恢复了她以往的严厉，“你说啊，这回你还有什么理由！我就不信治不了你！”

“是我错了。”徐明说得响亮，“老师，这次是我错了。但上一次我没有错。”

“你不服是不是？你还不服是不是？”胡老师终于缩回了手，她指着徐明的鼻子，“我不允许你带坏班上的纪律，我不会的！我知道你是从市里的学校转来的，哼，要是在市里上得好好的，干吗非要往我们学校里转？既然来到这了，就得把你在市里养成的不良习惯都给我丢掉！”

“胡老师，”徐明抬起了头，他盯着胡老师的眼睛，“我转学这里不是因为我犯了什么错误，我什么错误也没犯。”徐明咬了一下自己的嘴唇，“你当老师的，可不能瞎说。”

“你说什么？你说什么！你再说一次！”胡老师的脸色苍白，“我教了这么多年的学生，还真没遇到像你这样的，反了你了。哼，别以为我收拾不了你，你打听一下，再浑的再坏的再不是东西的到我的手底下哪一个不服服帖帖！想在我的班上挑头闹事，哼，你打错算盘了！”

“胡老师，我是来学习的，我不想闹事，我没想闹事。”

“你还敢顶嘴！”胡老师扬起了她的手。我仿佛已经听见了响亮的耳光，我的脖子不自觉地缩了一下，可是，胡老师的手并没有真的落下来。要在平时，要是别的同学顶嘴，胡老师的手早就落下来了，可那天，胡老师略略地犹豫了一下，她只做了一个要打耳光的动作，然后把手收了回来：“我看你嘴硬到什么时候。”胡老师离开了徐明的身边，她慢慢朝着讲台的方向走去，“毛主席说，与天斗其乐无穷，与地斗其乐无穷，与人斗其乐无穷。我们就斗斗试试，看你的魔高还是道高。”

徐明完了。他是没有好果子吃了。我想。他怎么敢和胡老师这么说呢。胡老师走到了讲台，她的教鞭和牙齿都闪出一种寒光：“我们继续上课。我们不能让一粒臭狗屎坏了一锅粥。谁还记得勾股定理，会的请举手。”

三三两两的同学举起了手。徐明犹豫着，还是把手举了起来。

胡老师叫了徐明左边的同学。叫了他右边同学。然后叫到了徐奇。徐奇抓耳挠腮，结结巴巴：“老老老师，我我我……没没没有记熟。”要在平常，徐奇肯定会被胡老师批得焦头烂额，体无完肤，可那天胡老师只说了句“你坐下吧”。

“你们可得好好听着，要好好地学习，这话我说了不止一遍两遍了。千万别对自己放松。学好不容易学坏可快着呢。我接着往下讲。”胡老师没有叫同学们把手放下，我和几个同学只好依然举着自己的右手。胡老师竟然没有看见我们的右手，没有看见徐明举着的右手，她继续着勾股定理：

“根据勾股定理，在直角三角形中，已知任意两条边长，就可以求出第三条边的长。

“勾股定理是可逆的，因此它也有一条逆定理：如果三角形的三边长$a^2+b^2=c^2$，那么这个三角形是直角三角形。”

…………

那节课上得相当漫长，我们好不容易才挨到下课的铃声响起来。可是，胡老师没有要下课的意思，她重新把勾股定理的逆定理讲了一遍。别的班已经下课了。许多其他班级的同学堆在教室的外面，她们伸着黑压压的头向教室里张望，然后一哄而散。

胡老师拿起了书本和教鞭。我悄悄地舒了口气，我听见教室里许多出口长气的声音，胡老师肯定也听见了。她把拿起的书和教鞭重新放回到课桌上："我不想耽误大家的时间，可我不能不多说两句。我们班是一个统一的集体，我们不能容忍谁破坏这个班集体的荣誉，我们不能容忍哪一个人把他的坏毛病带进来。这是学校，是学习的地方，是规矩的地方，是培养人才的地方，不是收容所！现在我宣布一条纪律：我们要把那些不听话的同学孤立起来，直到他改掉了坏毛病，永不再犯为止。同学们，老师这样做是为了谁呀？还不是为了你们的将来！孙娟，你这个班长要负责监督！各个委员和组长，都要负起责任来！你们看着，哪一个同学还和不听话的、不学好的同学接近，你们就报告给我！哪一个再不听话，再和老师顶嘴，我们就不要理他，不和他说话！……"

放学了。我们从徐明的身边经过绕过了徐明，特别是一些女同学，她们经过徐明身边时加快了脚步，并且夸张地侧过了身子——仿佛徐明的身上有一股难闻的臭味，仿佛徐明的身上带有瘟疫，靠近他就会有危险似的。徐明一个人在他的座位上坐着。他面无表情，一动不动地等我们全班的人都离开了教室。他一个人，在飘着夕阳的光和灰尘的教室里坐着，空出来的教室那么空荡，面无表情的徐明那么孤单。

"徐明真可怜。"屁虫感慨了一下，"他顶撞谁不行啊，干吗非要顶撞胡老师呢。"

"我们胡老师是爱熊人，"豆子为徐明有些不平，"胡老师动不动就把人批一通，我不愿上她的课。”

“我也不愿意上。”

“我也不愿上。”屁虫说，“她一上课就让人提心吊胆。”

“她讲的……也不好，那么干巴巴的。”徐奇小声说。他向四周看了看，这时已开始后悔了：“你们可别和胡老师说，要不，非让她治死不可。你们可别和别人说这是我说的。”他低声低气地看着我们。

“徐明为什么转到我们学校来呢？”屁虫问我们，“他是不是被开除了，别的学校不要才转到我们这里来的？胡老师说的是不是真的？”

这也是我们都关心的一个问题，但我们不知道是还是不是。“我们问问他。”屁虫说，他刚说完就被豆子否定了：“这可不行，让胡老师知道我们和他说话，哼，那可就惨了。”

“他来我们这里上学，肯定是有原因的，要不然，一个市里的孩子怎么会到我们这里来？”屁虫说，“我一定把原因找出来。”他挺了挺胸，做了个悲壮的样子，好像他是要打入敌人内部的侦察员。

我们看见，徐明远远地走来了，与我们近了，略略的八字脚使他走得摇摇晃晃。他经过我们的身边。我们几个人都不再说话，我们闪到了一边，看着徐明面无表情地从我们身边走过去，一步，两步，三步，四步。他没有回头看我们，他把我们完全当成了陌生人。

“徐明也太犟了。”屁虫在他的背后小声说。

徐明被孤立起来了，在他身边仿佛有一道墙，有一个看不见的笼子，使他和我们隔绝，我们的奔跑、欢笑甚至打闹都与他无关，他只得一个人待着，他有一个孤独的小世界。其实即使胡老师不下禁令我们也很少和徐明说话，他刚转学过来和我们不太熟悉，并且他说普通话，这和我们造成了区别。你想想，假如我们是一群鱼，一只鲫鱼会不会和一群鲢鱼融合在一起呢？我们和徐明这间就是鲫鱼和鲢鱼的关系，那时候我和豆子都这样认为。

徐明带了一只电动的青蛙。它在课桌上跳跃，并且发出很响的叫声，每次跳到课桌的边缘徐明就用一只手挡住它，把它控制在一个范围之内。尽管徐明相当小心还是有一次青蛙跃过了他的手掉到了地上。它没有被摔坏。它又开始了在课桌上的跳跃，这一次，它甭想再跳出课桌去了。

我们看着课桌上的青蛙。几个女生还发出了惊讶的赞叹，当那只青蛙跳过徐明的手向下跌落的时候，她们把赞叹改成了尖叫——胡老师规定我们不许和不听话的同学说话，可没有规定不许看他手里的东西。

这时上课铃响了，徐明收起了青蛙，而我们恋恋不舍地收回了目光。“它的肚子下面有个开关，”屁虫悄悄地对我说，在老师即将走进教室来的瞬间，屁虫又忍不住了，“它叫得多响，像真的一样。”

后来徐明又带来了一辆电动小汽车，后来徐明又带来了两本画册和一些奇怪的东西。我们知道徐明是在干什么，他要干什么，可是，我们不能。我们不敢。“胡老师也真是。”豆子只说了这么半句，但这半句说的也是我们第一个的想法。——其实，徐明并不坏。

在带来画册的那些日子里，徐明利用课间的时间临摹上面的画，有时在自习的时候他也画上几笔。他故意不把这些画收起来，故意让有的画掉在地上——我认定他是故意的，他是想让更多的人看见他的画画得真不错，真的不错。今年在一个酒桌上我和徐奇偶然地坐在了一起，他偶然地提到了徐明："要不是胡老师，徐明也许能当一个画家。"他只说了这么一句就被其他人的其他话题给叉开了，我们就再没提到徐明。

不知是有人告密——我们班上有许多人都是胡老师的秘密侦察员——还是胡老师已经侦察多时了，在自习课上，胡老师突然地出现在我们教室里，并且径自朝着徐明的方向走去——她拉出了徐明的书包，把他的两本画册拿到手上。"你们学习！"她冲着我们喊了一句，然后高跟鞋嗒嗒地走出了门去。我们望着门的方向，我们不知道接下来会有什么发生。时间就那么一秒一秒地过去了，窗外的知了叫得很响。阳光从外面一波一波地涌进来，它们并不退出，而是很快地就消散了，消失得像水一样，像空气一样。

屁虫回了一下头。他似乎想和我说句什么，但没来得及说就转回头去。我们都害怕胡老师会突然地出现。

时间就那么一秒一秒地过去。我们等待着，几乎是一种煎熬，就连咳嗽的声音、翻书的声音都那么不自然。他们和我一样支起了耳朵，他们和我一样，不时地偷偷看上徐明一眼，想从他的脸上读到什么表情。可徐明还是什么表情也没有。他只是盯着一本语文书不停地看，目不转睛地看，眨都不眨一下。

下课的铃声终于响了。它像费力地撕开了什么一样，沙哑并且艰难地朝着我们的耳朵传来。徐明用力地把手扣在课桌上，他的响动吸引了我们。可胡老师没有像我们认为的那样出现。那节自习课她没有再来。

屁虫当上了胡老师的秘密侦察员，这是他向我们透露的，他向我们透露这些的时候翘起了尾巴。“你们别告诉别人。我和你们说也没什么关系，反正，我猜胡老师的意思主要是让我盯徐明，那我专盯徐明就行了，别的事可以睁一眼闭一眼。”

豆子说当胡老师的侦察员又有什么了不起，他还是呢，只是他一直没说罢了。“我知道……胡老师说过，”屁虫有些尴尬地收了收他的尾巴，“胡老师跟我说了很多班上的情况。”

我们都没有再说什么。屁虫的尾巴又翘了翘，他向我们详细地描述了胡老师叫他到办公室的一些细节，我知道他肯定向里面加了盐加了醋加了油，他在向我们表明，胡老师对他相当信任，对他相当器重。

豆子朝着河面丢着石块，他几乎可以丢到河的对面去了。他在屁虫说到兴奋处时突然笑了，他笑得有些冷。

“你笑什么？”屁虫问。

“我笑我自己不行吗？”豆子向河面丢下了一个很大的石块，石块溅起了层层的水花。

屁虫当上了胡老师的秘密侦察员，这对屁虫来说是一个机会，是一件大事。他相当卖力地履行着自己的职责，可是，他没有找到徐明的把柄，在一段时间里徐明什么错都没有犯过，包括上课时做小动作，上自习时打瞌睡或者乱丢纸条这类的小毛病。他的书包里也早已不再有电动青蛙、电动汽车这类的东西出现，在他的书包里只有课本、作业本和铅笔盒。

屁虫为此很不甘心，我们看得出来。他在放学时不再和我们一起走了，而是故意落在徐明的后面——他开始对徐明进行秘密跟踪。尽管他非常投入，可在很长的时间屁虫还是一无所获，于是，在一个中午，当徐明去厕所的时候屁虫悄悄地溜到徐明的座位那里，他的手小心翼翼地伸向了徐明的书包。

“你想干什么？”徐明的普通话说得并不严厉，就像平时里的一句问话，像询问屁虫需要什么帮助似的，但他的突然出现还是吓了屁虫一跳。“没没没什么，”屁虫用他的手和袖子擦脸上的汗，“我我我……我想想找个东西，看看你有没没没有。”

“那你看吧。你好好看看吧。”徐明仍然并不严厉，但他拉出书包、把书包打开的动作很不友好，“可能让你失望了，我这里没有你要找的东西。”

是的，没有。屁虫感到尴尬，感到失望。此后有几天他无精打采的，干什么都没有力气，如果不是他还从来没有给胡老师提供过什么有价值的情报，他早就放弃那个拙劣的跟踪计划了。那天，他只是跟着，并没有期待有什么发现，可那天，还真让他有所发现：“刘佩振和徐明在路上说话了！他们说了很长一段时间！”

屁虫为他的发现兴奋不已，他脸上的层出不穷的痘痘因为兴奋而跳动着，闪着红红的光。

下午的最后一节自习课，刘佩振被胡老师叫到了她的办公室。那一堂自习课刘佩振的座位一直空着，直到我们放学，离开学校，刘佩振还没有从胡老师的办公室里出来。

“看谁还敢和徐明说话！”屁虫翘着他的尾巴，不停地摇着。

“我最瞧不起你这种人了。”徐奇说。

“我不是……胡老师是为了咱们好，要不然，徐明会把班上的纪律带坏的，要是谁都不听老师的话了那不就乱了？……”屁虫追着我们的屁股解释，反复地解释，他追着我们的屁股。

“不管我们做什么，你都不许告老师！”

“那当然。我怎么出卖你们呢？胡老师信任我了，要是别人说咱们的坏话我就会知道，我知道了你们也就知道了……”

“你说话得算话！”

“我什么时候不算了？肯定的。”

真是一波未平，一波又起：胡老师办公室的玻璃被人打碎了。不知道为什么那天胡老师来得比平时要晚些，她赶到学校时在她办公室的外面已站了许多的人，包括袁校长和其他的老师。透过老师和同学们的头，胡老师看到窗子上的碎玻璃，它像张着一张大嘴的怪兽一样狰狞。“怎么了？这是谁干的？”胡老师急急地打开她的门，办公室里更是一片狼藉，一瓶被砖头砸倒的红墨水洒满了桌子和椅子，有很多的作业本也被染成了红色——更不用说纷乱的碎玻璃了。

“我每天辛辛苦苦地教你们，总怕你们不学好不成材，总怕你们学不到知识将来后悔，你们知道我付出多少？你们竟然这样对我！”胡老师哭了。班上的女生也跟着抽泣起来，后来有几个男生也加入到哭泣的行列中。“我还不是为了你们……”

胡老师用板擦敲了一下桌子：“其实不用说我也知道是谁干的，我猜也猜得到。你别以为自己做得多神秘，其实你的一举一动我都清清楚楚，许多同学都向我反映了，就是你打玻璃的时候也有同学看见，他已经向我报告了。他就是不向我报告我也猜得到。”胡老师说到这里停了一下，她从讲台上走下来在教室里转了一圈，她转了一圈就把教室里的空气转少了。

现在，胡老师在我们背后：“现在，我给这个同学一个认错的机会，给他一个自首的机会，坦白从宽，抗拒从严。现在你站出来，当着同学们的面承认了，我会从轻发落的，要是你的态度好永不再犯的话还可以既往不咎。你要是存在侥幸心理，以为会躲过去的话，哼，我谅你也不敢。现在我开始数数。在数到三之前你最好给我站出来！

“一。

“二。”

胡老师放慢了速度：“你还有最后的机会。三……”

我们坐得直直的，坐得僵硬，坐得颤抖，但是，没有一个人站出来。“我已经给你机会了。要是再不站出来的话，我可就不客气了。”

还是没有谁站起来。我感到了压抑，空气本来就少得可怜，而我还不敢大口地喘气。我低着头，我感觉胡老师的眼睛里有刺，有刀子和剑。

“徐奇，是不是你！”

徐奇竟然又结巴了起来，说到最后他竟然咧开嘴哭了：“不不不不不是，我我……我没没没有……没有啊……”

“坐下吧。我知道不是你。”胡老师挥了挥手，“赵长河。”

这样一个人一个人地问下去。全班只剩下刘佩振和徐明了。只剩下徐明一个人了。“你就是不承认是不是？”说这话的时候胡老师并没有朝着徐明的方向，而是面对着别处，“你以为你做的坏事我不知道是不是？你想错了，我告诉你，你想错了！”

胡老师显出一副悲伤难抑的样子：“对不起同学们，对不起大家，因为一两人耽误大家的宝贵时间，实在对不起大家。绝大多数的同学都是好的，都是听话的，上进的，懂得尊敬师长的，哪个班上没有一两个调皮的捣蛋的，一两个捣蛋的调皮的也兴不起风作不了浪！我也告诫那些调皮捣蛋的不学好的，你是在自取灭亡！

“好，我们继续上课。把你们的课本打开。”

胡老师只给我们讲了不到十分钟的课。她再次向听话的好学生们道歉，她说她不舒服，今天的课改成自习。

她走出了教室。门没有关好，被风一吹，发出刺耳的吱吱的响声。胡老师走了，剩下了一群张望的学生，我们安静一阵儿，然后叽叽喳喳一阵儿，又突然地安静下来——

直到下午放学胡老师再也没有回我们教室。说实话平日里我们最怕胡老师在面前出现了，可那天胡老师不出现我们又觉得缺少了些什么。“是谁打的玻璃？你马上向胡老师认错去！胡老师为了我们……她容易吗，你还有没有良心！”班长孙娟站了起来，她的眼睛红红的，她的目光掠过我们所有的人，“你去不去？我问你去不去？”

没有应声。我们的眼睛都偷偷地盯着徐明。他正拿着一本语文书用力看着。他依然是那副面无表情的样子。

“徐明，你说是不是你？”孙娟走到徐明的面前，“你看把胡老师都气成什么样了！”

“孙班长，这事和我无关，我没有打谁的玻璃，这事不是我干的。”

“不是你干的还会是谁干的？大家都知道是你干的！”

“你凭什么说是我干的？你看见了？你抓住我了？我告诉你，我从来都不说谎，我说不是我干的就不是！”

“你别死不承认！哼，别以为你是市里来的，就觉得自己很了不起……屁，臭美什么啊。”

他那么快。徐明飞快地抓住了孙娟的衣领：“你他妈的再瞎说！我说不是我就不是！”

孙娟是一个懦弱的人，她被徐明吓坏了，她被徐明吓得脸色苍白："不是你，不是你你早说啊，我又没有说一定是你。你们管管他。"

我们谁也没动，我们才懒得管这事呢，这事让我们怎么管啊？我们早就看不惯孙娟平日里的那副神态了。像一只骄傲的母鸡似的，要不是胡老师把她当成宝贝处处护着她，要不是她动不动就打我们的小报告，我们早就想收拾她了，现在，终于有了收拾她的人，终于有了收拾她的机会，我们干吗还不让人家收拾？

"你们，你们管管他。"孙娟哭了起来，她的眼睛和鼻子都挤到了一处，"我又不是说你，我又不是……唔唔唔，说你……"

现在轮到徐明尴尬了，现在轮到徐明手足无措了，他松开了手："对对对不起……可我真的，没有砸玻璃。"徐明看了看自己抓过孙娟的那只手，仿佛上面长出了刺，"我没有想，我……"

"徐明！你等着瞧！"摆脱了徐明手掌的孙娟跳回自己的位置上，她那么外强中干。我和刘世涛、徐奇、屁虫，我们几个人响亮地笑了起来，刘世涛的笑声明显有些夸张。

第二天上午有胡老师的课，可是胡老师没来，徐明的位置也是空着的。胡老师和徐明的共同缺席让我们产生了诸多的猜测。

"这次，徐明也太过分了。他肯定没有好果子吃。"

"可徐明说不是他。也许他真是冤的。"

我和同桌徐奇说着悄悄话，回过头来的屁虫也加了进来："肯定是他，没错。胡老师不会有错的，何况，有人看见了。"

"要是胡老师知道是徐明干的，她早就给徐明颜色看了，她才……她肯定不知道是谁。她只是猜的。"

我们交头接耳，我们的声音渐渐大了起来。这时，袁校长推开了门：“安静！你们给我安静！你们还像个上课的样子吗！”

袁校长的脸上像一盆冷水：“有些人，现在是越来越不像话了，上课不好好听讲，总做小动作，下课了就胡打胡闹，一点规矩都没有，一点学生的样子都没有，不光和老师顶嘴，竟然还发展到打老师的玻璃！你当学校是什么地方？你当老师是什么啊？老师恨铁不成钢，管得严了些，话说得重了些，你就把老师当仇人了……”

袁校长说：“学校要想教书育人，培养四有新人，就必须严格管理，规范管理，我们的制度不是太紧了而是太松了！以后我们的管理只能越来越严格，越来越规范。”最后，袁校长环视了我们一圈：“哪一个同学要是觉得我们太紧了，让你受不了，你可以提出来，我特批，你可以不听课可以不考试，但有一条，不能影响班上的纪律。要不然，你就给我转学。”袁校长将“转学”两个字咬得很重。在袁校长咬着“转学”两个字的时候，我和许多同学的余光悄悄地向徐明的座位上瞄去。那里空空荡荡。

袁校长离开我们教室之后不久胡老师就来了，她说本来她身体不好已向校长请过假了，但想到同学们的学习她还是打起精神来了。这时我们的班长孙娟站了起来，她说胡老师您回去休息吧，我们可以自学。在孙娟之后我们的椅子凳子乒乒乓乓，我们三三两两地站起来：“胡老师您休息吧，胡老师您休息吧。”

“坐，同学们坐下。我没事，看到你们我就没事了。”胡老师很有些激动，她的嘴唇颤了几下，“我……我……我们把书打开。”

那是我听胡老师的课听得最认真的一次，也是胡老师讲得最生动的一次。下课时她一边收拾教案一边冲着我们：“谁知道徐明怎么没来？”我们说不知道。胡老师用鼻子哼了一声，然后将教案夹在腋下，离开了教室。

一架纸做的飞机跟在胡老师的背后飞了起来。它摇晃着撞到了教室的门上，然后坠落下去。胡老师对此毫无察觉，她走远了。

尽管事隔多年，我还清楚地记得那天下午的班会，我还清楚地记得，我们这些初二（3）班的男女同学，排着队到黑板前面看画册时的情景。那就是徐明拿到学校被胡老师没收的画册，那天下午的班会徐明就在他的座位上坐着，他是唯一没有排队去看画册的人。

胡老师给我们看其中的一幅画，它是一幅略略有些变形的素描，画得相当简单，上面画着一个裸体的男人和一个裸体的女人，他们的某些部位被夸张了，他们扭曲着，因此显得丑陋。后来我才知道那幅素描是一个叫毕加索的画家画的，那个毕加索是一个相当有名的画家，是一个大师级的人物。可是我不喜欢毕加索的画，甚至对这个名字都有种莫名的厌恶，我想是因为那天下午班会的缘故，那个下午埋下了厌恶的种子。即使别人再怎么说他的画如何如何，即使我强迫自己先认定他的画是优秀的，即使我强迫自己认真地看他的画，可是那种丑陋和堕落、淫荡的印象强烈地阻挡了我和毕加索的接近。

我不可能喜欢毕加索的画，永远不会。

当然这是后话。还是返回那天下午的班会吧，胡老师将几本书放在课桌上，然后以那几本书为依托，向我们翻开了有毕加索素描的那本画册。

胡老师说："这些年的改革开放是让人们富裕了起来，人民的生活是有了极大的提高，但是，一些西方资本主义的腐朽思想也随着改革开放涌了进来，这群嗡嗡叫的苍蝇飞进了窗子，就想办法到处产卵，下蛆。他们以丑为美，以恶为善，只讲个性不讲共性，腐化堕落，就是这些东西竟然也找到了市场，竟然有人喜欢！这些脏东西坏东西对青少年的毒害尤其严重。为什么呢？因为青少年涉世未深，正确的人生观世界观还没有形成，并且他们判断是非的能力还很差，所以必须加强引导，提高他们分辨是非的能力。

“老师为什么对你们严格？是不愿意你们长歪了，是怕你们走斜了，那时候再回头也就晚了。有的同学，偏偏不能理解老师的苦心，偏偏要和老师对着干，偏偏要去接受西方的腐朽思想的侵蚀，我不知道你要长成什么样！我告诉你，现在悬崖勒马还来得及。”胡老师指着画册上的毕加索的素描：“同学们你们看看，这美吗？这高尚吗？这对我们青少年的身心有益吗？不！它既不美，也不高尚，更对青少年的身心没有好处！大家看看，这就是西方资产阶级堕落的生活方式，它是在引诱青少年犯罪！”

“你们，”胡老师指了指我们，“你们一排一排地上来，好好看看这幅画，每人不少于一分钟！大家不接触，不比较，只听一些道听途说的宣传，还会以为西方多么文明多么高尚呢，还会以为他们的生活方式多么值得我们去学习呢……哼哼。别挤，大家一个一个地来。”

看得出，徐明在“画册事件”中遭受了巨大的打击。他摇摇欲坠。眼泪在他的眼睛里打着转儿。那一堂漫长的班会对徐明绝对是一种煎熬，他都出汗了。刚下过雨的秋天已经凉了。

每一秒钟，都有无数的针插到徐明的身上。每一秒钟，都有无数的老鼠在徐明的心脏里奔跑。每一秒钟，每一秒钟都那么屈辱，那么难熬……徐明一寸寸地矮下去，那幅毕加索的画压倒了他。

“徐明，明天下午让你母亲来学校，我要和她沟通一下。”

徐明不知说了一句什么，胡老师没有听清楚，我们也没有听清楚，他好像是说给自己听的。

“你说什么？徐明，你大点声。”

徐明又说了一遍，这次，我们仍然没有听清。

“不想让你母亲来是不是？不想让你母亲知道你在学校里的所作所为是不是？你也知道害臊？要是早知道害臊，你为什么不好好学习，为什么不求上进呢？我知道你母亲不容易，”胡老师顿了一下，提高了音量，“她和你父亲离婚了，就带着你回乡下老家来了。你要是早点体会她的苦处，就别这样给她丢脸。”

徐明一边擦着眼泪，一边说着些什么，可是他说什么我们还是听不清。

“徐明，你别以为老师总对你有意见，处处想治你，你这样想是错的。我是想让你改掉坏毛病，当老师的不能看着你一步一步地往下走而不去拉你一把。你对我理解也好不理解也好，我都不能对你的毛病坐视不管，这是我的责任。”胡老师说这些的时候神采飞扬，语重心长。她还灿烂地笑了一下，只一下。

放学的铃声响了。

“徐明他妈是破鞋。”屁虫用低低的声音对我们说，他笑得有些暧昧，“所以徐明他爹才不要她的，她就只好带着徐明来我们这儿了。”屁虫关于徐明的母亲是破鞋的理由还有一条，就是，只有破鞋才会有那种黄色的画册，只有破鞋才会把那些乱七八糟的东西给自己的儿子看。

“你们知道徐明他妈和老师都说了些什么吗？她们说了一个下午。”屁虫一边用力地翘起他的尾巴一边卖着关子。我们瞧不上他这样的做派，我们都不理他。前几天徐奇说胡老师课讲得不好肯定也是屁虫告的密，这事他知道。我们都不理他，徐奇跑着去追一只飞走的蚂蚱，而豆子和我则专心地对付着榆树上的虫子，我们用小木棍子一一插入那些虫子的身体，它们发出难闻的臭味。

“徐明可惨了。”屁虫又说，我们还不理他。

“他母亲打了他，他一晚上都没睡觉。”屁虫自言自语地把话说完，他跑去和徐奇追蚂蚱去了。我和豆子偷偷地笑了，这是我们早就商量好的，屁虫越来越让我们看不惯了。我们得治治他。

考过期末考试之后很长时间徐明也没有回学校，他的位置空了出来，如果不是有把凳子还放在那里，我们都可以忘掉徐明的存在了。后来椅子也没了。屁虫说，徐明转学了，跟着他的破鞋母亲走了。很快全班同学都知道了徐明已经转学的消息。

在期末考试之前徐明还被胡老师狠狠地批了一次，事情起因是因为刘佩华在徐明的凳子上放了一枚小钉子，徐明坐下去被扎着了屁股，于是，两个人打了起来。和乡下的孩子打架，徐明肯定占不了上风。两个人正打得难解难分，胡老师出现了。

他们两个人被罚在教室的后墙那里站着，由同学们每人打他们一下脸。“你们不是愿意打嘛，现在就让大家都来打，这样是不是更舒服些哟？看你们下次谁还敢再打架！”徐明依然那么犟，依然那么不识时务，他向前走了一步：“老师，是他先惹的我，他往我的凳子上放钉子！”

“是吗？是真的吗？”

刘佩华点了点头。

“放钉子是他不对，我不是罚他了吗，哼，他怎么不往别的同学的凳子上放钉子而偏偏往你凳子上放钉子？你们俩都是一样的东西，好的学不来，坏的不用学就会。你给我站好！我就不信我治不了你们的臭毛病！……”

宣布考试成绩的那天是一个阴天，外面刮着很大的风，校园里许多的碎纸片和尘土在操场上纷纷扬扬。那天徐明仍然没来。他的座位已经没有了。

徐明考了个全班第二名。胡老师念过徐明的成绩之后又对我们宣布，徐明已经转学了，所以他的成绩也就不算了，下面同学的名次提一下，第三名现在是第二名，也就是说在这次考试中第十一名也有前十名的奖状。随后胡老师停了一下，她说，同学们，我们学校要培养的是四有新人，祖国的建设需要的是四有新人，有道德守纪律比只是学习好更重要。我们不仅要把学习搞好，同时还得不断加强自己的修养，这样的孩子长大了才是对祖国有用的孩子。

门突然开了，一阵很凉的风先吹了进来，徐明出现在门外。他背着一个灰色的书包。

“你，”胡老师对徐明的出现感到惊讶，“你怎么来了？”

“我想知道我的成绩。”

“你，你考得还不错。”胡老师的表情有些不自然，“徐明，到了新学校，可要好好学习，要听老师的话。坏毛病一定要改。”

“胡老师，刚才你的话我都听到了。”这一次，徐明的普通话说得依然响亮，清脆。

“嗯……”胡老师一时没有反应过来，“是，是啊？”

徐明盯着胡老师的眼睛：“我还想和你说一件事。你办公室里的玻璃不是我打碎的。”徐明始终没看我们一眼——“那事不是我干的。”

“不是……不是就好，”胡老师的嗓子有些沙哑，仿佛塞进了一些棉花，“我……我也没有认定是你干的。”

徐明冲着胡老师笑了。他的笑容慢慢僵硬起来，慢慢变得有些狰狞。我们看见，徐明的手飞快地伸向他的书包，他掏出了里面的砖头，飞快地朝着教室的玻璃砸去。

随即一声脆响。

破碎的玻璃掉了下来，像一场白花花的雨，它们纷纷坠落，闪着银白色的光。有几片玻璃的碎片在那白色的光里晃了几下，像余震一样再次落了下来。寒冷的风和阴沉的天色透过没有玻璃的窗子涌进来，它让我们打着寒战。

等我们反应过来，等胡老师反应过来，徐明已经跑远了。他挥动着已经空空荡荡的书包，他的书包在空中划出一道道灰色的圆弧，显得无比轻松。他转过了大门，从我们的视线里消失不见了。

随 园

戈 舟

当然，他是我的老师，尽管我从来也不觉得在那所师专里能够“教学相长”，但曾经在一个神魂颠倒的时刻，他把脑袋埋在我的怀里，对我说，是我启蒙了他。这句话当时听来，对我就像孤立的山峰和陡峭的奇岩怪石。对，“启蒙”这个词就像那片土地上的丹霞地貌一样，经过长期风化剥离和流水侵蚀，造型奇特，色彩斑斓，而且，气势磅礴。

入校不久我就开始逃课，常常跑到城外的戈壁滩上眺望皑皑雪山。他从未陪我去过。却是他告诉我的，“戈壁”原来是蒙古语。他还向我展示过一块白骨，也就一次性打火机那么大，让人难以判断到底出自躯干的哪个部位。白骨可真是白骨，它白极了，两端如同枯木的断茬，这让它看起来就像是从风干的胡杨上掰下来的。他拿这么一块白骨给我看，用来作为不陪我去戈壁滩的说明。他说他父亲就是死在戈壁滩上的，又如实交代：这块骨头并不是他父亲的，是他捡来的。

据说城外戈壁滩的某处，粗沙砾石之间，白骨累累，随处可见。

我专门找过，但这块传说中的弃尸之地，我一直也没找到。我不曾甘心过。有一次干脆在路上顺手掰了一截风干的胡杨木，回去后伸开掌心亮给他瞧。我说，看，白骨。他翻出自己的宝贝，跟我展示给他的放在一起比较。他也不得不承认，它们真的是太像了。后来，这两块东西就分不清彼此了，被我们搞混了。它们都可以被当作一截枯死的胡杨，但不约而同，我和他都倾向于视它们为白骨。我将其中的一块穿上绳子，挂在了脖子上。

很快就有女生效仿我。女生真是聪明，她们目光如炬，一眼就看出了我这件饰品的本质。男生们的见识像我一样不凡，他们相信我脖子上挂着的是一块货真价实的人骨头，其他女生佩戴的，不过是拙劣的赝品。我和男生接吻，会将他们的手拉上来，让他们去摸那个宝物，以此给他们形成强大的心理暗示，要让他们以为，此刻多么独特，甚至神圣，只有一块白骨才配得上他们的感受。其实就是这么好办，因为男人总是那么自命不凡。

再后来，很多男生围着我转，姿势千篇一律，一边埋头寻找我的嘴唇，一边伸手探索，意乱神迷地投身在专属于自己的独一无二的仙境。如果那时是在戈壁滩上，我会调整方向，让自己面朝南方。往那个方向遥望，我就可以看到被当地人称为南山的祁连山。雪峰在正午时发着光，雪峰在黄昏时发着光，雪峰不管是在正午还是在黄昏，都发着光。这让我似乎看到了生命的希望。

自命不凡的男生中总有更自命不凡的。一个裕固族男生把我按倒在了戈壁滩上。他像他的祖先一样骁勇，崇尚骑马和射箭，他还告诉我，他们民族本来自称“尧乎尔”。这些都令他看起来有条件更加自命不凡一点。何况，归根结底，一切算是我怂恿出的结果。

我躺着的这块儿地方，是祁连山的洪水冲击出来的。亿万年前，洪水滔滔，山上的岩石滚滚而下，向着山外奔涌，大块的岩石堆积在离山体最近的山口处，接着是拳头那么大的，渐次变小，最后就像嘹亮乐章的尾音，指头大小的石头穿越时光，被我压在了身下。长年累月，日晒雨淋，大风剥蚀，石头的棱角逐渐磨圆，戈壁滩就这么形成了。即便是被压在磨圆了的石头上，我的背也很痛。可我觉得天荒地老，自己是被撂倒在了一个亘古的意义上。

事情就这么开了头。一个当地的无业青年行同样之事，却让我俯在上面。失去了依附，我只有引颈眺望，好在雪峰依旧不分黑夜与白昼地发着光。

那时候我并不觉得自己长得美——当然，我从来就没这样觉得过——在我心目中，唯一的美人是一个名叫肖雄的电影演员。她好像一直没怎么红过，即便如此，我也明白自己长得比肖雄差多了。肖雄美，是因为她看起来更像个男的，而我却不折不扣一副女人的样子。

有个男生骑车带我去看湿地。他别出心裁地用芦苇给我编了只素雅的花环。我揪了一把蒲草像羊似的咀嚼，这可以缓解我的痛经。天黑后回到学校，操场上有人聚众庆祝，据说中日围棋擂台赛上钱宇平胜了武宫正树。闻讯后，男生仿佛从来未曾给我编过什么芦苇花环似的，转身就跑开了。后来他告诉我，他是去细究棋局了。“执黑五目半胜。”他摸着我脖子上的白骨对我说。我觉得“执黑五目半胜”这个句子铿锵极了，优势明显，说出来就如同赢得了一场生命的完胜。所以，得知我的姑姑死于一场沙尘暴时，我竟脱口说出了一句：“执黑五目半胜！”电话那头的母亲显然不能明白这句谶语，她打电话给我，除了报告一个死讯，更多的，还是为了我而担忧。校方已经对我母亲发出了要“劝退”我的威胁。我觉得这个威胁孱弱无力，仅从音韵上听，“劝退”跟“执黑五目半胜”比，一个是咏叹调，一个顶多是句酸曲儿。

母亲常常打电话给我，我在学校的话，就要跑到系主任的办公室里去接听。有一次，我狠狠地瞪着系主任的时候，听到母亲在电话里抑制不住地哽咽起来。

教元明清文学的老师薛子仪天天都要打坐。他告诉我，“舌抵上颚”是打坐时的一个要领，彼时，“舌头前半部轻微舔抵上颚，犹如还未生长牙齿的婴儿酣睡时那样”。——这个情形被他描述得妙不可言。接吻时，我觉得我的上颚被他的舌尖抵住，我们便共同成为没有牙齿的熟睡的婴儿。有时候我会在旁边观察他打坐。我的老师死心塌地，形同寒蝉，变成了一副盘坐着的衣裳架子。如果他就此风化，成为一具骷髅，我就能得到大笔制作项链的真材实料了。

薛子仪老师知道那块白骨累累的所在，但他并不打算带我去。他说有一天他要在那里修一座墓园，立碑安魂，把所有的骨殖都聚拢起来埋葬。他说，那些尸骨的主人离我们并不遥远，不过是几十年前的男女，他们生前的衣服都还历历可见，在那里，你甚至能够看到，一根腿骨从一只破旧的裤管中伸出，寂寞地指向空茫的远方。

和我在一起，似乎令他痛苦，就好像心里藏着庄严的秘密便不再适合玩“舌抵上颚”的游戏。我也觉得神魂颠倒的时候，不太适宜想起一根腿骨从一只破旧的裤管中伸出。我频繁地和男生们跑出去，对此他不置一词。他很麻木，整天都是垂头丧气的样子，像是身在一个没有余地的失败当中，或者是被判了终身的徒刑。“古典文学的精华尽在唐宋之前，元明清文学的讲授无须名师。”这是他自己对我说的，但我认为这不是他形同囚徒、自暴自弃的全部缘由。

有一天夜里，神魂颠倒之后，他关了灯，在黑暗中点着了蜡烛。他将自己的左手放在火焰上炙烤。蜡烛的光亮本来就微弱，被他用手掌按住，房间里的黑暗重若千钧，变得都有了分量。我想那会很疼。我都已经闻到了烧焦的煳味。可我一丝想要去阻止他的念头都没有。眼前的事超出了我所能感知和理解的范围。我哪里见过这样的把戏？只有呆若木鸡地看着它发生。他能坚持多久呢？自然，坚持不了多久。他的左手在很长一段时间都被缠上了绷带。最初几天的震惊过后，对这件咄咄怪事，我全部的疑惑就偏离在这样一个问题上了——作为和我“神魂颠倒”的惩罚，他自戕的对象，为什么非得是那只左手？

如今，我差不多已经忘记了地球上还有雪山的存在。当我裹着条毯子，蜷缩在这辆吉普车的副驾驶座上回忆往事，并没有太多缤纷的画面在我脑子里浮动，反倒是当年那股皮焦肉煳的味，若隐若现，依稀被我嗅到。

山路边的草地起伏绵延，车开得不慢，可是窗外的风景似乎凝固不动。总会有一匹孤单的马站在我的视野里吃草，同样的背景，同样的姿势，顶多时远时近。天地阒寂，我能听到这匹马吃草的声音。

我们是从甘肃进入的青海，老王说翻过祁连山，我们还要再折回去。我不知道这是不是唯一的路线，但我想，就算老王绕道俄罗斯我也没意见。我睡着了一会儿，醒来时吃了一惊。车子停下了，窗外没有了孤单的马，是老王孤单的背影。他在撒尿。有一瞬间，我以为是那匹马直立起来了，穿了件红色的冲锋衣，摇身变成了老王。

我让老王陪我返乡，他提议驾车走一趟。如今的老王有了一辆吉普车，对此他好像挺自豪的。从北京开车到甘肃是个什么概念，我不是很清楚，上路后才发现，原来此行对我刚刚失去了一只乳房的身体来说，并不轻松。就像刚刚掉了颗牙齿的人总会不自觉伸舌头去舔那个空缺的洞，一路上我抱着双肩，肘部总是条件反射般地去试探胸前的那块伤疤。那里现在填充着棉织物，感受到的只是一种张冠李戴的挤压。这让我明确了自己今天的局面：残缺和破碎。

毕业后不久我就认识了老王。那时我被分配在县城当中学老师。教元明清文学的薛子仪老师还在师专的课堂上有气无力地讲着仓山居士袁枚。母亲每周都要来看看我，对于我得到了一份教职她高兴坏了，但不久之后我供职的中学也对她发出了要“劝退”我的威胁。

我总是被“劝退”。如果说我的人生是部电视剧，那么这句酸曲儿就是电视剧的主题曲。酸曲儿萦绕，我被搞得很烦。我想罢演，哪怕去另一部戏里当个配角。

老王就像一个星探似的发现了我。当年我见到他时，他还是个不折不扣的青年，但他已经自称是“老王”了。他长着一张配得上“老王”之称的老脸，脸上每一颗毛孔都粗大到足以塞进一粒沙子。作为一个流浪诗人，他穿着脏兮兮的牛仔裤和一双破解放鞋，应我们那个小县城的诗友所邀远道而来。我被邀请去参加诗人的聚会。当天晚上，老王一声不吭地将我脖子上的那块配饰悍然咬住。第二天早上醒来，我下意识地望了一会儿窗外的雪山，垂下眼时，看到老王蜷睡在我身边，我的项链被扯在脖子一侧，那块骨头依然还含在他胡子拉碴的嘴里。我觉得这是个启示，因为那一刻我灵魂出窍。

我决定让老王把我带走。走之前我回家去跟母亲告别。我家住在一个小机关的院子里，老王蹲在院门口等我，我出来时他一支烟还没抽完。我与家人的告别如此干净利索，这很令老王意外。他因此对我刮目相看，好像我也领上了一张“流浪诗人”的资质证明，可以跟着他上路漂泊了。那时我并不知道，其实我哪场戏都演不好，在“流浪诗人”中，我连配角都算不上，顶多算是一个路人甲。

我跟老王用了半年的时间才回到他的老家。从此我在那个空气中常年充斥着海腥味却无比干燥的地方生活了很多年。在那里，老王和他的朋友们背诵“每个人都知道，生命是戏仿的，并且，它缺乏解释。因而，铅是对黄金的戏仿。空气是对水的戏仿。大脑是对赤道的戏仿。性交是对犯罪的戏仿”等诗句——但你要问及他的朋友们此地哺育过什么历史名人，得到的答案只会是“燕子李三”。

老王经常出门流浪，起初我还跟着他，后来我就不太愿意这么干了。我很累。而且，既然每个人都知道，生命是戏仿的，那么躺在床上就是对流浪的戏仿。在那里，我看不到雪山，但是我可以假装还能看到。平原是对雪山的戏仿。千禧年的时候，我再一次被这种生活“劝退”，我离开老王去了北京——在那个时候分手，看起来就像是我们共同生活了有一千年那么久。

老王回到车里就抓起瓶子给自己补水。我想起自己该吃药了，等他喝完，我要过水瓶，大口给自己灌下了一把药片。对于我的身体状况，老王没问太多。毕竟，他曾经是位流浪诗人，而流浪诗人就该有这样的积习吧——不挂怀。就像我当年用了不到一根烟的工夫便跟母亲做出了诀别。

“我送我的哥哥红柳坡，红柳坡上么红柳多，红柳的叶儿往下落，红绸的裤裤往下脱。”引擎发动，老王唱起来。

这是我家乡的酸曲儿，他是那时学会的。看来世界还是一个纯粹的戏仿。

山峦上出现了巨大的广告路牌。车子进入甘肃境内了。不久就上了高速公路，视野里终于出现了戈壁滩。密布的风力发电机高高地矗立着，它们缓慢转动的白色叶片像大鸟的翅膀，凝重，矜持，仪态真的是好极了。降下车窗，我的脸上好像能够感到风吹来的细沙。老王唱得很来劲儿，难得他这么高兴，但我并不觉得他让我感到陌生。我们走了将近两千公里，最初的陌生感已经荡然无存。其实三天前见到他时我也没觉得有多生疏，他那张老脸早就老到了今天应有的程度，如今只是看上去更名副其实一些罢了。一别经年，我认为我会吓到他，但流浪诗人的习性还残存在他身上，当我摘下发套时，他没怎么关心我的脑袋，反倒把发套抢在手里左看右看，一副随时想扣到自己脑袋上试试的模样。当天晚上我们在酒店的同一间房里各自安睡，这让我舒了口气——将少了一只乳房的身体暴露给他，我还是会有些心理上的障碍。

车子开到了一个收费站，老王用跟我学来的当地方言一边交钱一边问路。收费员用不太标准的普通话告诉他，在下一个出口下去，还有七十公里。我没有听到乡音，老王那蹩脚的学舌连戏仿都算不上。我已经多年不曾发出过乡音。新世纪的朝阳升起时，我就发誓不再用方言发声了。

“老王，跟你说件事，”我像是自言自语，“当年我其实没跟我妈说就走了——我在我家门口站了会儿，没敢敲门。”

我这是在招供吗？如果当年老王知道我与亲人利落的告别不过是一个怯懦的遁逃，他还会带着我离开吗？他回头看了我一眼，好像没怎么把这句话当回事。

千禧年来临的夜晚，我还在河北那个小县城的酒吧里当老板娘。酒吧是老王开的，不过是几张桌子十几把椅子，用来招待四方的流浪诗人。当天从远方来了两位名气不小的人物，县城里的诗人们在酒吧里恭候了一天，但这两个人物姗姗来迟。后来老王接到电话，说来人没进县城，直接去了野外——他们觉得在野外搞一场诗会迎接千禧年，要比在小县城的土酒吧里更像那么回事。老王认为没错，率众去和他们会合。酒吧里还有客人，是一对依依不舍的恋人。我不忍心催促他们，他们看起来就是在生离死别，默默地相对垂泪，又默默地拥抱接吻，一副唇齿相依或者唇亡齿寒的样子。等这对情侣走后，我才关了酒吧，骑上自行车去找诗人们。

在那千年更替的时刻，冬夜的北方县城却毫无节庆的气氛。偶尔有几声零零落落的鞭炮响起。出城后，路就变得糟糕，好在月明如洗，不至于让我四顾无路。我在寒风中骑行，脖子上挂着的那块白骨随着身体的颠簸上下跳动，它在黑暗中发出了荧光，明明灭灭，像一团有意要引导我走上歧途的鬼火。我努力辨认着道路，按照老王告诉我的方向骑行，竭力排除着这块闪烁的白骨带给我的干扰。

那堆篝火已经快熄灭了，远远望去，在旷野里显得欲盖弥彰。车子被一条土沟绊倒，我被摔得够呛，差不多是飞了起来。我爬起来，扔下车子，吸着气踉踉跄跄地跑向火堆。篝火映照的范围内，遍地狼藉，扔着许多啤酒瓶和空烟盒。眼前并不是一个我以为会有的盛大的场面。众人早散了，只有老王四肢大张着躺在野地里。他显然是喝醉了，身上全是呕吐物。我蹲下去拽他，但被人从身后拦腰抱起。有人在狂笑。我像只被缚的螃蟹那样踢腿伸脚。这没什么用。我被扔在了地上。就着篝火的映照，我认出了他们。尽管他们背对着火光，面目全非，黝黑变形，但我还是认出了他们。他们是两个有名气的人物，我见过他们的照片。他们醉醺醺地命令我背诗，就两句：上帝！你看哪，我已倦于复活，甚至也倦于死亡、倦于生活。我就范了。他们又要求我用方言来背。我稍有迟疑，他们就用力打我耳光。我哭喊，用方言声嘶力竭地朗诵这两句诗。我想吵醒老王，但他俨然中弹而亡了一般。他们用脚踢我的胸和肚子，看来真是倦于生活了。我倒下去。这次我的身下不是戈壁滩，我无从想象宇宙洪荒、天地玄黄，无法将自己安放在一个亘古的意义里。我也看不到雪山。我被举起了腿，我看到一根腿骨从一只破旧的裤管中伸出的景象。

第二天，我迎着新千年的夕阳离开。老王不在我身边，他去追击那两个逃走的人物了。我在火车站遇到了昨夜那对惜别的恋人。女孩和我一同挤进了车厢，列车开动后，男孩像电影镜头里经常出现的那样，一边挥手，一边追逐着车轮。我脖子上的项链不见了。

下了高速公路天色已经昏暗。老王让我和他一起下车活动活动腿脚。旷野无人，暮色四合。我走远一些去方便，站起时抬头看到西边祁连山的雪峰在夕阳下发着光。夕阳是金色的，它们却亮如白银。它们就这么发着光，肯定都有上亿年了。几十年前在戈壁滩上留下白骨的那些人，还有如今残破的我，跟白银般的雪峰比，算得了什么呢？

“它们可是见得多了。”我指着远方的银光对老王说。

他凑过来帮我整理了一下发套。他挺爱这么干的。

“你们那儿尽管能闻到海腥味，却看不到海。”我说，“如果能看到海就好了，海跟雪山一样，都能让人不太把自己当回事。”

“不一样，我家有亲戚在海边儿住，住在海边儿就得靠海糊口，”他说，“那可不是个轻松活儿，一辈子就像是服苦役。”

我不想辩驳他，笑着握住他的手。他也抬头向西边眺望。

“不过不管在哪儿，人都像是服苦役。”他自己说。

我开始跟他说当年祁连山下的戈壁滩上就有一群人在服苦役，他们是那个时代的文艺青年，如果运气好，晚点出生，在新的时代，没准个个都是诗人。他不安地看着我，大概认为我的话中含有讥讽。他不再愿意提及诗人这茬了。我的头有些晕，他把我抱起来，小心地放进后排车座上，让我能稍微舒服地躺一会儿。车门开着，他站在路边抽烟。

“那么把他们扔到戈壁滩上服苦役也是个不错的办法。”他背对着我说。

他钻进车里，从前排车座拿起毯子，趴在椅背上给我盖好。然后发动引擎，向着我的老师开去。

我在北京见到过薛子仪老师一次。当时是在798艺术区，我从一个画廊出来，看到他坐在对面露天酒吧的遮阳棚下面。他穿了件褐色的中式对襟立领衬衫，显得是有那么一点仙风道骨的样子。他比以前更消瘦了，让人感到仿佛气若游丝。他双目紧闭地坐在那儿，俨然已经入定。我站在对面观察他，恍如回到了过去，正等着去捡拾一大笔制作骨头项链的真材实料。令我大吃一惊的是，后来有两个很漂亮的女孩来到了他的身旁。她们都穿着白色的长裙子，头发一模一样地盘在脑后。他张开眼睛，她们在两侧搀扶着他站起来，毕恭毕敬，态度就像对待一个主子。但他还是一副身陷失败的样子。我想起了袁枚，那个清代“以淫女狡童之性灵为宗”的仓山居士。这也是他在课堂上传授给我们的。他讲元明清文学，怎么绕得开袁枚？在我眼里，那两个女孩，像是他效仿袁枚收纳的女弟子。但他不是一个心里藏着庄严秘密的人吗？而谁都知道，袁枚却是个玩得很嗨的吃货。我在街的这面看着他，仿佛隔着无尽的岁月翘望。他对着楼面上一幅巨型招贴画指指点点，两个女孩子频频颔首，其中一个也用漂亮的手势附和着他，后来还把头靠在了他的肩膀上。我转身离开，心里面想着“启蒙”这个字眼。

县城已经完全变样了，霓虹灯远远地勾勒出了一座幻城。想不到我的故乡也有了“七天”这样的快捷酒店。投宿后，老王喊我一同上街吃饭，但我累极了，还有些隐隐的恶心。他给我买了炒面片和羊肉汤回来。我捧着塑料餐盒喝汤，抬眼发现他正愁苦地盯着我看，一瞬间我竟感到了久违的羞涩。

“我好像已经想不起从前的味道了，这和我在北京吃的没什么两样。”我一片一片地吃着那碗炒面。

“可毕竟是回来了，”他有点骄傲地说，“我把你送回来了！可能的话，我还想徒步走着陪你回来呢。”

“这算是退货吗？”我说，“可我已经成残次品了。”

这话听起来像是在谴责。这对他不公平，我对命运一点都不想抱怨。

“当然不是，杨洁，你知道我不是这个意思。”

“怎么个意思呢？”

“我也说不好，”这个曾经的流浪诗人变得拙于表达了，“而且，你也不是什么残次品。”

“我是。”

一瞬间我有将胸口那块伤疤亮给他看的冲动。但那并不是一枚军功章，没什么可炫耀的。几天来我们都住在一个房间里，却分床和衣而睡。

“你不是。”他低下头说。

“对不起，”过了一会儿，我说，“老王，我也不是这个意思……”

我疲惫地看着他。面片和肉汤都令我难以下咽。已经停止化疗几个月了，可我还是厌食。

老王当年去追击那两个人物，并为此承受了八年的徒刑。我觉得，这反倒是我对他的亏欠。他在监狱里给我写过许多封信，寄到我母亲那里，再通过我母亲转寄到我的手里。他的信写得朴素极了，完全没有了虚张声势的抒情。

“杨洁，就算死后埋在这儿我也没什么意见。”他写道，“农场有几十万亩那么大，到处都是一眼望不到边儿的芦苇和蒿草。这里曾经是古黄河的入海口，五千年前还是一片深海，经过几千年的河床泥沙淤积，如今它才成了一片大苇塘。开垦这块土地需要大量的苦力，这个我们倒是从来都不缺乏。尽管从地图上看这里属于河北省，但是它归北京管，所以当地人把它叫作‘飞地’。对了，还有一个女犯人组成的园林队，她们栽种苹果和葡萄，一个个看上去都健康极了。”

接到这样的信，我难免会心有所动。他像是在召唤我也去栽种苹果和葡萄。那块“飞地”让我想起故乡的戈壁滩，它们都是地老天荒的所在，适合流放与灭绝、囚禁与惩罚，人在那里，可以迅速地化为白骨。但我没有给他回过信，因为我怕自己无法写得像他这么朴素。我也难以响应他的召唤，因为那过于像是一个戏仿、过于美。

日子并没有传说中那么难熬。我发现，如果你真的领会了“生命是戏仿的”这个真谛，差不多所有问题都可以迎刃而解了。我最终居然在北京买下了一套单居室的房子，尽管远在通州，但看上去也好像是赢得了一场胜利。在这场胜利中，我失去了一只乳房，它发生了癌变，只好切除掉。二十多年来，所有的时光都凝聚在这只被摘除的乳房上了，事实上不足挂齿，宛如一只轻忽的气球。我站在自己供职的玻璃大厦里，看着窗外的大街上人来人往有如潮来潮去。我把“沙县小吃”吃成了故乡的味道。有段时间我患上了轻度的抑郁症，但公司里几乎所有的人都和我一样，吃着一种名叫“黛力新”的丹麦药片。北京奥运会的时候，我还做了几天志愿者。随后像是为了奖励自己，我去了趟瑞士。铁力士雪山有旋转360度的绕山缆车，但我没坐，因为我从来未曾想过可以如此轻慢祁连山的雪峰。我还见过不少年轻的孩子被这座城市“劝退”。我见过一个在地铁里卖唱的女孩，被几个喝醉的男人无端殴打。

起初我没有固定的男人。我养了三只猫。后来我的生活里干脆没了男人。为此我网购了几件自慰用品，最后鉴定出，原来我果真已经没有了欲望。我赚的最大一笔钱，数目刚好用来切掉我生病的乳房。在798艺术区见到薛子仪老师的三年后，我开始自学画画。我买了一套《芥子园画谱》，不知不觉喜欢穿白色的长裙子，习惯将头发盘在脑后。“薛老师现在很有钱。”母亲在电话里告诉我。他能多有钱呢？能像袁枚一样建起一座美轮美奂的随园吗？我从没动过返乡的念头，我怕我一回去，母亲就会再次陷入对于我被生活“劝退”的恐惧中。

黑河在窗外流淌，水声喧哗。从窗户望出去，水面在夜里灰光粼粼。我从卫生间洗浴出来，老王已经睡着了。我很怕看到他睡着的样子——就像是中弹而亡了一般。我关了灯，一个人坐在漆黑的角落里。关于我的老师，我能告诉老王些什么呢？他好像应该知道我此行的动机，所以我告诉他我的老师快死了，我最好是回去见一面。我的老师快死了，我对老王说，尽管他精通打坐之术，但也没法长生不老。他快死了，我最好去看看他，因为他曾经“启蒙”了我。我没有告诉老王，“启蒙”这个词原本是他赋予我的——我担心老王理解不了。这个词那么险峻，对我就像孤立的山峰和陡峭的奇岩怪石。我不想把事情搞得太玄奥复杂。我说，他对我的一生很重要，他让我在年轻的时候就变得不那么兴致勃勃，被一些亘古的事物所吸引，让我在本该青春飞扬的时候却迷恋累累的白骨。

“他让我和近在咫尺的历史建立起了联系。”我字斟句酌地说，生怕自己是在夸大着什么。

“历史?”

“算是吧，因为他就是活在历史阴影里的人。”

“你不该沉迷这些，”老王说，“那些事其实跟你没什么关系。”

“没有沉迷，也的确没什么关系。”我说，“我只是在说事情的缘由。”

“我陪你回去不需要什么缘由啊，你让我送你去火星都成。”

“噢，是!”我知道老王说得没错，也觉得自己婆婆妈妈挺丢人的。

“我们该活得简单点。”他继续说。

“那你干吗还幻想徒步陪我走回去，飞机不是更简单省事吗?”

“这个，我也说不清了，不是一回事。”

“其实是一回事，就算你现在开上了吉普车，心里也还有些东西放不下。”

“这和吉普车有什么关系呢?”他说着伸手又来整理我的发套。

“这么说吧，”我有些急躁，“就算你现在成了一个小老板，你也丢不下诗人的那一套!”

我觉得自己有些刻薄了，这并不是我的本意。我不知道自己想说什么，只好想到哪儿说到哪儿。上个月我在北京遇到了一个熟人。他身上的民族服装实在是太醒目了，让人无法忽视。我在酒店的大堂里一眼就将他认了出来。但是我已经忘记了他的名字，只有“尧乎尔”这三个字从嘴里惊呼般的脱口而出。他愣了半天，才迟疑着问我：“是杨洁吧？”他现在是县里的领导了，来北京参加一个民族会议。在他高领大襟的长袍背后，我总觉得挡着连绵的雪山。我们去了酒店二层的露天咖啡吧。他一点也不拘谨，好像根本不记得曾经在戈壁滩上将我撂倒。他像一个真正的县领导那样，跟我大谈县里经济的大好局面。于是就说到了薛子仪老师，因为“薛子仪老师为县里的经济做出了巨大贡献”——他办了企业，将蒲草加工成治疗女性痛经的药物；他成了地区的首富，住在一座自己建造的山庄里。

“可惜，他快死了。绝症。”“尧乎尔”说，“老头倔得很——他有七十多了吧——不去大医院，自己住在山庄里熬中药喝。”

“尧乎尔”最后热情洋溢地邀请我“回去看看”。他知道我父亲去世得早，母亲作为我在故乡唯一的亲人也在两年前去世了，但是，他说他会像“亲人一般地欢迎我回家”。

告别了“尧乎尔”，我乘坐地铁八通线返回通州。车过高碑店时，上来一个女人。她大概有五十多岁，很胖，肚子里像是塞进了一块正在发酵的面团，但她却穿着件正常身材的人穿上都会显得逼仄的小夹克。她浓妆艳抹，面无表情地坐在我的对面，长长的蓝色睫毛一眨不眨。她旁若无人，像一尊正襟危坐着的膨胀的菩萨。我突然感到羞愧难当。这尊地铁里的菩萨猛烈地震撼了我。在我眼里，她有种凛然的勇气和怒放的自我，这让她看起来威风极了。于是我做出了自己的决定。回到家后，我翻出了老王给我写的那些信。出狱后他依然写信给我，直到我母亲去世，再也没人替他转寄。我从信封上抄下了他的地址，写了一张简短的字条寄给他。一星期后，我的手机被他打通了。

“老王，我要回河西走廊去。”我对着手机直截了当地说，“我的身体不大好，需要有个人陪着。”

“我明天就去北京接你。”他说。

“你方便吗？我是说……”

“我没老婆。”

我不由得笑了，这和我预感的差不多。

第二天下午，老王就驾车出现在了我的楼下。他的车停在路对面，我拖着行李箱穿过马路走向他。他跑上来两步帮我拉箱子，我们谁都没跟对方嘘寒问暖。一路上大部分时间都行驶在高速公路上，我让他别急着赶路，事情并没有那么急迫。我的身体也不允许我风餐露宿，我只要一个按部就班的行程就好。老王话不多，一边开车，一边有一句没一句地跟我聊那块几十万亩大的农场，听上去像是在跟我介绍一块旅游胜地。那里有成群的野鸭，他教我如何区别雄鸭与雌鸭的叫声：雄鸭是——“戛”，雌鸭是——“嘎”。

“戛！”

“嘎！”

我被他模仿出的鸭叫逗得开怀大笑，笑得胸口都发痛了。

但那块“旅游胜地”还是给他留下了一身的毛病，出来时，他两只手的关节完全变形，十指曲张，形同鸭蹼。他干过不少活儿，还到北京的一家图书公司做过编辑，结果都没法让他找到条生路。后来他想到了野鸭，这就像是上帝专门给他打开的一道窄门，独辟蹊径，他改弦更张，成了饲养绿头鸭的小老板。他也遇到过几个女人，有一个差点和他结婚。但对方最后受不了他的少言寡语，还是跟他分手了。

“绿头鸭虽然有野性，可胆子小，警惕性极高，陌生人接近就炸了窝，要是突然受惊，它们就会像群疯子似的拼命飞逃。”他解释说，“饲养环境要求安静，尽量避免人畜干扰，时间长了，我就不爱说话了。”

他这么说，我就可以心安理得地坐在副驾驶的位置上打盹了。他可能也把我当成了绿头鸭，跟我说话时轻声细语的。

房间的电话突然响起来。我几乎是跳过去接起了电话。一个南方口音的女人问我要不要服务。我一言不发地挂断了，并且拔掉了电话线。我的眼睛已经适应了黑暗，就着月光，我看到老王睡得踏实极了，我还担心他如今也会像野鸭一样胆小警觉。但他睡得就像中弹而亡了一般。我在黑暗中摘掉义乳文胸，抚摸着自己胸口的伤疤。

第二天清晨，我们穿过空寂的县城朝南开去。薛子仪老师的山庄在当地尽人皆知，酒店前台的服务生告诉了我们详细的方位，她不知道我就是从这里走出去的，还想好心地画一张路线图给我们。

昨夜我睡得不好，上车后就开始被强烈的呕吐感所折磨。我们向着南方，那是祁连山的方向。雪峰的光芒在晨曦中明晃晃地刺眼，老王只好戴上了墨镜。虽然已是初夏，河西走廊的晨风依然有些料峭。道路两旁的戈壁滩上，籽蒿、沙柳这样的灌木在风中轻轻颤抖，它们毫无绿意，一律都是灰白色的。我忍着恶心，竭力向窗外张望。戈壁茫茫，我看不到一座当年被承诺了的墓碑，也看不到一座孤城般的墓园。所有的光芒都向我涌来。一群男孩子簇拥着我，个个都自命不凡，像一头头对世界知之尚少的小兽。两个坏人被身后的火光勾勒出了金橘色的轮廓，就像是用烧红的铁丝窝成的。母亲临死时念念有词，妄图替她的女儿向世界讨饶，不要让尘世“劝退”她的孩子。一个古代的书生转眼就老态龙钟，双手刚刚还是推搡的姿势，一眨眼就变为了拥抱。我的眼里落满了沙子，一阵风吹过，它们就变成了砾石一般的泪滴。我胸口的一侧空空荡荡，冰冷的空气在那里回旋。直到老王用他鸭蹼般的手将我唤醒。我在昏沉的假寐中发出了呻吟，他伸手抚摸我的脸。

我拍着车门让他停车。车子停在路边，我下车跑向不远处那棵枯死的胡杨。我在它嶙峋的枝干上掰下了打火机那么长的一小截。老王默默地看着我上了车，脸色变得有些灰暗。

“据说这种树死了也能一千年不朽。”过了一会儿他没头没脑地说。

老王的车开得很稳，尤其在他知道我总是被呕吐感折磨后。他时不时会用鸭蹼一样的手拍拍我的腿。吉普车开始爬坡，眼前的山体也渐渐有了绿意。接着就是整面山坡的草地了，黄色的油菜花星罗棋布，还有蝴蝶扇动着翅膀拍打车窗。我竭力遥瞰山下，真的看到远处的戈壁滩上站着一个女孩，她肃立千年，面向着雪峰，翘望已久。我们向着雪线开去。远远地，一片云下正有雨水飘落。

庄园并不显得突兀。“不望祁连山顶雪，错将张掖认江南。”这句诗是薛子仪老师当年教给我们的，他在课堂上恹恹地吟诵。那时他能预见到吗，自己最终会在祁连山上营造一座江南的庄园？这座庄园置身于祁连山脉，更像是一座遗世独立的禅寺。但无论是庄园还是禅寺，在我心里，都不该是那个焚烧手掌者的志向。

老王将车子停下，我让他在这里等我。我打开车门时，他叫住了我。

“杨洁，”他说，“从这儿回去后跟我去养鸭子吧。”

这句话让我走出了很远后，还身在一种灵魂出窍的恍惚里。

一座红土桥通向山庄的大门，桥下是细瘦逶迤的山泉。两根圆柱上横置着梁坊。“随园”写在一块不是很大的匾上。一切都不是簇新的，就像起码存在了好几百年。戈壁滩的风是做旧的利器，它能让尸骸转眼化为白骨，也能让新貌刹那变为旧颜。我用门环叩响了那扇厚实的木门。半天，旁边一扇斑驳的偏门才打开了条缝。

“你是谁？”门里的女孩问我。

我理所当然把这个身穿白裙的女孩视为了一个“女弟子”。她是当地人，脸颊上那两团特有的“高原红”就是我判断的依据。

“我找薛子仪老师。”

“我知道你找薛老师，到这儿来的都是找薛老师的。”她挺傲慢的，“我是在问你是谁？”

“我是他的学生。”我感到自己有些蠢。我已经四十多岁了，戴着只义乳，好像已经不配再去做一个学生。

“所有人都是薛老师的学生。”她抢白道，作势要关门。

“等等，”我急了，脱口报出自己的名字，“我叫杨洁。”

她定定地看着我，终于说了声：“进来吧。”

我看出来了，“杨洁”这个名字并没有什么说服力，她大概只是被我急迫的神色打动了。

园子里的确别有洞天。绕过一面萧墙，朝北开着一扇柴扉，进去后，竟然是一片竹林。脚下是石头顺着山势铺就的小径，拾级而上，穿过很长的一段回廊，一间明亮的大厅里坐着另外两个女孩。我觉得我见过她们。她们中的一个对我说：“老师病得很重。”另一个说：“他早已经不见客人了。”领我进来的女孩请我坐进了一把老式木椅中。我的两只手紧紧地抓在木椅的扶手上，不知所措地看着她们交头接耳。她们好像无视我的存在。我很恶心。我看到了当年将左手放在蜡烛上炙烤的薛子仪老师，和我神魂颠倒多么令他痛恨自己。老王用绿头鸭和家鸭杂交后的“媒鸭”来诱捕更多的野鸭，这项在农场学来的本事让他发了财。母亲在电话里告诉我姑姑死于一场突如其来的沙尘暴，系主任却在摸我的胸。那位地铁里的菩萨威仪地望着我，她给了我勇气。

“他左手的伤好了吗？”我突然问。

她们彼此对视了一下，露出了惊讶的表情。

“你跟我们喝会儿茶吧。他现在正在打坐。”那个放我进来的女孩说。

她们喝茶很讲究，七碟子八碗的，其中一个对我说：“水是从山上取来的冰块融化的。”

“你从哪儿来？”她们对我的态度发生了变化，开始主动和我说话。

我想说“北京”，但突然觉得这多么虚假。我就是从山下的戈壁滩来的啊。

“我走了很长的路。”我只能这么回答她们。

她们再次交换着眼神。毕竟还是些孩子，很快她们的话就多了起来。我提及了那只左手的伤，这让她们很好奇。

“老师的左手很少给人看。还好，和领导们握手的时候他用的是右手。”说着，她们开心地笑起来。

女孩们也在他的企业里任职，她们彼此以“部长”和“经理”相称。我这才发现，她们的身上果然有着浓浓的蒲草味。还好，他没用仓山居士的方式来教导她们，也没用骨头做蛊，让她们成为像我一样无可救药的人。女孩们天性未泯，谈话很快转移到各自的网购经验上了。我静静地聆听她们聊天，在她们情绪高涨的时候，不失时机地问道：“我可以去见他了吗？”

她们停下来，面面相觑，好像突然想起了我的存在。

“我走了很长的路，就是为了见他一面，”我觉得自己开始哀求了，“我还要走，还有很长的路等着我。”

脸颊红红的女孩站了起来，是她领我进来的，这时承担起了她的义务。

“你等等啊。”她冲我点下头，然后就离开了，消失在一架屏风后面。

我的手插进衣兜里，紧紧地将那一小截胡杨木攥在手心。不一会儿女孩从屏风后露出了脸，向我招手示意。我走过去，绕过屏风，跟着她又走进了一段回廊。回廊上爬满了藤蔓，叶子在山风中摇曳。这宛如江南植物的繁盛让我突然剧烈地恶心起来。但我吐不出，只能弯下腰一阵阵干哕。

“你没事吧？”女孩紧张地看着我。

我强装镇定，努力平复着自己的内心。我的脸色苍白，头套可能也歪斜了。我想，我的样子一定很吓人，但是，这令我接近了那个地铁里的菩萨才有的风度。

我终于站在了他的门前。门楣上挂着一块写有“小仓山房”的横匾。我的掌心全是汗。

“进去吧。”女孩对我说，她都没敢抬头看我。

“谢谢你。”我为自己给她带来的惊吓而内疚。

房门虚掩着，我推门进去。

“老师？”

房间里有股难闻的味道。窗上的纱帘可能刚刚被拉开，在微风中飘荡，依然有一种大梦初醒的动势。

“老师，是我，我是杨洁。”

没人回答我。那张遍体雕花的木床上传来窸窣的声音。我看到他了。想象中，我认为他应当是盘腿坐在床上——不像是他，而像是塞在神龛里的一尊破败的偶像；实际上，他是躺着的，一条薄被一直盖到了下巴上。当然是这样。还能怎样呢？即便那明亮的大厅里有着他豢养的年轻女孩，即便窗外就是万物生长的夏日，但他也只能够这样几乎被完全覆盖着似的奄奄一息。我不想将之说成苟延残喘。但他真的就剩下半口气了。镂空的床楣上有一只蜘蛛在快速地爬行。一切就是这么的腐朽，还有股挥之不去的臭味。我的心里升起凶恶的伤感。我想大声骂他，用恶毒的话诅咒他。我们彼此启蒙，如今，他用一座随园戏仿了一座墓园。我像是遭到了背叛，但也说不好。我发散着的愤怒之波一定强烈到令他有所触动了，他盖在薄被下的身体开始微微发抖。他的嘴巴嚅动着，嘴角流出黑褐色的液体。我凑近他，他身上熏蒸出的苦味让我的心变软了。

“好吧，这不能怪你，这世界连戏仿的耐心都没有了。”我在他耳边说。

那只蜘蛛爬到了他的头上，我伸手替他捉了下来。我不忍心看他形容枯槁的脸上再爬过一只该死的蜘蛛。我在他身边坐下，从薄被下摸出他的左手摩挲。他的掌心犹如岩石一般冰凉和坚硬。

我把手伸在他眼皮前，对他说：“看，白骨。”

他的眼皮翕动，终究还是没有张开。我有一瞬间以为他已经死了，将手指探在他的鼻子下面，那微弱的生命之息令我一阵感动。

“你得跟我说说话。”我对他抗议。

他悄无声息。

“跟我说句话吧？”我跟他商量。

他悄无声息。

“求求你，跟我说一句话。”我发出了呜咽。

他依旧悄无声息。

我哪儿敢摇撼他，我怕一使劲，他就会化为齑粉，让人连一把骨头都得不到。屋子很热。床脚一只大铜炉里的木炭余烬未熄。一部翻开的《子不语》扔在地板上，山风掀动着它黄色的书页。我过去把它捡了起来。结果它的下面还扔着一本《夹边沟记事》。我把两本书放回窗前的书案上，让一本压着另一本。透过敞开的窗扇，我能够隐隐听到野草发出的叹息般的歌唱。窗外的亭台楼阁，在我眼里一点一点成为残垣断壁。

后来，我又回到了床边。我半跪在他面前，双手小心翼翼地搬动他的脸。他的嘴唇乌黑，我慢慢地亲吻上去。我用舌头开启他的嘴唇，他紧咬的牙齿顺从地松动了。我的舌尖轻微舔抵他的上颚，品尝着他的苦味。于是，我们便共同成为没有牙齿的熟睡的婴儿。

我从随园的大门走出来时，看到山坡下老王站在车外和一个挎着篮子的妇女聊天。那个妇女头上裹着当地女人常见的红色头巾，与穿着红色冲锋衣的老王相映成趣。她可能是上山捡拾药材的。我慢慢地顺着山坡向下走。我没有回头，但知道身后的那座庄园在无声地坍塌。不，那不是灰飞烟灭，而是方生方死，海市蜃楼般地随风消散。我的心里星坠木鸣。老王和那个妇女相谈甚欢，慢慢地，我从这幅景象中看到了自己。我想我会去和老王养野鸭的。这是命运，一切都不是蓄意为之——谁让我已经学会了怎么分辨雄鸭和雌鸭的叫声？何况，在那样的生活里，我还可以不用再戴着一只悲伤的义乳。

老王看到我了，向我跑过来。

“怎么样？”他远远地问我。

我望着他，用只有自己听得到的声音慢慢地说：“执黑五目半胜。”

向黄昏

戴　来

午饭后，老童照例靠在客厅的沙发上听着《午间书场》打个盹。陈菊花有午睡的习惯，同时还有神经衰弱的毛病，常年睡眠不好，所以每一回睡觉她都搞得很郑重其事，拉窗帘、铺床、烫脚，程序一样都不能少。

迷迷糊糊快要睡着时，陈菊花感觉老童爬上了床。她猛然睁开眼，只见老童脱得只剩下棉毛衫和短裤，双膝跪在床沿，正伸手过来掀她的被角。老童的手冰凉冰凉的，还湿漉漉的。厌烦从陈菊花心里油然而生，干什么，你？她一把从老童手里扯回被子，掖好，身体往里床缩了缩。

老童并不回答，面无表情地又把手伸了过来。陈菊花蜷着身子，被子裹得紧紧的，露出一张面色暗淡的脸。不知为什么，老童想到了他常吃的早点，面饼包油条，也叫荷叶包死人。

拉不开被头，老童就去拉被脚，可完全找不到下手的地方。陈菊花把自己裹成了一只粽子。老童转而又去拉被头，还是没门。他试图从被窝卷的中间打开突破口，然而被子和陈菊花的身体一样僵硬。最后，借助床垫的弹性，老童将左手从被窝和床之间插进了被窝。

进去后，老童感觉到了温暖和湿润，这里面完全是另外一个季节。他暗中观察着陈菊花的反应，后者似乎并未察觉到他进来了。老童多少有点得意这次突袭的成功，那只手谨慎地沿着床面一点一点往前挪动着，从位置上判断，这里应该是陈菊花身体的中间部分。

有那么一会儿，老童觉得陈菊花也在耐心地等待着他下一步的动作。在这方面，陈菊花从来就是个被动者。老童的左手现在就是个负责侦察的排头兵，这只手从来都没有像此刻这样被委以重任过，它因此难免有些紧张。它小心翼翼地匍匐前进着，一点一点，它碰到了一个绵软的障碍物，它的主人正在想这是敌人的哪个部位，整个被窝卷剧烈地一抖，然后它就被一个硬邦邦的东西坚决地顶了出来。

大白天的，你发什么神经。陈菊花怒目圆睁，斥责道。

老童的脸涨红了，一绺花白的头发耷拉在前额，使他看起来有些狼狈。出于自尊，老童继续着手里的动作，同时犹豫着是否该结束这件已经变得越来越没有意思的事。

而陈菊花那头，尽管身体做着抵抗，心里却迟疑着是不是放弃，因为上个礼拜，她已经拒绝过老童一次了。她觉得老童马上就要恼羞成怒了。老童有高血压，陈菊花最怕看到他脸红，她想老童要再坚决一点，她的放弃也就显得自然了。

对峙的局面就这么形成了，在这个安静的午后，两人的呼吸声被放大了般地粗重。

老童又一次把手伸进了被窝，陈菊花往床里一个翻身，老童的手就暴露在了外面，它干巴巴的，而且青筋毕露，出现在床上仿佛是个意外。它只能跟着往床里去，连老童都能感觉到自己的动作生硬而勉强。陈菊花已经退缩到了床边。她已经无路可退了。

突然间，老童就收回了手，颓然地长吁了一口气。下床穿拖鞋的时候，老童遇到了一点麻烦，一只拖鞋底朝天远远地斜躺在大衣橱那边。他穿着另一只拖鞋一颠一颠过去，一手扶着衣橱，打算用那只光脚的大脚趾去翻拖鞋，翻了两次都没成功，情急之下，他干脆把脚上的那只拖鞋也踢掉了，光着两只脚走出了卧室。

足有五分钟的时间，客厅里一点声音也没有，陈菊花支着耳朵，耳边还回响着刚才卧室门被狠狠摔上的声音。她看了一眼床头柜上的闹钟，快两点了。下午的时间，老童雷打不动地是交给街心花园的，那里有他的聊友，看他那劲头，兴许还有个把勾着他魂的女人。

大门打开了，然后又关上了，接着是重重的下楼的脚步声，那动静，说明老童恼火极了。

和陈菊花想的一样，老童去了街心花园，否则，他还能干吗呢。

三年前，老童是背着手走进这个街心花园的。虽然在退休之前，他仅仅是个车间副主任，手下管着二十来号人，而在他上头，却有三十多号人可以对他指手画脚。退休，在老童看来就是再不用看谁的脸色，再不用赶着点去上班，他终于可以领导自己的身体和时间了。不过，真退下来，老童一时还真不知道该如何处置这身体和时间。经邻居提醒，他来到了街心公园。他东走走，西瞧瞧，竟然没有人搭理他。察言观色了大半辈子的老童迅速地看清了形势，调整了心态，两只手悄悄地从背后移到了身体两侧。

街心花园里的常客基本就是那些老面孔，按照年龄、兴趣、曾经的社会身份自觉地分成几个圈子，大家各有各的活动天地和活动主题。

那些七老八十腿脚不便的，固定地坐在一个地方，也不太说话，努着嘴，眼神空洞，偶尔眼睛一亮是因为有那么一个女人在他们视野里经过。时间的长河在那一刻起了一点波澜。到了他们这个年纪，还能在外面走动的女人在他们眼里都是年轻的。换句话说，一个男人，看谁都觉得年轻，那说明他老了。他们凑在一起更像是在取暖。

公园里最大的那块空地是女同志们的领地。她们一早一晚在这里跳两场健身舞。当她们舞蹈起来的时候，整个公园都有了生气。她们显然清楚这一点，所以跳得很卖力。在这个几乎没有年轻女性的场合，她们顺利地找回了自信。她们的存在也是男同志们聚集在这里的原因之一。

最大的那个圈子人员最杂，流动性最大，也最热闹，就像是一个信息发布站，国内的，国外的，经济的，文化的，什么都说。反正谁都可以过来听上两耳朵，但也就听听，因为主角就那么几个，都站在内圈。其中有两个是坐惯了主席台的，虽然现在已经没有机会在台上发言了，可只要走到三人以上的公共场合，依然有着强烈的发表个人意见的欲望。他们离休之前的主要工作就是开会、发言以及和人握手。现在环境和对象尽管变了，他们还是习惯背着手，挺着肚子，说不了几句话就会带出一两个手势，他们关心的依然是宏观的涉及政策调控方面的问题。年前，一度官居副市长的那个中风后，当区长的这个就成了眼下公园里曾拥有职务最高的。

这会儿，老区长正在就虚高不下的房价发表高见，老童也有满腹牢骚，不过一时半会儿还轮不到他说话。这时，老童忽然发现站在他身边的老范正在朝不远处使眼色。不用看，他都知道那是冲小赵去的。

小赵二十多年前和老范共过事，据说两人之间是有故事的。小赵后来的离婚，也和老范有着间接的关系。有好事者不止一次旁敲侧击地向老范打探过，均被当事人断然否认了。老范是个内向温和的人，在这件事上过于激烈的反应被大家理解为做贼心虚。而单身的小赵由此有了某种公共的想象。

小赵五十有五。年龄在这里有了重新的划分，四十多岁的是小年轻，五十多岁的尚年轻，六十来岁的正当年，七十岁以上才是老人。尚年轻的小赵有时候会把孙女带到这里来，男人们普遍对那个长着一对斗鸡眼的小女孩表现出过分的喜爱。大家心里都清楚，男人们与其说是在逗小孩，不如说是在逗颇有几分姿色的小赵。老童是不凑这个热闹的，他一般会把自己安排在外围，淡淡地看着这些跃跃欲试的男人，同时趁小赵不注意，使劲看上她两眼。小赵似乎对木讷少言的老童很有几分好感，偶尔会主动和他说说话。老童分外珍惜，每逢此时，他总会搜肠刮肚地说出几句让小赵感动的话。

老范不知道是什么时候离开的，悄无声息的。他是一个沉闷的人，极少主动开口说话，就是听别人说话也是一副心不在焉的样子，所以有人就猜测，老范每天来公园，既不是健身也不是打发时光，其实是为了掩人耳目地将这段婚外情进行到底。

老童下意识地扭头去找小赵，果不其然，她也不见了。老童本就低落的心情又一次滑落下去，他觉得没意思透了，于是反身出了公园。他也不知道要去哪儿，先出来了再说吧。

老童开门进来，还在床上躺着的陈菊花有些意外，随口问道，你怎么回来了？陈菊花注意到老童没穿拖鞋。他的两只拖鞋还一东一西互不买账地在房间里躺着，就像她和老童的关系。

怎么，我的家我不能回来？老童板着个脸，径直走到衣橱前。

我说你不能回了吗？真是的，你爱回不回。

那你还废什么话。

废话？你倒说两句不是废话的话让我听听，真是的，夫妻间有多少正经的事可以说，可不就是些日常的废话嘛。

夫妻？笑话，我们还是夫妻吗？

平常两人互不主动搭理，因为不管说什么，说不了几句就会掐起来。陈菊花认为老童从骨子里是看不起自己的，没有文化，没有美貌，没有他认为的好脾气。结婚头二十年迫于她在事业上的成功和对这个家庭所做出的贡献，他低声下气地扮演着一个惧内的丈夫的角色，后来她退休了，他立马变了嘴脸，把家务活完全扔给了她，不到吃饭的时间，连家也不回。她一直怀疑老童在外面有人，但苦于没有证据。

老童蹲下，站起，一阵忙活，最后翻出一件厚毛衣，换下身上薄的那件。卧室的窗帘拉得严严实实的，陈菊花依稀听见外面起风了。

陈菊花明白老童指的是自己不和他过夫妻生活，难道过了夫妻生活就算是夫妻了？对陈菊花来说，这件事早就变得全无乐趣，甚至是一种负担。想想年轻时，他涎着个脸央求忙了一天累得动都不想动的她做这事时的样子，再看看他现在，真没见过这样的男人，做这种事还阴沉着个脸，仿佛她是一个没有生命的物件，好像是她反过来要求他做似的。老童根本就不顾及她的感受，就知道把自己的快乐建立在别人的痛苦之上。没错，这些年他就是这么对待她的。

什么少年夫妻老来伴，他们在一起更像是一对仇人。陈菊花无数次在电话里对两个孩子哭诉，自己这一辈子活得太亏了。儿子总是默默地听着，末了，答上一句，你多保重，该吃吃，该喝喝，别舍不得。儿子八年前去了新西兰，没多久就和当地的一个女人结了婚，不过好像过得并不好，陈菊花至今也没见过这个洋儿媳妇。有时候，她禁不住怀疑这个儿媳妇是否存在。女儿是个直肠子，一听她诉苦，反过来批评她作为一个妻子和母亲的失职。

女儿说得也有道理，以前自己的婚姻好像仅仅是事业的一个附属品，压根儿就没把那当回事，包括在孩子的成长上，她也没怎么操过心。但那都是因为工作，陈菊花在心里辩解说。

老童也退休后，女儿建议两人一起出去散散步、买买菜什么的，老童当时答应得就比较勉强，一起出了几趟门，每一次都不欢而散。陈菊花明显地感觉到老童和她在一起不自在，明明是一起散步，两人却不平行，老童不是疾疾地走在她前面，就是落后十来步，似乎和她并排走是一件难为情的事。

去卫生间撒了泡尿后，老童走了。这回关门的声音不重，但也不轻。这时，陈菊花对着楼道里的脚步声把哽在喉咙口的话吐了出来，不是夫妻，不是夫妻那算是什么?

刚才还有些阴沉的天，回一趟家的工夫，又放晴了。老童把外套扣到头的纽扣解开两颗。刚才扔给陈菊花的话让他感到非常解气，似乎自己回家就是为了把这一情绪发泄出来的。有时候，老童也反思自己是否过分了，可只要一想到陈菊花以前的样子，尤其是对待和他们一起生活的老童母亲的态度，他又认为自己现在的言行并不出格。自己现在这么做无非就是把以前她对自己和母亲的态度还给她。

早些年，陈菊花可是个厉害角色。二十世纪六十年代末期，她顶替其母亲进了纺织厂，在随后的二十年里，她以平均四年一大步的速度从一名普通的纺织女工干到了副厂长，那是何等的风光啊。当年巷子里的那些老邻居至今记忆犹新，陈菊花每天风风火火的，早晨像一阵穿堂风似的穿过巷子赶着去厂里指挥四千来号工人，晚上回到家继续指挥家里的老老少少。他们说得好，这个陈菊花真是不得了，穿上风火轮简直就是哪吒嘛。而直到八十年代中期，老童都还只是个普通的工人，白天看班长的脸色，晚上看老婆的脸色。

角色的转换是在九十年代初期完成的，在企业关停并转的大潮中，陈菊花所在的纺织厂关停了，她也被精简了下来，象征性地给了她一个留守副厂长的职务。为了表达怨怒的情绪，她打了请求内退的报告，没想到上级部门爽快地批准了。归根结底，还是文化水平不高，陈菊花是这么总结的，反正她算是吃了没有文化的亏了。

令老童没有想到的是，陈菊花内退之后，他的工作却有了起色。在不知不觉中，两人在家庭中的位置发生了换移。原先由老童承担的家务，名正言顺地转移到了陈菊花身上，老童在有了职务之后，慢慢地又有了脾气，有了嗓门。他和陈菊花在家庭中的地位有点像跷跷板，反正从来没有达到过平衡，因此他们的日子过不好。

快到公园的时候，老童一眼看见站在水果店门口和人说话的小赵。他的精神为之一振。小赵也看见他了，冲他招招手，并且说了一句什么。他没有马上过去，而是左右观察了一下，确定老范不在之后，他才走上前去。

快四点了，陈菊花从床上坐起来。在黄昏来临之前，她有两件事要做，拖地板和准备晚饭。下床后，她首先打开了电视。电视是她生活中唯一的娱乐。

退下来之后，陈菊花忽然发现，不工作她什么也没有了，她的快乐和痛苦、她的成就感，居然都和工作联系在一起。

也就是在陈菊花退下来的那一年，他们家搬到了这个小区。那正是陈菊花最萎靡的时候，提了二十年的精、气、神突然泄了下来，并且一泻千里，她满肚子的委屈，看什么都不顺眼，可没人给她一句安抚的话，她甚至在老童和两个孩子的眼里看到了幸灾乐祸。当她指责老童对她不闻不问时，后者竟然振振有词地回敬她，在你向这个家庭索取的时候，你首先应该想想自己曾给过这个家庭什么。

以前给得是不多，可那都是因为工作，工作。老童和孩子们的态度让陈菊花意识到自己对这个家的亏欠比原来以为的要多得多。她也做过努力，想缓和跟老童的关系，然而后者摆出一副一切都晚了的架势，并不打算接受也不稀罕她的补救。由此，她更认定了老童在外面有寄托。

这些年，除了每礼拜主动和待在老家由哥哥赡养的父亲打个电话，陈菊花差不多断了与所有人的联系。她最怕听到别人问她这些年过得怎么样，她不想接到那些日子过得比她好的人的电话，而过得不好的很少给她打电话，时间长了，她和外界几乎断了联系，越不联系还就越怕联系，久而久之，也就完全没了联系。

陈菊花很少下楼，她既不愿意和邻居打招呼，又不愿意回应别人的招呼，实在需要下楼，也是等天黑了。她知道在邻居们眼里，自己是个怪人。她还知道，就算邻居们不这样看她，老童也是这么介绍她的。

电视里正在播放《动物世界》。陈菊花懊恼地拍了一下自己的脑袋，怎么把这给忘了。她对动物不感兴趣，她喜欢的是画面背后赵忠祥那浑厚低沉的嗓音。每次看见赵忠祥从大大的眼睛和厚厚的眼袋中挤出来的慈祥的笑容，她都倍感亲切温暖。

《动物世界》节目，陈菊花是每期必看的。只是这些年赵忠祥露面的次数太少了，好几次，她琢磨着给中央电视台领导写封信，反映一个普通观众的收视要求。有时候她会对着屏幕上的赵忠祥说上几句心里话，当然是老童不在的时候。她觉得自己心里的苦也许赵忠祥能理解也愿意理解。

拖完地板后陈菊花在椅子里坐了下来。所有房间的窗户都开着，地板上水渍未干，她有些木然地看着这块自己擦了十来年的地面，每天下午都擦一遍，就像早起洗脸一样，是程序化的，动作机械，基本无感觉。与此同时，脑子也进入了一种惯性的思维，那就是老童在干什么。

尽管早十来年陈菊花就对自己说，这个人干什么和我无关，爱干什么就干什么吧，可只要闲下来，这个问题还是冷不丁会冒出来，还是困扰着她。

此时的老童正在超市里，他推着一辆购物车跟随在三个中老年妇女身后。老童总是对别人说，我老婆是个怪人，所以他更愿意和别人家的老婆一起逛街、聊天。

三个女人叽叽喳喳地品头论足着，不时停下步子来挑挑拣拣着两边货架上的商品。比起琳琅满目的商品，老童对前面的三个女同志更有兴趣。虽然她们的平均年龄已经超过五十了，然而她们是健康的，活泼的，温暖的。如果非要他排出个一二三来，那小赵毫无疑问是那个第一。

到了五十五岁这个年龄，身材还能保持得这么好，不容易；为人热情、大方，不做作，对谁都客客气气的，不笑不说话，不容易；作为一个女人，得到了男人们普遍的喜爱，不容易；更不容易的是跟周围的女人们也相处得不错。老童颇为感慨地冲着小赵的后背点了点头，刚好小赵扭过脸来，关切地问，怎么啦？老童连忙摆手，没事，没事。

在小赵面前，老童始终竭力塑造着一个稳重得体的男人形象，从不主动打听她以前的生活，对她眼下的生活也保持着一定的距离。一句话，不做让小赵不舒服的事。当然，老童并不妄想和小赵有什么事，就这么不近不远地看着她，他已经感觉非常美好了。

再看家里那个陈菊花，浑身上下哪有一点女人样，不把自己当女人已经够成问题的了，更要命的是她还不把男人当男人。在外面指东画西惯了，家里人也成了她的手下，吆五喝六的。老童认为，一个女人当了领导，把权力使用得硬邦邦的，把自己搞得硬邦邦的，从本质上来说，她就已经不是女人了。

女儿一贯是同情老童的，他退休之前，女儿就有言在先，随时欢迎老童和她一起生活。有一次她甚至暗示他实在过不下去可以离婚，她的意思是做儿女的希望他把后半辈子过得快乐些。老童想好了，只要小赵还来这个公园活动，他就在自己家住下去。

不想了，不想了，老童摇了下头，摇完他看了一眼前面的小赵。

陈菊花起身走到窗前。楼下的小径上两只小狗在嬉戏，那是隔壁9号楼的那对老夫妻养的。搬到这个小区十三年了，陈菊花几乎每天黄昏都能看见这两口子挽着胳膊出来散步。看看别人的婚姻，再看看自己的，剥去穿了三十二年的婚姻的外衣，露出来的内里让陈菊花不忍细看。除了失望，还是失望，她一直在调整着期望值，直到再也不在老童身上寄托期望。

让陈菊花失望伤心的还有两个孩子，感情上和自己不亲不说，言行上从来都是毫无原则地站在父亲那一边的。尤其是女儿，往家里打电话，一听父亲不在，三言两语地就把电话挂了。陈菊花想好了，哪一天自己的父亲走了，她就离开老童，离开这个家，去老年公寓生活。

9号楼前的草坪上，一个老头在夕阳里坐着。只要天气不错，他每天都坐在那里，佝着背，拱着肩，身体和膝盖几乎合为一体，从陈菊花所在的三楼看过去，一点样子也没有。他坐在那里，却一点样子也没有。你能感觉到他老了，并且还在衰老下去。他时不时地把假牙从嘴里拿出来，看看，又塞回去。

我也会有这么一天的，陈菊花想，很快的。然后她想到了自己的八十三岁的老父亲，自己已经有三年没去看他了。想到父亲，陈菊花瞬间热泪盈眶。

不容自己多考虑，陈菊花收拾起了行李。她的心脏剧烈地跳动起来。她动作很快，像是怕自己又改变主意了。依稀中，她找到了十多年前接到一项重大的生产任务时的感觉，那个雷厉风行、干练果断的自己又回来了，那个日程安排得满满的、手里做着这件事脑子里已经在想着下一件事的自己又回来了。

陈菊花的心脏跳得更快了，都有点喘不上气来，她整个人被一种新鲜的将要开始新生活的冲动裹挟着，不允许她停下来多想，连换鞋、锁门和下楼的动作都是连贯的，一气呵成的。

下到楼底的时候，陈菊花深深地吸了口气，习惯性地眯起了眼睛抬头看了眼天空。光线并不如她以为的那么强烈，已经是黄昏了，白天就快要过去了，趁着夕阳的余晖，她迈开了步子。好了，上路了。

老童提着大包小包跟在三个谈笑风生的女人后面。女人聚在一起，就算上了年纪，还是叽叽喳喳的。分量最重的三个马甲袋，老童坚持由他来提着。小赵不时回过头来看他一眼，让老童觉得手里的分量也不是很重。另外，他认为小赵其实是想和他并排走的，只是碍于那两个女人。

此刻，心情愉悦的老童已经把午饭后那不愉快的半小时从这个黄昏里剔除掉了，就因为小赵那一句：没事的话，和我们一起去超市吧。更因为小赵比平时多看了他两眼。

远远地，老童看见一个挺像陈菊花的女人朝他们这边过来。真是挺像陈菊花，那体态，那闷着头向前冲的架势。走近了，他发现连她手里提着的那只旅行包也像是他们家里的。她这是要去哪里？看见陈菊花，老童下意识地板起了脸。

陈菊花也看见他了，但只看了一眼，目光仅仅是从他脸上掠过。老童诧异地看着陈菊花目光坚毅面带微笑地朝这边过来，并且从自己身边走过去。她走得很急，似乎赶着要去做一件什么事。

老童不安地回过头去，他以为陈菊花也会回头，可她走得异常坚定，那个往西而去的背影让他觉得又熟悉又陌生。

走出去一段后，老童想，也许在擦肩而过的时候，自己应该叫住她，问问她这是要去干吗。

伴　宴

鲁　敏

1

看来这一次是让不过去了，得找她“谈话”。

仲熙半是期望半是忧焦——说实话他是最愿意找她“谈话”的，哪怕是为着一个注定不欢而散的题目。

她姓宋，单字一个琛。以“王”做偏旁的字，通常与玉器有关。仲熙明明知道，还是特地翻了字典：琛，“珍宝”之意。这位珍宝姑娘是琵琶手，据说祖辈是大家，族中子弟好玩，器乐上个个都有专擅，若能同堂，拉出来起码能站满半边台子。包括一干亲戚，也大多与民乐沾边，最不济的，也是调音师或在器乐厂做松香。

仲熙的扬琴，高二才学，后来虽是进了艺院，专业上只能算个半吊子，所以，对宋琛这种带有童子功的世家出身，总觉得有些神秘。况且，宋琛这个人，怎么说呢，她真是不好说的一个人。

她模样挺好看，但这好看颇有争议，因她眉眼较硬，五官十分浓烈，总之相当西化，若走在繁华大街，十分相宜。但她是弹琵琶的啊，这味道就明显不对了，往台上一亮相，是要减分的。

她业务也好，是团里一顶一的“大牌”，从省市到国家，能拿的奖都拿过，除了德艺双馨奖——就算她有一天资格够老，也绝不会拿到。不知怎么搞的，宋琛的人缘相当不好。这大概缘于她对个人隐私莫名其妙的高度屏蔽：她在团里，没有要好的女友；平常与众人对话，从不推心置腹，永远保持在社交寒暄的尺度，有时甚至连寒暄也省略，只说些必要的工作之事。这就叫人不舒服了，业务好就可以这样拒人于千里之外吗？所以，连带着，人们对她的业务，也不大肯褒扬了。

同时，由于她的冷淡，还造成了一种奇怪的陌生感，人们天天见她，却总说不上是真正认识她，比如，她的私人状况。除了年龄，去年28、今年29、后年30，这个是清楚的，可控的，但别的，却一概囫囵：有男友否？已婚否？已离婚否？在分居吗？另有新男友吗？可真气人，这方面的来往与离合，她从来只字不提，填表时碰到婚否之类的格子，亦毫不理会地空着；家庭成员一栏，永远只写父母二人。若有人故意问起，她要么轻蔑一笑，要么信口胡说，用很低级的谎言来敷衍，像是着意嘲弄对方的智力与好奇心。这一切就让人更加愤然了：有什么不能说的啊，谁比谁更金贵啊。你当你是生活在西方啊，一个搞民乐的，怎么着也该讲点中国的人情世故吧。

仲熙从文化局调到民乐团时，宋琛就是这么个背景与状况。介绍别的乐手，钱主任最多花五分钟，但讲到宋琛，钱主任倒足足说了半个钟点。所以，从一开始，仲熙就记下她了，不过，对她的这种种作为，倒也没大惊小怪。仲熙前几年在文化局，跟各色各路的艺术界人士打交道多了，他是知道的，这种“夹生”（金陵土语，不合作之意），乃艺术人士的专利，算不上什么大毛病。再说，也正因为人与人各不相同，这世界才有点意思嘛！

此外，还有一个小小的原因：仲熙三年前的离异，除了至交亲朋，一般人，他也是从不提起。所以，某种程度上，他理解宋琛，说不定，私生活上，她也的确是有难言之处吧。

真正一起共事，仲熙慢慢发觉，这个宋琛，虽然有点怪气，但总的来说，很讲道理，合情合理的分内事，她十分认真；反之，则寸步不让。仲熙其实倒喜欢如此，怕就怕那种忽左忽右、缺乏原则的人物。

直到碰上她拒绝“伴宴”，仲熙才意识到，宋琛，是个问题。

2

何为“伴宴”？这是团里约定俗成的简称，详指“给宴会伴奏”。具体说来，就是一席或数席的重要宴请，主办者邀请民乐团现场演奏一台音乐会，以助清雅之兴，使吃饭活动成为更艺术的娱乐、更高档的社交……若干年前，伴宴一般都是政治任务，级别约莫为市宴、省宴，在座的总有党和政府的领导人物，且半数涉外，有展示民族艺术瑰宝之意，乐手甚至要政审。众人为此突击排练、加班迟归，皆无怨言，反倒甚觉荣耀，因为日后说起，他们曾经为“某某”“某某某”或“某某·某某某”奏过一曲。

但近年情况有变，因体制改革，民乐团得自己“找饭吃”——这个比喻，简直全无斯文，仲熙十分反感，但上上下下各种场合反复提及，他也就渐渐麻木了认同了，何况他还得带头去

“找饭吃”——替团里上下的工资、奖金寻到出处！

唉，说实话，民乐的饭食难找极了，现今谁有工夫，谁又有那个静气坐下来听一曲《渔樵问答》或《蕉窗夜雨》！到各处去联系演出，十有八九都是婉谢的，要么就问他有没有“十二乐坊”那样可以在台上边拉边扭的女队班子。唉，这当中的辛酸与委屈，不说也罢。总之，到最后，贵贱不遑挑，细小不敢舍，连伴宴也成为乐团上下老小的“饭食”之一种——企业主的周年庆，多金者的婚庆典，谈判方的鸿门宴，等等，只要有钱，民乐团无不贴身而上，弦动琴响，务求主客尽欢。

而伴宴一旦落到此等地步，对乐手们的自尊，便有了普遍意义上的打击，特别是碰上那些宴客，他们不再是从前的宴会聆乐者——吃饭几无声息、曲终必要礼节性拍手、只在两曲之间才相互致敬。而今，他们是各席面间奔走不息（名为“打的敬酒”），或数人同时敲桌干杯（名为“集体过电”），同时大声倾谈，以段子取乐，击掌哄然大笑，更不要说接电话、喝交杯酒、醉了乱嚷的，总之其景堪比闹市，全然不管台上的弦唱箫吟。

也曾有乐手为之冲冠一怒，抱琴而去，但又怎么样呢？隔几天还是要捏着鼻子上台。故而，大部分乐手都还是“懂事”与“配合”的，放下小我，服从大局，以“找饭吃”为第一要务，上了台只管垂着眼皮佯装自我沉醉。况且，也就是一台拼盘音乐会嘛，曲子都是经典选目，大家早已熟腻至极，真正奏来，并不耗费多少精力。算了，世事已至此，不独民乐，各样自命或被命名为“高雅”“严肃”的艺术，都是曲中求直、苟且偷生的，还有什么好说的。

也只有她，这个宋琛，从头至尾，一直是固执地保持着“大牌”的底线，抵死不肯伴宴。谁也说不动她，提到那两字，简直像剥了她的面皮，折了她的风骨。好在团里另外还有两个琵琶手，也能应付过去了，反正谁上台谁拿演出费呗。

这样，过往所有的伴宴，包括大小商演，从上一任团长手里就开始默认了——不喊她。只是，从组织纪律、集体主义的角度来看，作为一个业务尖子，她这等于是在公然对抗“创收”，把自己与众乐手拉开层次，总之，影响不大好。况且，目前的问题是：周五的这次伴宴，负责付钱的客户点名就要宋琛登台参演。

3

“客户？”坐到仲熙的办公室里，才听了半句，宋琛就冷笑起来，果真是大牌的脾气。“也对，所以我们团还有市场开发部、第三产业，而乐队呢，干脆叫流水车间好了。您呢，就是老总、CEO，可别再说自己是团长。”

仲熙望望她，就让她说两句吧，只要最终能答应就好。这次的客户，真的很有意思，说只要宋琛肯出来，他们还会介绍许多圈内的老总来“照顾”民乐团。同时，在谈好的伴宴费之外，还特别暗示，会另外给宋琛本人一个大红包。换作别人，这红包会算个砝码，但她这里，仲熙决定提都不提，难保那只会把她推得更远——跟宋琛打交道，有种与众不同的挑战感，这反倒给了仲熙一种莫名的兴奋，要真能说得动她该多牛气！

“人家老总点名要听你的《十面埋伏》，说明是个行家，是个知音！自古以来，士为知己，女为……”仲熙开始编，这个角度肯定比红包更适合宋琛，许多恃才傲物的人，都会对知音网开一面。

“哼，这也叫知音？那全中国人都是我知音。不论谁，初次见面的，只要一听说我是弹琵琶的，对方就会一边点头一边说，哦，《十面埋伏》!《十面埋伏》! 蛮好听蛮好听!”宋琛活灵活现地模仿起那种假充内行的神态，逗得仲熙差点笑起来，同时也暗自后悔，刚才该讲她的得奖曲目《霓裳羽衣》或《飞花点翠》就好了。

“你知道吗？那公司，不是一般的气派，人家本来打算请省歌舞团弦乐队伴宴的，那边连曲目单都准备好了，全是世界名曲，多亏我们这边的钱主任会办事，中国气派啊，民族精粹啊，传统经典啊一通轰炸，总算把这笔业务给抢了过来。”仲熙知道搞民乐的往往会跟西洋乐较劲，他便故意无中生有，想激发宋琛的好战心。“而且，钱主任还跟我说，这家公司，因为是总部，所以每年都要搞元旦迎新、中秋茶会、新春团拜、VIP感恩宴之类，若这次伴宴弄得好了，会成为一个长期的高端客户，最起码，咱们每个月的福利就有了!”仲熙知道自己满嘴商业气味，但这会儿是故意如此，他就不相信，这个宋琛真是个不食人间烟火的，下个星期就是端午节了，到时发嘉兴肉粽与高邮双黄蛋她会不拿?

“反正我不会去的。”宋琛突然收了话题，全然不顾仲熙方才的一通说教还余音未绝。她站起身，仲熙以为她要告辞，她却站到窗户边往院子里看。

那个位置，仲熙也经常站。

民乐团的院子原本就小，加之现在有不少乐手买了车，里面更是挤挤挨挨，有人甚至嚷着要把两棵长了多年的柏树给移走。唉，每次站在这个窗口，看到那些锃亮的车子以及匆匆来去的乐手，仲熙心中也说不清是喜是忧，总的说来，民乐团是庙穷和尚不穷，很多乐手都在私下里带学生，虽然课金比西洋乐要低不少，但若是有些名气，也肯吃苦，外快还是可观的。搞创作的人呢，则在外面替人编曲子，节会庆典、店歌会歌之类——真正临到自己团里交代的差事，反倒成了兼职似的，草草应付了事。这些公私夹缠的情况，仲熙心中十分清楚，但也不忍下快刀禁行。说到底，他感到自己并无充分的理由与充分的底气，就算众人每天八小时齐齐坐在团里，又哪里去找那么多的演出项目，去保证大家的荷包呢？民乐啊，有时狠心想想，真像个老妇人，唉，本便是一日闲过一日、一日枯似一日的。

大约是见仲熙一直没有回答，窗前的宋琛又不咸不淡地加了一句："我之所以不去，也不是冲着你，是冲着外面。"

"外面是哪里？"仲熙倒也不急了，不知为什么，他总还存着一种朦胧的希望，觉得自己最终是可以说服宋琛的。

"于我而言，琵琶之外，都是外面。"宋琛顿了一顿，却又另外讲起别的，"唉，乐是什么？你一定知道这句：'王宫悬，诸侯轩悬，卿大夫判悬，士特悬。'从小，家里人就跟我讲这些，我也一向信以为真，所以，是无论如何不肯走下来去伴宴的，请你理解。"

仲熙知道宋琛讲的是周代礼乐制度——悬，大略是指编钟之类的古乐。周代等级森严，"乐"乃至高享受，不可随便举之，什么人可听什么级别的"乐"，都有严格规定。宫悬，即四面挂，此为王者特权；次之，为轩悬，即三面挂，是赐予诸侯的；而判悬（对挂）与特悬（独挂）则是分别为大夫与士所定的界限，万不可逾越……

仲熙听得明白，宋琛此话听上去像是自我辩解，其实，当是在讥讽自己吧——把民乐自高堂大雅弄得如此不堪，乃至侍奉起一帮大嚼大吃的酒囊饭袋。可是，这又哪里是仲熙的错，由来已久矣，这"礼崩乐坏"连孔子都徒唤奈何啊。

但仲熙也不愿辩解，最主要的，他能感到，她对民乐的挚情，完全偏执于高雅一端，要让她转了弯上台伴宴，确乎是难于上青天。就好比是让一个专门吟诗作赋的人去搞有偿报告文学，完全说合不了的。

但不行，今天还是得说合！仲熙暗中咬牙，不是怨她，而是恨自己，为什么偏偏是个狗屁团长呢，得说各种言不由衷之词、做各种不情不愿之事——这是世上每个人都会面临的迷局。况且，就算他肯让步，团里也没有人可以宽容她的洁身自好。凭什么为了她一个人的坚守，就要碍了整个团的利益？这对别的乐手而言，是不公平的。技艺虽有高下，但当初，哪个不是夏练三伏冬练三九过来的，从汗到泪到血，谁没流过？谁不想堂而皇之地万众瞩目、扬名立万！而今，别人都放下身段了，她怎的就不能放下！

想了一想，仲熙决定还是找她的软肋处说："其实，宋琛，我懂得你的意思。但我们的民乐，不是要你这样去关起门来殉情的。你得先让她活才对，她活了你才能活。你若真把民乐当了你的命本，什么伴宴不伴宴，商演不商演，这些牛角尖都不必钻。君子能屈能伸，大道迂回求索。我觉得你的想法，太过狭隘了！你再考虑考虑吧！"

宋琛此时已走到门口，听了这话，停下站了一会儿，却没回头，终于还是走了。

她的这一停，让仲熙感到：可能还有希望。

4

仲熙复又站到窗口，看宋琛青灰色的裙子从排练房廊下一直消失在器乐室之后。她的背影，值得长时间盯着看——比看她的正面要安全得多。仲熙早注意到，宋琛不喜欢明媚的颜色，哪怕就是演出服，也是冷色调，红、黄、橙这些从不上身。一直看到那青灰色的身影消失，仲熙忽然间若有所思，想到个小主意。

他把钱主任喊了来，后者一进门便眼巴巴地盯着他，见仲熙的表情，绝望地叹口气："没谈拢？真是的，连你的账也不买！怎么一点人味没有呢，有本事她住到月亮上去！"

仲熙摇摇手，让钱主任介绍介绍这个点名要宋琛上台的客户。钱主任先是不解，只喃喃地开始絮叨："欸，是的啊，我当时也奇怪，就算宋琛在咱们圈子里算个名家，但社会上一般的人，哪里会知道她。不过我见到的人也不是老总，是秘书，小年轻，一开口就问我们团是不是有个叫宋琛的，我说有是有，但她不伴宴。于是这小家伙就买东西一样跟我讨价还价，中途出去接了个电话，回来后口气更牛，说只要宋琛肯出来，便如何如何，许下一串诺言。反之呢，就什么都不要谈了。没办法呀，我只有答应下来，人家出的那个价钱，多好的一块大肥肉！我要拒绝了简直就是犯罪啊！咦，对了，仲团长，莫不是，那家单位的老总看上宋琛了？"钱主任脑袋忽然一低，面上露出一种通用的亲狎表情。

仲熙一阵不快，被冒犯了似的，又觉得自己莫名其妙，何况未见得钱主任就是妄加猜测，于是也就顺势往下说："这样，你的人脉一向最广，去打听打听，到底怎么回事，弄清楚了我们也好主动一点……"

"万一就是那么个情况，这不等于就是宋琛给我们惹的事情嘛。这样，我们反倒可以拿住她，上台还是不上台，她直接去跟对方谈好了，省得我们为难！"钱主任太聪明了，聪明的话这么多，说得准确而露骨，让仲熙都替自己的念头害臊起来。唉，许多事，想得，做得，偏说不得。多少人，在世间痴滚了几十个年头，都弄不好这个分寸。

仲熙想起方才与宋琛的对话，她倒是“会”说话的，一百句里，肚子先吃掉九十九句，只把最后一句，骨头一样吐出来。要有机会，仲熙真想与她好好长谈一下，恐怕她不会相信，他仲某对民乐的爱之深、痛之切，并不比她少。

5

当初在艺院，仲熙的方向是音乐史与理论研究，除了扬琴，别的也玩过几样，均是粗通而不精。但那几年里，终日浸淫，或听或赏，对民乐的喜欢，已深入骨髓。无数个清风明月之夜，他在校园里独自走路，远远地听各处传来的缥缈乐声，总是慨然系之。京胡的愤而激越、箫的无限留白、梆笛的哑涩胆怯，哪怕就是木鱼的“笃笃”两声，都让仲熙为之牵肠挂肚、心神俱往——民乐的大底子，是一个淡墨写就的悲字，如同老人回首世事，欲说还休；但细节的表现与起承上，却又吵闹亮丽，有种随意的天真之气。尤其是这几年，经过了婚姻离合之变、事业起伏之变，仲熙的心境，越发沉郁，越觉得这民乐里的好，与自己的人生哲学颇为贴合，其妙处，难与人细说。

故从文化局下来主持这日渐式微、摇摇欲坠的民乐团，别人只当他是遭到发配，事业进入低谷——多少学民乐的都在往外转，他反从机关大院往里转，仲熙却感到别样的称心，满心期望就手按照自己的理解去革新民乐，使之起死回生、大放异彩……但没过多久，他即意识到这一雄心的浅薄：民乐，如仅仅作为个人之好，仍可以像最初一样美轮美奂；但若作为一个乐团以物质实体的形式来求生存，就不对了，甚至，仲熙总时不时感到一种似曾相识的暮夕之气，那是什么？

仲熙捂着脑袋想，对，在文化局，有一阵子，他曾经参与过“申遗”工作，看了不知多少早已死去、正在死去以及必将死去的“非物质文化遗产”：高台狮子戏、手工骨牌灯、雕花天鹅绒、阳腔目连戏等好几十项，各处报来的介绍，均写得密密麻麻，真正下去一看，能知晓会演做的，大都已是豁牙瞽目之老人，就算尽力抢救，所得的约乎也仅是片鳞只爪或以讹传讹、将错就错之作。最可叹的是，“抢救”下来之后，仍不免束之高阁、录于典籍，并未获得生存与流传的新生。

对此，仲熙总存有深深的迷惑。固然，祖上所玩耍戏弄的各样奇巧技艺，做子孙的应当谨严收录不误，就算画虎成猫，也算是一种心理安慰，毕竟人类受文明教化甚深，已无法忍受任何艺术的失去，故而各地皆执念于“申遗”，并以为是功德无量之举。但有一点也要清楚，艺术的此消彼长，也循着物竞天择、适者生存的理数，一个时代便有一个时代的欢娱，失去了彼时的土壤与情境，就好比没了魂魄，再怎么勉力维护，还是一团枯槁的肉身，离祖上那清新活泼的乡野真趣已是天壤之别！

民乐里，仲熙也同样感觉到这种逼近而来的暮夕之气，所以，他一直拼着命地接洽各种商演，表面上是为了生存与经济，实际上，也是一种恐惧与抵抗，他宁可民乐这样粗俗泼辣、不尽如人意地活着，也好过于无人问津、孤芳自赏中凄惨地死去！

唉，有机会跟宋琛说这些吗？如果她真能理解到仲熙之一二，也许反倒可以明白，那以退求进的伴宴，其无奈与必要……

6

仅仅一天后，钱主任就带来了打探得来的结果，其时仲熙正在审节目单，下面报来的单子上已赫然把宋琛的琵琶独奏排在第二位——第一曲通常是合奏，在宴席开始之前就要出来的，相当于暖场，第二曲才是主角。

钱主任拖着步子进来，虽是邀功但也显得失望："关于那个老总，我费了不少劲，转弯抹角，查是查到了，可是……"他居然卖起关子。

仲熙不答话，只盯着钱主任。他不喜欢这个关子，因为他的确想买这个关子。

为什么会这样？仲熙自问，真要为着伴宴本身，他大约不至于此吧。是的，承认吧，比起团里其他人，自己可能更加好奇宋琛的情感生活，甚至想透彻地研究、进入她的内心世界，了解她的爱恨，看到她私下里放松恣情的真面目……那么，这是有点喜欢她？他诘问自己，很快发现这问题毫无意义——

虽然自己而今复又单身，但宋琛的具体状况不明，况且她对自己，大约并无特别的好感；最要紧的，就算她有好感又如何？自己在机关里混迹数年，此刻又身为团长，要懂一切的利害与原则——与一个富有争议的大牌乐手，怎么可能！

但是，唉，人之为人啊，总有情难自禁的向善向美之心，而宋琛，她的模样，她的脾性，她的格格不入与固执行事，就恰好这样吸引他！此种情感的真实灿烂，正与其微小与虚无相当——只需暗中收藏，不必求对方任何的确认与回馈。有时候，人与人之间，就有这种若有若无的东西吧？这也正是生活比较有滋味的一部分。

只是，那个客户，真的会是宋琛的一个追求者吗？甚而用上了这种老派而蹩脚（叫堂会？赏红包？）的套路，这让仲熙泛上奇特的感觉，在瞧不起与嘲笑之后，他又希望那人“是”！这就说明宋琛的魅力、琵琶的魅力、民乐的魅力，一切美好事物击中世俗的魅力。

仲熙走神了，走了一个挺漫长的神。

终于，钱主任自己沉不住气，把嘴一撇说道：“没什么！那家公司的老总是个女的，四十多岁，没什么特别的。并且，据我掌握的情况，她压根不喜欢民乐，女强人嘛，一心扑在事业上的那种……”

仲熙有些愣住了，一个女的？这里面会有什么吗？奇怪！

算了不必追究，有时候人就得相信简单，迷信简单！

仲熙说服了自己，同时也松一口气，这样也好，免得真要去跟宋琛谈论她一直讳莫如深的情感生活。再说，那些所谓的情感瓜葛，未必真就能“胁迫”到宋琛，说不定反而会让她彻底翻脸，把合作搞砸了，不仅她不上台，整个团都上不了台，演出费全泡汤……这样倒好，装个直心肠子，就当那客户只是心血来潮、附庸风雅吧。

钱主任耐心等仲熙消化完这消息，又另换了略显诡谲的表情，递上来几页文件。仲熙一看，是市里的“五个一重点人才”推荐表——如若被荐上，会拿到专业津贴、被组织出国考察、脱产培训之类，有若干的好处。每隔三年才会分到小小民乐团一个名额，也算是对民乐人才的一种“泽被”吧。

钱主任把表放到桌上，见仲熙视若无物，于是又重新拿在手上，不吐不快的样子：“也是巧，今天刚收到这个通知！仲团长，从专业水平看，宋琛是团里的头号人选，虽然她群众基础差一点，但瑕不掩瑜，所以呢，我建议，咱们团就报她，但有个条件，让她小小地回报一下团里……”

仲熙埋着头听，完全听懂了钱主任的话外音。唉，这么明显的交易！对方可是宋琛啊。

其实，这次伴宴，宋琛若真不肯去，这笔业务黄了，也就算了，强扭上去，反是弄巧成拙，影响演出效果——有些事，必要时，不如抱着顺遂的心态，退一步便罢了。

但想想钱主任吧，当初为了“拉”到这笔业务，多不容易。将要看得见丰硕收益了，却一下子栽倒在宋琛手上，不仅他要跳脚，全团上下也会升腾起各样怨气，这对宋琛将大不利——仲熙实在不愿意那样。无论如何，大家现在都在这民乐的小船上，只可一心一力才对。

这样一想，对钱主任提出的“建议”，也只有默认了，如果处理得当，不那么赤裸裸的，也未尝不是个办法。再说，这样，他又可以有事由找宋琛“谈”一次“话”了，不是吗？

也奇怪，就算经常会在团里见到，他竟仍然有些想念，想与她独处。

7

料想不到的是，这第二次“谈话”，倒是宋琛主动约的仲熙，以一个简慢的方式：快到十一点，才打个电话，问是否有空中午在民乐团附近的茶馆见面。

仲熙自然是答应了，同时又觉得失落——这种仓促的约见，说明自己在她心目中完全没有一点分量。唉，她将永不会知道，自己竟会那么在意她。

宋琛仍是一身不起眼的灰绿色衣裳，但她五官鲜明，反而另有一种特别的味道。没有常见的寒暄与矜持，宋琛自作主张要了两份简餐。她显然是有话要说。

仲熙随身带上了“五个一”人才申报表及伴宴节目单，像是两份指向同一标的的合同似的，只觉得放在口袋里十分别扭。他暗自慨叹：要是这会儿，能以另一种身份、另一种心境，与这个引人遐思的女子这样临窗静坐，随便聊聊他最喜欢的敦煌古曲，会多么好……

令他略感安慰的是，宋琛的确是个很好的谈话对象。比如下面的开头，就像一篇文章的引子，顿时让仲熙感到和风扑面，心境为之跃然。

“其实，你到我们团之前，我就听过你一曲《苏武》。”仲熙一听连忙摆手，差不多要脸红了。他知道宋琛有个舅舅专司扬琴，自己跟那老人家是根本没法比的，而且，他回忆，那支曲子，当众敲得很少，可能是某次同学会上的即席之奏，完全登不得大雅之堂，哪晓得她当时正在座上。

宋琛等他说完一堆表示惭愧和谦虚的话，忍不住笑了：“咦，我刚才只说听过，并没有夸你敲得好啊。”

见仲熙更加不安，宋琛连忙往下继续：“不过，你敲得很有风韵。我舅舅常说，扬琴这个器，一般人都以为，关键是在节奏快慢、点子的切分，对准确性的技术要求高过其他器乐。其实，真正的妙处倒恰在准与不准之间，其快与慢，要与曲子的意境相贴——欢腾畅快处，奏者一味求精准，反显得蠢相；滞重沉郁处，就算慢上八分之一拍，也是好的。这是我舅舅的歪理……而你那天敲的《苏武》，手一听就生，还有几处错音，但好就好在，如同水墨画的写意，里面的意思你‘写’到了，复古拟古，曲风纯正。所以，我当时回去还跟舅舅说，今天倒看到一个懂得民乐的。”

仲熙被夸得有些醺然，内心十分高兴，因为刚才性急多话，这回索性只以一笑回应。

“所以，不用你多说，我也能理解，你到了团里，带着他们一起折腾，弄些钱、弄些市场、弄些影响，也是为了救民乐于濒亡。可是，我总觉得这样子下去，是背道而驰，对民乐的伤害多于补救，反会使之越发地低廉轻贱……”

“愿闻其详。”仲熙想，这顿便饭，宋琛是要给他洗脑了。

“也没什么详。”宋琛却又把另外九十九句给咽下去了。吃了一会儿菜，她摸摸左手几个指肚上的老茧，也不看仲熙，像是自言自语，“从小到大，没有游戏，没有电视，没有伙伴，永远都是一天六个小时地练，除了年初一与生日可以放假半天。这么些年，只与琵琶守在一处，虽是小了点，但心反而大了。许多事情，比如打扮、吃喝、金钱，于我而言，也只是清水穿肠，不留痕迹。总之，我什么都不在意的。”

仲熙留心听，她方才，只说“打扮、吃喝、金钱”，却没提到“男女”，他真有心问一问，那方面如何呢，也是清水穿肠吗？

他想起她在台上的演出，黑漆漆的舞台，只一束白光打在琵琶上，她的演出服是冰蓝的长纱裙，如一朵莲花缀于天幕。她双目微闭，脸色处于半明半暗中，全部的精力只在十指。一曲《诉》里，具有多么惊人的柔情蜜意啊！若胸中没有缠绵，绝不可能奏出那样的衷肠！其实，这曲子是近人据《琵琶行》所作，重在技法繁复，夹弹、半轮、带起、泛音、绞弦，但意境稍弱，失之凄切，可宋琛指端的流淌，却让仲熙怦然心动，为之神往。这样的女子，什么样的人才能走到她的心中并占有一个小小的位置啊！仲熙记得自己当时呆立于台下，心中长叹不已。

现在瞧瞧，她这双修长的、弹尽婉转与崎岖的手，可不就在眼前嘛！他多想轻轻地握上一握、亲上一亲啊！这不是亲她本人，而是亲一种与她相关的东西；这跟肌肤无关，只是一种情绪，一种需要！

见仲熙表情异样，宋琛觉察到什么，她抬起头，把眼睛正对着仲熙亮了一下。奇怪，她什么都没说，可仲熙却清清楚楚地感到，那亮，正是明确地要驱散他任何的胡思乱想！瞧这女子，多聪明，会巧妙而友善地阻止那个种子发芽。

宋琛继续正襟危坐："哦，刚才扯远了。其实，我就是想跟你说，这器乐，有三相：声、音、韵。这三者，有境界上的递进关系，可谓发乎心、忘乎情、得乎性。但你让他们整日价去敷衍那些闹哄哄的场面，能弹出来什么？下面又能听到什么？只能是'声'，连'音'都谈不上，所谓'知声者众，知音者稀'，更不要讲'韵'了！这哪里对得起祖宗传到我们手里的器！"宋琛似有一点激动，说罢往后一靠，完成此行的既定任务似的。

仲熙给她续了点水，一边点头。真要反驳宋琛，他同样可以讲出一百个理由来，可是他知道宋琛的，根本不必长篇大论，不如学着她，咽下九十九句，也只挑最要害的来说吧。

"你说的，都对。我只问你一句，若你是团长，一团人的工资福利、吃喝用度摆在跟前，还有离退休干部的工资与高额医疗费等等，你还可以这样关起门来，以乐为食，追求最深的精髓？宋琛啊，皮之不存，毛将焉附？我得先把这一大家子养起来再说啊！弄不好，这里上顿不接下顿，这小小的民乐团是会解体的！到时，我们恐怕连白日梦都无处寄托！”

宋琛虚虚地盯着仲熙，似有一点小小震动。

走之前，仲熙把列有宋琛节目的伴宴节目单递给了她：“你看看，合不合适？”他自认为这话说得是有些技巧——不合适的，可以是排序，可以是曲目，也可以是演奏者，就看宋琛怎么改了。

“五个一”人才推荐表他仍旧捂着。这两个东西他真没法同时拿出来；或许，他是有些天真的自我期许，他对她，是以情动之，以理动之，大不必以利诱之。

8

一般来说，两个人的争辩，最后发言并结尾的那个似乎能占到一点记忆惯性的便宜——以此来说，中午在茶馆的谈话，仲熙并不能算是输在宋琛手下。可是，真奇怪，一整个下午，他却都在想宋琛的那段话。关于器之“三相”，她所讲的，像一根小肉刺，让他百般地感到不适……

他想起团里的另一个“创收”项目：古都雅韵风情音乐会。

这是通过文化局向旅游局好不容易争取到的一笔大“生意”，而后者也是特意照顾“没米下锅”的民乐团——让“古都雅韵风情音乐会”作为本地旅游项目的一个保留节目，只要是跟旅行社来的外地游客，都会被组织统一观看，逢上旅游旺季，每日两场，就算是淡季，一周也要三场。仲熙对这个长期而稳定的业务还是比较满意的——全团工资有二分之一要指靠它呢。

有时他也会到现场转转，情形当然不太乐观：那些衣着花花绿绿的各地游人，总是抱着骚动兴奋的过客心态，全然没有安坐的心情，他们最大的乐趣便在拍照与交谈，并东张西望目尽所见，以不枉此行。更有孩子四处乱跑，家长勉强拉住，用那种勤于教诲的口气指点台上：喏，记住，那个圆圆的有洞的是“员”（是“埙”，许多人只念半边字），那个叔叔吹的叫小号（其实是唢呐）……仲熙往往看得气闷，便转目至台上。

这一看，更糟，连再看第二眼的勇气都没了——即便是那短短的一眼，他已能强烈地感觉到，乐手们是怀着怎样木然的心情在演奏，不，可能比木然还糟，是压抑与恶心。这怨不得他们，每天两次啊，像磁带一样，永远是那一套经文化局、旅游局共同钦定的保留曲目：《茉莉花》《春江花月夜》《姑苏行》《金蛇狂舞》……再好再好的东西，就算是天下最美的那三个字，无穷无尽翻来覆去每天只用同一种音调在规定的时间用规定的方式说出来，且倾听的那一方完全无动于衷，谁不会发疯啊！

仲熙索性闭了眼，是啊，如果是外行，如果粗心一点听，所有的曲子都是驾轻就熟、流丽婉转的，可是他知道，那早已不是音乐了，只是一堆声音，正如宋琛所说，是器之三相里最低的一层。正是这种谋求稻粱的惨淡经营，让数千年来绵延下来的民乐仅留一个“声”的外壳！

这样一想，仲熙不禁悲从中来，又伤心又激愤，在一种自我惩罚的情绪之下，他忽然觉得，宋琛去不去伴宴，此一步甚为关键，是关乎气节、关于精神的大事，往左走往右走，有巨大的隐喻与象征。

那么好吧，就这么定了，不管后果如何，同意她不去，支持她不去，永远不参加任何廉价或不廉价的商演，就让她作为最后一朵自由的小白花吧，孤傲地别在民乐团寒凉的衣襟上！

——此决定一做，仲熙反倒觉得一阵轻松，心情如暴雨突降后的澄明。他决定暂且不想该如何向钱主任自圆其说，解释自己的反水。

9

可哪知，仲熙这里刚刚艰难转身，宋琛却也兀自回头了。送回节目单时，她用与拒绝伴宴同样轻巧和目中无人的语气：“那个，我去了。”只在用词上，还不肯提“伴宴”二字。

仲熙吃惊地看她，她却不回看，只顾低头用手指点节目单，欲与仲熙讨论节目的顺序与内容。那意思是，她既是参加了，就希望一切都像点样子。

宋琛用铅笔做了一些修改，她认为这节目单不能算一篇好作文——一场音乐会，也是要求“豹头猪肚凤尾”的：“两头的嘛还行，但中间的几支曲子，怎么都那么绵啊，虚飘飘的，完全撑不住嘛。

“噢，那个啊。”也是，她这是头一次参加伴宴，不知道具体情况。仲熙压下心中的其他疑惑，先对她解释：“伴宴，就要讲究一个‘伴’字。开始的曲目自然要先声夺人，主客双方往往在此际步入宴会现场，但一旦客人们酒杯端起，我们这里就是奏仙乐也入不了他们的耳啊。故而，中间的曲子就以慢曲为主，音色轻柔，恰如背景乐一般，若有若无，绝不可喧宾夺主，有扰客人的胃口。这样一直奏下去，直到快要终席，人家吃得差不多了，才会有闲情把注意力转到我们这边，他们会点些曲子，甚至会是通俗歌曲，也有时是我们自己来一个高潮，比如《花好月圆》或《步步高》，最后皆大欢喜……”这里面的小小门道，仲熙一直在做，并没有谁要听他解释，但今天这样明白地说出来，心里还真是有些酸楚，看看，这都落到什么份儿了！

宋琛边听边点头，倒也不见得怎么样感触：“想不到有这些讲究。那么，除了《十面埋伏》，我还得另备一两支曲子，以防到后面被点到是不是？”看来这个宋琛，一旦决定要做什么事了，这个认真劲儿！可这种事，放在她身上，多么令人惭愧！心里真觉得对不起她！

仲熙就势把话说回来：“怎么回事？你为什么又改变主意了……其实，我后来也想通了，我们堂堂一个民乐团，总得坚持点什么对吧？如果那个客户真喜欢你的琵琶，就应当专门去听你的音乐会才对……”

宋琛摇摇头迅速笑了一下：“呃，这个，乐舞侍宴，自古有之。再说，我就算上了台，也还是在我自己的世界里。我啊，自有我的玻璃罩，可以挡住一切。”

仲熙没有勇气开口再往深里追问——宋琛的这一决定，究竟是为重温民乐古风还是为了帮他一把？也许是兼而有之，特别是后者，她自知不可能呼应他的情感，故而只有这样回报？不，这样很不好，情感上，他可从没要求她什么，都怪昨天在茶馆里有些失态……可是再想想，也好，她若肯怜悯，便是懂他、体恤他！这与爱之间，便只是一步之遥了！

仲熙百感交集地看着宋琛，谢也不是，推也不是。这个困扰他多日的难题，此刻一下子有了好的结果，却又说不上是高兴还是失落，他多想能够轻轻地抱一下宋琛啊，知己一般的，难友一般的。

10

晚宴是六点半开始，但仲熙要求乐手们五点半就要吃了晚饭全都到场，这是一个仪式感的问题，也是一个心理问题。正因为全团上下对伴宴都极为不屑，仲熙愈加规定严格，以此做一个反方向的张力，不至于大家坐到台上都松塌塌的没有样子。

而这一次，仲熙去得尤其早，跟服务员们一样早。那些女孩子正在忙着布席，仲熙台上台下绕了好几遍。不管怎么说，这是宋琛头一次伴宴，仲熙希望不要出任何差错。同时，他还存着一份好奇，想早点看看这家公司的女老总，为什么偏偏死活要宋琛出场呢，这件事想想还是有些蹊跷的。

女老总当然不会早到，倒是宋琛，比其他乐手来得都早。仲熙趁机给她再打一个预防针："……最好的演奏，就是要做到目中无人，不管下面贩夫走卒人仰马翻，都只当是与己无关。"仲熙还是怕她适应不了，这可不是音乐厅或大剧院。

宋琛什么脑袋，自然听懂了，她笑起来："你放心。所有的情况，蜘蛛都跟我说过了。"蜘蛛是另一个琵琶手的绰号，因她十指特别修长，故得此号。"好了，待会儿我就去换衣服了。你不要笑话，我选了最吓人的大红。因蜘蛛说客人一般都爱看琵琶手穿红衣。"

看着宋琛似乎是很轻松的背影，仲熙感到一阵难过。是啊，今天这是她的头一次伴宴，但仲熙绝不敢说是最后一次，许多事情都是这样，既是有了第一次，为什么不能有第二次第三次……唉，从此，宋琛也会成了一个伴宴的乐手吗？

仲熙一时感到自责和怆然。但此时此地毕竟不宜抒情，不多久，乐手们都到了，各就各位，化装、更衣、备谱、调弦，一阵琴动弦响。而外面大厅里的签到迎接之声也渐渐哗然起来。很快，钱主任匆匆引着一位咖啡套装、身形偏胖的女人过来——就是出钱的衣食父母啊。仲熙马上满脸是笑，介绍、寒暄、相互致谢，然后仲熙告退，指挥上台，在宾客们一阵阵拥入落座之际，当晚的伴宴，以一曲合奏《节日》开场了。

仲熙坐于后台一侧，所谓的台子，只有三级楼梯高，离席面也很近，他可以斜着看到台下。他再次打量那女老总。

的确，太平常了，胖得平常，女强人得也平常。看来，真的没有什么。就连宋琛上台演奏，她也没有多加留意，只忙着与客人应酬，中途还掏出手机，一边打一边带着淡笑瞟着宋琛。

这样看了两支曲子，仲熙不禁有些昏然，索性起身到后台。宋琛果然在那里，另外尚有几个独奏的乐手在候场，也有刚刚下来的在歇着。要在平常，这里往往是发牢骚的最好地点，今天，大约是因为宋琛的出场，倒显得有些静默。宋琛仍跟在团里一样，谁也不理会，只独坐一边抱着琵琶。

仲熙站在那里，却也无话，总不能祝贺宋琛演出成功吧。

本以为这一晚大概就是要这样无话下去，忽听得前台有人急急走来，是钱主任，见到仲熙，他急忙把他往边上一扯，眼神从宋琛那里虚虚地掠过。

“女老总说，她有个重要客人刚刚才到，而且她先前也没注意到宋琛上台，所以……要宋琛重来一遍，还弹《十面埋伏》!”钱主任脑门子上全是汗，他也知道这话说不出口。有这样的吗？事先不是都有节目单的吗？就算要演员返场也不是这样返的。

仲熙跑到侧台，照钱主任的指点看，主桌并没有增加任何人，只在靠门口的边桌上，有一个新来的男人。“就是他，我刚才问过迎宾小姐，只有他是刚刚赶到的。”

仲熙细看，那男人面容白净，衣着散淡，倒不像官场中人，且神色灼然，有点坐立不安。他左手拿手机，右手在上面不停地写信息，根本无暇往台上瞧一眼。

“什么鸟重要客人！别听她的！”仲熙一到后台，就放开嗓子骂了一句，一口回绝。几个乐手马上围上来打探。宋琛恰好临时走开了不在。

钱主任顾不上避人了，在一边急得高一脚低一脚：“我当时就表示为难的。可女老总说，只要宋琛再登台，这次咱们团整个出场费翻倍，宋琛的红包另算。”

“有这等好事啊！”乐手们纷纷感叹，又惊又喜。“反正闭着眼就能拨拉一遍的，我要是宋琛，上去十几趟都可以啊。能叫返场，也是种荣耀嘛，只要每次费用都翻倍！”唉，听听这话，仲熙简直要发火，可也不能怪乐手们眼皮浅不晓得自重，而是，怎么说呢，“伴宴”这件事，本质上就是来赚钱的嘛，还有什么好矜持的！

不知什么时候，宋琛进来了，大约早听清楚原委，没有半点犹豫，就开始戴指套：“行的，那帮我补一下妆，上去就是了。”她没什么表情，既不是委屈也不是高尚，反正，平常极了。

钱主任欢喜不尽地称谢不迭，一圈人也都捧场地哄笑，说要集体请宋琛吃饭之类，总之，人人都对宋琛刮目相看般的。

仲熙却嗒然无语，颓然若失，感到无颜再看宋琛。他往远处站了站，恨不能藏身至某个巨大的阴影里。他忽然想起宋琛说过的

"玻璃罩子"，看来，今晚，她真是把自己罩得刀枪不入了，故而再怎么样她都是不在乎的。

这时有人冲着宋琛殷勤地提醒："你刚才出去时手机响了，响了好多声。会不会有急事啊！"宋琛这时已端坐到化妆台前，不领情地摇摇头："要上台了，再有急事，也顾不得了。"

钱主任早在那里绕着圈子等了，她捧着琵琶，静了一会儿，站起身便上去了。

11

叮叮叮，一串清冽而凄绝的拨弦出来了，仲熙不由自主也跟了上去，站到钱主任一侧往台下瞧。

台下那女老总，却仍是随随便便瞟着台上，仍在跟人碰杯，毫不为意，神情举止中的轻慢，显得有些夸张，这让仲熙十分不解：她不是要死要活让宋琛重新上台的嘛，怎的听也不好好听？其他各桌的客人也是依然故我，奔走敬酒，一波波把宴会推向高潮。仲熙于是往后头看，看那新来的客人——

那男子正泥塑般一动不动盯着台上的宋琛，虽说四周个个喝得面红耳赤，他却是脸色发白，且那表情全然不是欣赏与陶醉，而是无法形容的痛心，似乎不忍看，可又愈加要看，而愈看又愈是不忍。

仲熙忽然感到不妙，可不妙在何处，却也说不清楚。他回头看台上的宋琛，她全不知情，只是微睇着眼，面色恬然，半掩在琵琶之后，方然物外，超逸尘世……

七分十四秒。《十面埋伏》的七分十四秒过去了。

宋琛仍旧闭着眼，照以往的经验，这应当是掌声起来的时候，当然现在没有，但宋琛依着她的老习惯，静候了一分钟，等自己的魂魄从某处归来似的，然后才慢慢睁开眼，也不看台下，只一手提着裙边起立，一边向台下欠身致谢，打算移步下台了。

掌声这时突兀地响起，差点把仲熙吓了一跳。一看，竟然是女老总，她一个人站了起来，大声地拍着巴掌。仲熙惶惑不安地盯着，不知这是什么意思。

女老总兴致十分高涨的样子，走到她方才致欢迎词的麦克风前，用一个很漂亮的外交手势示意宋琛仍旧回到台上坐下。

她拍拍手，又拍拍麦克风，下面于是静了许多，不少人的鲍汁泰米饭刚吃到一半，仍旧接着吃——凉了再用，味道就走样了。

女老总回过头，定睛看了会儿宋琛，接着隆重并充满激情地向所有的宾客介绍她：几岁开始操琴，几岁开始获奖，某年获某奖，某年到某国演出……简直像一个演出经纪人似的滔滔不绝，如数家珍。

仲熙越发吃惊，身边的钱主任又在扯他的衣服，仲熙侧头，钱主任却冲台上努努嘴——台上的宋琛，表情有异，正目不转睛地盯着台下，仲熙顺着她目光看下去。

她看的，正是那新来的客人。后者也已情不自禁站起，与她呆呆地对看，半是哀告半是绝望。很显然，这位姗姗来迟的“贵客”，并不欣赏女老总所安排的这个“惊喜”。

仲熙移开目光，心中叹息一声，没有别的可能，此人，一定就是宋琛一直隐而不揭的“男女”事，她炽烈而秘密的爱……这是意料中的存在，可仲熙仍然感到莫大的苦涩，他曾一万次地好奇，宋琛的心灵归宿究竟何在，可真正看到，却又觉得刺目和伤心，最后的幻想完全被打破了！

那台上，女老总演讲正酣：“……各位各位，千载难逢，百年不遇，能有机会聆听到这样顶尖的艺术家为我们演奏。我建议，咱们每张桌子点一支曲子怎么样，一共来八首，这是很吉祥的数字！我相信，我们年轻漂亮的宋琛小姐一定不会让我们失望的，而同时我也可以保证，我的回报也绝不会让宋琛小姐失望的。请大家随意，尽情点你们最喜欢的曲子！一切我来买单……”

闹剧就此拉开序幕，为了给女老总面子，一群人嗷嗷大叫着表示赞同，并争先恐后地叫着曲名：《青藏高原》可以吗？周杰伦的《千里之外》！来一个《月亮代表我的心》……

仲熙只觉得全身燥热，想要冲上去拉宋琛下来，钱主任却拼死拽着，并在耳边说：“你别急，她会弹的，我听蜘蛛说，她连通俗歌曲的谱子都一并要了去准备的。”

这不堪的场面，宋琛竟皆视若无物，只带着一种奇异的解脱般的微笑，穿越崇山峻岭般盯着台下的那人。而只要有人报出曲名，她便礼貌地点点头，两手抚弦，好像随时会应声而动。

嘿，这个钱主任，还当真要等着宋琛弹！仲熙愤然甩开他，正打算冲上去。却看见下面的局势略有变化，那站在最后面的男子，缓慢而引人注目地行动起来，他穿过一桌桌酒席，一直走到女老总边，祈求般地小声说了一句什么。那女老总却随意而坚决地摇摇头，反而一把拉住他，面带幸福微笑，用半倚半挽的方式绑架着他，把他逐一地介绍给主桌上的客人。那些客人立刻满面堆笑地向他们二人敬酒，而女老总，则亲昵地把自己的酒杯替男子一直端到嘴边……

直到这时，谜底才算真正揭开。仲熙绝不敢再看宋琛一眼！

看来还是钱主任最初的判断最为准确，这女老总，的确是看上了宋琛，早就看得好好的！她准确地抓住了要害啊，知道用什么最具破坏性的方式来对付宋琛……而他仲熙，又是个多么愚蠢的同谋，以拯救民乐的名义，以顾全大局的暗示，并夹缠着欲说还休的暧昧情意，一趟又一趟地，最终把宋琛拉到这里，让她穿上这样的大红纱裙，这样低下头颅，为心上人的妻子伴宴，弹奏这样一曲《月亮代表我的心》！

仲熙双目酸胀、气不可遏，只觉得脑袋里嗡的一声，他真想径直大步走上前去，真想去使劲敲打立杆话筒，发出刺耳的嚣叫声，然后尽他最可能的粗鲁，用最大的声音宣布：狗日的伴宴到此结束！永远结束！你们好好吃吧！

当然仲熙只是站在原处，两只手礼貌地对捏着，面带谦和的微笑，笑得甚至还挺像样子呢。

12

深夜的大街，行人已是稀少。仲熙陪着宋琛默默地走。关于晚上的一切，她什么都没说。而他，也更是什么不好说了，难道说“对不起”？是谁发明了“对不起”啊，世界上还有比这更没用的话吗？

街对面的快餐店还开着，时髦的红橙色里有种隔世的温暖。仲熙想带宋琛过去坐坐。

进入长长的地下过街通道，仍有几个乞讨者在坚守，其中竟还有一个拉二胡的，穿得破破烂烂，手法极为流俗，拉的好像是刀郎的什么歌子，在带有回声的通道中撕扯，几近刺耳。按说，这种卖艺求乞的场景也不是头一次看到，但今晚，这会儿，更让仲熙感到巨大的沮丧，给打了两个耳光似的，又臊又恼，好像那个拉琴的就是他自己，如此委地成泥、令人羞耻！

想想这一个晚上吧，他们都品尝了什么？某种程度上，她与他，也都是乞讨者吧？乞讨爱，乞讨尊严，乞讨知音，以及一些不可能的幻梦……

宋琛默不作声地陪他站着，听那响亮的弦音，隔了一会儿，才慢慢地开口，仍是平常那若无其事的语气："想起来我有个亲戚，曾发痴想要改进民间器乐，因为总有人说民乐的发声不及西洋器乐精准，在音域及和弦上有诸多缺憾，无法表达深刻复杂的内涵云云。当然，他后来的研究是不了了之，但倒发现一个有趣的现象，古器乐的材质，总取于天地自然，比如，笛与箫，乃竹；埙与缶，用的是土；鼓用了皮革；磬，为玉石；而响板，仅是两片脆木而已，此外，还有苇膜、蟒皮、马鬃……"

仲熙不知宋琛意在何指，但也不禁顺着往下想：也是，声无哀乐呀，这些古器，从来就是这么自在的，高居庙堂，或低在陋巷，都与它本身无关，正所谓近者自近，远者自远……推而言之，与物、与情、与人，世间万物，皆当如此——这样看来，宋琛的平静竟是真的。她日日与民乐厮磨，心智的弹性，已得其一二了。

念及此，倒让仲熙感到一种苦涩的欣慰。直听那二胡拉完一整支曲子，他们才走过去，淡然走进混沌的夜色，跟别人一样，没有任何施舍。

镜子与刀

徐则臣

1

前面是门，后面是窗户。门外是花街，一间间高瘦的灰瓦房，檐角像鸟的翅膀一样翘起来，几乎每个院子里都有一棵槐树。现在槐树花正盛开，白白的团团簇簇占了大半个院子，团团簇簇的香甜味跟着风斜着往天上跑，经过穆家饭店的两层楼。老板的儿子穆鱼站在二楼门前捂住鼻子和嘴，香味呛得他想咳嗽，他离开门，转身回到屋里，无所事事地转了几圈，从抽屉里拿出一面小镜子，圆的，背面贴着一只凤凰。他举着镜子爬到窗户边，对着窗外的石码头和运河照起来。然后，他在心里念念有词："天灵灵，地灵灵，大鱼小鱼现原形。"

一点动静都没有，石码头还是石码头，运河还是运河。有人在石阶上湿漉漉地走，有船在靠岸和离开，更多的船从运河上经过，摇桨的看起来好像原地不动，只有机动船才拖着大辫子一样的黑烟突突突驶过水面。天灵灵，地灵灵，大鱼小鱼现原形。没有鱼从水里漂上来。他觉得很没意思，甩了几下镜子，突然发现原来镜子里没有光。这是背阴的一面。他抓着镜子上了楼顶。

楼顶是个宽敞的平台，上午的阳光照在芦席上的四排鱼干上。穆鱼舞动镜子，阳光像手电筒一样照到鱼干上。然后是树、石码头、运河、船、来往的人，然后照到一条泊在岸边的巨大的乌篷船。天灵灵，地灵灵，他还在心里念叨，就看到椭圆形的阳光照在了船头的一张黑脸上。凭直觉，穆鱼认为那张脸应该超过八岁，具体超过多少他心里没数。他只能用自己的年龄去衡量别人，超过八岁他就不知道会长成什么样子了。那个男孩躺在船头睡觉，光头，肚子上只盖一件灰色的衣服，蜷缩得像条狗。他的个头比自己大，穆鱼一看就知道。这是个陌生人，穆鱼对他的兴趣开始只是他的光头，他发现镜子里的阳光照到光头上时，光头像灯泡一样发出了光。他一动不动地照着，让它坚持不懈地发光。

光头男孩动了动，挠了几下脑袋，他感到了热。他又张了张嘴。穆鱼就把椭圆的阳光对准了他的嘴，嘴没有感觉。又照他的眼。他动了，摇了摇头。穆鱼的兴趣就转移到了他的两只眼。不仅照着，还不停地晃动，他觉得自己是在用一个透明光亮的手去摸光头的眼。光头猛地摇了几下头，懵懵懂懂地睁开眼，疑惑地看看四周。穆鱼赶紧收起镜子。光头又睡了。穆鱼再照，一会儿光头又醒了，他拼命地揉眼，突然坐了起来，穆鱼的镜子收迟了，他看到了一个光源，一个男孩趴在楼顶上。他愣愣地看着穆鱼，突然从屁股后头摸出了一只白瓷碗。穆鱼觉得眼前明亮地一晃，白瓷碗像太阳和镜子一样对他发出了光。穆鱼偏脑袋躲过去，看到了光头咧开了嘴在笑，一口比碗还白的牙。

他们开始相互晃对方的眼。为了及时躲避远道而来的强光，两个人不断从这里移到那里。穆鱼的活动范围比光头大，所以他觉得自己更开心。他张大嘴嗷嗷地喊，一点声音也发不出来，但他不在乎。很久没有人跟他一块玩了。

2

三个月以前，他开始出疹子。医生说，最好不要见风和阳光。父母就跟学校请了假，把他关在家里，哪也不许去。后来疹子出完了，可以出门了，说话莫名其妙地又成了问题。刚开始嗓子有点哑，逐渐说话就变得困难，到了后来，干脆什么声音也发不出来了。到医院看，医生里里外外检查一遍，然后说，他们也不知道哪个环节出了毛病。倒是发现了他下巴底下长出了一个疙瘩，黄豆粒大小，用仪器扫来扫去，没什么可怕的东西藏在里面。可为什么就不能说话了呢？

父母又带他去了另外几家医院，结果大同小异，都没办法，就把他带回家了。整个花街都对这种稀奇古怪的病有了兴趣，谁也说不出个所以然来，但都争着献计献策。一会儿这东西能治，一会儿吃那东西可以试试。他们家是开饭店的，煎药熬东西人手多的是，但折腾了半天还是没效果，穆鱼还是只张嘴不出声，急得父母每天晚上送走了客人，就抱着儿子抹眼泪。后来豆腐店的麻婆拎着二斤豆腐过来，说她小时候在老家时好像听过有这怪病，得病的也是个孩子，九岁，请了跳大神的仙姑给祷告好的。麻婆说，要不也试一下？穆老板两口子大眼看小眼，试试吧，死马当活马医了。

就去几十里外的鹤顶请了个仙奶奶。仙奶奶九十多岁，裹小脚，会跳大神，还会算命看相和用罗盘看阴阳宅，反正和神神道道有关的事都能干。但她轻易不出山，年龄大了，呼神驱鬼的事情太耗精力，折寿。穆老板费了不少口舌才请到。仙奶奶说，要不是听说他的儿子才八岁，用飞机接她也不会来。

当然她是坐船来的。穆鱼一见到她就被吓哭了，只掉眼泪不出声，他从没见过头发那么白、人那么瘦的老太太，就比电视上的骷髅架多一层皮。仙奶奶嘎嘎嘎地笑，说："有戏。附身的鬼已经怕我了。"

她伸出一只枯瘦的手放在穆鱼头上，另一只抬起他下巴，"没错，"她说，"就是这个。不能让它落地，一落地孩子就彻底成哑巴了。"

穆鱼觉得她的手冰凉，带了飕飕的冷风。他继续张大嘴哭。

"落地？"穆老板和他老婆盯着儿子的脖子看，没听懂。

仙奶奶不理会穆鱼的眼泪，用长指甲在小疙瘩下面的某个位置上点一下，"这里，"她说，"不能让它走到这个地方。走到就是落了地，孩子这辈子都别想说话了。"穆鱼感觉她指甲尖也是凉的。

"那怎么办？"

"好办，"仙奶奶说，在送过来的椅子上坐下，接过一根正燃的烟插到自己的小烟袋里。"我过会儿作法驱一驱。还有，这孩子三个月不能踩地面。我是说，"她用烟袋指指脚底下和门外，"不能下楼，就待在楼上。"

三个月不下楼，连一楼都不行，穆老板觉得有点过分。你怎么可能让他楼都不下。仙奶奶不管这些，要治病就得按她的来。

"踩了地面，那鬼东西就可能落地，那就等着成哑巴吧。"

穆老板不敢再说什么了。老婆在一边说："只能锁在楼上了。"

的确就是这么做的，他们当天就请李铁匠焊了一扇铁条门。为了给穆鱼提供尽可能大的活动空间，铁门装在一楼地面的前两个台阶上，他可以透过铁门看清一楼饭店里每一个客人，就是脚够不到地面。

作法的时候穆鱼倒不怕了，和电视里演的差不多。仙奶奶散开白发，风吹过来四散飘拂，手里一把木剑，烧香，燃纸，对着半空咕噜咕噜叫，然后一声大喊："天灵灵，地灵灵，大鬼小鬼现原形！"

木剑突然插进纸盆里。火灭了。仙奶奶说行了，最多三个月就能开口。

后来父母问穆鱼当时有什么感觉，他摇摇头，什么也没感觉到。他就是觉得仙奶奶的那句话好玩：天灵灵，地灵灵，大鬼小鬼现原形。仙奶奶一身的老骨头都在哆嗦。

3

一个多月了，他一直待在楼上。父母下楼就把铁门锁上，吃饭时叫他，把饭菜从铁条中间递过去。他端上楼，或者直接坐在楼梯上吃，一边吃一边看着来来往往的客人。他喜欢听他们说话，这些从水上经过的人来自四面八方，南腔北调，有的喝大了舌头出口就像鸟叫。有时候他对某件事感兴趣，不由自主就对他们大喊大叫，但是没有人听见。这种时候穆鱼最绝望，往往饭吃到一半再也咽不下去，他不知道为什么他们都听不见，委屈得泪流满面。开始他还踢几脚铁门出气，后来习惯了，放下饭碗就往楼上跑。有时候憋得难受了，就一个人在楼梯上来来回回跑。

没人跟他玩，只能自己跟自己玩。趴在走廊上看花街，或者伏在后窗上看石码头和运河。父母规定，晚上不许看花街，理由是经常有坏人在晚上出入花街。他当然不相信，他们以为他什么都不懂，为此他在心里暗暗笑话他们。他知道那些在夜晚出入花街的陌生男人都是去找女人的，那些在门楼上挂小灯笼的女人打开门迎接他们，把他们带进自己的屋子里，半个小时或者一个小时，也可能更长时间，再把他们送出来，他们就给她钱。他知道他们在干什么。所以，晚上他偷看花街的时候，只看那些门口挂灯笼的院子。院子里的女人他大部分都见过，有本地人，更多的是外地人，坐着船来到石码头，在花街上租一间屋子住下来。她们的生活就是一次次在门楼上挂灯笼，等男人来摘，男人走了她再挂出来。他也知道很多在他家饭店吃饭的跑船人，船老大和那些水手，酒足饭饱了也会去花街摘灯笼。

但是说到底，这些都不好玩，大人的事他其实没兴趣。

现在他发现了光头。他没想到可以用镜子和一个陌生人一起玩。他晃动镜子时高兴坏了，看得出来光头也很高兴。他们就这么照来照去，一个多小时就过去了，他正担心对方可能会厌倦，光头突然收起瓷碗转过身，蹲在船头开始摆弄什么东西。怎么照他都不转身。然后穆鱼看到一个陌生的瘦男人从岸边跳上船，他的右手比画了几下，从船舱里走出来一个女人，衣服耷在一边，露出光裸的右肩。瘦男人对着光头比画几下，又对着女人比画几下，一把将女人推进了船舱，接着他也进去了。船头只剩下蹲着的光头继续蹲着，穆鱼等着他转身，但他一直没转过来。然后，穆鱼看到船晃动起来。

船没完没了地摇荡，光头没完没了地背对他蹲着，太阳晒得穆鱼头发蒙，他终于决定不再等，下楼找水喝。抓着扶手往下走时，他无意中瞥了一眼自家的院子，看到晾衣绳上挂满了从没见过的被褥和衣服，正湿漉漉地往下滴水。谁会把被褥里的棉花都洗了呢？

穆鱼拿着纸和笔来到铁门前，拍打铁门让正在择菜的母亲过来。他在纸上写："我要喝水。"

母亲倒了一大杯水递给他，继续择菜。他就坐在楼梯上喝。喝了一半他又拍打铁门，在纸上写了一行字让母亲看。

"谁家的被子和衣服在绳上？"

母亲说："过路人家的，借我们的院子晒晒。"

穆鱼接着又写："被子怎么是湿的？"

"船翻了，被褥和衣服掉进水里，"母亲说，手里还在择菜，"就湿了。还喝吗？"

穆鱼摇摇头，站起来要往楼上跑，跑两个台阶又停下来。他再次写了一行字："船上的光头叫什么名字？"

母亲说："哪个光头？哦，你说的是过路那家的小孩？不知道。"然后转身问正在厨房里忙活的丈夫："你知道那家的小孩叫什么？"

父亲说："哪有空问这个！"

这时候老枪从门外进来，枪杆上挂着四只野鸡。他是花街上的老猎手，多少年了一直靠打猎为生，打到了野物就卖给穆鱼家的饭店。老枪问："哪家小孩？"

母亲说："过路的那个老罗家的。"

"那就不知道了。听说那家伙打鱼是把好手，一年到头在水上漂。我就奇怪，玩了一辈子水，怎么就把船给弄翻了？"

"谁知道，"父亲拎了杆秤从厨房里出来，让老枪自己称那四只野鸡。“说是昨夜里大风雨，在芦溪翻的船。”

打听不到，穆鱼有点失望，他要了几根好看的野鸡翎就上了楼顶。乌篷船还在，光头不见了。露着右肩的女人坐在船头洗衣服。

4

母亲在楼下叫穆鱼吃午饭。他来到铁门前，母亲递饭时告诉他，那孩子叫九果。九果，他在心里把这名字说了一遍，觉得怪兮兮的。他把菜放到楼梯上，手里端着米饭，一粒一粒地往嘴里送。饭吃得慢一点就可以多看看饭店里的人，每天只在吃饭的时候他才能一下子看到这么多人，他喜欢人多，热闹。认识的不认识的人都进到饭店里。他看到一个瘦高个的男人拎着两条鱼走进来，进门就叫穆老板。

父亲从他看不见的地方走出来，说：“老罗，来了。”

“送两条鱼给你尝尝鲜，”老罗说，把鱼举到鼻子前，“我老婆说，要好好感谢你们。”

“老罗客气了，应该的。”穆老板把鱼推过去，“这不是白大雁吗？咱们清江浦最好的鱼。这可不能要，你拿回去，让孩子尝尝。这东西难得一见。”

“所以送给穆老板，一点心意，一定收下。你不收，我回去没法跟老婆交代。”

推让了半天，穆鱼看到父亲还是收下了。父亲拎着鱼对母亲说：“拿去收拾一下，我和老罗喝两盅。”然后找了张桌子坐下来，很快有人送来茶水和烟。他们等着酒菜，弹着烟灰聊起来。

老罗说：“这地方不错。”

“那就多住些日子。”穆老板说。

“我这四海为家的人，在哪都一样，有口饭吃就是家。对了，我听说你们这儿都认这种白大雁。穆老板你们需不需要？”

“当然需要。”穆老板替他点上一根烟，“有多少要多少。这东西肉嫩，听来往的客人说，就我们清江浦有，他们都爱吃，只是难抓。”

“这个好办，”老罗一下子把眉眼舒展开了，“没有我抓不到的鱼，只要有。这么说，我们一家就可以在石码头上待下去了？”

“没问题。”穆老板说。酒和小菜上来了，他给老罗倒满，两人碰一下，“我正愁那些好这东西的客人没法打发呢。就这么定了。我高价收。”

穆鱼和他们一样高兴，那个叫九果的光头就会一直待在石码头上了。他三两口扒完饭菜，拍打着铁门，没等母亲过来收拾碗筷就上楼了。他在楼上看见九果背对这边蹲在船头，看不清在干什么。他从口袋里掏出小镜子，找到太阳，一根光柱打到九果身上。可惜九果没在意，甩甩手钻进了船舱。穆鱼就对着舱口照，那个露肩头的女人走出来，光照到她的光肩膀上。她看见了光，把衣服又往下拽了拽，露出的肩膀更多了。然后她对阳光来的方向眯起眼睛笑，牙也很白。穆鱼赶紧收起镜子趴下，只露出两只眼偷偷地看。那女人对着他的方向歪头笑了很久，直到九果出来把她推到船舱里。

九果又在船头蹲下，这次是面对着他。穆鱼犹豫半天，重新把镜子拿出来。第一个光圈落在九果左脚边，九果没理会。穆鱼又把光打到他右脚上，九果还是没动静。穆鱼胆子渐渐大了，把光打到他脸上。他看到九果用左手揉了揉眼，右手抬起来转动一下，穆鱼立刻觉得一道冰凉的白光刺过来，赶紧把脑袋移开，发现那是一把形状怪异的刀。

刀长二十厘米左右，头是尖的。有分别折到一边的两翼，刀翼的边缘呈锯齿状，中间是一道凹槽。九果用它灵巧地杀鱼和刮鳞。九果的刀银白，沾着细碎的鱼鳞，鳞也在发光。那把刀的光亮远胜过一只白瓷碗。穆鱼觉得身上一凉，打了个寒战。他看见九果对他笑了，向他扬扬手里的杀鱼刀。

5

夜晚的花街含混又暧昧。倒洗脚水时经过走廊，穆鱼停下来，看那些灯笼一盏盏挂起来。此刻花街声息全无，淹没在夜里，就像淹没在满天地的月光和槐树花香里。有几个男人低头走在花街的青石板路上，忽快忽慢，走走停停，突然就摘下了某个灯笼开始敲门。他们的敲门声也很轻，其他院子里的人听不见。

母亲出现在另一个房间的门口，说："几点了，还不睡！"

穆鱼嘟着嘴快快地回到自己屋。躺到床上时他又想到了九果的那把刀。亮。其实挺好看，他想，头一歪睡着了。

一觉醒来，太阳老高。穆鱼跳下床就找小镜子，趿拉着鞋往楼顶跑。母亲在摊放鱼干。"跑什么，赶死啊！"她说。穆鱼没理她，找到太阳的位置，拿出小镜子就要照，发现石码头上的乌篷船不见了。他转着脑袋找，像投降一样举着镜子。然后慢慢蹲了下来。

"一大早你跑楼顶上发什么呆？"母亲说，见儿子没动，"说你呢，刷牙洗脸去！"

穆鱼看着母亲，眼泪出来了。夜里他梦见和九果用镜子和刀说话。九果在刀上写了一行字照过来：你叫什么名字？穆鱼就在镜子上写：我叫穆鱼。你真叫九果吗？照过去。很快九果在刀上说：是啊，就九果。他还听到九果像鸭子一样的笑声。九果又说，他以后就在这里，哪儿也不去了。穆鱼又听到自己的笑声。

“你怎么哭了，儿子？”母亲放下鱼干，满手鱼腥味要给他擦眼泪，穆鱼躲开了，找到一块石子在楼板上写：“九果呢？他们家的船不见了。”

母亲明白了，说：“打鱼去了吧，没走呢。你看他妈还在石码头上。”

顺着母亲手指的方向，穆鱼看到那个女人倚着一棵槐树坐在石码头上，正往嘴里塞槐花。他难为情地抹掉眼泪，下楼洗漱了。

吃过饭他又来到楼顶。那女人依然歪着身子靠在槐树上，两腿张开，双手耷拉在身边。穆鱼拿不定她是否睡着了，就用镜子照她。光在她的头发里走动，到了脸上，穆鱼看到她用手抓了抓脸，胳膊又垂下来。她睡着了，一只鞋掉在脚边。从石码头上经过的人偶尔停下来看她，又走了。围在那里长久不散的是花街上的孩子，都比穆鱼小。一个男孩往她身上扔石子，完了跳到一边笑。穆鱼觉得这小家伙讨厌，用镜子照他。男孩被一道扑面而来的强光吓坏了，赶紧逃跑。其他孩子也跟着跑。

过了一会儿，裁缝店林婆婆的孙女秀琅又小心地回来了。她在离那女人两步远的地方停下，从口袋里掏出一个东西扔到女人的脚边。女人没动静。她又扔了一次，落到女人腿上，她醒了。秀琅赶快跑，在远处看她。那女人见到花纸包裹的东西很高兴，一把抓住抱在怀里，然后对着秀琅眯起眼睛笑。秀琅羞涩地跑开了。

穆鱼在楼顶坐下来，等着她把糖塞到嘴里。五月里的阳光浩瀚无边，漫长的时间过去了，那女人只翻来覆去地看那两颗糖，就是不吃，弄得穆鱼也没耐心了。

一直到太阳落尽九果才回来。老罗坐在船头抽烟，九果在船尾摇橹。穆鱼对着西天的红霞晃动小镜子，没有光，失望地把它装进了口袋。在槐树底下坐了几乎一天的女人迅速站起来，船还没停稳她就跳上去，老罗差点从马扎上掉下来。女人来到船尾，手在九果面前张开，是那两颗包着花纸的糖。

6

第二天船没动，第三天九果又没了。隔一天捕一次鱼，有这个规律穆鱼心里就有数了，不再一天几十次地往楼顶跑。正常情况下，他只在九果在家的时候急着上楼顶，其余时间只能看心情。他们对镜子和刀的游戏已经十分娴熟和随意了，可以用来捉迷藏，也可以用来打仗。前者的做法是，一个人藏，另一个用镜子或刀找，光照到身上就算找到。后者则需要另一只手帮忙，当捂住镜子和刀的那只手突然撤掉时，光就射出来，中弹的人就要装出受伤倒地状，不停地遮和放，子弹就不停地射出来。当然，穆鱼也演练过梦境，在镜子上写字。开始因为镜子小，字更小，照到九果那里大约什么都没了。后来让父母买了一面大镜子，他用毛笔在上面写字，九果一定是看见了，但他一个劲儿地摇头。穆鱼一直弄不明白他为什么总摇头，后来终于想起来，九果可能不认识字。他就不再这么玩了，顶多在镜子上画点好玩的图案送过去，但绘画的过程太过漫长，九果根本等不了。

九果一直用他的杀鱼刀，随身携带，以便在走路的时候都能和穆鱼打招呼。在石码头时间久了，他对整个花街差不多也熟了，一个人常到青石板路上玩，正走着他会突然停下来，找准太阳的位置，一道强光就送到了穆鱼那儿。因为不断地被阳光清洗，穆鱼觉得九果的刀越来越亮，光也越来越凉，落到皮肤上如同清凉的刀刃。

有一天他和站在花街头上的九果相互照，九果突然收起了刀，转身往石码头上走。穆鱼觉得奇怪，九果突然连招呼都不打就收家伙。然后他看到老罗走在花街的青石板路上，他一下子又高兴起来，九果拿着刀的时候挺威猛，一看见老爸就不行了。老罗走得快，甩开两只长胳膊，等穆鱼转到楼顶的那一边时，老罗基本上已经追上九果了。九果开始跑，跳上了船，刚进船舱，老罗也跳上了船，接着穆鱼看到九果被老罗扔到了甲板上，九果还没爬起来，又一个人被扔出来，是露半个肩膀的女人。然后老罗出来了，捋起袖子一把拽住女人的上衣，上衣被撕坏了一个角，露出白色的肚皮，老罗的巴掌跟着就上了女人的脸。

老罗在打自己的老婆。一耳光一耳光地抽，偶尔也用上脚。穆鱼听到了那女人的号叫。九果坐在甲板上手脚并用地往后退，根本不敢上前，更别说劝架。他不停地往后退，退过了头，倒头栽进了水里。有人站在石码头上看，但一个跳上船的都没有，穆鱼跑下楼顶，先去自己屋里拿纸笔，接着跑到铁门前，拍着门告诉父母：九果爸妈打架了！

穆老板跳上船拉开了老罗。重新回到楼顶上穆鱼看到，那女人已经披头散发，浑身上下已经没有一片完整的衣服，风吹过来，白色的身体一点一点露出来。爬上船的九果湿淋淋地站在甲板上的一角，像个可怜虫。他不喜欢可怜虫。

因为这个，穆鱼好多天没理九果。每次九果把刀子的光在他窗前和门前晃来晃去，他都装作没看见。当然很快他又恢复了镜子与刀的对话，他实在太无聊了，除了九果，找不到别的人玩。而且，照来照去他其乐无穷。

7

午饭时穆鱼坐在铁门前吃午饭。斜对面的桌子上坐着父亲和老罗。他们常在一起喝酒，准确地说，父亲经常请老罗喝酒。他提供的白大雁如此之多，来往的客人都喜欢，最关键的是，老罗要价不高。穆老板对他的捕鱼能力惊叹不已。过去他曾向花街上所有吃水上饭的人收购白大雁，也就是寥寥几条，没下锅就被客人预订完了。老罗能喝，水上人差不多都这样，能喝能睡。老罗喝完酒脸色不变，跟没喝一样，出门的时候看起来比进饭店时还清醒。穆鱼那顿饭直吃到老罗离开饭店，他也放下碗筷去楼上了。

通常母亲都让他睡午觉，哪里睡得着，他觉得这几个月睡的觉多得一辈子都用不完。他爬到楼顶，看到老罗正往花街上走，大中午的阳光白花花地落到他身上，影子在脚底下像个侏儒。他拿镜子去照老罗后背，只敢照照后背。老罗没感觉，继续走，偶尔回下头，又走，穆鱼看见他推开了丹凤的大门。

花街上都说丹凤是扬州人，三年前顺流而下来到石码头。第一次听她说话，穆鱼没听懂，像鸟叫，不过很快就懂了，现在丹凤的当地话比花街人还溜。老罗穿过院子进了堂屋，因为被一棵小槐树挡着，穆鱼觉得老罗是一闪一闪进去的。老罗进了丹凤家，穆鱼觉得应该把这事告诉九果，可是，没灯笼啊，大白天的。

船停在河边的树荫下，九果躺在船头睡午觉。蜷得像只大虾。

那女人歪着头倚在船舱上，肩膀露在外面，两腿叉开，应该也睡着了。穆鱼小心地把光照到九果脸上，一动一动地闪。九果没醒，那女人倒醒了，斜着脸往这边看，又笑了。她拍了拍九果，穆鱼及时地又把光送过去。九果坐起来，半天才从屁股后头摸出杀鱼刀。树荫下没有阳光。穆鱼把光圈落到九果的脚前，然后移到船边，停在那里。九果疑惑地看看穆鱼，又看看光圈。穆鱼急坏了，又喊不出声，不得不再重复一遍，这一次他特意照了照九果的脚。九果好像明白了，站起来去踩光圈，光圈一下子跑到前面，他再踩，光圈又跳开。那女人张开嘴笑，拍起了手，也站起来要去踩，被九果阻止了。他跟着光圈踩，上了岸。然后到了饭店旁边的路口。穆鱼赶快跑到楼顶靠路的那边，继续用镜子引导九果。九果跟着光圈走在花街上，逐渐没了兴致，他弄不懂穆鱼如此乏味的镜子到底想干什么。快到丹凤门楼下时，九果终于忍受不了，一转身往回走，刀拿在手里，一道耀眼的白光刺激得穆鱼眼晕，他一屁股坐下来，满头的汗，功败垂成。

他希望此刻老罗能出现在花街上，可是丹凤的院子里只有那棵槐树在动。他的光圈再也留不住九果，他边走边转动杀鱼刀，一道道动荡不安的白光闪过穆鱼的眼。然后九果跳上了船，背对穆鱼躺下了。穆鱼突然觉得没意思，没理会那女人对他的笑，镜子别到身后下了楼。

他在走廊里守了大约一个小时，盯着丹凤的院子都快睡过去了，老罗才从槐树底下走出来。丹凤把他送到大门前，被摸了一把脸才把门关上。穆鱼发现老罗腰有点弓，走路像喝醉了酒，他一路小跑上了楼顶。老罗的腰在上船之前突然就挺直了，他踏上船，九果和那女人几乎同时跳起来。老罗一探胳膊，九果又倒在船头，那女人转身想钻进船舱，被老罗一把揪住，拳头跟着就过来了。穆鱼听到女人的叫声，在安静的午后听起来虚幻缥缈。石码头空空荡荡，九果避到了船角，这次他没掉下水。老罗像上次一样，痛快地揍了一顿老婆。

穆鱼又用镜子引导过两次，九果终于开窍了。他不知道穆鱼的具体用意何在，但明白一定大有名堂，至少也会是一件好玩的事。有一天下午他被穆鱼从船头引到花街，一边跟着光圈走，一边用刀去晃穆鱼的眼。然后他发现，光圈在一个门楼前停下了，不再往前走。他看了看那个门楼，几乎和周围其他门楼没有区别。门关着，一点里面的动静都听不到。他用刀不停地往穆鱼身上照，穆鱼却坚持对着那门楼照。九果不明白，他甚至从门缝往里看，猜测是否有好玩的东西可以顺手带走。但他看到一个光着胳膊的女人在院子里，背对着大门，女人弯下腰来的时候露出后腰上一圈丰腴的白肉。像在洗衣服，又像在摘豆角。九果对这些都没兴趣。

真正让九果明白的，是老罗。他爸走进花街时，他正在跟着穆鱼的镜子往前走，忽然发现光圈没了，他转身去找，看见老罗闷着头往这边走。九果藏起杀鱼刀，贴着墙根低头站着。穆鱼听不见他们父子俩的声音，只看见老罗指点一番，九果就灰溜溜地回了石码头。老罗看见他从花街上消失之后才往前走。

九果的刀对着穆鱼闪一下，他像只猫躲在饭店的墙角，脑袋伸向花街。老罗在某个门楼下停下，一侧身不见了。穆鱼的光圈重新出现在他脚前，一点点向花街移动。九果跟着，接近那个门楼时，他突然转身往回跑，快得穆鱼的镜子都跟不上他。穆鱼看到黑得像泥鳅的九果发疯似的跑向石码头，他没跳上自己的船，也没理会正在船头洗衣服的母亲，九果一个猛子扎进了运河里。

穆鱼在楼顶上坐下来，仔细盯着水面，他想在九果钻出水面的时候就把光打到他身上。可是九果迟迟不露头，应该是很久了，他已经等得心发慌头冒汗。连露肩膀的女人也等不了了，跳下了水。她在水中游了好一会儿，前面不远处露出九果的脑袋。他还活着，向母亲游过去。穆鱼的光圈出现在水面上时，九果已经抱住了母亲的胳膊。

8

老罗隔三岔五去一次丹凤那里，穆鱼看在眼里。他觉得自己是花街上最闲的人。九果出了问题，他看得出来，镜子和刀对话常常接不上头。九果心不在焉，经常握着刀半天不动，根本不管他躲到了什么地方。九果去花街也不再需要跟着他的镜子，而是跟着老罗，当老罗消失在丹凤的门楼前，九果就在花街尽头出现了。他谨慎地走在青石板路上，顾不上用刀来回答楼上的镜子。但他每次都走不到丹凤的门前就回来了，回来往往是一路狂奔，有时候一边跑一边用刀子划墙，有青苔的地方冲破青苔，没青苔的地方在石头上擦出火光。回到船上，在母亲对面坐下，一直坐到老罗轻飘飘地从花街上回来。老罗打老婆时他依然坐着，不再躲到一边，有一回甚至突然在老罗面前站了起来，尽管刚及脖子，老罗还是愣了一下，然后是对老婆更猛烈的拳头和耳光。九果就那么站着不动，直到老罗打累了停下来。

那天午饭后穆鱼听收音机，好听的歌把他迷糊过去，竟一觉睡到下午三点。他起来就往楼顶跑，果然看见九果在他们家楼下转来转去，杀鱼刀漫无目的地泛着光。他把光圈送到九果脚前，九果抬起了头。

“看见他了？”九果问他。

这是他第一次听到九果说话，还以为他是哑巴呢。他摇摇头，他知道“他”是谁。

“去，那，那家了吗？”九果又问。

他又摇摇头。

“没去？”

他还是摇摇头。

九果被弄糊涂了，有点着急：“你哑巴啊？说话呀！”

他不动了。

“那你下来，下来啊。”九果向他招手，“我有事问你。”

他还是不动。

“你瘸了是不是！”九果生气了，“下来！”

杀鱼刀晃了他的眼，他觉得眼泪一下子就出来了。他都快忘了说话和下楼这回事了。他突然委屈极了，狠狠地看了一眼九果，对着他大喊一声：“我再也不理你了！”可是什么声音都没有，眼泪倒更多了。他一扭身往回走，下楼的时候对自己说，不跟他玩了，这辈子都不跟他玩了！回到了自己的房间。

随后几天，他不再去楼顶，看到九果不断地将刀子的光照到门和窗户上他也不出去。九果叫他也不理，他听见九果在外面过一会儿冒出来两声，喂，喂。甚至有天晚上九果也在楼下喂喂。再喂也不跟你玩。

那晚后，九果的声音没了，门和窗户上也不再出现刀光。穆鱼在屋里开始不踏实，心里空落落的。他在房间里走来走去，觉得身上出汗时发现自己竟然已经上了楼顶，而且拿着镜子。他决定妥协了，往石码头那边找，乌篷船还在，露肩的女人坐在船头上发呆，没有九果。他转身往花街方向看，午后的石板路上铺满阳光，一个人没有，他下意识地瞟了一眼丹凤的院子，吓一跳，九果像只猫趴在墙头上，躬着背，他也看见了穆鱼，他对穆鱼远远地咧开嘴，一口白牙，然后手中一晃，白光在刀面上炸开来。穆鱼觉得自己如同突然活了过来，充满了不可名状的兴奋，他在楼顶跺起了脚，挥舞着两只胳膊，镜子里的光漫天飞舞，光消失在光里。

九果一侧身落到了墙下。

穆鱼把胳膊和脚停下来，对着丹凤的院子发愣。槐树花最繁盛的时期已经过去，空气中残余着香甜，细处有种颓败和忧伤的味道，因而也更浓更酽。他想起今年就没正经地吃过几串槐花，过去他总要吃很多，爬到树上，坐在枝杈间放开肚皮吃。一晃槐树花都开完了。他不知道九果到丹凤的院子里干什么。

时间很短，短得他想都没想清楚九果可能会干什么，九果就重新出现在墙头上。这一回九果没有让他看见自己的白牙。他只是看见九果在太阳底下扬了一下手中的东西，发出的分明是红光，鲜红艳丽，如同过年时漂亮的红焰火。穆鱼觉得头脑转得缓慢，他想不出来那焰火一样红的东西是什么。

九果已经过了墙，跳到了花街上，像过去一样向石码头狂奔。那一闪一闪的红。

然后穆鱼听到一个女人的叫声，有点远，丹凤光着身子在小槐树下又蹦又跳，忙得两只手不知道往哪里放。丹凤白得也晃眼。她叫了一会儿就停住了，因为周围有了动静。午睡的花街被惊醒，一扇扇门被打开，很多人穿着拖鞋往外跑。穆鱼看见那些穿着短裤、汗衫和拖鞋的邻居像一群白大雁游向丹凤的门楼。丹凤跑回了屋，当人们冲进她的院子，她已经用一条大床单把自己裹起来了。跟她一起走出屋的是老罗，披一件衬衫，抱着肚子，从手开始一直到脚，都是红的，他不断地弯腰，弯腰，如同一只掉进热锅里的大虾，头和脚的距离越来越近。

穆鱼听到人声乱起来，他突然想到九果，跑到楼顶的另一边，石码头上一个人影没有。乌篷船在走，他看到露肩的女人站在船上正对着石码头挥手，摇船的是九果。九果摇船像跑步，低头弓腰。

他迅速跑下楼，母亲刚打开铁门，端着一托盘的水果要往上走。他冲下去，撞掉托盘，水果顺着楼梯往下滚，穿过铁门时他听到母亲绝望地惊叫一声，已经来不及了，他踏上了一楼的地面。地面让他感觉陌生，出门被一个台阶绊倒了，一头抢到地上，啃了一嘴的泥。他一边跑一边咳嗽，跑到码头边上，乌篷船已经走远了。他觉得嘴里的泥怎么也咳嗽不净，一低头吐了出来。吐了第一口接着吐第二口，先吐午饭再吐早饭，再也没东西可吐了，他直起腰，觉得身体一下子轻了。母亲在身后把他抱离了地面，他挣扎，用尽力气对着午后的运河水喊："九果！"

他听见了自己的声音，然后摔到了地上。母亲惊得松开了手，她的嘴巴和眼睛同时变大："你说什么？"

"九果！"他再次发出了声音。他看见九果转过了身，把手举到半空。

他一定听见了他在喊他。

盘锦豹子

班　宇

孙旭庭第一次来我家里时，距离那年的除夕还有不到半个月，我正在院儿里放鞭，一整挂大地红被拆成五百个小鞭，我捋顺火药捻儿，举着半根卫生香逐个点燃。这些小鞭我已经连续放了三天，炸过冷空气、铁罐和下水井盖，闷哑的、低沉的、脆亮的、空洞的，各种各样的动静都听过，到最后觉得索然无味，口袋里还剩着大半兜的火药，没处施展。

我站在门口雪堆的最高处，望见有人朝我家的方向走过来，方脸，眼睛亮，个子挺高，得有一米八，但背有些驼，穿一身灰色呢子大衣，敞着怀儿，系一条奶白色围脖，戴黑皮手套，远看挺有派，眉眼儿周正。我不认识这个人，准备吓唬他一下，于是吹了两下香灰，想要在他走近时，点根小鞭朝他扔过去，然后跑掉。他走到一半时，忽然立在原地，不再前行，而是直直地看向我，仿佛能洞穿我的心思，没过几分钟，我的小姑推着自行车从另一条路走过来，车轮在她身后的雪地留下一道浅淡的印迹。他们说了几句话后，小姑忽然发现雪堆上的我，于是挥着手高喊我的名字，我很不情愿地从雪堆上滑下来，走过去迎接。

走到近处，我才注意到，他左手拎着柳条筐，里面装着半把蒜毫、两瓶黄桃罐头和一只光溜溜的白鸡，右手拎着一个扎紧的编织袋，上面写着两个粉色大字。我指着编织袋问小姑说，这第一字我认识，念尿，撒尿的尿，第二个字念啥？小姑翻过来编织袋看了看，瞪了他一眼，然后对我说，念素。我问，啥是尿素？小姑说，我也不知道。我说，可能是从尿里面提炼出来的精华。我转过头去问孙旭庭，我说得对不？他尴尬地咳嗽两声，伸出手将编织袋递向我，我有点犹豫，但还是接了过来，发现袋子根本没什么重量，飘轻儿，稀里哗啦乱响，好像大风一吹，它就能在空中摆起来。

孙旭庭跟在小姑后面进屋，满面红光，精神十足，点头哈腰打招呼。我奶用白瓷缸子给他沏了一杯浓浓的花茶，离着老远都能闻见漾出来的苦味，然后便拎着那只白鸡钻进厨房里。孙旭庭脱下呢子大衣，问小姑说，有衣裳挂儿没？小姑说，没有，我家衣服都堆炕上。他说，借的，明天得还回去，板型不能给整乱了。小姑想了想，把大衣的领子口儿戳在门口的拖把上，看上去像一位窝囊的丑角儿。孙旭庭憨笑着说，还得是你，真有办法，懂得随机应变。小姑说，干活吧，好好表现。

他半跪在地上，后腰结实而宽厚，像一堵墙，给自己点上根烟，轻快地伸出两根手指，拽去系在编织袋口的玻璃绳儿，再将袋子反向倾倒，几十个空的铝制易拉罐呼啦一下跳出来，滚落满地，同时传出一股甘甜的汽水味儿。他吐着烟圈问我，知道干啥的不？我说，知道，踩扁了卖给收破烂的，八分钱一个。他说，那不白瞎好东西了，你看我给你变戏法。

孙旭庭将易拉罐上下盖的部分用锥子各打一个孔，两两一组，每组之间隔着几厘米，依序排好，两侧打头的是粉红色的珍珍荔枝，然后是白色的健力宝，黄色的棒棰岛，扯去外皮的铜芯从中钻进去，再用扣钉铆实，这些空易拉罐固定在绝缘条上，两个绝缘条一横一竖绑紧，直到最后勒上转换插头，另一端接到电视后面，这时我才看明白，他是在做接收天线。

小姑抓着一把毛嗑儿，侧身斜卧在炕上，跟我奶摆扑克，上下两横排，各六张打头的，这叫十二月，算命用的，能看出来今年哪个月顺当，哪个月里有坎坷。

忙活了俩小时后，天线初具形态，孙旭庭小心翼翼地捧起一端，另一只手推开窗户，冷风迅猛灌入，他脱掉鞋子，踩在窗台的黄棕色瓷砖上面，将上身伸出去，左手举着十字架一样的天线，右手掏出兜里的锤子，嘴里咬着两根长钉，脸抵在气窗上，模样有点可笑，看起来像是吊挂在外面，他嘴里哈出的白气将窗户上的冰霜浸润，几粒水滴贴着玻璃快速流下，又忽然静止于某处。我奶坐在炕上，拉长声音朝他喊道，拔脚不，旭庭啊，别冻着。他连忙摇摇头，抬高眼皮，继续寻觅最佳的扎钉位置。小姑说，不用管他，妈，鸡啥时候能炖好？孙旭庭在外面摆弄半天，又低头猫起腰，缩回到窗口里来，朝着屋里的小姑说，那谁，彩电塔在哪个方向来着，天线得朝着那边？不然信号不好。我小姑跳下炕，拧开电视机，说，你调天线就行，哪个方向效果好，彩电塔就在哪边呗，死脑瓜骨儿。

我爸下班回来时，接收天线已经安装完毕，斜支在外屋顶，立于风中，直指天际，白鸡也炖好了，分了两大碗装，表面都有一层黄澄澄的油花，又烫又腻，我只吃两口就下桌了，掰开电视机上的小盖儿，拧来拧去进行微调，发现有个频道在播武侠剧，男的女的头发都五颜六色，演的是仙魔二界，会施法术，有妖有神，我看得很入迷，死活不让别人换台。孙旭庭坐在饭桌旁边，瞥了一眼电视，说道，《蜀山奇侠之仙侣奇缘》，香港人拍的，是挺有意思，录像带我看过不少。我爸说，今天辛苦你了，没这天线，电视也看不了几个台。然后又给他倒满一口杯散白酒，夹了一块鸡大腿肉，说，粉条你自己盛，锅里还有呢，别外道。他举起白酒跟我爸碰杯，嘴角吸着气，嗞啦喝下一大口，又跟我爸说，哥，我做的天线，十二个罐一组，覆盖均衡，信号超强，我自己的发明创造，咱这个天线能调夹角，45度能看中央台，90度看地方台效果好，120度能看隔壁家的录像带，现在就是120度，邻居要是有打游戏机的咱也都能收着，过年时候调成45度角，中央电视台春节联欢晚会，保证一个雪花点都没有，李谷一站在你跟前儿唱歌。我爸说，这可见功夫，手挺巧，你懂电路啊？孙旭庭说，也是后学的，不是本职专业，我就爱琢磨。我爸说，我插队时去过你们盘锦，洋柿子好吃。孙旭庭说，行，哥，再回家我给你带柿子过来，不过也不知道啥时候能回去。我爸说，怎么的呢？孙旭庭说，厂里不放人，春节估计是回不去，生产任务重，得给小学生印教材，过完年这不就要开学了嘛。我爸说，那是不能耽误，教育问题必须得重视，而且教育要面向现代化，面向世界，面向未来。孙旭庭说，哥，你对社会理解挺深啊。

那天喝到夜里八点多，孙旭庭将醉未醉，被小姑拉下桌子，及时鞠躬告辞，他从拖把上取下呢子大衣，两臂一抖便套在身上，之后挥手惜别，转过头去，投入外面纷飞的大雪里。我奶望着他衣服后领处鼓出来的大包，念叨着，刚才扑克怎么摆的来着，今年五月份好像挺顺当。

孙旭庭在紧邻建设大路的新华印刷厂上班，一线车间，两手油污，三班轮转，大年三十给放了半天假，厂里分了两袋冻虾仁、两瓶口子窖、一箱饮料和一袋面粉，他绑在自行车后座上驮过来，全送给我们家了。我奶高兴得合不拢嘴，说道，这得吃到啥时候去。孙旭庭说，大伙儿吃呗，今年我也不回盘锦，要加班，厂里分的东西没地方放。然后又从怀里掏出来一袋猪肉脯，一袋牛肉脯，偷摸塞给我，朝我眨着眼睛说，过年了，给你的，以后想吃啥，跟我说就行，咱俩之间的事。

我其实一点也不爱吃肉脯，便将它们塞进沙发缝里，跟着我爸出去放了好几挂鞭，崩得满地开花，红白一片，两耳嗡嗡作响，回来吃涮锅子和炖鲤子，我奶还把孙旭庭送来的虾仁裹上面糊，反复炸了两遍，相当酥脆，我空嘴儿吃下不少，后来筷子蘸白酒，我也舔了好几口，不知不觉躺在炕里头睡过去了。等到春节晚会上的赵本山登场演小品时，外面的鞭炮声也越发剧烈，我迷迷糊糊地醒过来，看见全家人守在没有雪花点的电视机旁，音量开到最大，目不转睛地看赵本山和黄晓娟演的新小品，里面有一句台词说，水是有源的，树是有根的，到电视征婚也是有原因的，兜里没钱就是渴望现金的，单身的滋味是火热水深的，打了这么多年光棍，谁不盼着结婚呢。大家听后开怀大笑，孙旭庭咂着嘴说，这小词儿，一套一套的，真硬。我爸问他，旭庭啊，厂里分的房子啥时候能下来？孙旭庭说，哥，马上的了，过完年就能给我，以前橡胶四厂的家属楼，套间，南北朝向，不把山不封顶。我爸说，行，好歹得有个地方，老住独身宿舍可不行，以后更不方便。孙旭庭说，哥，放心吧，差不了，人格担保。

孙旭庭的人格担保并没能迅速奏效，他和小姑还没等到顺当的五月份，便在印刷厂的职工食堂办了婚礼，当天摆了十五桌，菜很硬，桌桌都有一道炖大王鱼，来的人也很多，他们之前没有预料到，只好又临时加两桌，人多厅小，看起来就十分乱套，满地油污，乌烟瘴气。婚礼当天我是花童，负责提着小姑婚纱的一角，他们敬酒时，我也得跟着走，这点让我很不耐烦。孙旭庭，或者说我的姑父，他在盘锦老家的一些朋友也赶过来送祝福，跟他的父母紧挨着坐，看起来有点拘束，整场婚礼都在不停地抽自己卷的旱烟，十分呛人，到他们桌敬酒时，我被熏得差点昏过去。

那时我比桌子高不出多少，拎着蚊帐一样的婚纱晕头转向，双目恍惚，只能听见上方传来的声音。有人说，豹子，新婚快乐，早生贵子啊。也有人说，豹子，以后是沈阳人儿了，有出息。还有人说，豹子，以后好好过日子，洋柿子给你带过来了。我心里想，谁是豹子啊？然后抬头一望，在喷吐出来的层层烟雾里，孙旭庭眯缝着眼睛，正仰头将满杯白酒一饮而尽。

结婚之后，小姑暂时搬去孙旭庭的独身宿舍住，我只去过一次，在勾廉屯，属于市区边缘，需要换两辆公交车才能到达。我们去的那天，我妈脸色灰白，神情焦虑，左手提着一筐鸡蛋，右手拉着我，在车上被挤得满头大汗，后来还有点晕车，别提多遭罪了。下车后，我们坐在马路牙子上休息了好半天，胃里的酸水直往上泛。

孙旭庭的独身宿舍是二层小楼中的一间，外层红砖砌筑，屋顶大四坡结构，铺了水泥瓦，走进楼里能感觉到一阵阴凉，楼梯旁边的墙上写着四个血红的大字：禁止喧哗。我们大气也不敢出，七转八拐，才找到他们的家。孙旭庭给我们开的门，我们进去一看，屋内空间确实很小，也就十几平方米，只摆了一张折叠餐桌、两把电镀椅子、一张双人床和一个电视角柜，小姑正躺在双人床上吃果丹皮，见我们来也没有起身，哧哧地笑着，电视里播放着译制片，叽里哇啦，有些吵闹。我妈把那筐鸡蛋递给孙旭庭，并嘱咐他说，每天两个，溜达鸡下的蛋，营养绝对足，下面条或者熬粥里，千万别炒着吃，那就白瞎了，营养成分都破坏了。

再后来，小姑的肚子一天比一天大，我妈私下托了朋友给她做检查，检查过后，大夫给孙旭庭手里塞张纸条，他和小姑默默走出医院，坐上十四路公交车，经过十站地，回到我家里。孙旭庭把纸条递给我妈，说，嫂子，大夫给的。我妈说，那是给你的，你给我带回来干啥。他听后一愣，舔舔嘴唇，轻轻展开那张被汗水洇湿的纸条，盯着看了半天，勉勉强强辨认出来一个弯曲的对号，于是问我妈说，嫂子，对号是啥意思呢，是确定怀上了的意思吗？我妈说，对号就是儿子。孙旭庭说，哦，儿子，儿子，我儿子要来了。

我的表弟出生之前的两个月，小姑又搬回娘家，跟我们住在一起，在此之前，她已经不去工厂上班了，一方面是她所在的配件三厂效益很差，经常拖欠工资，另一方面她本身对于在生产线上当工人也毫无兴趣，于是找关系办理停薪留职，每天涂脂抹粉，打扮得花枝招展，开始去百货商场站柜台，挺着肚子卖二手的广东时装。小姑面容姣好，天生能说会道，很适合做推销工作，所以业绩颇为出色，但卖衣服每天需要拿着挂钩取上取下，还要踩板凳、叠衣服、掖裤脚、改尺寸，眼看着小姑的肚子渐大，做这些动作都不是很方便，于是跟领导请求调离岗位，转而去卖炒勺灶具。没过几天，我家就用上了宫廷紫铜火锅，小姑说是由于业绩优异，部门领导奖励的。那个锅子很精致，也很厚重，中央铜盆颇有分量，外箍圈有好几条镂刻的龙，煤气盆儿坐在底下点着时，那些龙就像是在火里来回游动，杀气腾腾，而放在锅里面的酸菜会变得鲜嫩、翠绿，宛如春季。

生我表弟的那天中午，小姑正在陪我看《西游记》电视剧，看到唐僧化缘时，我们忽然都很想吃白菜挂面卧鸡蛋，我奶去厨房刚把白菜切好细丝，小姑在屋里已经疼得吱哇乱叫，我吓得连忙跑去厨房打报告，我奶慌了神跑进来，说，这也没到日子呢啊。小姑疼得咬着牙对我喊，疼死我了要，快他妈把孙旭庭给我叫回来，我要杀了他。

印刷厂距离我家隔着四条街，去印刷厂的这条路我并不陌生，但自己走还是头一次，我在路上走得很快，心里也着急，到后来甚至跑了起来，也不管交通灯是红是绿，呼哧带喘地跑到印刷厂。到了之后，我才想起来，自己根本不知道该去哪里找孙旭庭。我在门口拦住好几个人，问他们认不认识孙旭庭，他们都摇头，问我是哪个车间或者哪个班组的呢，我说我也不知道。我满头大汗，口干舌燥，不知如何是好，呜呜呜地哭起来。这时，我看见门口的展示板上挂着一排照片，都戴着大红花，孙旭庭也在其中，第三排最后一个，笑得很腼腆。我立即拉住一位路人，央求着他带我去找照片上的这个人，他说，先进工作者啊，午休呢，不一定在，我把你领过去等他吧。我在他们班组的休息室等待，绕着沙发上蹿下跳，过了有一会儿，孙旭庭才踱着步走进屋来，那时他刚刚吃完午饭，眼皮耷拉着，打了几个很响的饱嗝，正准备放下饭盒去跟人打扑克，见到我后猛然一惊，问我怎么来了，家里是不是有事，小姑还好吗。我上气不接下气地说，快回家吧，我小姑要杀了你。

我们跑回家时，隔壁邻居已经蹬着倒骑驴把我奶和小姑送往医院去了，于是孙旭庭给厂里打电话，求人借来一辆面包车，拉着我们直奔医院而去，这一路上，孙旭庭始终紧紧地拽着我，浑身发抖，嘴唇青紫，双手冰凉。刚一下车，他的两腿不听使唤，迈不动步，一下子便跪在地上，试了好几次都没能顺利站起身来。这时候，我奶和小姑刚刚赶到医院门口，搀扶着翻身下车，缓缓走过来，小姑手里还夹着半根黄瓜，指着他笑话说，孙旭庭，瞅你那副德行吧。他一见我小姑，腿也好了，三步两步，赶忙奔过去，摸着小姑的大肚子说，还疼不疼？小姑说，阵痛，懂不懂，隔一阵儿一疼，别着急，等我吃完这根黄瓜，估计就又要疼了。话音未落，她便瞪大眼睛，呼吸急促，开始转着圈地拧掐孙旭庭的胳膊，同时发出阵阵凌厉的骂声与喊叫。

我表弟生下来时不到五斤重，浑身皱巴巴，头发稀少，哭得很凶，直到满月时，他才完全睁开眼睛。表弟不爱喝母乳，只吃奶粉，几个月便突飞猛进，身强体壮，比同龄孩子还要大一圈，脑袋尤其突出，看起来可以存贮许多知识。孙旭庭给我的表弟起名叫孙旭东，很多人说这个名字不好，跟你犯同一个字，听起来不像父子，反而像哥俩儿。孙旭庭说，你不懂，我有我的寓意，跟儿子就得当哥们处，心连着心呢。

我表弟出生一周之后，孙旭庭便又急匆匆地返回厂里上班，彼时，新华印刷厂正迎来一段飞速发展期，新上任一位姓郝的女厂长，以前是沈阳卷烟厂的二把手，现在调过来当一把了，很有魄力，雷厉风行，敢想敢为，不止印刷教材和字典，还在社会上揽来许多社科类畅销书籍的印制工作，厂内业务繁忙，气氛火热，日夜开工，各级工种福利待遇都有上调，勾兑的汽水儿随便喝，午饭天天都有熘肉段。为了提高工作效率，郝厂长甚至漂洋过海从德国进口来一台印刷机，试图与国际接轨，运到厂内拆箱之后，大家傻眼了，对他们来说，这些只是一堆零碎的铜铁零件，甚至连螺丝和安装图纸都没有。郝厂长紧急联系卖家，对方说倒是可以联络技术人员过去协助，但至少要在几个月后，还需要一笔不菲的服务费用，但接来的项目是不等人的，合同上白纸黑字写着完成期限，郝厂长下了军令状，说不管哪个生产团队，只要能在最短的时间内让这台新买的机器运转起来，每人给涨两级工资，表现优异者考虑升至技术管理岗位。

孙旭庭听说此事后，几乎每天住在厂里，跟同班组的四五个人废寝忘食地钻研，一起琢磨该如何组装这台庞然大物。他们先请了变压器厂的专家，将德文说明书翻译成中文，结果发现毫无用处，完全是一腔废话，后来又自费去了趟北京，住在地下室里，每天去北京印刷学院请教机电工程系的教授，教授看完说明书后，又研究了半天他们拍的图片，打了好几通电话，然后把他们请到办公室来，倒好茶水，说道，你们这种刻苦钻研、热情上进的主人翁精神十分可嘉，我也很受感动，但是恕我直言，你们厂子在处理一些问题时，可能略有草率，德国的印刷机确实质量好，在世界上来说，技术也处于领先地位，他们最好的印刷机名叫海德堡，闻名遐迩，是这几个字母，这个你们听说过没有，没听过也不要紧，来，你们再仔细看看带来的这份说明书，发现差异没有，你们买的这个不是海德堡，名牌上也不是德语，是花体的汉语拼音，我琢磨了两天才反应过来，不信你们试着拼一下，波一奥，鲍，对，你们买的是鲍德海牌印刷机，我查了一下，内蒙古包头的企业，总经理姓鲍，我估计这机器是出口转了一圈，最后又落回到你们手里，也算出口转内销了，机器是真机器，主要部件也不缺，就是技术有点落伍，属于苏联的款型，齿轮、凸轮、链轮和滚筒都是上一代的样式，坏了都不好修配，照我看来，好像没什么进一步组装的必要了，即便组装好了，日后的动态保养和静态保养也都成问题。同去的工友听后顿时有些灰心，孙旭庭上前一步，眼神恳切，坚定地握着教授的手说，您还是教教我们怎么组装吧，这么大的机器不能瘫着，技术过不过时我不懂，能干活就行啊，厂子里的人都指着它干活吃饭呢。

回到印刷厂之后，他们又花了一周的时间，几经反复，终于勉强将鲍德海牌印刷机组装完成，当天午夜时分，机器首次加油润滑空转，震颤不停，发出一阵一阵波浪式的热量，像是要推动附近的事物使之远离，孙旭庭和工友们叉开双腿，站定机器两侧，架起手臂，昂头挺胸，让机器散发出来的温度将身上的汗水烘干。

机器正式启动之前，郝厂长特意举办了一次剪彩仪式，直接在车间里铺上红地毯，两旁摆彩色气球，并安排专门的摄影师给她照相。她先跟鲍德海牌印刷机合影，又跟每个组装机器的员工握手，点头致谢说，同志，你好，同志，你辛苦了。厂里的宣传部门为此特意撰写一篇报道，刊登在那一期的《当代工人》上面，讲述敢闯敢拼的郝厂长带领工人们排除艰险、克服万难，最终征服进口机器巨兽的故事，过程跌宕起伏，耐人寻味。孙旭庭拿着发表出来的杂志给我们全家人看，整篇文章里只有一句话提到他，“印刷车间工人小孙暗地里对郝厂长竖起了大拇指，他心里想，不愧是我们的厂长，巾帼不让须眉”。

工友普遍涨了两级工资，其中一位还提为班长，孙旭庭有自己的打算，他报告科长说自己不要工资。科长说，旭庭，你当完劳模，还想当雷锋啊，好好好，真是我们车间的优秀典型，明年咱们大门口还挂你相片。孙旭庭说，我不当雷锋，我要找厂长。科长说，厂长有工夫见你吗，有啥事先跟我汇报。他有点不好意思地嘟嚷道，科长，橡胶四厂的套间还没下来呢，答应我快两年了。科长说，怎么说呢，你是功臣，组织上还是有考虑的，回去等信儿吧。孙旭庭说，科长，回不去了，媳妇儿闹得太凶，独身宿舍的钥匙我都给你带来了，要不我就得住你办公室了。

临近分房时，又出现一些变动，本来说好的四楼，在最后关头又换成顶楼。科长对孙旭庭说，你们小年轻，爬一爬楼没关系，四楼让给老同志，你发扬一下精神。孙旭庭问，顶楼是几楼？科长说，六楼，其实也不错，清静，开阔，登高望远，也不招蚊子，那边风景独好。孙旭庭问，如果我不要呢？科长说，你不要，有的是人要，我明白地告诉你，换是换不了，四楼已经搬进去了，或者你可以等下一批分房，但能分到几楼，谁也说不好，此一时彼一时啊，到时候你别后悔，后悔也别来找我。

思来想去，孙旭庭还是领回六楼的钥匙。橡胶四厂的家属楼临近齐贤街，灰色水泥墙体，窗户半封闭，一层楼梯上去，左右两侧共住十户，长长的走廊挂在外面，栏杆里则堆积着花盆、儿童三轮车与酸菜缸，每户的门上挂着细密的塑料珠帘，一推开门便哗啦哗啦地响。

孙旭庭扛上来几袋沙子和水泥，开始对新居进行装饰，刮大白、换灯管、刷墙围，还借钱给我小姑买了一套带梳妆台的组合柜。整间屋子格局不错，南北通透，景色也好，推开窗子便能看见冶炼厂耸入云霄的雄伟烟囱。唯一的缺点是地面处理得欠妥，孙旭庭在重铺地面时，将氧化铁颜料掺在水泥里，按照他预想的效果，这样刷出来的地面会有黯淡的红色，显得高雅而整洁，但没想到，来帮忙的朋友谁都没有经验，氧化铁颜料的调和比例有问题，没能很好地融在水泥里，最后刷出来的地面像一张大花脸，到处都是不均匀的红道儿，看起来十分抽象，他只好又买来地板革铺在上面，但即便如此，他也还是不死心，每隔几天便揭起一角，打着手电朝里面看看，期望着时间会将那些红色的氧化铁均匀涂抹开来。

小姑带着我表弟回到新房里住下，孙旭庭的父母也从盘锦赶过来，以舍不得离开孙子为理由，开始在这套新房里生活。一家五口人，守着五十平方米左右的房子，在当时条件也算过得去，但各类矛盾也一一涌现。小姑的脾气不是很好，吃不惯婆婆做的饭，也看不上婆婆做的家务，经常就争吵起来，吵到后来也没个结果，但她自己在家又什么都不做，每天只躺在床上聊电话、打毛衣、摆扑克，或者出去给头发做造型，今天小波浪，明天又变成大波浪，有一次她染了满头的金黄卷儿，很时髦，像外国的洋娃娃，连我都要认不出来了。

即便是在表弟上幼儿园之后，小姑也没有上班，在家里无所事事，但每次回娘家时，又都会跟我奶抱怨大半天，说婆婆做饭埋汰，不讲卫生，为人奇怪。她讲，婆婆的拿手菜之一是将淀粉用水搅开，再下油锅里，煎成黑乎的一片，再撒把白糖，我在一旁听了都要吐出来；然后又说公公半夜打婆婆，打得嗷嗷直叫唤，半扇楼的人都能听见，搞得第二天她都没脸出门；还有一次，她跟婆婆吵得很厉害，争吵的原因是要不要给水龙头安上过滤嘴儿，后来发展到相互对骂，什么难听的话都说了，她气得真的举起水瓶想砸过去，婆婆顿时吓傻了，灰溜溜地关门走掉。小姑说，她就是欠收拾，我给她收拾卑服就好了。我奶担心地说，要不你还是上班或者干点啥吧，成天在家待着，太闲，打得这么热闹，你们俩人都有毛病，你的毛病我看主要是闲出来的。

小姑许多年没有工作，出去上班没地方要，一来二去，又跟以前在百货商场的小领导联系上，领导出钱投资，二人合作，临花鸟市场租了个门市，开了一家茶叶店。小姑负责看店，按比例提成，有段时间里，我总去小姑的茶叶店，看她很认真地写茶叶的价格卡片，碧螺春、龙井、铁观音、毛尖，并逐一贴在玻璃罐子上。茶叶店里总有一股微苦的清香之气，很好闻，不过进店来的人，一般都只会问，有没有劳保茶？小姑为他推荐其他品种，讲清楚味道、口感与特色，他还是会说，我喝劳保茶就行，有没有劳保茶？小姑只好无奈地丢过去一个牛皮纸包，说，二两，四块钱。

茶叶店经营不到一年就关张了，原因是小领导的妻子发现丈夫在上班时间内，并没有一直坚守在工作岗位上，而是成天往茶叶店里跑，于是产生了一些不必要的猜忌。其实她完全是误会了，领导跟小姑并没有任何超越友谊的关系发生，他们只是普通的生意合作伙伴，之所以他成天往茶叶店里跑，是因为他和小姑都爱上了打麻将，天天都要打上八圈，茶叶店的柜台后面常常支开一张桌子，一百多张沉甸甸的麻将牌零散地摊在上面。

我的表弟孙旭东，小时候性格极为内向，话少、安静，但长得可爱，也非常聪明，能背一百首古诗，印刷厂幼儿园里经常拿他作为联欢会的保留节目。有一次我也去看过，表弟涂着红脸蛋，眉心一抹红点，系着领结，站在舞台中央摇头晃脑地背诵，他拉长了音调，语气里有旷古悲愁，背完李白背孟浩然，老师不给他从台上抱下来他都不带停的。

可惜小姑打上麻将之后，对这位诗词天才不闻不问，很少在家吃饭，也不再去幼儿园接孙旭东，每日沉迷在麻将之中不能自拔，她走路时双眼直勾勾的，步伐飘忽，若有所思，其实是在默默总结前一轮牌局的得与失。有一次，她跟我奶说，妈，昨天我上手三张幺鸡，我就想要摸到第四个，能上一杠，和把大的捞一捞，结果我越摸越迷茫，脑袋里自己围着自己绕圈，牌我都不和了，就想要幺鸡，可越想要就越摸不到，后来有那么一瞬间，我感觉自己是悟了，我想明白了，我全部的命运，或者说我后半生的主要任务，就是在等这第四张幺鸡，前三张幺鸡是你、孙旭庭和孙旭东，那么这第四个是谁呢，妈，你分析分析。

孙旭东读到小学三年级时，小姑终于等到了她的第四张幺鸡。而她的丈夫孙旭庭可能是最后一个知道这件事的人。

那时我爸单位分了房子，我们已经搬出去住，老房子腾出不少空间，小姑由于跟公婆关系不好，便以照顾我奶为理由，每周要在老房子里住上好几天。孙旭庭的父母心有愧疚，认为自己没有处理好与儿媳的关系，便离开橡胶四厂的家属楼，在附近租房住下，可即便这样，小姑仍然不爱回家。以前我爸妈的卧室被她改造成一间麻将室，拉着厚帘，摆上烟缸，人来人往，每日鏖战，最开始打两毛的，后来五毛一个子儿，再后来是一块，虽有封顶，但一晚上的输赢也要几百块，小姑凭借经验、脑筋与魅力，连唬带骗，愈战愈勇，胜多负少，每个月打麻将赢来的钱还能给我表弟交纳学杂费和餐费，连预防针打的都是进口的。

牌打了两年多之后，忽然有一天，小姑消失了。我奶是第一个反应过来这件事的，给我爸打去电话，说，你妹妹最近怎么没过来？我爸说，估计是在医院照顾孙旭庭呢吧。我奶说，不可能，她能照顾个屁，你赶紧过来一趟，我们商量商量。

我爸没直接去我奶家，而是先提着一兜苹果去医院看望孙旭庭。大概一周之前，孙旭庭在上夜班时，由于精神不集中，没有执行规范化操作，被他亲手组建的鲍德海牌印刷机卷进去半个胳膊，据他后来自己描述，当时像被电打着了似的，脑袋是蒙的，也不知道疼，整个人在空中翻了半圈，像一位体操运动员，向后翻腾一周半再接转体，最终优雅地倒在纸槽里，半边脸贴在尚未裁剪的书页上。他听见旁边很多人在喊叫，因为不知是死是活，也不知骨折的具体位置，没人敢轻易搬动，他就以如此奇异的姿态在纸槽里待了大概二十分钟，他说，那是他第一次认真阅读自己每天印的都是什么东西，那篇文章的标题是《为什么他们会集体发疯》，里面记载的是一个帕尔托的法国人，汽车修理工，长相英俊，生性浪漫，梦想是成为一名马戏团演员，想在千尺高空表演走钢丝，他还有一个朋友，名叫约瑟，是一名拖拉机驾驶员，体格健壮，热情开朗，他的梦想是成为长着翅膀的“鸟人”，渴望能像飞机一样在蓝天上翱翔，但二人生性腼腆，而且家里有老有小，所以一直没法实现梦想。忽然有一天，记录显示，孙旭庭说他记得很清楚，当地时间八月二十六日的下午，这两个法国人不约而同地开始行动起来：帕尔托撑着一把雨伞，爬上村边吊桥的缆绳，在上面摆摆晃晃地走着，而约瑟则闯进镇上的医院，爬上三楼的窗台，大声喊道：“我是飞机！我是飞机！我会飞，我想要上天！”几乎是在同一时刻，他们高昂着头颅，朝着湛蓝的天空伸开双臂。这个故事他没有看全，孙旭庭后来遗憾地跟我说，他很想知道帕尔托和约瑟的结局，也想知道到底为什么发疯，但故事的下半部分已经超越他视力能及的范畴，而当时他的胳膊还在机器里，没法翻页，而脖子又实在是无法动弹。

我爸赶到医院后，看见只有孙旭庭一人躺在床上，穿着蓝条纹病号服，胡子拉碴，看起来好像还胖了一些。我爸洗了两个苹果，递给孙旭庭一个，自己也吃一个。孙旭庭打着石膏，问我爸，哥，家里都还好不？我爸说，都挺好。孙旭庭又说，哥，你单位效益咋样？我爸说，不行，闹下岗，走好几批了，我也快了。孙旭庭说，哥，那谁，好几天没过来了。我爸打马虎眼，假装不知情，回答说，是吗，我也没看见她，谁知道忙啥呢，一天神神道道的。孙旭庭说，忙她的吧，我也没啥事。我爸说，脖子没事吧？孙旭庭说，脖子就当时扭了一下，问题不大，主要是胳膊骨折，里面得打钉。我爸说，不用截肢吧？孙旭庭说，哥，没那么严重，大夫说好了之后平常也看不出来，就是回弯儿有点费劲。我爸说，那还行，算工伤不？孙旭庭说，算，厂长特批，费用全额报销，我天天打好药，进口红霉素，放心吧，哥。我爸说，你好好休息，放宽心，身体才能恢复得快，现在你自己的身体最重要，出了其他什么事情都别去管，更不要上火，急火攻心啊。孙旭庭说，哥，我明白，身体最重要，出啥事我也不上火。

出了医院后，我爸立即骑车回家，把情况一五一十地汇报给我奶。我奶听完之后说了句，幺鸡。我爸说，啥。我奶摆了摆手，说，别找人，也别张扬，不是什么好事情，我最近准备脑袋疼，先搬去你家住几天。

过了两个多月，忽然有一天，小姑的电话打到我家里来，我妈接的，她说目前她过得挺好，正在大连学做生意呢，一切很顺利，有朋友帮衬，但现在需要借三千块钱作为周转，我妈听后有点犹豫，因为我当时要上重点中学，她和我爸又都面临下岗，三千块钱不是小数目，思来想去，最终磨不开面子，还是决定把钱给她转过去。后来才知道，小姑用这三千块钱租了一间偏僻的门市房，又添了两台二手自动麻将机，在大连开起麻将社来，并且经营得有声有色，提供三餐，二十一锅，童叟无欺，打完一锅，不管输赢，都可以在门口领两个鸡蛋回家。小姑对来打牌的那些大连彪子说，来我这里玩就是图个开心，你们能来捧场我就高兴，老实说，我也不差这点桌钱儿，经济实力我还是有的，我们家在沈阳有个养鸡场，这都是自家下的蛋，拿回去煮着吃，不要炒，那样就白瞎了，营养成分都破坏了，这个我懂。

小姑消失之后，变化最大的是我表弟孙旭东，虽然小姑在身边的时候，也很少管教他，但这一走后，孙旭东好像变成了另外一个人，不像从前那般安静、乖巧，渐渐暴露出顽劣、蔫儿坏、为虎作伥的另一面，成绩直线下降不说，还经常惹是生非，抽烟、逃学、打仗、顺手牵羊，他样样精通。此外，我听人说过不止一次，孙旭东最大的爱好就是扒同学裤衩，不分男女，一视同仁，尤其是在夏天，他会装作若无其事地经过你身旁，身子一沉，忽然下蹲，拽着裤衩使劲往下一扯，然后扭头疯跑，非常下流。这种行为使得他不仅被同学、老师狠揍，也被孙旭庭狠揍过不知道多少次，但他却仍然不知悔改，乐此不疲，有段时间里，没人敢走在他身边，学校里的同学见他走过来都躲得很远，但即便如此，还是抵挡不住他搞突然袭击，在路上走着走着，忽然小跑起来，脚尖无声点地，十分狡猾，临近之时，他迈开大步，健步飞奔而至，迅速并流畅地完成下蹲、拉拽、嘲笑、跑开这一系列动作，令人猝不及防。等他上六年级的时候，已经成为远近闻名的恶棍，顶着大脑壳，肥头大耳，一身蛮力，皮笑肉不笑，所有人拿他都没办法，不过在那年夏天，他再也没有机会施展自己熟练的本领，因为校长给全校学生定了背带短裤作为校服。他很不开心地跟我说，表哥，我感觉这帮人都在针对我。我说，没有的事情，你想太多了。

这样的状态自然没能考取重点初中，于是孙旭东按户口被划分到一个名声很差的学校，刚开学没几天，便给我打来电话，问我说，表哥，你好使不？我说，什么意思。他语气很急躁地说，表哥，认识人不，给我找一些过来。我说，要做什么呢。他说，妈的，碰上点事情。我说，到底怎么回事，你慢慢讲。孙旭东说，前天我刚到学校，就听说一个事情，初三二班有个人，要在咱们学校立棍儿。我说，跟你有什么关系呢。他说，立棍儿不行，虽然我刚上初一，但我必须得撅他。我说，他要找你麻烦吗？他说，也没有，但我是这样觉得，在咱们学校，我虽然不立棍儿，但我们学校也不能有棍儿，有了我就得撅他。我说，为什么呢，你们又不认识他，他立他的去呗。他说，你别管了，我有我自己的思考，你就说能不能找来人吧，嘿，反正你来也好，不来也好，这场仗我是肯定要打的，谁立我撅谁，在我这儿他永远不好使。

当时由于我中考失败，转去技校念中专，正在学氩弧焊，表弟约定打仗的那天，我刚好要去考证，但在中午时，还是有点不放心，便喊了两个班级里的朋友，让他们跟我去看看到底什么情况。我们骑了半个小时的自行车，来到孙旭东所在的那所学校，将三台自行车锁在一起，绑在外面的栏杆上，另外两把多余出来的自行车链锁揣进工具箱里，以备不时之需。我们拎着工具箱走进学校，结果发现里面一片祥和，根本没有任何即将要发生一场大规模打斗的迹象，我们又在教学楼里来回晃了几圈，保安问我们是干啥的，我说是给学校实验室焊电路板，并举了举手里的工具箱，保安心领神会地点点头，说道，有手艺就是好，不愁饭吃。我们觉得莫名其妙。后来，在初一四班的最后一排，我终于找到了孙旭东，他侧着趴在桌子上，刚吃一半的盒饭摆在一旁，庞大的脑袋枕在一摞课本上，表情谄媚地说着悄悄话，一只手在底下摸着旁边女生的大腿。

孙旭东的种种恶行不断，打架斗殴不说，发展到后来，甚至组织团伙在偏僻的小道上劫钱，问他劫钱干吗呢，他说我这是劫富济贫。我说，那你接济谁了。他说，也没有别人，主要是我自己，搞社团需要资金。孙旭庭每天下班后，总免不了要去学校报到，回家打儿子也成为每日的课后作业。而我的表弟面对毒打，态度十分令人钦佩，既不反抗，也不逃避，表现得相当顽强。忽然有一天，孙旭庭照例抡圆膀子殴打，可没打几下，便觉得气力耗尽，身心俱疲，只丢下一句，这他妈的，皮也太厚了吧，像谁呢。然后推门出去换啤酒，他站在小卖店的门口，想着如果自己那天晚上能提起些精神，左胳膊便不会搅到机器里，那样的话，现在打得也会更有力一些，效果可能也会更好。他拎着两瓶啤酒刚转过身来，便看见小姑正从路边的出租车里钻出，前座还下来一个穿着黑皮夹克的男人。孙旭庭一言不发，假装没看见，迈着大步上楼回家。

小姑跟在他身后上楼，走到三楼时，轻轻喊了几声。孙旭庭犹疑地扭过头来，故作惊讶，跟我小姑说道，回来了啊。小姑说，回来了。孙旭庭说，还行，知道回来，待几天啊？小姑说，待不了几天。孙旭庭说，没地方的话，就住家里吧。小姑说，我回来就一件事，咱俩把手续办了吧。孙旭庭想了想说，不行，我没整明白呢，这前前后后，到底是怎么个情况呢。小姑说，你不用明白，离了吧，这样对你不公平。

进屋之后，小姑又说，好聚好散，不要那么倔，人生很长，我们都有各自的路要走，互相陪着走过一段，已经是很好的事情了，我先收拾一下衣服，你再仔细想想。孙旭庭没理她，转身对屋里的孙旭东说，儿子，走了，咱俩今晚下饭馆去。膀大腰圆的孙旭东从里屋走出来，看也没看小姑，大摇大摆，跟着孙旭庭径直摔门而去。

孙旭东吃了两屉烧卖，喝了一碗羊汤，说外面还有事情要摆平，便跑掉了。孙旭庭独自喝了两杯白酒，三瓶啤酒，然后一步一晃地往家里走。他想，如果自己到家时，她还没走，他就一把抱住她，像一些电影里演的那样，不过紧接着要说点什么，他还没想好。他回到家门口，拧动钥匙，推门进去，发现小姑已经走了，屋子的里里外外都被收拾过一遍，散发着洗涤过的清洁气息，柜子里他和孙旭东的衣物被分别叠放好，厨房里洗手池被刷出白亮的底色，洗好的床单被罩挂在阳台上，正往下滴着水，而地上的椭圆形阴影正一点一点向着周围扩张。

离婚一周后，孙旭庭的父亲去世，他给我爸打来电话，说，哥，我离了。我爸说，知道，不赖你。他又说，哥，你还是我哥不。我爸说，我还是你哥。他说，哥，我爹没了，我没办过丧事，想让你过来指导一下。我爸说，行，你记住，丧事成不成功，主要就一点，就看你的盆儿摔得碎不碎。

出殡当天，我和我爸凌晨四点多钟就赶过去了，天还黑着，灵堂设在屋里，烟气弥漫，两侧碗口粗的红蜡烛烧到了底儿，我表弟往长明灯里倒油，倒了大半碗，举着透明油桶跟我说，看见没，我爷这是干部待遇啊，用的是金龙鱼。孙旭庭红着眼睛从屋里出来，神情木讷，行动迟缓，雇来的执事者在他耳边说，差不多到时候了，可以准备出发，于是我们一起下楼。我表弟打着灵幡走在最前面，孙旭庭捧着黑白遗照紧随其后。走到一半时，孙旭庭好像忽然想起来什么，又跑上楼去，我们也连忙跟他回去，看见他从兜里拽出一条红绳，一头儿将他母亲的腰捆住，另一头儿系在暖气片上，他母亲在极小的范围内焦虑地来回走动，像一条被暖气片牵着遛走的宠物。他跟我们说，这是我家那边的规矩，刚走一个的话，另一个也得拴住，不然也容易溜过去做伴。

到楼下之后，执事者先安排好亲友的站跪位置，冲着天空打了两朵白花，纸钱缓缓下落时，他掏出打火机，燃着两张黄纸，问孙旭庭说，盆儿呢。孙旭庭愣在那里，眼神呆滞，没有答话，经人提醒后，忽然反应过来，说，盆儿，有，准备了，忘带下来了。于是又急忙跑上楼去，我们等了半天，才看见他捧着一个咸菜罐子下来了，说，盆儿又找不到了，咱就用着这个吧，我爸也不挑，让大家久等了，我刚把里面腌的咸菜腾出去。

执事者只好又点燃两张黄纸，塞进咸菜罐子里，然后跟孙旭庭说，我说啥你说啥，大点声儿，有点气魄，来，把盆儿举起来。孙旭庭跪在地上，盯着执事者，气运丹田，断喝一声，把盆儿举起来。执事者说，这句不用喊，做动作就行。孙旭庭连忙将咸菜罐子举过头顶，黄纸在罐子燃烧得很快，几缕黑烟从里面袅袅升起，偶尔也有黄蓝色的火苗冒出，像是蛇吐出来的芯子，一股浓重的焦煳味道弥漫开来。执事者说，跟着我说啊，爸，三条大道你走中间。孙旭庭说，爸，三条大道你走中间。执事者又说，爸，五条大河你莫拐弯。孙旭庭说，爸，五条大河你莫拐弯。执事者说，儿孙送你大半程。孙旭庭说，儿孙送你大半程啊。执事者说，来，最后一句，憋足劲儿——别忘常回家看看。孙旭庭再次运足了气，带着哭腔喊道，别忘常回家看看。执事者说，行了，摔吧。孙旭庭将咸菜罐子往下一砸，大概是由于他下跪的方位不对，膝盖的正前方是一条雨后的软塌土路，咸菜罐子落在土路上时，只发出一声低沉的闷响，如同一记硬拳打在胸口上，之后便毫发无损地弹开，在场的人全都愣在那里，眼睁睁地看着咸菜罐子落下又弹起，冒烟转着圈儿，像一颗拉动开关的手榴弹，三转两转，最终滚落到灵车底下。

孙旭庭只身趴进灵车下面，费了很大力气，将咸菜罐子单手钩出来，他爬出来时满头汗水，脸上被烟熏出好几道黑印，衣服上全是脏土，样子十分不堪，表情也很僵硬、尴尬，他似乎很想展露一点略带歉意的笑容，但最终还是失败了。执事者说，老爷子还挺顽固，这么的吧，现在车少，咱们去马路旁边摔。于是我们所有人又都换了个位置，面对着电线杆子跪在马路边上，孙旭庭颤抖着再次高举咸菜罐子，所有的人心都揪了起来，心里盘算着，如果这次还没摔碎，那还能换到哪里去呢。就在这时，后面等待的人群里忽然爆发出几声浑朴而雄厚的外地口音叫喊，豹子，豹子，碎了它，豹子。开始是零星的几声，像是在开玩笑，但其中也不乏热忱与真诚，然后是更多的声音，此起彼伏地号着为他鼓劲儿，豹子，能耐呢，豹子，使劲砸，豹子，豹子。到了最后，连我爸也跟着喊，豹子，盘锦豹子，他妈的给我砸。

孙旭庭双手举到最高处，咬着牙绷紧肩膀，凉风吹过，那只行动不便的残臂仿佛也已重新长成，甚至比以前要更加结实、健硕，他使出毕生的力气，在突然出现的静谧里，用力向下一掷，震耳欲聋的巨响过后，咸菜罐子被砸得粉碎，沙石瓦砾飞至半空，半条街的灰尘仿佛都扬了起来，马路上出现一个新鲜的大坑，此时天光正好放亮，在朝阳的映衬之下，万物镀上一层金黄，光在每个人的脸上栖息、繁衍，人们如同刚刚经受过洗礼，表情庄重而深沉，不再喊叫，而是各自怀着怜悯与慨叹，沉默地散去。我表弟向着灰蓝色的天空长号一声，哭得不省人事。

葬礼结束之后，孙旭庭的母亲心灰意冷，决意离开沈阳，回盘锦养老。孙旭庭向单位打报告，要求换岗位，由于受过工伤，在此之前他已经被调离印刷车间，不再从事一线生产工作，转而在装订车间做些零碎的活计，这次他又向领导提出要求，说装订车间没什么活儿，赚钱太少，不够维持父子二人的基本生活，想转行去做销售工作，领导劝他留在原车间，说销售可不好做，没有底薪，全靠提成，现在市场不好，你又没什么资源，很难做起来。但孙旭庭执意要去，领导便也只能放行，并叮嘱他说，你可得想好，依照目前厂里的情况，出去之后，再回来可就难了，好自为之吧。

那段时间里，可以想象，孙旭庭家里的经济状况十分紧张，刚开始的几个月里，尽管他每天骑着自行车东奔西跑，但一单也没有签成，所有的广告公司都有固定客户，而本地的出版社也都不十分景气。直到三个月之后，他终于在郊区某个低矮的库房里签下第一单，三千套全彩印刷，还带覆膜，按照单位的提成制度，这一单能为他带来六百元左右的收益。签约成功后，他把合同展平，仔细放进印着“天下第一关纪念”的公文包里，反复检查确认没有折角后，骑着车往单位走，郑重地向领导递上合同。下班时，他又找到从前的几位工友，在一起喝了顿酒，直至半夜，才醉醺醺地回到家里，而那天也是他第一次发现，我的表弟孙旭东那么晚还没有睡觉，正在台灯下面写写画画。他揉了揉眼睛，简直不敢相信眼前的场景，他问我表弟说，孙旭东，你干啥呢。表弟说，我在做题。他又问，什么题。表弟说，老师留的作业。他一把抢过来表弟的作业本，借着台灯的微弱光芒，醉眼蒙眬地检查半天，然后质问道，这个SAS你写错了吧，应该是SOS。表弟说，SOS是救命的意思，这个SAS的意思是，两边和夹角对应相等的两个三角形全等。几个月之后，我再见到孙旭庭时，他很得意地问我知不知道什么是SAS。我说，知道啊，萨斯嘛，非典型性肺炎，可他妈邪乎了，喘气儿就能传染。他说，不对不对，这个你表弟都知道，还给我讲过，具体是啥我记不全，但好像是什么什么两个三角形全等。

那场葬礼结束后，孙旭东仿佛换过一身新血，将亲手组建的犯罪团伙拆散，全身心地投入到学习生活之中去。虽然他十分刻苦，但无奈基础较差，导致在中考时发挥不佳，没能考取重点高中，孙旭庭坚持不让他去读技校，转而去普高继续念书，准备三年之后再战高考。孙旭庭说，不管怎么说，还是得有知识，有知识才能武装自己，趁我现在能供得起，能多读一天是一天。

孙旭庭确实可以供得起，他的境况正在一点点变好，虽然尚未迈入小康阶段，但个人的印刷业务却日益繁盛，作为销售人员，其业绩可圈可点，每月提成相当于从前工资的两倍。很久之后，我才知道孙旭庭为印刷厂接来的项目，并不是印刷书籍，而是印皮子。所谓皮子，就是盗版光盘的封面，一个半小时的超长VCD，用化浆的废纸壳去印封面，红男绿女，饱和度极高，再覆膜后裁开，成本很低，很快就能印出来，而且也有一定的发行数量，那几年印刷厂没像其他工厂那样有大批员工下岗，可以说孙旭庭对此亦有一定贡献。我在表弟家里发现了上百张皮子的样品，有《龙在天涯》《监狱风云》，也有《肉蒲团》《不扣钮的女孩》，我翻来覆去仔细检查，拆开又再合上。孙旭东跟我说，哥，别翻腾了，没用，我早都检查过了，全是皮子，里面一张碟也没有。

孙旭庭刚开始在印刷厂做销售时，打不开局面，走投无路，恰好碰见从前搞录像带出租的老板，孙旭庭作为多年之前的亲密客户，熟络地攀谈起来，当时老板已经不做录像带了，改做VCD光盘租赁，经他牵线，孙旭庭跟在郊区灌录盗版VCD的作坊取得联系，并签订合同，持续为其提供封面印刷，后来VCD日渐式微，他们又开始印DVD的皮子，长条形，大开本，高档塑封，全是外国字儿，片子很深刻，据说大部分都是讲人性的电影。孙旭庭带回家看过一部，他本以为是交谊舞的教学电影，想照着练习一下，强身健体，没想到是个黑白片，开场是一群牛从棚里拥出来，接下来的好几分钟也是这群牛，同一个镜头，走过来又走过去，他看着看着很快便睡着了，醒来之后发现电影还没有结束。

孙旭庭知道贩卖盗版光盘大概是非法的，但不知道给这些光盘印皮子也不行。所以当郝厂长找他去谈话时，他也很困惑。那是他第二次跟郝厂长近距离接触，上一次是鲍德海牌印刷机启动时，他们亲密握手并拍照留影。这一次，郝厂长招呼他坐在沙发上，先是给他沏了一杯茶，闷上盖子，然后坐回到老板椅上，跷起腿来，露出一截长着老年斑的脚踝，语气有些沉重地对他说，我记得你，孙旭庭，你是我们厂子的功臣。孙旭庭说，谢谢厂长，记性眼儿真好。郝厂长接着说，这次的事情，想必你也听说了，上边派人查下来了，目前给我两个选择的，认罚或者认关，就是要么关掉厂子，要么交人罚钱，该怎么选，我征求一下你的意见。孙旭庭举起茶杯，揭开杯盖，嘘声啜饮一小口，舌头却被烫到，他缩回身子，又把茶杯放回去，不解地说，厂长，我犯法了吗。郝厂长皱着眉头说，这么说吧，我认为是没有犯法，不然我也不能同意让你们开印，但具体涉不涉及法律，我说了也不算。孙旭庭说，不好意思，得让厂里挨罚了。郝厂长说，不怪你，都有责任。孙旭庭说，厂长，水有点烫，等凉凉点儿，我喝完这杯就去自首，茶叶不能浪费。郝厂长说，不用自首，人已经过来了，你跟他们走一趟吧。

一老一少两个警察，在印刷厂的多功能厅里等待，他们坐在靠墙边的绿色连排塑料椅子上，一支接着一支地抽着烟。孙旭庭走进去，朝着他们点点头，又退出来，两个警察跟着走出来，他们一起去车棚里取出自行车。孙旭庭跟在老警察后面，小警察又跟在孙旭庭后面，三人一起骑着车去往轻工派出所。路过红绿灯时，老警察停下来，掏出一盒烟，抖出来两颗，自己一颗，又递给后边的孙旭庭一颗。拢火点着之后，老警察指着街边新开的酒店对小警察说，看见没，我爸上个月过生日，就在这家饭店办的，六百八十八一桌，还有南极子虾，冰镇的，肚子溜儿鼓，我寻思这个肯定有营养，连扒好几个，结果我外甥说，大舅，擦一擦，你嘴边都是受精卵，这他妈给我恶心的，这个小鳖犊子。小警察和孙旭庭听完之后，一起笑了起来。

几天之后，我和表弟孙旭东一起去接孙旭庭回来，印刷厂的罚款缴纳得很及时，警察跟孙旭庭说，看你家庭条件也挺困难，自己带孩子不容易，还是初犯，下不为例吧。然后便把人放回来了，从派出所出来后，孙旭庭发现怎么也找不到自己的自行车了，叹着气楼前楼后绕着找了好几圈，仍然一无所获，最后只好坐在孙旭东的自行车后座上。我的表弟驮着他的父亲骑了一整路，上坡之后是下坡，之后又是一条刚刨开的土路，底下埋着好几条黑色的管道，还有施工的工人在朝上看。表弟蹬得很吃力，弓着背向前猛踹脚蹬子，孙旭庭佝偻着腰坐在后面，神情拘谨，脚面微微抬起，看起来有些滑稽，以他的身高，如果不蜷起来，鞋底就一定会趿拉到地上。到家之后，孙旭庭终于松了口气，跟我说，嘿，在派出所上班的，待遇就是好，能吃得起在南极养出来的虾。

第二年，我表弟孙旭东参加高考，大综合考试，不分文理，一共九门课，他共计取得三百零二分，成绩不算理想。我问他说，这个分数能去啥学校？表弟说，不爱念了，没啥意思，不是那块料儿。孙旭庭在一旁说，念吧，儿子，再复读一年，咱能供得起。此时孙旭庭已经与印刷厂彻底脱离关系，由于胳膊行动不便，也没有其他从业经验，很难再找到合适的新工作，于是他花去大半积蓄，将楼下的彩票站兑下来，以贩卖彩票为生，每天在墙上的黑板更新上一期的开奖号码，三十五选七，3D，大乐透，品种很丰富，我每次去也都买几张碰碰运气。

所有人都没想到的是，经营彩票站期间，孙旭庭居然迎来一份迟来的爱情。彩票站隔壁是盲人按摩，里面一共三位技师，其中一位女师傅也是彩票爱好者，姓徐，人很瘦，长相一般，但挺白净，短头发，看起来利索，三十八九岁，没结过婚，人们都管她叫小徐师傅。小徐师傅属于先天弱视，确诊时已经过了最佳治疗期，视力基本等同于丧失，只能看清事物的轮廓，平时戴墨镜，拄拐杖，话不多，比较文静。她在工作时穿着一身白大褂，而去彩票站时，却总要换另一身衣服，公私分明。每次去彩票站里，她总要贴在黑板前面，才能看见前几期的数字号码，可如果她贴得那么近的话，又很耽误旁边其他人的观看和分析，于是她只能很不好意思地恳请孙旭庭帮她念某几期的号码，然后她用点字笔记录下来，再回到店里慢慢思考，过去大半天，她又换一身衣服，再次来到彩票站，谨慎地打出几个号码，小心翼翼地揣进口袋里保存起来。孙旭庭觉得小徐师傅有意思，做事仔细，眼睛虽然看不大清，但还挺顾及别人的。碰上阴天下雨，他的胳膊和颈椎不舒服，也会去按摩店找小徐师傅做推拿，一来二去，他们聊得很投缘。小徐师傅说，你以前是印刷厂的，家里肯定有很多书吧。孙旭庭说，是有一些，我偷着拿回来留着垫桌子的，自己倒是没咋看过。小徐师傅说，那有空你带来，给我念念。孙旭庭真的带到彩票站一本，书名叫《名家经典美文》，选了其中一篇，读得磕磕绊绊，小徐师傅皱着眉头说，太难听了，你以后还是给我念彩票号码吧。没过几天，孙旭庭的肩膀受风抬不起来，去找小徐师傅调理。正按着按着，小徐师傅低声跟孙旭庭说，下次别过来了，怪费钱的，还得给老板分成，你再想按的话，我上你家去给你按吧。孙旭庭红着脸，支支吾吾，不好吧。小徐师傅说，你不用有什么负担。孙旭庭说，我是没负担，一穷二白，主要是怕耽误你。小徐师傅说，我自己有数，不用你管。

彩票站的生意不算好，孙旭庭有一次找我出主意，问我在哪能定做横幅，我问他要干什么用呢。他说，最近生意不好，需要刺激一下，你帮我做个横幅，上面就写：本站彩迷朋友刘先生喜中福利彩票二等奖，奖金五十万元，让我们对他报以真挚的祝福。我说，不愧是干过销售的，心思挺活，行，我给你整一条去。

做好条幅的那天正是周末，我取回来后给送到彩票站，蹬着梯子帮忙挂在招牌底下，两边用硬铁丝固定住，风吹过来，红底黄字的条幅轻微摇晃。孙旭庭抬头看着说，刘先生，点子正啊，羡慕，你要是中五十万的话，准备拿这钱干啥。我想了一下，然后说，那我就不干电焊了，刺激眼睛，买个标儿，去开出租车，剩下的存银行里，你呢。孙旭庭说，我全都存银行里，吃利息。

谁也没有想到，条幅挂好之后，迎来的第一位顾客，竟然是我的小姑。别说孙旭庭，就连我都已经有很多年没见过她了，逢年过节，她基本不会回来，这几年更是连电话也很少打，只听说她的麻将社生意一开始做得不错，后来规模也有所扩张，但终归是懒人，疏于打理，没过多久，便将麻将社又兑出去，专职从事打麻将，从大连打到广州，坚持穿着貂打，后来从广州又打到成都，再从成都又打到首都北京，筹码越来越大，对手也越来越狡诈，现在又回到自己的家乡，不知道是不是还要继续打下去。

小姑掀开彩票站的塑料门帘后，先是微笑着朝我摆摆手，我一开始还以为是来买彩票的顾客。坦白讲，我确实认不出她的模样了，这些年里，她大概胖了有一百斤。小姑穿着一件棕色大衣，把自己裹得严严实实，整个人像一只灌满水的木桶，行动十分笨拙，她小心地横步挪动着自己浑身的肉，仿佛每走一步，肉都要漾出来一般。她的体型虽然变化很大，却依然伶牙俐齿，她先是巡视一圈彩票站，然后坐在桌子后面，对孙旭庭说，买卖做得挺大啊，公益事业，福利彩票，给自己积德了。孙旭庭问她说，你来有事啊。小姑也不说话，拿出一盒刮刮乐，埋头挨张刮开，刮完全部一百张后，她吹掉桌子上的灰，拎出其中的几张说，有十块，也有五块的，总共六十五，兑奖吧孙老板。孙旭庭从兜里掏出一百元递过去，说，我求求你，孙旭东今年在复读，你要是有点良心，就赶紧走吧。小姑把一百元撇到一旁，说，连玩笑都开不起了，我问你，咱俩离婚几年了。孙旭庭说，离婚多年了。小姑说，我碰见难处了。孙旭庭又说，我们离婚多年了。小姑说，这个事情，其实我也可以不回来跟你讲的。孙旭庭说，我们离婚多年了。小姑说，最近生意不好做，大环境不好，资金有些转不开。孙旭庭说，我们离婚多年了。小姑说，所以我在外面借了一些小额贷款。孙旭庭说，我们离婚多年了。小姑说，我押的是你家房子的房证，之前我回来收拾东西时，顺手把房证也带走了。孙旭庭说，我说我怎么一直找不到，还以为丢了。小姑说，没别的事情，贷款我自己会还，没经任何手续，你家房子谁也收不走，不用担心，等我还完了钱，房证就还给你。孙旭庭说，你办的这叫什么事啊。小姑说，不管怎么说，事情已经发生了，我也是实在没有办法，当然，我也不指着你能理解，恨不恨我的，都无所谓，我就是过来跟你说一下，最近这段时间里，怕有人要找你们麻烦，按理说应该不会，但我还是要来跟你说一声。

我记得那是在三月份，刚过完年不久，我的表弟孙旭东重配了一副度数更高的眼镜，并在学校里迎来又一次的百日誓师大会，所有人的脑门青筋暴露，举着拳头要奋斗一百天，而表弟书桌上去年的标语还没有撕掉：披荆斩棘，看我旭东决胜高考；立马横刀，唯我旭东俯视群英。

那天清晨，孙旭庭起床很早，在厨房慢火熬了一锅小米粥，又挑出来几根咸菜，切了两片香肠，孙旭东吃过之后出门上学。孙旭庭看了半个小时静音的电视节目，才转进屋去，轻轻唤醒前一天工作到很晚的小徐师傅，两人一起吃过早饭。饭后，孙旭庭刷干净碗筷，小徐师傅洗净双手，抹上雪花膏，穿好白大褂，准备一起下楼开工。孙旭庭在门口蹲下来，给小徐师傅穿鞋子，小徐师傅说，我想了一下，我以后还是不要买彩票了。孙旭庭说，该买买呗，咱自己家的生意，成本低，你也没什么其他爱好。小徐师傅说，买了好多年，也没中过大奖，没那命儿，还是省下点钱，你儿子还要考大学，我们现在这种关系，多多少少我也要出一点力。孙旭庭说，考上再说，实在不行房子一卖，我住彩票站去。小徐师傅说，总归不是办法。孙旭庭说，我有的是办法。小徐师傅说，房证还没要回来。孙旭庭说，明天我就去挂失，说弄丢了，补办一张。小徐师傅说，你啊，什么都不懂，房证丢了是要登报纸的，也要好多钱。孙旭庭说，什么逻辑，我房证丢了还得告诉全市人民一声啊。小徐师傅说，你啊，什么都不懂。

我的表弟孙旭东给我讲述了那天后来发生的事情。百日誓师大会结束之后，他忽然就不想再念书了，而且非常坚定，刻不容缓，对书上的每一个字都绝望透顶，他溜出学校，骑上自行车转了几圈，然后决定回家跟孙旭庭好好谈一次，人生有很多条出路，他在这条弯路已经徘徊很久，如果再执迷不悟下去，对所有人来说，都只能是一种持续的负担。他骑回到家楼下，将车锁好，刚迈上几层楼梯，便听见上面有动静，橡胶四厂宿舍的走廊在外面，他站在三层的缓步台抬眼向上看，发现有两个不认识的人站在他家门口，他觉得有点奇怪，便又往上走两层，再抬头一看，发现孙旭庭搀着小徐师傅刚刚出门。其中一位陌生人走过去问他，你是姓孙不？孙旭庭说，对。陌生人又问，叫什么玩意来着，孙旭庭是不是？孙旭庭说，是我，找我有啥事。陌生人说，没啥事，就过来看看，来找个人儿。孙旭庭说，屋里没人了，你要找的人也不在这里。陌生人说，那我看看你家房子，行不，就随便瞅一圈。孙旭庭顿了一下，说道，行，你稍等，家里乱，我稍微整理一下。陌生人说，太客气了，谢谢哥们，主要看看户型。孙旭庭扭头开门，走进屋子，留下小徐师傅孤零零地站在走廊上，她不敢迈步，也不敢说话，孙旭庭那条僵硬的残臂从她怀里抽去之后，她一下子变得无所依靠，身前身后空空荡荡，风吹过来，塑料珠子门帘哗哗作响。孙旭东在楼下虽然有些迟疑，但仍继续迈上台阶，待他走上六楼时，在走廊的另一端，他看见他的父亲，也就是我的姑父孙旭庭，咣当一把推开家门，挺着胸膛踏步奔出，整个楼板为之一震，他趿拉着拖鞋，表情凶狠，裸着上身，胳膊和后背上都是黑棕色的火罐印子，湿气与积寒从中彻夜散去，那是小徐师傅的杰作，在逆光里，那些火罐印子恰如花豹的斑纹，生动、鲜亮并且精纯。孙旭东看见自己的父亲手拎着一把生锈的菜刀，大喝一声，进来看啊，然后极为矫健地腾空跃起，从裂开的风里再次出世，小徐师傅跟随着他的声音伸出手去，想要将他拽住，却又扑了个空，跌倒在地上。孙旭庭怒吼着直奔两个陌生人而去，他右手里的菜刀似乎刚刚冲洗干净，在半空中甩动的时候，还散落几滴晶莹的自来水珠。两个陌生人掉头就跑，楼梯另一侧的孙旭东匆忙侧身让开，之后他的父亲便扑过来，像真正的野兽一般，鼻息粗野，双目布满血迹，他拼尽全力一把搂住失控的父亲，孙旭庭撞在儿子怀里，两人跌落在楼梯上，打了好几个滚，但始终紧抱在一起。两人落地后，孙旭庭几番挣扎想要起身追赶，却被他的儿子死死搂住，不敢放松，我的表弟几乎是哭着哀求说，爸，不要追了，我求求你，不要再追了，爸啊，爸。孙旭庭昂起头颅，挺着脖子奋力嘶喊，向着尘土与虚无，以及浮在半空中的万事万物，那声音生疏并且凄厉，像信一样，它也能传至很远的地方，在彩票站，印刷厂，派出所，独身宿舍，或者他并不遥远的家乡里，都会有它的阵阵回响。终于，力竭之后，他瘫软下来，躺在地上，身上的烙印逐渐暗淡，他臂膀松弛，几次欲言又止，只是猛烈地大口喘着气。这时，小徐师傅的哭声忽然从头顶上传过来，他们父子躺在楼梯上，静静地聆听着，她的哭声是那么羞怯、委婉，又是那么柔韧、明亮，孙旭东说，他从来没有听见过那么好听的声音，而那一刻，他也已看不清父亲的模样。